Naissance de l'écrivain

Sociologie de la littérature à l'âge classique

作家の誕生

アラン・ヴィアラ

Alain Viala

塩川徹也監訳

辻部大介・久保田剛史・小西英則
千川哲生・辻部亮子・永井典克 ＝訳

藤原書店

Alain VIALA

NAISSANCE DE L'ECRIVAIN

作家の誕生　目次

作家の誕生

凡例

一、原著におけるイタリック体は、原則として本文では傍点を付した。
一、原著の各ページに付された脚注は巻末に章別にまとめた。
一、文脈上原語を片仮名で表記した方が望ましいケースではルビを付した。
一、訳注は〔 〕で括り本文中に挿入した。

序論

文学を文化的諸価値の第一位に置くことは、今日自明の理とされている。しかし、つねにそうであったわけではなかった。現在の事象を理解するには、まずそれが成立した道筋を理解しなくてはならない。

今日、文学は固有の活動領域、つまり文学場を形成し、固有の規則、論理、コードをもつ。これらは、大部分暗黙裡に了解され、当然のものと考えられているがゆえに、いっそう有効に機能している。ピエール・ブルデューが先鞭をつけた場の分析[1]によるならば、文学場が、その固有の性格においても、それを基礎づけている価値観においても、他の社会的活動領域とは異なることが明らかになる。[2]文学がひときわ高い価値を獲得したのは十九世紀中葉であるという、ジャン＝ポール・サルトルのテーゼ[3]は、その後吟味され、いくらかの批判はあるものの、おおむね承認されている。[4]しかし、こうした状況が成立するには、それ以前に、そのために必要な社会的精神的基盤が形成されていなくてはならなかったはずだ。つまり、文学の領域が文化の場の中で独立のものとみなされ、文化の場が全体として自律性をかちえていたのでなくてはならない。

経験的に、こうした過程の決定的な局面は、十七世紀に完了したのだと推測できる。主要なアカデミーが創設され、作品の流通や著者の権利、作家の番付が慣例となったのはこの時期のことだ。同時に、新しいジャンル（なかでも、現代フランス語の辞典）および復活した古来のジャンル（悲劇、喜劇、小説）が、近代的な詩学の礎に据えられた。十七世紀研究者たちは、以前から、この時代の文学的なるものが占める社会的地位が提起する問題に注目してきた。[5]出版、教育、雄弁術の役割、フランス語の翻訳作品の発展と趣味の変化との関係、といった点についての研究[6]によって、十七世紀が、文化の枠組、とりわけ文学の枠組において、決定的な変化を遂げた時代であることが明らかにされた。しかし、こうした分析が十全に意味をもち、なお残されている闇の部分が全面的もしくは部分的にでも解明されるためには、それらを一つの全体的な力学と関係づけて捉え直さなければならない。

そうした試みに内在する困難は、この時代が、歴史、とりわけ歴史記述の中で独特の地位を占めるだけに、いっそう大きくなる。この時代が古典主義時代と呼ばれるのは偶然ではない。われわれの文化が最も多くを汲んできたのはこの時代からなのだから、歴史家や批評家がこの時代を特に好んで論じ、今も論じているのはゆえのないことではない。だが、〈偉大な世紀〉の神話が生まれ、この時代がある種の黄金時代とみなされてしまっているのも事実だ。このことによって、この世紀に対する歴史的遠近感は歪められている。ごく著名ないくつかの作品は繰り返し新たな読解の対象となっているのに、それ以外はほとんど、あるいはまったく顧みられることがない。同様に、確定された事実の傍らで、数多くの事実は知られてすらいない。それゆえ、われわれは、歴史的データ、それについて蓄積された言説、そして神話のイメージを同時に検討したうえで、これを見きわめ、分析し、多年の汚れを洗い落とさねばならないのだ。

神話的イメージのうち最も強固なものは、文学活動の主役たる作家に関わるものだろう。崇めるにせよ異を唱えるにせよ、古典主義作家たちはパンテオンに祀られている。彼らの作品がこの時代の文学の精華であるとみなす習慣も確立している。私は本書で、学術的なものも娯楽を目的とするものも、サロン的なものも大衆的なものも、文学のあるゆる変種にあらかじめ価値の序列をつけることなく向き合いたいと思う。この観点からまた、この時代のテクストや文書で「作家」ないし「著者」と呼ばれている人々であればすべて、本書でもそのように呼ぶことにしよう。この研究の主要な目的の一つは、まさに、「作家」とか「文学」という名称が、いかなる指標に基づくものなのかを定義し、その指標を現行のものと比較することなのだ。構築すべき対象は、分析を終えた後にしか定義しようがないのである。そうではなく、アプリオリな定義（それがたとえ操作的なものであっても）を立てるとか、さらに悪いことに定義を暗黙の了解にゆだねておくことは、データの解析以前に問題が解決したものとみなすことになるだろう(7)。作家の社会的状況に向き合うとは、彼らの能力、態度、戦略がどんなものだったかを示すことにほかならない。どのような葛藤が彼らを駆り立て互いを対立させ、どのような戦果が争われていたのか。また、思考法に入りこんでいる根本的な文化の枠組、文学的創作活動に介入する「ハビトゥス」は、どのようなものであったのか、問わねばならない。

あの作家たちが古典となったのも、彼らを広く認められた手本とするような歴史的過程に組み入れられ、学校教育カリキュラムの基本項目となることで、彼らが制度の地位にのぼったからこそである。彼らが文化遺産としての永続性をかちえたのは、彼らの作品および文学一般が公認の価値となり、学位の取得のため、また、「よい話し方」「よい書き方」の規範や卓越《ディスタンクシオン》化の手段として、徐々に社会的交換の回路に入りこんでゆく緩慢な過程の帰結である。こうした公認が起こるためには、前もって、判断と正当性をになう決定機関が存在し、文学的成功というかりそめのものに永続性を授け、社会的価値に押しあげる必要がある。だが、そうした文学の諸制度は、つねに偶発的なものだ。ジャンル間の序列、著名度の序列、文学とは何かという定義すらも、たえまない紛争の的である。十七世紀は、実践の社会的な枠（アカデミー、作者の権利、メセナ）――これを私は「文学活動の諸制度」と呼ぼう――、および形式とジャンルのコード化――すなわち「文学的諸制度」――の形成をみる時代だった。この世紀の半ばに、一大アカデミー網が張りめぐらされ、メセナはコルベールとルイ十四世の推進した国威発揚によって国家システムの一つとなり、その一方で検閲は強化された。これと平行して、言語と形式のコードは変容し、強固なものとなった。なかでも演劇が、主要な言語芸術の地位にのぼった。こうして、通例古典主義時代の二局面として区別される二つの時期の転回点に、ある歴史的複合体が存在し、そこで、文学実践の制度化された部分を生み強化する運動のうちに、文学が自律的な価値を獲得したのである。(8)

とはいえ、こうした諸制度が意味を持つのは、創作行為に働く一連の媒介物の要素としてでしかない。テクストの創造は、プ、リ、ズ、ムの集合体を通して完遂する。言語や作者の精神というプリズムだけでなく、場の構造それ自体というプリズム、また、場の中での、個々の制度に固有のコードや制度間の相互関係からなるプリズム。さらに、読者の能力や期待というプリズムもある。読者の側もまた、ジャンルのコード、批評家の確立した評判、教育の過程で身につけた思考習慣といったものの影響を受けている。一言でいえば、「読者の修辞学」というプリズムである。テクストが社会（＝指示対象）について述べていることと、社会に向かって述べていること（＝ディスクール）は、著者が諸制度と読者の双方に対して予期する反応に応じて屈折するのである。作家の想像世界とは、文学空間にあって形成される彼のイメージのことであり、作家の美学とは、彼がこのイメージに与える形象である。

文学場の社会学[9]は、今日、こうした媒介物の分析を可能にしている。それは、こうした媒介物を看過し、作者の社会的出自と作品の意味を直接結びつけようとする実証主義や、作品と社会との同質性を仮構し、プリズムとその屈折作用の特殊性を軽視するさまざまな「反映理論」を斥ける。[10]テクストが文学であるとみなされたりみなされなかったりする際にはたらくプロセス全体の中に、テクストをあらためて位置づけることが問題なのである。作品を、文学活動の実情が規定するあらゆる可能性、および、そこにはたらくあらゆる媒介物と関係づけることによって、作品のテーマと形式の両面にわたる固有の性格を見きわめること。それが、社会における文学的なるものについての語用論の役割なのだ。それは歴史認識への道であるばかりでなく、文化的枠組の現況分析への道でもある。

第一部　最初の文学場

文学が独立した社会的空間として成立するためには、文化的活動の総体そのものが、ある程度の自律性に達しうる状況に置かれていなければならない。したがって、文学場の起源は、それが部分集合をなす、知的活動の場の解放との関係のうちに探られねばならない。この解放の過程のなかで、他のさまざまな知的・芸術的活動の領域との関係、ないし競合・争闘のうちに、文学場のあらゆる特徴と制度が形成された。そして、フランス文化史にとって決定的な出来事は、文学場がたちまち文化の領域の中でも、最も活発で最も影響力のある部門となったことだった。

こうした過程の概略は、ある新たな機関の設置において、とりわけ明瞭に読みとることができる。アカデミーがそれである。もとよりアカデミーの形成が現象のすべてであったわけではない。だが、文学場の固有の性格と、文学場を構成する他の諸要素（メセナ、著者の権利、公衆との関係）は、アカデミーの空間において発動した力の配置を知ることで初めて明らかになるのである。

第一章　アカデミーの発展

ヴォルテールは『ルイ十四世の世紀』の始まりを、一六三五年、つまりアカデミー・フランセーズ設立の年に定めている。この年を起点とすることは妥当であり、もっとも至極といってよい。文士たちの集会であり、文芸の議論をもっぱらの目的とするこの〈アカデミー〉（大文字で始まる l'Académie が限定をともなわず単独で用いられる場合は、アカデミー・フランセーズ l'Académie française を意味する。ただし l'Académie ／ l'Académie française の二つの表現は等価ではなく、前者を用いると「アカデミーの中のアカデミー」、最高の権威を帯びた機関というニュアンスが強まる。以下の訳では l'Académie に対し〈 〉記号で囲った〈アカデミー〉の表記を当てる）は、文学活動に固有な組織の基礎を築いたのであり、それが公式に創設されたことは、フランスにおける文化状況が変化したことの象徴という意味を持つからである。

だがこの現象の公的な面のみにとどまってはならない。十七世紀には、公私とりまぜて数十ものアカデミーが創立された。文学的なるものの自律化の始まりは、アカデミーという局面において急速で前例のない展開をみせたのである。

アカデミーのネットワーク

前例のないこの変動にもやはりいくつかの先行現象は存在した。その第一は教育の領域に属し、「アカデミー（調馬場、武道場）」と呼ばれる場所で若い貴族たちが乗馬や剣術を学んでいたこと。第二には、作家たちが集まる伝統がフランスには中世からあったこと[1]。第三は外国、殊にイタリアに由来するものであり、元来君主の栄光を称えることを目的とした文学団体を指してアカデミーと呼んだこと。フランスでも一五七〇年には、バイフの提案により、国王礼賛とエリート教育の場としての「詩歌王立アカデミー」[2]が創設されていた。

これらのアカデミーに比べると、古典主義時代のアカデミーはおもに二つの点で刷新をもたらしている。それは、教育活動から分離したこと、そして何よりも私人のイニシアチブに属していることである。

新たな流行

アカデミーは専門家同士の討議のための集まりでなければならないという考えが、十七世紀に支配的となる。アベ・ドービニャックは一六六三年に、アカデミーを「勉学と勤労とを結びつけることを望み、公衆を教育する義務から解き放たれた自由な人々の集会[3]」として描いている。さらにリシュレの『辞書』（一六八〇年）は、アカデミーとは「文学者もしくは自由学芸のどれかを職業とする人々」の団体を意味し、その目的は「文芸もしくは専門とする学芸分野について語り合う」ことであると記述する。また、この語とそれが表す事柄に誰よりも関心を抱いてしかるべきアカデミー・フランセーズの『辞典』（一六九四年）は、この意味におけるアカデミーは当時の「フランス語の慣用に照らせば」新奇なものである、と強調している。教育とアカデミーの活動との分離を端的に示す事実として、イエズス会士たちが彼らのコレージュの中にさまざまな「アカデミー」を設け、そこで最も優秀な生徒たちが、授業の枠とは別に、勉学の成果を社会生活に適用することを学んだり、文学者としての専門的な訓練を受けていたことをあげよう。

当時のアカデミーはまた、もともと私的なサークルである。これらは「上からの」意向ではなく、教育のある階層の内的な推進力によって生まれた。公的機関の設立という理念は最初からあったのではなく、逆に、こうした私的なイニシアチブにお墨付きが与えられるようにと公認を求める動きが出現したのだ。自身も一アカデミーの発起人である、ドービニャックのようなアカデミーの何たるかを知悉した人物が、アカデミー「会」の数々を列挙するにあたって、もっぱら私的な団体の名をあげているのはそのためである。「私はドーシー子爵夫人の会に顔を出したし、ブルドロ殿、デクラッシュ〔レクラッシュ〕殿、ロオー殿、デュ・シャン殿、ロネー殿の講演会を目にした。またモンモール殿の会、安息日会、水曜会についての話も時折耳にした。」[4]このリストには、文学史が通常アカデミーの中に分類することのないスキュデリー嬢のサークル（会合の曜日〔安息日（sabbat）とは土曜のこと〕にちなんで「安息日会 les Sabbathines」と称した）やメナージュのサークル（「水曜会 les Mercuriales」）があげられているが、この事実はこれら私的なイニシアチブの強さをはっきりと物語っている。単なる私人が集い、文化に関わる問題を論じる会合を開けば、それだけで彼らのサークルは「アカデミー」の名に値したのである。

この二つの新たな特徴は、アカデミー活動のきわめて広範な普及を助長した。教育にも政府の決定にも縛られることのないこれらの団体は、こうして国中に増加していった。十七世紀初頭には萌芽状態にあった流行はやがて人々を夢中にさせ、知識人階層のみならず、地方貴族や町人階級までをもとらえた。

こうしてアルルの貴族たちは一六二二年に「才気と優雅のアカデミー」を創設する。またフュルチエールの『町人物語』（一六六六年）は、「王国のあらゆる町、あらゆる界隈に、莫大な数の〔アカデミー〕が創立され、人々はそこで韻文や散文について論じたり、刊行されたあらゆる作品について判断を下したりしていた」[5]と強調している（モリエールの『女学者』と同様の、その能力がないのに流行を追う人々への皮肉が、アカデミー人気の大きさを示している）。

このように、アカデミーはきわめて急速に発展していった。十七世紀全体を通じ、学問分野を問わず、その数は七〇以上にのぼる（**図2・付録1**）。アカデミー・フランセーズやその他の国立の大アカデミー（碑文・文芸アカデミー、科学、音楽、絵画、建築アカデミー。これらはすべてこの時期に発している）の創立にとどまらない、一大変動だったのである。「講演会 conférences」や「会 compagnies」、あるいは多くの場合「アカデミー」と称したこれらのサークルは、当時の知識人や芸術家たち固有の組織のありようを体現している。

専門家（または専門家を自称する人）に限られた場であるため、アカデミーは専門知識をその基本的原則としており、それに応じてメンバーを選定する。この資格による制限が、アカデミーの第二の基本的特徴である。ルノードは彼の「講演会」での討議を紹介するにあたって、「アカデミーが俗衆のための場ではないと考える人ならば、（集会への参加に）何らかの制限を設けるのは当然と思うだろう(6)」と主張し、この原則を根拠づけている。第三の特徴として、アカデミーは社交界の気晴らしや娯楽ではなく「勤労」（ドービニャック）を目的とする。もっと正確にいえば共同の討論と考察を指し、先にあげた一節の「文芸（……）について語り合う」「論じる」「判断を下す」といった言葉が示していよう。規範が作り上げられてゆく場でもあるアカデミーは、その専門分野において権威を保持しようと欲する。人々は彼らに「諮問する」（リシュレ）のだ。最後に、組織されたサークルがアカデミーたる資格を有することができるためには、規則正しくかつ長期間にわたる活動が行われなければならない（リシュレいわく「規則的に参集する」）。このように展開されるアカデミー活動は、要するに、諸々の文化的・芸術的価値を自主的に体系化し、正当化する試みの表れなのである。

全国的なネットワーク

古典主義時代における文学サークルが辿る展開は、つねにほぼ同一のシナリオに沿っている。まず、少なくとも有名人のはしくれ程度には名を知られている一名ないし数名の人物が、あくまで私人として音頭をとる。そこで彼らを囲んで五、六人からせいぜい一二人までの友人たちがサークルを作り、毎週あるいは隔週、定期的に集うことに決めるのである。グループには時に名前がつけられることもあるが、多くの場合は単に創設者の名で呼ばれる（先に引いたドービニャックのリストを見よ）。また、友好関係がグループ設立の基礎にある以上、活動の規則は一般に口頭での取り決め、暗黙の了解にとどまる。友人同士の間では、文書による煩わしい会則を定める必要がないからだ。

創設期を過ぎると、グループは時として急速に活動を休止する。内紛によるのは稀であって、むしろ政治状況（戦争、内乱）の結果や、とりわけ創設者が世を去ったり、活動の地を離れたことの結果としてである。たとえばトゥールーズの文学サークル角灯会 les Lanternistes〔この名称は会合が夜開かれ、会員たちがランタンを持って集まったことに由来するという〕は、一六四八年に二人の創始者、ペリソンとマラペールがパリに去ったため、設立後四年目にして解散した（だが一六六二年には、マラペールの帰郷により再開されることになる）。全体として、十七世紀のアカデミーの半分以上が十年と続かなかった。だがそれ以外のアカデミーは、一五年あるいは二〇年間も私的な団体のままで存続した。ラモワニョンのアカデミーがその例である。そして、いくつかのアカデミーは公式に認可され、少なくとも理論上は不朽のものとなる。たとえばアカデミー・フランセーズは、シャプラン、ジリー、ゴドー、コンラールが中心となって一六二九年に設立した私的サークルが母体となっている。

その数七〇のアカデミーのうち、二六団体が（活動停止期間も含め）十年以上にわたって存続し、一五団体が公認にこぎつけた。アカデミー界の第一のイメージは、少数の永続的で精力的な団体の周囲に、より小規模で短命なサークルが多数ひしめいている、というものである。新たな地盤を獲得しようと、エネルギーが次々と積極的に注ぎ込まれ、その結果アカデミーは続々と湧き出るように増大していった（**図1・図2**）。

こうした団体が長く存続しうるか短命に終わるかには、しかるべき理由がある。閉鎖的な団体は、見解とメンバーの統一を確保することができるが、人員数の弱小さゆえ、一人か二人の有力メンバーが抜けただけで立ち消えになってしまう。グループが存続するためには、発足時の統一性を危険にさらしてでもあえて新規メンバーを募集せねばならない。この危険は切実である。じじつドービニャックは、主催するグループの公認をもくろんでメンバーの増員をはかったために、一六六四年に分裂の憂き目を見た。サークルの存続はこのように、人員の問題と、それに伴う活動内容の一貫性に関係するのだ。

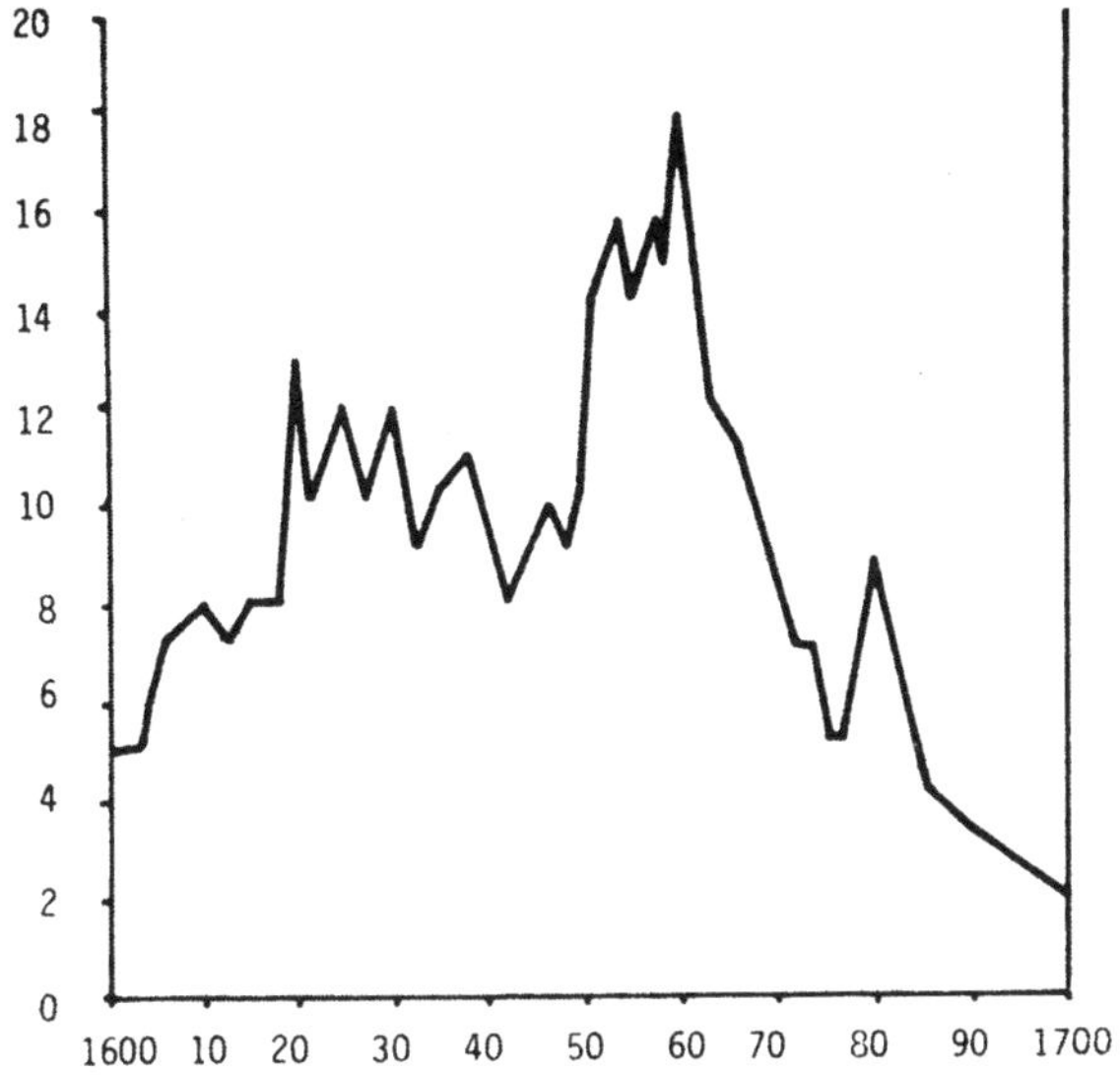

図1　アカデミー・サークルの数の変遷

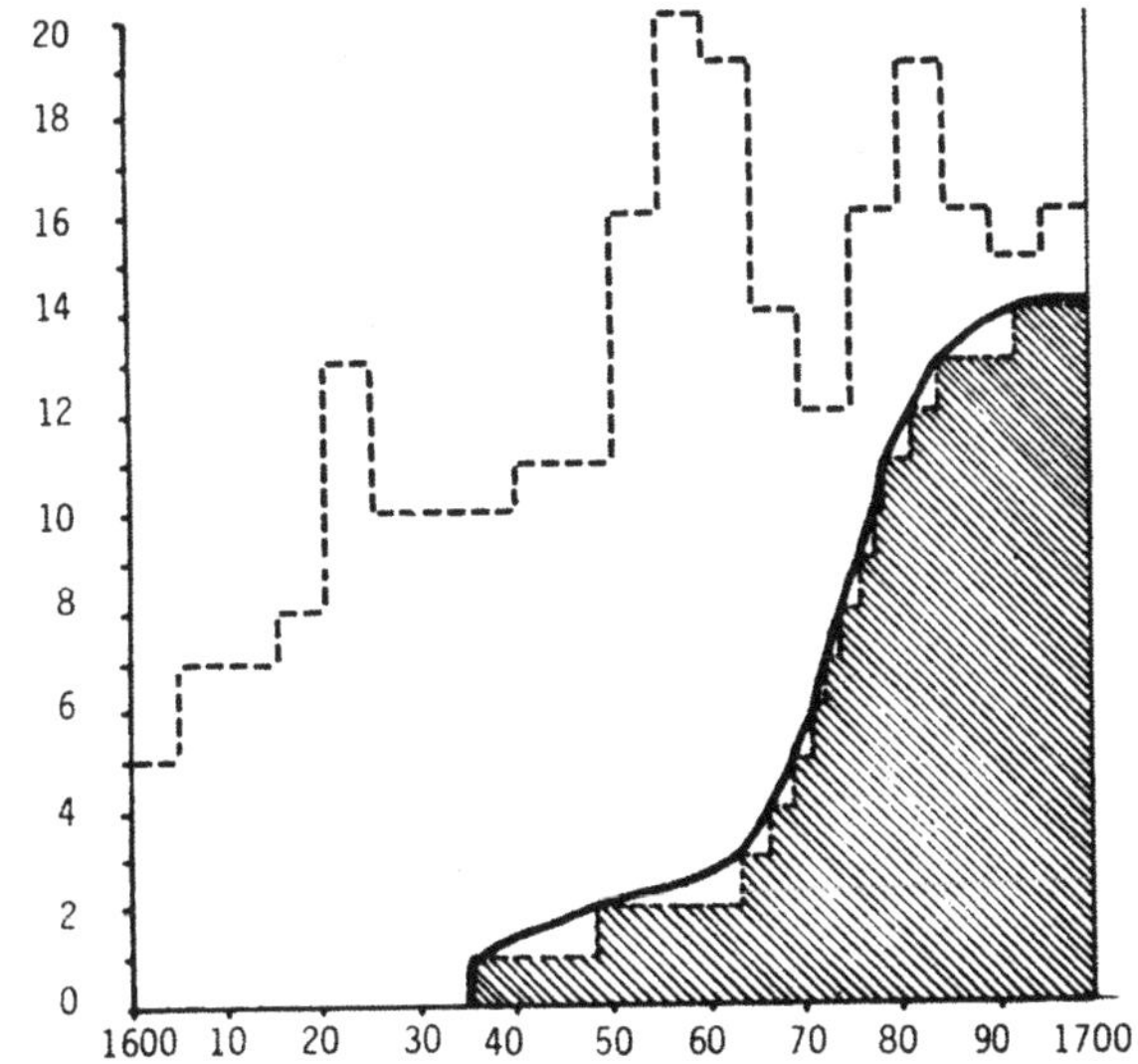

図2　アカデミーの全体数と公認アカデミー数(斜線部)の変遷

カストルのアカデミーは、二度にわたり新規会員を募集した後、その二二年間の歴史（一六四八年から一六七〇年）に終止符を打った。ところで、この会員募集は二回とも、内部の対立問題を誘発あるいは激化させることになった。第一に、本来新教徒からなるこのアカデミーがカトリック教徒を募集したこと。第二には、新教徒のメンバーのうち、一方にはペリソンやラクジエ、イザルンのような詩人、またはボレルのような歴史家、要するに「文士」たちがおり、他方にはガッシュ牧師のような学者かつ神学者たちがいたこと。前者が詩学や文芸批評に専念することを望んでいたのに対し、後者は、当時は政治的含意を帯びたテーマでもあった神学上の問題を討議することを望んでいたのである。

このようにアカデミーは、互いに関連する二つの重要な選択に直面していた。一つは、人員を増やすべきか否かという問題。もう一つは、多岐にわたる専門領域と関心を持った人々を広く集めるか、それとも知的活動の範囲をただ一つに限定するか、という問題である。長く存続した団体は、人員を増やすと同時に専門化した団体であった。古典主義時代のアカデミー活動が活発であるといっても、そこに属する人間の総数が同時に三百人を超えることはない。

当時の私的なグループでは一般に列席者名簿をつける習慣がなかったので、参加者すべての正確な人数をつねに把握できるわけではない。だが実態を明らかにするに足るだけのデータは残っている。短命のアカデミーは、設立期の会員数にとどまり、六人から十人の間である。オルレアンでは六人、ピア・モコールのもとでは八人、スキュデリーのもとでは九人……。最も長続きしたアカデミーは人員を増やし、二〇人前後で安定する。

ソワッソンとリヨンでは一七人、ラモワニョンのもとでは一八人、アルルでは二〇人、ニームでは二六人、アンジェでは三〇人。アカデミー・フランセーズは、国立組織というステータスとその威光に支えられ、四〇人にまで達する。こうして、アカデミー全部を合わせた会員数は、一六二五年から一六五〇年までの期間（図1）、二百人前後を揺れ動き、アカデミーの流行が最高潮に達した一六六〇年には三百人を越える。世紀の末には公認団体が大多数を占めるようになり（図2）、それだけで二七〇人を数える。

この数値は絶対値としては低いが、教育を受けた人口の少なさを考えれば、また、会員となるためには選抜が課されていたことを考えれば、相対値としてかなりのものである。当時、文学活動に関わる他のいかなる制度も、これほど多数の選ばれた参加者を集めてはいない。しかも、アカデミーの影響力は、メンバーの枠を超えて拡がる。諸アカデミーはその業績の一部を公刊する。コンクールを主宰し、文学賞を授与する。古くからの伝統である〔トゥールーズの〕〈文芸の祭典 Jeux floraux〉や〔カーン、ルーアン等の〕〈聖母讃歌の祭典 Puys de Palinods〉に加え、一六七〇年に創設されたアカデミー・フランセーズの雄弁賞もその例である。アカデミーは威信を保ち、会員たちは情報交換の一大ネットワークを維持している。したがって、「アカデミーに諮問する」とは、辞書の例文の中だけにとどまっていたのではない。二〇ばかりの団体に分散した三百人、これはもうすでに小さな「知識人世界」である。

この表現は、国内全体に広がるネットワークが急速に組織されただけに、いっそう妥当であると言えよう。そしてこれが、この知的世界のもう一つの主要なイメージを形成している。まだ全国を網羅するとはいえない（地図1）ものの、いくつかの地方、とりわけノルマンディーとラングドックの二つの地方で、アカデミーの組織はすでに深く根を下ろしている。なかでもパリは他を圧する地位を占め、一六ものサークルを同時に数える時期もあった。首都の影響はこのネットワーク全体を通じて伝播し、年を経るにつれていちだんと強まってゆく。

サークルという形態とその設立過程も、そのモデルはパリで形成されている。たとえばペリソンとマラペールがトゥールーズで〈角灯会〉を設立したのは、コルテやグールネー嬢、あるいはコンラールとシャプランがパリで行っていたことの模倣である。公認をめざしている地方のアカデミーであればなおさらだ。たとえばアルルでは、自分たちのサークルをお遊び程度にみなしている地元の人々の批判を封じるため、威光の獲得を求めてアカデミー・フランセーズへの加盟を申し入れた。アヴィニョンの〈切磋琢磨 les Emulateurs〉アカデミーはさらに野心的で、アカデミー・フランセーズとの対等合併を要求した。もっとも、この要求は拒否され、単に加盟にとどまるよううながされたのだが。ソワッソンでは、パリのアカデミーで影響力を持つ二人の会員、パトリュとペリソンが、地元団体の設立を支持し、コルベールから公認の許可を得ることに一役買った。アカデミー・フランセーズへの加盟は会則に明文化されており、それによれば、毎年韻文または散文の作品を一つ、一種の貢物として国立アカデミーに献上することになっていた。ソワッソンの会員たちは数年にわたり、これを履行したのである。地方の私設サークル、たとえばヴァルノンやクータンスでも、同様にパリの流儀が模倣された。[7]

アカデミーが国内全体にくまなく広がり、「啓蒙」を全国に普及させることになるのは、十八世紀になってからである。だが、その進展期からすでに、「地方はパリを鑑として模索を行って」[8]いる。こうして文化と言語の統一をはかる動きは進展した。中央集権的な王政はこの動きに乗じて、政治上の統一を強化することができた。公認アカデミーはローヌ川流域に中心線をくっきりと描き、ラングドック地方にまで及んでいる。もともと騒乱の多いこの地域で、政府が文芸サークルを支援したのは、フランス語の普及と、それを通して国民的統合を強化するためだった

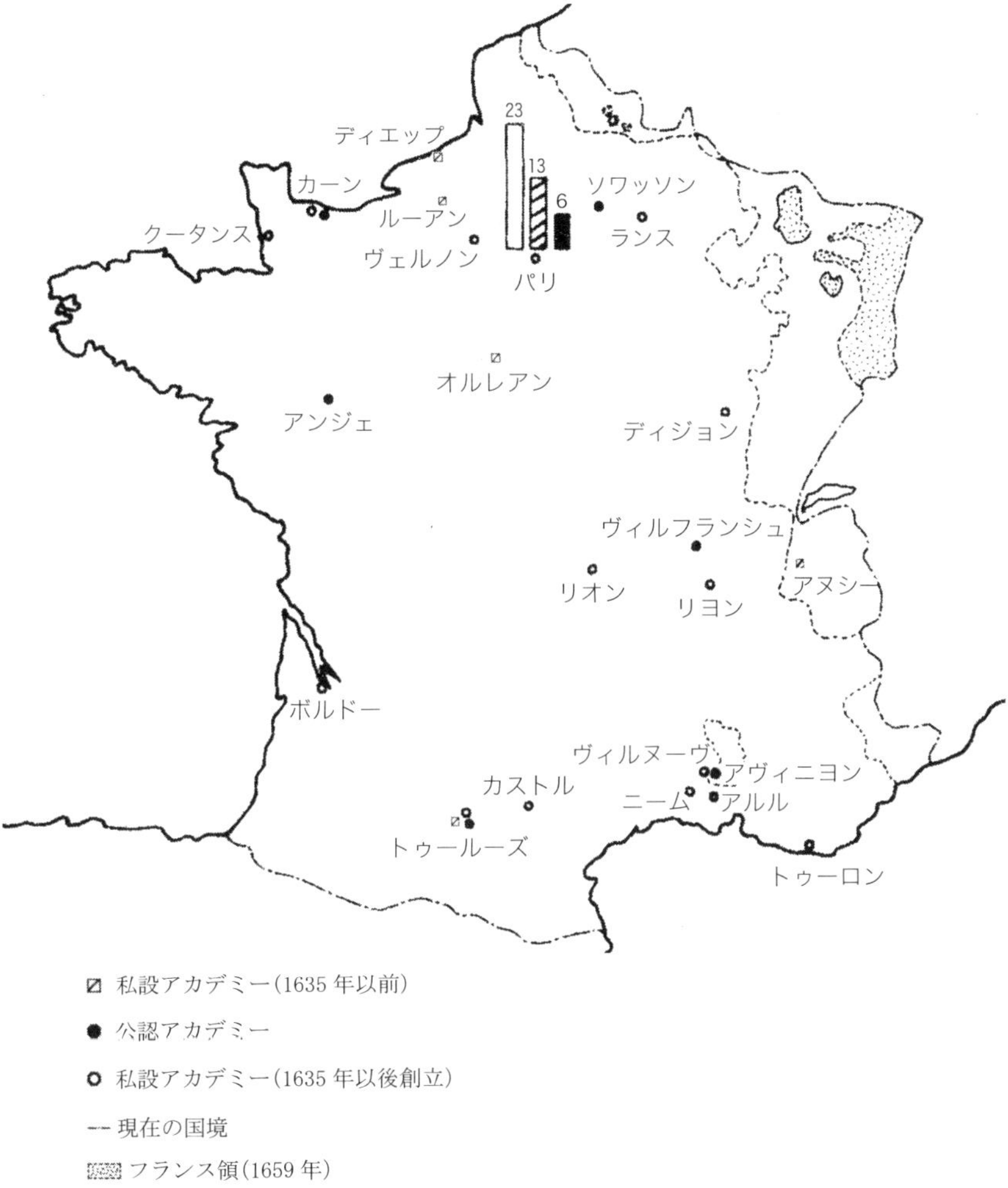

地図１　アカデミー・サークルの分布図

のである。

モデルと思想の伝播のためには、人々の移動がこよなき媒体となった。同一人物が相次いで、または同時にいくつものサークルのメンバーとなったり、地方人が地元のアカデミーで経験を積んだ後、栄達を目指してパリに出るのは、ごくありふれたことだった。

たとえばペリソンは、カストルとトゥールーズの地方アカデミーを経たのちアカデミー・フランセーズの歴史を著し（『アカデミー・フランセーズの歴史』一六五四年）、その会員となった。また、アルル出身のグリーユ・デストゥブロン、カーン出身のモワザン・ド・ブリューらも同様である。一方、地方のサークルはパリの高名なアカデミー会員たちを招きよせることに努めた。ソワッソンの例はすでにあげたが、カーンではスグレとユエの、アンジェではメナージュの協力を得たし、ニームではフレシエの協力にソルビエール（ラモワニョン・アカデミー会員）とカッサーニュ（アカデミー・フランセーズ会員）一族の支持が加わった。パリのサークルにはかけもちの会員が大勢いた。アカデミー・フランセーズの権威的地位にあったシャプランは、メナージュの集会の常連で、スキュデリーの集会にも参加し、また「小アカデミー」（碑文・文芸アカデミー）の創設者の一人でもあった。他には、フュルチエールやメーナール、ボワロー兄弟、パトリュなどが同様の行動をとっている。しかし、かけもちという点では何といってもペリソンが群を抜いている。彼は、すでに見たように、カストルやトゥールーズ、ソワッソンのサークル、そしてアカデミー・フランセーズで活躍したが、さらにはメナージュ、スキュデリー嬢、ラモワニョンのサークルにも参加している。

会員たちがこのように移動できたのは、サークル間の競争、対立関係、衝突といったものが比較的限られており、断絶にいたることは稀だったからである。この新たな文化変動において、全体の活力が個々の衝突を凌駕し、各人はそれぞれアカデミーの拡張に乗じて、少しでも良い地位、少しでも多くの地位を、束縛されることなく追い求めることができた。しかし、だからといって衝突が皆無だったわけではない。

文士たちの覇権

さて、こうした「会」はどれも、あらゆる主題に関わるべきか、それともある特定の専門分野を墨守すべきか、の二者択一を迫られていた。前者は人文主義の伝統に属し、文献学と古典古代の研究に基づく百科全書的な知のあり方を優先させるものである。これは「知識人 lettrés」的態度と名づけられよう。後者は、文芸、自然科学、芸術を、それぞれ別個の分野として区別する。台頭しつつあるこの態度を代表する人々は、文芸の創作や批評を専門とする人々であるが、ここでは彼らを「文士 littérateurs」と呼ぶことにしよう。一つのグループや一個人でさえも、この二つの方向性のあいだで揺れ動き、選択は必ずしも意識的になされたわけではなかった。しかし、両者の関係は古典主義時代の間にすっかり変化し、そのことが文化の諸概念を根本的に変えるようすがにも帰結にもなった。

宗教戦争の余弊がまだ跡を残していた十七世紀の初め、アカデミー活動は、古くからの文学コンクール〈聖母讃歌〉や〔トゥールーズの〕〈文芸の祭典〉の組織の名残りでしかなかった。新たな動きはマルグリット・ド・ヴァロワおよびマレルブのサークルとともに始まる。この二つのグループは非公式であったが、すでにアカデミー活動の主要な特徴をいくつも先取りしている。また、文学活動を主な目的とするものではないが、部分的にこれに関係する団体として、アカデミー・フロリモンターヌが創設され、そこでは信仰心の涵養のために文献研究が行われている。

アカデミー熱の最初の波は、一六二〇年代、文化全般の拡大の動きとともに押し寄せた。この時期は知識人的態度が優勢であり、その中心は「デュピュイのアカデミー」である。

デュピュイ兄弟は、彼らが司書を務めていたド・トゥー法院長の図書室に、「人文主義自由思想 libertinage érudit」[9]の典型となるグループを集めていた。この十人ほどの構成員はいずれも学者、すなわち哲学者、文献学者、それに歴史家でもあった。ガッサンディ、ラ・モット・ル・ヴァイエ、ノーデといった面々である。彼らは詩人や小説家、劇作家をことさら重視しないが、それでも機会があれば受け入れる。たとえばシャプランは、彼らと接触する機会があった。多くの作家が、彼らの弟子であったり、彼らの影響を受けたりした。シラノ、シャペル、サン＝テヴルモン、モリエール……　彼ら人文主義リベルタンには党派心がなく、業績さえ立派であれば、あらゆる見解を持った学者たちと関係を結んだ。彼らは諸外国の知識人たちと交流し、「文芸共和国」、すなわち、政治上の境界を越えた、暗黙のものではあるが力を持った知識人の連合体の中心に位置した。デュピュイ兄弟のサークルは、その学術的権威と国際的知名度により、知的活動において他を圧する地位を占めていた。

同じ時期に、文字どおりの文学サークルも発展する。マレルブは従来どおり弟子たちを自宅に集める。すでにかなり名の知れていた著者たち（グールネー、コルテ）は自分のサークルを作る。野心を抱く新人たちはピア・モコールのもとに集う。こうしたグループの間には、重大な意見の相違がある。マレルブ派の言語純化の試みや当世風の趣味は、グールネーのサークルが墨守する擬古主義的な伝統と対立している。このように分裂した文士たちは、知識人たちに肩を並べるだけの評判も権威も持ちえずにいた。

一六二九年、マレルブの死後まもなく、彼の見解に共鳴する詩人たちのグループが結成される。彼らの知名度はまだ低く、多作な批評家であり小説家でもあった［ベレーの］司教カミュは、言語と詩学の教導に横槍をいれるこの「純粋主義者たちのアカデミー」を嘲笑している。[10]しかし、シャプラン、ゴドー、コンラールとその友人たちは、このサークルの設立を通じて、かつてマレルブの弟子たちのグループ（まだ何年間かは存続している）やコルテの「高名なる牧人たち Illustres Bergers」のグループが標榜した当世風趣味の流れに拍車をかけることになる。こうして、文士たちの間の、マレルブ的な純粋主義者と擬古主義派（グールネーのサークルやデポルトの弟子たちのサークル）との対立は、前者の優位に転ずる。その結果、アカデミーの発展史における第一期の終わり、つまり一六三五年には、知識人たちが依然優位に立っているものの、文士たちが十年前よりも結束を強めている。そして、その内部では、社交界に根ざした純粋主義者たちの覇権が決定的となり、さらにアカデミー・フランセーズの創設によって彼らの地位はゆるぎないものとなる。リシュリューは、この新たな国家組織を創設するにあたり、科学、哲学、神学に関わり、宗教・法律上の権威筋と対立する危険すらあったデュピュイ兄弟のサークル――じじつ、そのメンバーの何人かは権威から脅かされていた――よりも、むしろ言語と文芸美学の問題のみを専門とし、自らの中央集権政策の助けとなるグループに支柱を求めた。しかしこうした選択は、その後確立されていく文化の進展の根底に流れる傾向とも関係していた。

アカデミー運動の第二期（一六三六年―五〇年）には、とくに文士たちのあいだで、新たな団体の設立は減っている（**図1・図2**）。新設されたアカデミー・フランセーズが、その威光と会員数を増すことで、それがなければ他の諸サークルを活気づけたであろうエネルギーと人員を吸い寄せたのである。ここに公認の基本的特徴がある。国立アカデミーは以前から存在していた私設サークルから生まれたのだが、これらの運動の活力を呼び起こすどころか、自らの利益へねじ曲げるのだ。

また、一たん地位が確立すれば、その地位はゆるぐことなく残る。デュピュイのアカデミーは文化場の中で高い地位を保持していた。じじつアカデミー・フランセーズはこれを認めている。辞典編纂の企画がもちあがったときも、シャプランはその計画を「デュピュイ兄弟殿の書斎」に提出して、その賛同を乞うことにこだわったほどである。[11] これと同時に、さまざまな知的領域を区別する動きが増大し、知識人的傾向は徐々に衰退してゆく。

この時期、学問分野の細分化はとりわけ科学の領域に著しい。[12] 数学者、物理学者、天文学者らによる複数のグループが、デュピュイのサークルの権威を否定することはないにせよ、独自に組織されてゆく。メルセンヌ神父は一六三五—三六年からミニム会修道院で学者らを定期的に招集する。同じ頃、主としてフェルマとパスカル（〔ブレーズの〕父）の加わったグループが結成される。このグループは一六四二年、当時の文献で「パリ科学アカデミー」の名で呼ばれることもある「アカデミー・ル・パイユール」に合流する。ブルドロもコンデの館で自分のサークルを開いていた。科学アカデミズムの専門化はすでに始まっていた。というのも、これらのグループは、人文主義リベルタンたちと異なり、文献学よりもまず精密科学に関心を抱いていたからである。

美術の領域でも同じく専門化の動きが見られる。王宮内の装飾および国家儀式一般を任された画家たちの特権的な地位が評価され、一六四八年、彼らのアカデミーを公認する旨の開封特許状が与えられた。しかし、ここでもまた、見解の衝突による内部対立が引き起こされる。「アカデミー・ド・サン＝リュック」に集った画家たちは、一六五一年にいたるまで、新たな官許団体をけっして認めようとしなかった。のちにこれを受け入れたとはいえ、一六五八年までは半ば自律的なサークルとして活動し続ける。

運動の第三期（一六五〇年—六六年）では、学問分野の細分化の結果、文化場の構造に変化が生じる。この時期、アカデミー界は活気づいて、とりわけ私設の文学サークルが次々と立ち上げられる。知的領域を個々の活動部門に専門化する動きはここにおいて決定的となる。一六五〇年以降、デュピュイのアカデミーは急速に衰退し、これにともなって百科全書的人文主義の伝統も衰えてゆく。その遺産は、ラモワニョンのアカデミーなど、いくつかの重要なサークルがになうものの、これらのサークルも次第に文士たちをメンバーに加え、高い地位をも与えざるを得なくなる。一六六三年の「小アカデミー」の設立、そしてとくに一六六六年の科学アカデミーの設立をもって、学問諸分野の分化は達成される。地方の私設アカデミーでも状況は同じであった。たとえばカーンでは、一六六二年には地元アカデミーの中に科学者たちのグループが生まれ、独自の活動を開始する。同時に、文士たちの地位は強まってゆく。

文士たちにとって、数の優位と私的なアカデミーの活力回復は追い風となった。アカデミー・フランセーズの威光も彼らに味方してくれる。公式の設立団体としては最初のものであるこの団体は、ペリソン執筆の『アカデミー・フランセーズの歴史』によって、自らの賞賛におよぶ。しかも、その傘下に複数の地方アカデミーが入ることで、文士たちは知識人、芸術家たちの間で最も影響力を持つ存在となる。しかし、ここでも新たな衝突が文士たちの間に生じてしまう。より社交界的なサークル（メナージュ、スキュデリー、リシュスルス）は、人文主義的伝統の保持に固執する他のサークル（ドービニャック）と対立するのだ。文学の領域は、他を圧する当世風趣味と文献学への回帰の可能性との間で揺れ始める。しかしこれはまた、文化活動全体の中で文学の領域が他から区別され、特別の重みをもつようになったことのしるしにほかならない。

この時期に続いて一時的に小康状態が起こり、それから息を吹き返して発展期へと突入するが、この発展は比較的緩やかで、特に地方での公認サークルの創設が原動力となっている（**図2**）。このたびの公認化は、「建築アカデミー」の設立（一六七一年）および「音楽アカデミー」の設立（一六七二年）とともに、文化場の細分化を決定的なものとし、それと同時に、パリのモデルを国中に普及させることにより、文士たちの覇権をも決定づける。

十七世紀を通じた一連の動きの帰結は、はっきりとした数字に表われている。七一あるアカデミーのうち、文学を専門とするものが五六団体(そのうち一〇が公認団体)であるのに対し、学術部門は総計わずか九団体のみ、絵画が四団体、音楽と建築はそれぞれ一団体である。たしかに、諸科学の発展は、新たな理論に対するカトリック教会の敵意によって妨げられていたし、また美術は、専門的な技能の習得に長い時間を要した。教養ある人士の多くにとって、文芸の方が近づきやすかったのは確かである。だが、文芸が優位を勝ちとったことが、この時代の最大の事実であることに違いはない。

新手の学者

古典主義時代におけるアカデミー活動のおかげで、文士たちが、人文主義的な百科全書的精神の継承者たる知識人に取って代わった反面、この変化を引き起こした衝突や緊張状態が、美学上・理念上の相反する選択肢をもたらした。これらの衝突は、創作活動とその規範に固有の論理において、文学者および文学の社会的地位についての二つのビジョンが対立していたことのあらわれである。

敵対者の立場――『アカデミストの喜劇』

最初の公認団体の創設はさまざまな反発を引き起こした。パリ高等法院は、書物や検閲制度に関する自分たちの特権がアカデミー・フランセーズによって侵害されることを恐れ、この新団体の会則を登録することを二年間も拒否しつづけた。「会」に加わるよう持ちかけられた文士たちも、私設サークルが現に享受していた自主性を失うことを思い、皆が皆気乗りしたわけではなかった。また、声をかけられなかった文士仲間には、参加者を手厳しく愚弄した者もいた。しかしこれは内輪揉めにすぎない。もっと根本的な対立もあった。『アカデミストの喜劇』がその主たる表れである。[13]

一六三七年に書かれたこの作品は、手書き原稿の形で流布し、次いで一六五〇年に匿名で出版された。最初はサン＝タマンの作と見なされたが、やがて作者はサン＝テヴルモンとエトランの二人だということが明らかになった。彼らはともに貴族で、この時期には文学者というよりむしろ武人だった。一六八〇年、サン＝テヴルモンは作品を自作と認め、手直しを加えて、『アカデミー会員たち』とした（出版は一七〇五年）。『アカデミストの喜劇』には本来の意味での筋立てはなく、大まかにいえばかろうじて次のような話の流れを辿ることができる。アカデミー会員たちが集まって厳粛な会合を開き、そこで、「正しい語法」について、また、いくつかの語を正規の語彙に含めるか否かについて、議論する。そのさい、個別の対話があれこれ行われ（第一幕から第四幕まで）、最後にセギエ大法官を議長とする総会が催される（第五幕）。これは一種の寸劇のシノプシスで、作者たちは一連の諷刺画を気ままに描き出す。

サン＝テヴルモンとエトランは、演劇という形式を選ぶことにより、アカデミー活動に固有の特徴を暴露する。つまり、アカデミーには儀式や演出がつきものであり、これを『アカデミストの喜劇』はあらためて舞台にのぼせてみせるのだ。しかも、作者は舞台裏、つまり内幕で起こるあさましい諍いまでもさらけ出している。その結果、描写内容と描写方法という二重の意味で、演劇性が表現されるのである。こうした構造は皮肉を表現するのに好都合である。作品の短さ（八〇五行）もまた、敏捷なテンポと快活な調子を一貫して保つのに寄与している。

しかしこれは、――演劇ジャンルそのものに対するプリズムと、劇中劇という構造とによる、二重のプリズム効果をもたらす――「肘掛椅子の劇 théâtre dans un fauteuil〔英語の"closet drama"、ドイツ語の"Lesedrama"と同義で、上演を目的としない読むための劇を指す〕」である。この発話形式により、題名や献辞も含めたすべての行に諷刺を感じさせ、それだけにいっそう辛辣さを増してゆくのである。

この題名は一種の言葉遊びであり、「アカデミスト」は「調馬場」を意味する方の「アカデミー」を指している。つまりアカデミー会員は馬と同一視され、知的世界から遠く離れた場所に連れ去られるのである。献辞は「会」のメンバーに捧げられ、数々の誇張的表現を繰り出したのち、最後に語り手は本性をあらわす。

「これ以上包み隠さずに申すなら、私は
あなた方の愚かさと卑劣さの、会員諸氏よ、
心からの敵でございます。」

二人の作者は、アカデミー会員の中でも、たまたま、あるいは強いられてメンバーとなっている、彼らによれば他のメンバーとは心がけの違う作家たちを別扱いにしている。こうして作品の冒頭では、サン＝タマンがトリスタンと会話し、同僚たちをさんざん罵る場面が描かれる。これに続いては、会員たちが彼らの団体に向けたデュ・ボスとソレルの攻撃に太刀打ちできる人物は誰だろうかと詮議し、ラカンの名が挙がる。しかし、ラカンは自分が名をつらねている当の団体を真っ先に愚弄しかねない人物であることに思いいたった会員たちは、すぐさま断念せざるを得ない。ところで、献辞の中でサン＝テヴルモンは、アカデミー会員たちが不当にもマレルブやテオフィルの

後継者を自称し、バルザックの弟子を自任していると答めている。この三人の著者は、家柄の点でも、態度においても、貴族的なモデルと結びついており、筆で身を立てる人間と見なされることを拒否していたが、これはトリスタンやサン＝タマン、ラカンにも共通する特徴であった。プロの著者と、気晴らしとして文学を行う人々との対立が、克明に表れている。

『アカデミストの喜劇』はまた、劇の展開につれて、文学アカデミーに付随する二つの重要な事実を明るみに出してゆく。一つは、公認アカデミーが先行する私的なサークル運動の活力を手中にするそのやり口、もう一つは、次第にアカデミー活動の中心課題となってゆく、言語上・美学上の規範に関する対立構造である。後者は、擬古主義からも特殊な専門用語からも等しく身を遠ざけようとする「純粋主義」的な態度をめぐって議論され、この作品の中心をなしてゆく。

『アカデミストの喜劇』は「サン＝ジャック通り、〈金羊毛〉の看板を掲げたカミュザ書店」で繰り広げられることになっている。一六三七年当時、〈アカデミー〉には所定の集会場がなかった。作者たちは、一書店を舞台とすることで、この会が貧しい三文文士の集まりであるという印象を強めようとしたのである。また、これによって彼らは、他の場所では起こりそうにないさまざまな状況を素描することが可能になった。とりわけ読者は、〈アカデミー〉に先立つ諸サークル出身の著者たちの対立がこのアカデミーの中にまで持ちこまれたあげくのいさかいに、立ち合わせられるのである。たとえば、「純粋主義」サークル創設者の一人ゴドーと、かつて自身のグループを持っていたコルテが、それぞれマレルブの正統的後継者であることを主張する。また、リシュリューの秘書官たちを出身母体とする、より「学者的な」一派の代表者、ションが居合わせる場で、人文主義および擬古主義的伝統の信奉者であるグールネー嬢（彼女自身は「会」の一員ではなかったが、書店という舞台設定ゆえに姿を現すことができる）が、新組織の柱となる二人の「社交界人士」、ボワロベールとセリゼーに食ってかかる。この場面（第三幕第二場）は三重の発話による効果を生み出している。まず最初の段階として、グールネー嬢がセリゼー、ボワロベールと論争する。第二の段階では、ションが彼らの対立を傍観し、皮肉交じりにこう評する。

「人とは皆愚かなものよ、賢者のつもりでいるのだな
他人の中に自分自身の目鼻立ちを咎めておきながら。」

（四二九―四三〇行）

しかし、そのション自身も、読者の目から見れば滑稽な人物として描かれていることから、第三の段階として、諷刺の効果が倍化する。

グールネー嬢の役割は、擬古主義的立場の体現にある。ションの役回りは、専門用語がやたらに鼻につく学者と理屈家である。たとえば、ションは接続詞 or〔しかるに〕が神学上・哲学上の論説には不可欠だと考え、これを語彙の中に残すことに固執するのだが、セギエ大法官が議長を務める総会で、ゴドーは or を「スコラ学の匂いがする」（第五幕第二場）という理由で攻撃する。ゴドーはまた、d'autant que〔であるがゆえ〕も「あまりに古臭い」として攻撃し、グールネー嬢に代表される立場を斥ける。このフィクションでも歴史的現実においても、ゴドーとシャプランの二人が代弁する純粋主義者の提案する語彙とは、「才人たち」〔第四章第五節参照〕（三一九行）の用いる語彙であって、要するに宮廷社交界人士の言葉づかいにほかならない。登場早々（第二幕第一場）シャプランは、読者を宮廷に求めると同様、美しい語法の手本をも宮廷に求めるのだと明言している。しかし、この社交界の言葉づかいをただ真似るだけだと言っているのではない。それに規則を与え、純化し、さらに洗練さ

せねばならないというのだ。

諷刺的描写を誇張させることにより、『アカデミストの喜劇』は、アカデミーにおける議論の中心課題、すなわち、支配的な文化のモデルとは何かを浮彫りにしている。そしてこの作品は、純粋主義者たちの美学上の選択を、プロの著作家としての彼らの境遇と結びつけて、きわめて明確にとらえている。

この作品は、書店を舞台に据えることで、たとえば書店との契約で引き受けた原稿を期日どおりに渡さなかったために牢獄送りとなったボードワンのような、三文文士の不幸を明るみに出す（第三幕第一場）。またコルテとゴドーとの対立では、ライバル作家同士の傷つきやすい自尊心も暴き出して見せる（第一幕第二場）。作品はまた、なかなかインスピレーションの湧かないシャプランが、ある詩作にけりをつけようと、テオフィルの詩から剽窃を行う様子も笑いものにしている（第二幕第一場）。そして、読者にくまなく事情に通じてもらおうと、冒頭のトリスタンとサン＝タマンとの対話では貧乏作家たちの卑しい仕事ぶりがけなされている。

「ボードワンは版画の下に詩を作り、
コルテは五スーのために作品を書く。」
（五三―五四行）

純粋主義者たちはここでは、美しい語法を「自然」に身につけている社交界の人間ではない。書いたもので生計を立てるため、上客である宮廷やパリの社交界人士を喜ばせるような規範を公認させるべく、躍起になった物書きとして描かれるのだ。

こうして、アマチュアとして文学活動を行う貴族と知識人との同盟関係があらわれる。両者とも、自分たちの詩や劇作品で利益を得ようとする作家や新参者に対して敵意を抱いている。サン＝テヴルモンとエトランは、いずれも知識人たちの手で教育を受けた若い貴族の一人だった。『アカデミストの喜劇』は、二人が現状維持を支持する者であることの声明である。現状とはすなわち、芸術的・娯楽的文学はそれを楽しみとする貴族たちのものであり、真面目で高尚な文芸は碩学たちのものであるがゆえに、文士たちが入りこむ余地はない、というものである。文学的諸価値のヒエラルキーをめぐる、かくのごとき対立の図式において、二人の劇作品は、知識人を貶めてまでのし上がろうとする文士たち、それまで人文学者 doctes に認められていた権威を奪い、新手の学者 nouveaux doctes を自任する純粋主義者たちに対して、敵対する立場をとっている。作品の最初の四行がそれを物語る（話している人物はトリスタンである）。

「友よ、誰がわれわれのアカデミーをあざ笑わずにいられよう？
マイエ(14)すらかつてこれほどの恥辱を被っただろうか
今日この矮小な著者たちが
稀有な学者を気取っているのに比べれば？」

批判は政治的含意にまで及んでいる。エトランはリシュリューに敵意を抱いていたが、『アカデミストの喜劇』は〈アカデミー〉創設者たるこの宰相を直接に非難することはない。迂闊な真似は禁物だからだ。しかし、権力を代弁する登場人物セギエに、企ての目的はイタリアにある諸アカデミーに劣らず威光ある団体をフランスにも設立することにある、と語らせている（第五幕第一場）。作品一流の皮肉は、この企てを二重に好ましくないものとして提示する。それは著者たちから自由を奪い、そして特に、知識人を犠牲にしてまでも文士を優遇するものだから、と。しかし作品は同時に、最も伝統的な態度を信奉する者たちが、権力と新手の学者との間で結ばれる同盟関係に脅威を感じていたことを暴き出している。

純粋主義者の勝利

リシュレが語の定義に際していみじくも述べたように、アカデミーとは文芸を生み出す以上に、それ「について語る」場所である。当時のアカデミーが生んだ著作の数は、団体数の多さと比べるとかなり貧弱ではあるとはいえ、けっしておろそかにできるものではない[15]。そこには、詩やフィクションがほとんど見当たらないが、その反面、修辞学や詩学、言語学に関する論述は豊富だ。アカデミーの影響力はまた、そこで行われる意見の交換、さらにはとりとめのない会話や雰囲気にも多くを負っている。その訴求力は、むしろ形式にのっとった理論的著作以上に強かったかもしれない。こうして、規範を作り出す機関としてのアカデミーの役割が、さまざまな形で表面化する。

こうした文学アカデミーの公準を総合したものであるアカデミー・フランセーズの『会則』は、その二六条で、会員が時間をかけて辞典、文法、修辞学、詩学を作りあげる役割を担うことを規定していた。同様の関心は、私的なサークルをも動かした。カミュは一六三〇年の『〔ナルシスとフィラルクとの間の文芸上の諍いに関する〕アカデミーの講話』で、純粋主義者たちのサークルにおいて同様の動きがあることを報告しているし、フュルチエールも一六六四年の『町人物語』の中でそれにふれている。地方のアカデミーでも事情は同じだった。たとえばアルルのアカデミーを公認する特許状の前文は、この組織の存在意義を次のように説明している。「……この紳士方は美文学を愛好することで一般人士とは区別された者となり、また彼らが示した学識のあかしによって、彼らの団体は世論 voix publique がこれをアカデミーの名をもって称えるにふさわしいものとなった。学者同士が、人目にふれずひっそりと、言語の純正さ、修辞学と詩学に関する作品について話し合う、私人の集まりにすぎなかったこの団体が。」

巧みなレトリックによってこのテクストは、公認化とは民の声 vox populi がすでに承認していた事柄に対するお墨付きのことであると意義づけ、「アカデミー」という呼称と詩学・言語学への関心とを密接に結びつけている。

美学上の規範は、『ル・シッド』論争と、それがきっかけとなってうち出された公設アカデミー初のマニフェスト『〈ル・シッド〉に関する』アカデミーの見解』とともに、ごく初期から前面に押し出された。しかし、議論は十七世紀を通じて、はっきりと定まった体系としては結実しなかった。予定されていた『詩学』の刊行はついに実現することがなかったし、ルイ十四世在位の末期、フェヌロンの〈アカデミー〉への『手紙』は、問題がなお未解決のままだったことを証言している。だが、詩学の問題に対するアカデミー活動の影響は、もっと漠然とした形で浸透した。すなわち、アカデミーは諸形式の体系化（『〈ル・シッド〉に関するアカデミーの見解』は、演劇ジャンルにおける「単一」の規則整備に関わっている）にも貢献したが、とりわけ影響を及ぼしたのは趣味の体系化に関してだったのである。

ペリソンの『サラザン作品論』、ラモワニョンのサークルによる諸業績の影響を色濃く受けたボワローの『崇高論』、あるいはパトリュのグループの議論と切り離せないラパンの『〈詩学〉に関する考察』は、どれも規則の理念よりむしろ趣味の理念を前面に押し出している。同じ流れに沿って、デュ・プレジールは一六八三年に

『文芸と歴史に関するアカデミー会員としての感想』を出版したが、その題名が見事に言い表している通り、衒学的で重苦しい理論家として語るのではなく、個人的な見解を提示することがその目的である。じっさい、これらの著者はみな社交界の人間であり、体系的で重々しい論述を斥けている。彼らには随筆家の書き方の方がふさわしく、こうした書き方ならば、規範が提示される場合も、やはり言外の意味や「感想」を伝えることができるのである。

規範の押しつけは言語に関してさらに徹底していた。辞典編纂は一貫して〈アカデミー〉にとっての、いやむしろすべてのアカデミーにとっての大事業だった。なぜなら、正当とされる語彙集を入念に作り上げる作業には、多くのアカデミーが参加したからである。また、『アカデミストの喜劇』においても、学者と社交界の人々との衝突の火種となっているのは言語上の規範であった。ところで、〈アカデミー〉も一時、人文主義的「〔人文〕学者」と純粋主義的「新手の学者」からの相反する要求を調停しようと試みたことがあった。

『会則』二四条には、この矛盾が克明に刻みこまれている。「当アカデミーの主な任務は、国語に確実な規則を与え、これを純正かつ雄弁で、学問を論ずるに適した言語とするよう、できるかぎり勤勉に努めることである。」「雄弁」な言語を望むとは、政治上、法律上、神学上のあらたまった論説に固有の言い回し、つまり、一部の古びた単語や構文の保持を求めることである。同様に、「学問を論ずるに適した言語」を望むとは、専門用語の保持を含意するものである。しかし、純粋主義の論理に基づく「純正」な言語とは、そのいずれとも合致するものではない。シャプランが初めに思い描いた構想では、次のような折衷策が提案されていた。古くなった用語も保持するが、それは古語であると注記すること。さらに、語彙に権威と実例とを同時に付与すべく、前世紀を含めた主要なフランスの著作家の作品を綿密に調べ上げ、引用文を語句の定義に添えることである。このためシャプランは、当時もっとも勢力のあったデュピュイ兄弟のアカデミーから賛同を得るために、一六三九年、自身のプランの検討を彼らに委ねた。アカデミー・フランセーズ会員たちはデュピュイのサークルが持つ権威を強く意識していたからである。バルザックは一六四四年のシャプラン宛の手紙で、人文主義リベルタンのサークルと公設団体を同じ資格で名指し、「両アカデミー」という表現を用いているほどである。(16)

しかし、みるみる勢力をかち得ていったのは社交界的傾向の方だった。有名な著者たちの引用を集める作業が長期間にわたり、論争へと発展しかねない事態になったとき、〈アカデミー〉はこれを打ち切ってしまったのである。このような強権発動を行うことで、規範を打ち立てる権威として自らを措定したわけである。ただ、これには保証が必要だった。そこで、辞典編纂は集団で行うには過重であるという理由から、この作業はヴォージュラに一任された。彼の準備ノートから『フランス語注意書き』（一六四七年）が生まれたのだが、その『序文』で彼は、「美しい語法」にしたがう旨を宣言した。つまり正しい語法という考え方を正当化する言葉の正確さよりも、言葉の優美さに重きをおいたのである。ここでの「美しい語法」とは、「最上の著者たちの書き方に即した、宮廷の最も健全な人々の話し方」（四頁）のことである。言語的規範はしたがって、二重の権威に依拠することになる。一つは社交界の人々という権威であり、もう一つは、社交界の人々自身を規定するところの、ヴォージュラが「われわれの師」と呼ぶ「最上の著者たち」の文章という権威である。そして、後者すなわち書かれた権威が最終的に影響力を持つのだが、その範をヴォージュラは、マレルブやゲ・ド・バルザックといった当世風の社交界作家の作品に求めているる。なんとも堂々巡りの論理ではないか。正当な言葉づかいとは、社交界の人々の話し言葉における語法のことだが、その語法じたい、純粋主義的作家たちによる書き言葉の語法に従っているのだから。

しかし、辞典編纂の、もつれにもつれ、遅々として進まない作業過程において、今度は純粋主義的傾向が内部分裂の憂き目を見る。

ヴォージュラの後任としてメズレーが編纂作業を受けつぎ、ある程度の科学性を持たせるために厳密さへの配慮と努力を要求した。しかし彼は一六七二年以降、ペロー、レニエ＝デマレ、シャルパンチエの率いるグループの批判を浴び、更迭されてしまう。彼らは、当時もはや伝説化したその停滞状態からアカデミーを救い出すべく、列席者名簿および勤勉な編纂者に対する報酬として出席札 jeton の制度を定めたコルベールの意向を、孜々として迎えた者たちだった。この「ジュトニエ jetonniers」、つまり出席札を与えられた編纂者たちは、辞典の方針をさらに狭く限定し、彼らの起草した「国王への献辞」の表現にならえば、君主の栄光を謳うのに最もふさわしい単語と表現とを集めることであるとしてしまった。それはもはや宮廷の言葉づかいではなく、狭い意味における宮廷人の言葉づかいに倣うことにほかならない。彼らの辞典は、苦心惨憺の末、二十数年を費やして（一六九四年）ようやく日の目を見たが、多くの欠陥をはらみ、不完全なままだった。辞典には、拠りどころとなるべき唯一の権威として、アカデミー会員四〇人の名簿が記載され、規範を世にもたらすのは彼らのみであることを明示していた。人文学者にも社交界の人々にも配慮しようとした、シャプランによる初めの試みの唯一の名残りは、単語がアルファベット順ではなく、語根の順に配列されていることだったが、これは、きわめて宮廷人的なこの語彙集に、奇妙な擬学術的外観を与えている。

権力がジュトニエたちの手にわたったことにより、対立に新展開があらわれた。アカデミー会員でありながら自らのサークルも主宰していたパトリュが、友人たち（ブーウール、ラパン、モークロワ、カッサンドル、そして自身の名を辞書に与えることになるリシュレ）と辞書の編纂を企てたのである。引用文を記載するとともに、マレルブ的伝統に忠実な純粋主義者らの語彙を収録するこの辞書『リシュレ』は、当時の文化的流行をリードするオネットムたちの語彙を代弁するものとなっている（典拠として当代の著作家四〇人の名簿が掲げられている）。

パトリュが離脱したとき、フュルチエールもまた自らの『辞書』の執筆を企てていた。彼は一六八四年に出版允許を得たものの、この允許は〈アカデミー〉に告発され、彼自身も会員の座を追われてしまった。[17] だがこれらの企ては、法的保護を失うのも辞さないほど、彼らにとって重要なものだった。『リシュレ』はジュネーヴで印刷され、『フュルチエール』はベールの協力によりアムステルダムで編集され（一六九〇年）、どちらも非合法にフランスで出回ったのである。いずれにせよ、引用文を活用し、古語や専門用語も収録し、単語の語源や歴史までも記しているフュルチエールの辞書が、三つの辞書のうちで最も多様性に富み、辞典編纂の当初の計画に最も近いことは明白である。この辞書もまた、人文学者たちに譲歩しつつも、結局のところ当時の支配的な風潮に歩を合わせている。すなわち、オネットムに向けて書かれ、彼らを規範として仰ぐことを明言しているのである。

〈アカデミー〉の当初の計画から生じた、これらの競合する三つの辞書は、純粋主義の勝利を証言している。以後、議論の主題となるのは、基本的原則ではなく、その適用についてだった。しかしながら、論点がもはや実質にではなく様式にある以上、議論はさらに限定され、困難なものとなっていた。問題の細部それぞれが態度決定を要求し、それぞれの態度決定は公認された制度との対決を強いられた。こうして、アカデミー運動は、文士たちに固有の領域を画定し、文化場における卓越した地位を彼らに与えただけでなく、統一をうながす新たな諸要素（規範）と、それらに関する選択（規範を適用する方式）の多様性との弁証法が、最も明確に表れる場にもなっていたのである。

メンバーたちが規範の定義について論じる一方で、アカデミーのネットワークは教養ある公衆を標的に、「大衆版」ともいうべき一連の簡略化した規則を流布させていた。これを担ったのはさまざまなサークルによって編まれた著作であったが、その大部分は専門家たちの限られた読者層に向けたものだった。これに加え、次の三つの媒体がもっと効果的にはたらいた。第一にアカデミーのネットワークそれ自体である。この媒体を通じて、最も威光のある団体がより地味なグループに対して規則を広める。こうして、とくに地方において、あまり専門知識のない公衆にも影響が及んだのである。第二の媒体は、より広い公衆を持った、アカデミーとサロンとの接触である。作家たちは社交界の人々との集いに足繁く通い、アカデミーで展開されている議論を伝えた。たとえば一六四〇年には、ランブイエ夫人のサロンが純粋主義論争に関心を抱き、接続詞 car〔なぜならば〕が「美しい語法」であるか否かを議論している。しかしとりわけ、規則の普及にいっそう重要な媒体となったのは、いくつかのアカデミーが会合の一部を社交界の公衆に公開したことである。これは、ルノードがその「講演会」で、またリシュスルスがその「雄弁家アカデミー」で行ったことである。リシュスルスは一六五〇年代末に自らのサークルを組織した。その頃にはフーケの傘下にあったが、フーケ失脚後、厚顔にもコルベールを支持した。[18] リシュスルスは当時雄弁術の教師でもあったので、そのアカデミーは彼のもとに、自分の生徒になる可能性のある者たちを集める役割を果たしていた。このアカデミーは、あまり名の知られていない六人ほどの会員で構成されており、その活動の一つは、毎週行われる「特別の」会合であった。そこでは、一ヶ月前から告知されていた世俗の道徳や詩学、ないし文学的テーマに関する主題が一つ、討論された。公衆は討論の傍聴を許されていた。各会員が口頭発表をし、ついでリシュスルスが「解決」を提示した。傍聴者は発言できなかったものの、主題を提案することはできた。発表と「解決」は後に書物として出版された。[19]

討論の主題は月並みなものだった。印刷術の利点とは、文芸の有用性とは、女性に好かれるには「物知り、上品、慇懃」のいずれであるのがよいか、翻訳の技術は創作の技術よりも難しいか、など[20]。ブルジョワや女性、貴族らがこうした会合に参加した。教養はあっても十分な教育を施されなかったこれらの人々は、そこで、世の中の動きを追うのに役立つさまざまな知識の要約を見出したのである。

このような講演会は、「高級な」アカデミーで論じられていた議論の微かな余波でしかなかった。しかし講演会によって規範 normes は平準化され、それゆえ社交界の公衆にとってわかりやすく扱いやすいものとなり、まさに「あたりまえの normal」ものと見られるようになった。

承認と変容

十七世紀には、文士たちの圧倒的多数がアカデミー運動に関与した。この点、『アカデミストの喜劇』の諷刺は、全面的かつ根本的に関与を拒否している唯一のケースだけに、いっそう目を引くものとなっている。

文学公認への道

とはいえ、個々のアカデミーに向けた諷刺が他に存在しないわけではない。それどころか、論争のコーパスは膨大である。しかし、『アカデミストの喜劇』を別とすれば、コーパスを構成するテクストは、あるアカデミーを攻撃することで別のアカデミーを持ちあげるものであるか、あるいは自ら会の活動に積極的に関与したり賛同している人間によって書かれたものである。

たとえば、一六三〇年にカミュが「ミュザック」〔カミュのアナグラム〕というあからさまな偽名で『ナルシスとフィラルクとの間の文芸上の諍いに関するアカデミーの講話』を出版した際、彼は次のような批判を行っている。「この純粋主義者たちのアカデミーは、万人にけちをつけることをなりわいとして、自分たちはほとんど何もしない。なぜなら、彼らが文芸作品を書けば、必ずや彼らに恨みを抱く人々の批判にさらされるだろうから。」しかし彼は、ここ以外の箇所では、「数学や歴史、詩歌、雄弁、そして神学者が人間的文学と呼び、最も洗練された人々が美文学という名で称えている文芸[21]について議論する、当時開催されていた多くのサークルを褒めそやしている。じっさい、カミュは百科全書的人文主義者たちと親しいため、敵意はグールネーやデュピュイのサークルにまでは及ばず、ただ純粋主義者のみに限られていた。

同様にソレルも、一六三七年、『フランス雄弁会の開催日になされた国語改革に関する発表の目録』でアカデミー・フランセーズを批判した。彼は一六五四年にも、ペリソンの『アカデミー・フランセーズの歴史』を嘲笑し、批判を繰り返した。しかしソレル自身もまた、マロールのサークルの会合に活発に参加しており、フュルチエールの『町人物語』では、アカデミーの支柱の一人であるシャロセル〔＝シャルル・ソレルのもじり〕なる人物として戯画化されている。

メナージュも同様である。彼の『辞典趣意書』はアカデミー・フランセーズを愚弄してはいるが、彼自身「水曜会」のサークルを主宰していた。彼のケースは競争心の典型例である。メナージュは一六五〇年に『フランス語の起源』を上梓し、社交界における語源学と文献学の普及を前提とした規範の確立を望んだのに対し、〈アカデミー〉は社交界の慣用にじかに範を仰いだからである。だからといって彼は、伝統を重んじる碩学たちの味方というわけでもなく、一六四四年にはギリシャ語学者モンモールを激しく攻撃している。『辞典趣意書』はかえってアカデミー・フランセーズ会員たちとの同盟という結果を引き起こし、「ヴォージュラ、シャプラン、コンラールや〈アカデミー〉の幹部たちは、皆その辛辣さに恐れをなして、彼の友人となった」とタルマンは語っている。[22] ヴォージュラは彼に、『注意書き』のテクストの校閲を依頼したほどである。こうしてメナージュは、新手の学者連中のリーダーとみなされるようになる。しかし一六五〇年代の末、彼自身のサークルが権威を増すと、競争者たちが攻撃の火蓋を切る。一方の陣営はメナージュのサークルとスキュデリーのサークル、他方はマロールのサークルとアカデミー・フランセーズである。ジル・ボワロー はメナージュの田園詩『クリスチーヌ』を批判し、コタンは毒舌にあふれた『メナージュリ』を出版する。これらシャプランの盟友二人は、メナージュとその仲間の行きすぎた社交界趣味を攻撃するのだが、それも彼らが自分たちの根城で競争を挑んできたからだ。実のところ、この文学論争を通じて二つの派閥の対立が透けて見える。一方にはメナージュ、ペリソン、スキュデリーらの一派を庇護するフーケがおり、他方には、シャプランの一派とつながるコルベールがいる。さまざまな論議や方針転換、和解が縺れ合ったが、[23] そこではもはや、アカデミー活動の是非も純粋主義も、再び問題にされることはけっしてなかった。この論争で問題となったのは、規範的権威の正当な担い手は誰かということだったのだ。[24]

文士たちは、自分たちが関わる論争それ自体を通じてアカデミー活動を後押しし、少なくとも一六五〇年以降は、新手の学者たちが奉じる純粋主義の、いくつかの形態のいずれかに与することになる。どのような種類の純粋主義を選んだかによって各人の戦略は影響されはしたが、基本的な事実は、何よりもまず、純粋主義に対する全体的な賛同の動きである。ところで、新手の学者の中で最も著名な人々は「プロの文士」と見なされており、聖職者であれ、教師であれ、修史官であれ、元々の身分が何であろうと、最もよく知られ最も重要な彼らの活動は文学にあった。『アカデミストの喜劇』が攻撃の対象としていたのは、まさしくこの「職業作家」だった。それゆえ、アカデミーのネットワーク拡大と、その内部における新手の学者の勝利は、文士たちに威厳と尊敬をもたらす契機となった。アカデミー活動は、作家たちに以下の五つの利点を提供していた。

第一に、これらの団体は社交の場をなしていたので、作家たち、特に新人やある都市に新しくやってきた者は、サークルに参加することで孤独を味わわずにすんだ。第二の利点として、作家はそこに情報交換や教育の場を見出していた。ジャーナリズムはまだ生まれたばかりで、郵便も珍しかったこの時期、アカデミーでの会話は世の中の動きを知るのに欠かせない手段となっていた。そして共同での考察は、当時の他のいかなる機関も提供しえない、継続的な教育の役割を果たしていた。

第三の利点は、アカデミー会員間の相互支援にある。まず創作上の支援がある。彼らは意見や助言、評価を互いにとり交わしていた。文学史にはアカデミー活動におけるこの側面を過小評価する習慣が根づいているが、ヴォージュラがメナージュに助力を求めた経緯は先ほど見たとおりである。比較的知られていない事実だが、サン＝タマンは同僚たちと親しくしなかったにもかかわらず、『救われしモーセ』のジャンルの定義に関して彼らに意見を求めている。そしてこうした支援は、当然ながら仲間褒めや論争に際しての協力関係に及んだ。そうした慣行の事例としては、シャプランとメナージュが対立したさい、ジル・ボワローとコタンが前者に味方して介入したケースをあげておけば十分だろう。しかし支援はまた、社会的利益という次元にまで広がっていた。アカデミーは、メセーヌ〔文芸庇護者〕の役割を果たす大貴族によって庇護されることが多い。リシュリュー、セギエ、コルベールはアカデミー・フランセーズのためにこの役割を演じていたし、私設サークル（コンデはブルドロのサークルを、フーケはメナージュとスキュデリーそれぞれのサークルを庇護していた）や地方アカデミー（サン＝テニャン公はアルルのアカデミーを、デストレ枢機卿はソワッソンのアカデミーを援助した）についても同様だった。アカデミーに入会することは、報奨金や庇護、有利な職を授ける人物との接近を可能にしてくれたのである。こうしてリシュリューの腹心ボワロベールは、アカデミー・フランセーズの同僚のために、しばしば宰相に口添えしてやった。

第四の利点は承認である。アカデミーへの入会を許可されるということは、同輩から認められたことを意味した。この点で、今日と同様に当時も、文学活動の諸制度は専門家たちの限られた場における公認の役割を果たしていた。そしてこの公認は、（たとえばコルネイユの場合のように）公衆の間ですでに広まっている名声を追認するか、あるいは（シャプランや次世代のペリソンの場合のように）未来の名声を約束しうるものであった。

最後に、個々人ではなく作家全体の境遇を視野に入れるならば、アカデミーの公認化は作家という社会的人間像を承認することだった。国家は全国的機関（アカデミー・フランセーズ、「小アカデミー」）やローカルな機関（地方アカデミー）を創設することで、文学活動にそれ固有の公認組織を与え、作家たちの集団に対しては、一つの役割、いわば言語と美学の調整役としての商号を与えた。そして文学的なるものがアカデミーの場で獲得した覇権は、ことのほか高い尊厳を作家たちに与えていた。この第五の利点はけっして小さいものではなかった。


以上のさまざまな利点がどのように実現され、その蓄積がどのように名声や物質的な利点に転じたかを示す例として、フランソワ・メーナールの経歴があげられよう。[25] 一五八三年に生まれた彼は、法律家の一族に属し、また作家の血をも引いていた。彼の祖父はダビデ『詩編』の注釈を出版し、トゥールーズ高等法院の評定官であった父親は、そこで論じられた『重要問題』を一巻にまとめ出版している。息子も法律を学び、弁護士になったが、ついでパリでの文学的キャリアに身を投じた。彼はマルグリット・ド・ヴァロワの秘書としての職を得（一六〇五年）、同時に四〇〇エキュの給金を手に入れたが、これは職務がつらいものでないことを思えば、快適に暮らせるだけの額だった。自身作家でもあった王妃マルゴは著者たちのサークルを開いており、メーナールはそこでベルトー、デポルト、ロジエ・ド・ポルシェールやレニエと親しく交わり、初期の作品に対して助言を得ることができた。しかし彼は、当時有名になり始めたマレルブともそこで出会い、マレルブが自宅で開いていたサークルにも参加した（一六〇七年）。そこには、彼の弟子、コロンビー、ラカン、ピアール、パトリクス、デュムスチエらが顔を出した。早くも一六〇七年には、詩集『当代の最も優れた詩人たちのパルナッソス山』において、彼の詩句がマレルブの詩の傍らに載る。しかし当時、マレルブは宮廷詩人の役をめぐってデポルトとライバル関係にあった。二人は仲たがいし、それぞれの弟子たちもこれに追従した。メーナールも、昨日までの友人レニエを攻撃するエピグラムを書いた。レニエがデポルトを支持していたからだ。彼にとってマレルブは、これまで作品の出版と名声への第一歩を援助してくれた恩人である。彼が論争でマレルブを援護するのも、その恩義に報いるためなのである。

マレルブはその返礼としてメーナールを宮廷に導き入れてやり、そこで彼は複数の庇護者（バソンピエール元帥、クラマーユ伯）と出会う。こうして彼は、オーリヤック上座裁判所の裁判長職を買い（一六一一年）、社会的基盤を固める。マレルブはまた、宮廷詩人としての自らの仕事に彼を参加させ、国王祝賀のための詩を作らせる（一六一二年、一六一五年）。そしてメーナールの栄光は『フランス詩の愉楽』（一六一五年）とともに確固たるものとなる。この詩集はマレルブ派が主役となり、まぎれもない成功を収めることとなった。彼はこの時期、オーリヤックとパリとに生活を二分するようになり、パリではマレルブ派の若い詩人たちと交際するが、それは特にコルテ、さらにはテオフィル、サン＝タマン、ファレといった面々である。彼らはリベルタンであり、メーナールも一六一八年の『サチュロスの小部屋』や『サチュロス風パルナッソス山』に詩を提供する。しかしリベルタンたちは、当時槍玉にあげられていた一派である。マレルブは彼らの敵ガラス神父と結び、メーナールも師にならって自由思想を避けるようになる。そしてこの頃、ベルトーとデポルトの支持者グールネー嬢のサークルが師を攻撃すると、彼はグールネー嬢を相手に論客としての才を発揮する。

メーナールの名声はこうしてマレルブ主義の流れの中で確立された。マレルブの死とともに彼の受難が始まる。権力の座についたリシュリュー枢機卿は彼に目もくれない。それはメーナールの庇護者（バソンピエール、モンモランシー）が枢機卿の敵だったからでもある。それゆえ長い間（一六三三年―四三年）彼は文学活動の周縁にとどまり、アカデミー・フランセーズが彼の名声を認めて創立時のメンバーに加えたにもかかわらず、パリに戻ることはなかった。それでもタルマンによれば、ボワロベールが〈アカデミー〉の同僚であるこの詩人のため、報奨金二〇〇エキュをリシュリューから取りつけたという。[26]しかしメーナールは田舎に引きこもったきりで、生地トゥルーズに戻り、そこで一六三八年、『新詩集』を出版する。〈文芸の祭典〉アカデミーは、パリが彼に与えた名声を利用して自らの評判に箔をつけるため、一六三九年、コンクールぬきで彼に銀梟賞を授与し、彼を会員に迎える。ただしこれには賞金は与えられず、表彰はあくまで形式的なものだったものの、パリのアカデミー会員と地方のアカデミーとのあいだで名声のしるしが取り交わされるという意味合いをもち、またメーナール個人に関しては、当時失墜の危機にあった名声を維持するよすがともなった。

このことは、リシュリューの死後、彼が遅ればせながらも輝かしく第一線に返り咲くことに成功する助けとなる。メーナールは、やはりリシュリューに「欺かれた」一人であるゲ・ド・バルザックや、バルザックと同郷のプリザックらとの関係を保っていた。彼らは〈アカデミー〉の新たな庇護者セギエに対してメーナール支持を訴える。国務評定官に任ぜられ、次いで爵位を得た（一六四四年）メーナールは、パリに戻って〈アカデミー〉の会合に連なり、一六四六年には『作品集』を出版する。そしてこの年、再び手にした栄光のさなかで世を去るのである。

以上の軌跡は、文学の家系やパリの影響力、叙爵といった事柄（それらの意味は後に見るが）だけではなく、アカデミー界に固有のネットワークの効力をも示している。私的なサークルから出発し、アカデミー・フランセーズへ、次いでそこから〈文芸の祭典〉へ、最後にまた〈アカデミー〉へ。そこには仲間褒めや相互援助関係が刻みこまれている。ペリソン、メナージュ、マロールやシャプラン、あるいはまた、ボワローやペローさえも、同じタイプの軌跡を辿っている。このように、象徴的価値の次元においても、物質的利益の次元においても、あらゆる点でアカデミー活動は、作家に地位、そして少なくともステータスの第一歩を与えるのに役立ったのである。

アカデミズムという名の弊害

作家の公認にはその代償もあった。またアカデミーのネットワークの効力も、新たなモデルを築き上げ、社会において文学活動がいっそう固有の領域となっていく過程で、好都合であるばかりではなかった。「アカデミズム」という名称が後に出現し、軽蔑的な意味を暗に含んだのは、そのネットワークの効力がすでに十七世紀から、この新たな制度の「変容」を誘発したからである。

全体としてアカデミーは、政治上、宗教上の体制順応主義に傾いていた。世紀前半、リベルタンたちの諸サークルは、既成秩序、特に宗教上の権威を脅かす見解を打ち出していた。ブルドロのサークルやデュピュイのアカデミーなどである。しかし、デュピュイのアカデミーは内々の議論においてはきわめて自由であった反面、外見上は政治権力に対して隙のない敬意を掲げ、教会とのいっさいの衝突を可能なかぎり避けていた。リベルタンの影響下にあった他のサークルも同様の態度をとった。戒告や、時には本物の弾圧にさらされる過ちはあったものの、原則的にうわべだけは体制順応主義を通していた。

文学サークルでは、この体制順応主義はより本物であり、時には熱烈なものでさえあった。あるアカデミーがそれを公認化する旨の特許状を受け取るとき、文面には権力への奉仕が基本的義務として記載されていた。

アルルのアカデミーに対する特許状の中で、創設者たちが「耳目を驚かすことなく」文芸に貢献したことが称えられているのは、こうした意味においてであり、政治・宗教上の教義に盾突かなかったということだと解さねばならない。より明白な例として、アンジェのアカデミーの『会則』（一六八五年）はこう記している。「当アカデミーにおいては、宗教、神学上の題材を討議してはならない。政治、道徳上の題材は、国王の権威、統治の現況と王国の法律に沿った形でのみ扱わなければならない。（二九条）」よって、アカデミーは王政の中央集権化に有益な文化の普及に奉仕すべきものだったのだ。また、国語の擁護と顕揚というアカデミー・フランセーズに課せられた使命は、地方でも模倣された。ニームでは、アカデミーが市の古文化財の研究とフランス語の普及に貢献することを『会則』に定めている。さらに献身的なヴィルフランシュ・アン・ボジョレーのアカデミー会員たちは、国王の称賛を上の条項に加えており、これを会の第一の存在理由としている。

アカデミーは言語上・政治上の統一に有益であったばかりではなく、宗教上の統一、少なくともカトリックとプロテスタントの妥協を維持するうえでも有効だった。そこでは双方の宗派が加入を認められ、プロテスタントが多数派を占める地域では、この共存は二つのコミュニティを近づける手段にもなった。ニームの場合がそれである。カストルの場合も部分的にはそういえるが、「宗教、神学上の題材を討議する」ことを望んだプロテスタントの強硬な戦闘的態度が、アカデミーを解散させることとなった。ジャンセニストたちは教会と激しい闘争をくり広げた唯一のグループであるが、アカデミー界に属していたのはその一部にすぎず、アカデミーの名目で宗教的権力に反対したわけではない。

イデオロギー的傾向としては王政擁護のカトリックであったアカデミー界は、また老人支配の世界でもあった。

これは少なからずアカデミーの公認化に起因している。私設アカデミーが公認団体とされることは、その活動が永続的なものになるということを意味した。会員数は固定され、ひとたび定員が満たされると、メンバー交代のためには誰かの死去を待たねばならなかった。世紀が進むにつれ、公認団体の数が増えてゆくとともに、アカデミー会員の平均年齢も上昇した。こうして保守的傾向が生じたのである。

保守主義が生じた原因は、公設であれ私設であれ、各サークルが当たりさわりのない新メンバーを選んでいたからでもある。アカデミー界が開かれた流動的なものとなっていたこの時期、理論に関する統一性はそもそもかなり緩いものだったので、どのサークルも、力のある新提案によってこの危うい均衡状態に変化を引きおこしかねない傑物よりも、むしろ凡庸な人物を採用することを望んだのだった。

この現象はアカデミー・フランセーズにおいてとりわけ明瞭である。この団体は創設期、ある程度名の知れた著者をほぼ全員集め、中には立候補していないのに会員にされてしまった者もいた（たとえばヴォワチュール）。しかしその後は、高名で独立心の強い作家よりも、知名度のあまり高くない者や、見るからに従順な若手を新メンバーに加えたのである。世紀前半、コルネイユやトリスタンはこうした「待たされた人々」であった。世紀の後半にはこれは日常茶飯事となり、ラ・フォンテーヌ、ラシーヌ、ボワロー、あるいはラ・ブリュイエールですらも、レニエ＝デマレなどといった人物よりも長く入会を待たねばならなかった……

保守主義を助長した第三の要因として、アカデミーがいくつもの地方で増加していくことにより、文学への特化の度合が薄らいだことがあげられる。アカデミーは初め、意見交換によって創作への刺激を求める作家たちのサークルだった。いくつかのグループ名にはそれが示されている。たとえばアカデミー・フランセーズは当初、会員たち、少なくとも創設時の中核となったメンバーたちが依拠していた美学上の方向性を強調して、「洗練された教養人たちのアカデミー Académie des polis」と称する予定だった。またアヴィニョンのアカデミー会員たちは「切磋琢磨する者たち Emulateurs」と自称したし、アルルでは「題韻詩のアカデミー Académie des bouts-rimés〔題韻詩とは、あらかじめ与えられた脚韻を使って一編の詩を作る一種の文学遊戯で、十七世紀中葉から十八世紀にかけて、多くのサロンやアカデミーで流行した〕」と名乗るかどうかが議論された。しかしこれらの会にしても、規範に関与し、創作よりも理論にかまける傾向が本来具わっていた。なかでも、新たに公設アカデミーとなった地方の団体は、勝ちとった地位にふさわしく陣容を整えるために、その町や地方（十七世紀の間は、基本的に地元以外から会員を募ることはないので）の識者という識者に入会を呼びかけねばならなかった。こうして、フィクションやエッセーを書く作家たち以外にも、法学研究書を著しただけの法律家や、法廷弁論のいくつかを出版した弁護士、説教集の著者である聖職者、地方の古文化財を少々、あるいは文献学に関する問題を研究した趣味人など、要するに小粒の「知識人」が次第に増えていったのである。もっぱら文学の最新の話題や文芸の歴史について論じられていたのが、もっと多様な問題を扱うようになった。こうした公認化の結果、老人支配と知識人の復活が助長され、一六六〇年代までは激しかった文学アカデミーの活動はやがて下火になってしまったのである。

最後に、アカデミーはたしかに作家たちの勝利を決定的なものにし、文学の自律化をうながしたが、組織内での貴族や聖職者の地位の強化によって、他律的な力もまた、顕わになっていった。

当初、身分は問題とされず、重要なのは文士としての資格だけであって、各サークルは貴族も平民も区別なくメンバーに集めていた。アカデミー・フランセーズの創設時のメンバーには、位の低い六人の貴族がいるだけだった。しかし一世代後（一六七五年）になるとその数は九人となり、その中にはサン＝テニャン公のような高い身分の貴族もいた。地方では、アヴィニョンやアルルのように、貴族が独占的に地位を占めることもあったが、それは地方では知におけるエリートと身分におけるエリートとが重なっていたからである。アカデミーが力を持ち威光を獲得し、知識を持っていることの外的な標識が尊敬を得るようになるにつれ、貴族たちの間に、文学団体の中に席を持つことは上品だという考えが流行していった。きっかけを与えたのはコワラン侯爵（セギエの甥）のアカデミー・フランセーズ入会だったが、この現象はやがて拡大した。

しばしば貴族の出身である高位聖職者についても同様だった。デストレ枢機卿が聖職者として最初に〈アカデミー〉入りし、一六七五年には、司教五名と枢機卿一名がその会員となっていた。地方の公設アカデミーには例外なく聖職者の姿があり、時には高位聖職者が会長に担がれることもあった（ニームのフレシエ、ソワッソンのデストレ）。

アカデミーは、一六七〇年以降、次第に「名士たち」の集まりとなっていった。こうして体制順応主義が強まり、いっぽう文学固有の活動は、アカデミー運動に入りこんだ地方有力者のために儀礼的に設けられた会合に、場を譲ることになった。たとえば、アンジェのアカデミー『会則』には以下のような規定がある。「当市を訪れた、家柄あるいは才能により尊敬に値する人物が、会合への出席を希望する場合、前日に会長に申し出れば出席を許可される」（二二条）。さらにこうも記されている。「しかしながら、すべての貴族は、新会員の入会式やその他の盛儀に自由に参加することができる」（二三条、強調引用者）。

貴族と高位聖職者のこうした文学熱は、文学活動の社会的威光を高めるのに役立ち、その意味では作家たちに利益をもたらした。しかしこの利益には、会合から文学固有の性格の一部が失われるという代償が伴っていた。なるほど、要人たちが会合に列席することで、公衆に対して強い印象を与えることはできた。しかし、作家たちにとってアカデミーとは、同輩たちの評価が下される場所である。大貴族たちと席を同じくすることは、社会における人脈という点では有利だったが、アカデミーの評価が保証するはずの文学独自の価値を減ずることになった。一六六〇年代半ばからアカデミーはひそかに変容を被りはじめ、続く十八世紀には知識人サークル内の貴族階級と聖職者の影響がさらに強まったことは、D・ロッシュが示したとおりである。[27]

アカデミーは、知の場の自立および、知の場の個々の専門領域への分化を促す決定的要因だった。そしてこの場の内部で、文学という部門の覇権を助長した。したがってアカデミーは、文学と作家が歴史上初めて承認されるにあたり、何にもまして重要な役割を果たしたのである。「文学流派」という現象がまだ存在せず、せいぜいその萌芽的側面が見られるにすぎないこの時代にあっては、アカデミーにおいてこそ、規範の定義に関する議論の主要部分が展開され、純粋主義と新手の学者が覇権を確立したのだ。

より保守的な、名士のアカデミズムへの変容は、それに比べれば二次的な現象ではあるが、状況に内在した矛盾を明らかにするものである。一方では、文学や作家が大きな関心を寄せるに値する事業であり人間であることが、ますます強く認識される。しかし他方、アカデミーを公認化してそれに指針を与えようとする権力や、アカデミーで高い地位や主導権を徐々に手中に収める貴族と聖職者という支配階級が、文学活動の自律性を否認するのである。アカデミーという領域において、このように、古典主義時代における文学場は、自律性の力学と強いられた従属の維持とが絶えざる緊張関係を取り結ぶ場所となっている。

第二章　クリエンテリズモとメセナの両面性

アカデミーの創設は、文学活動に関する既存の諸制度の状況に変化をもたらした。これは、古典主義時代に整備される制度体系が一つのまとまりであることの表れである。新しい要素の出現が、その余波として、他の諸要素の再配分を引きおこすのである。

特に、アカデミーの背後では多くの場合、有力者や政治的グループの力が働いていたために、アカデミーは文士たちが有力者やメセーヌ〔文芸庇護者〕、あるいは「パトロン」に接近するための手段となっていた。クリエンテリズモ〔有力者が自らの影響力拡大のため恩恵とひきかえに多くの者を配下に抱える慣習行動〕とメセナは文学活動と同じくらいに古くからある慣習である。そして、古典主義時代の作家たちが権力者の寛大さによって生活の糧を得ていたという考え方は、文学史における決まり文句になっている。それにもかかわらず、この問題に関していくらかでも厳密な総合研究がまったく行われていないのは、実に驚くべきことである[1]。この時代の文化活動に遍在するクリエンテリズモとメセナが変化を受けたからこそ、そしてこの点からもまた、十七世紀は文学活動を行う者たちにとって新しい状況が成立した時代であるからこそ、総合的な研究の欠如はなおさら有害であると言わねばならない。

二つの論理

クリエンテリズモに属する事柄とメセナに属する事柄とは、しばしば混同される。しかしながら両者は、たとえ結果的に結びつくことがあるとしても、同じ論理構造を持つものでもなければ、文学活動に同じ影響を及ぼすものでもない。

クリエンテリズモ、奉仕の論理

富と権力を持つ人物のまわりに個人やグループが集まって仕え、その見返りとしてさまざまな特恵を手にすること、すなわち食客 clientèle は、十七世紀においてはありふれた現象である。これら食客は、中世における社会構造を部分的に受け継ぎ[2]、陪臣と主君とがとり結ぶ封建的主従関係の名残をとどめるものだった。その基本理念は社会集団の徳にまで高められた忠義の精神（それは特にプリザックによって理論化された[3]）であり、食客集団同士の関係は部分的に貴族間の関係の中にとり込まれていた。

食客は原則として、階級と広がりをもって組織化されていた。すなわち、一人の主人のもとに複数の臣下がおり、その臣下もしかるべき地位にあって、それぞれ食客を召抱えている、というわけである。このようにして構築される「派閥」は、フロンドの乱が物語るように、時にかなりの勢力に発展しえた。

しかしながら、このような体系を持つ関係は、持続を大前提としピラミッド型の構造を取るにもかかわらず、不安定なものであった。一人の人物が共通の利害ゆえに複数の団体に食客として所属しうるといった、封建制度体制においてすでに現われていた特徴が、ますます色濃くなっていたのである。領地の分配は完了して久しく、土地の所有権は相続もしくは売買によって発生するようになっていたため、彼らの結びつきは、もはや報土を媒介とした主従関係ではなく、パトロンからさまざまに与えられる仕事と報酬に基づくものとなっていたからである。

その結果、食客たちが手を結び、当時の用語にいう「派閥 clan」を組むことで、食客たちの巨大な同盟が形成されることもあれば、逆に、同盟の解消、すなわち、一人の食客がパトロンを乗り換えたり、あるいは彼が仕える複数のパトロン同士が対立する場合にはそのうちから一人を選ぶ、ということもありえたわけである。

このように複雑な人間関係が、名門貴族（コンデ、ギーズ、モンモランシー、オルレアン）や高等法院の高官（ド・トゥー家など）、さらに「政治家」の家門（セギエ、フーケ）、そして、高位聖職者を輩出する一家（レ家）を中心に、網の目のように張りめぐらされていた。国家自体、行政が官職の売買に立脚する面があったため、クリエンテリズモの影響下にあった。

クリエンテリズモによるこのような駆け引きは、当時の社会生活において、少なくとも社会の上層に位置する人々にとっては、当然かつ必要であった。数多くの作家がこれを利用したのであり（**付録2**）、じっさい何らかの形でその影響を受けない作家はなかった。

さて、クリエンテリズモは奉仕の論理である。それはどんなに貧しい著者に対しても、雇用を見つける可能性を与えるものだった。ここでの雇用とは厳密な意味でのそれであって、たとえばソレルは『フランション』[4]の中で、主人公とそのパトロンである領主クレラントとの関係を語るたびに「職」「給料」という語を用いているし、またトリスタンは自伝的作品『寵を失った小姓』において、自分の「秘書官としての職務」とか、貴人のもとでの「職」といった言い方をしている。文士としての資質は、実務の面で役立つものだった。多くの作家たちが家庭教師や執事（たとえばシャプランはラ・トゥルース侯爵のもとで続けてこの両職についた）、秘書として働き、時には（サラザンがコンティのもとで、ペリソンがフーケのもとで、ボワロベールがリシュリューのもとでそうだったように）、パトロンの腹心としてさまざまな任務をこなした。もっとも、これらのポストにつくにはパトロンの信頼を得ていなければならない。

クリエンテリズモはまた、バソンピエールがメーナールの後ろ盾となってオーリヤックの上座裁判所長につかせ、またコルベールがラシーヌを援助してムーランにおけるフランス財務官のポストを与えたように、有力者が目をかけた者にさまざまな公職を斡旋するという形で現われた。あるいは、教会禄や、名目だけの行政職からの年金収入を得させる場合もある。さらに、複数の特恵を同時に受けることもありえた。リシュリューの腹心として雇われ、かつ彼の庇護のもとで教会禄に与ったボワロベールはその一例である。公職、年金、そして禄は、最も関心を集める特典だった。これらを受ける者としては、原則として終身的にその恩恵に与ることができ、かつパトロンへの依存も軽くてすむからである。パトロンの方でも、自腹を切らずに寛大さを示すことができるのだから、これは悪い話ではない。

これらのどのケースにおいても、食客が手にするのは、パトロンへの奉仕に由来する利得である。家庭教師や秘書、執事の仕事につく場合は直接的な奉仕であるし、公職や禄による収入を得る場合は、すでになされたか、もしくは未来においてなされるはずの奉仕に対する報酬であるといえよう。著者という肩書きは、成功へのパスポートでありえた。『フランシヨン』はそれをよく物語っている。領主クレラントは文学の愛好家であり、詩人としての才能ゆえに主人公に目を留めた。著者としての資格は、実務的能力の指標だったのである。しかし、それ自体が著者とパトロンとの関係を支えているわけではなかった。もちろん、パトロンに著者の文学的才能を利用する必要があるときには、それが一役買うことになる。メーナールが代作した詩に託して王妃マルグリットは自分の恋心を歌い上げたし、ショヨンはリシュリューの秘書を務めると同時に報酬をもらってリシュリューの政敵に向けた批判文書を書いた、等々。つまり、文学者であることは、クリエンテリズモをより効果的に利用するのに役立つのであって、このような社会的関係に内在的に結びついていたわけではないのである。

メセナ、承認の論理

これに対しメセナは、有力者が芸術家を援助し、その芸術活動を行うのを支える行為のみに関与する。クリエンテリズモにおいてはまず奉仕があるが、メセナにおいてはまず芸術がある。

たしかに、メセーヌが文芸への純粋な愛好心からこのような行動に出ることは稀であって、社会的な視線を意識した上での行為である場合が少なくない。芸術家に支援金を与えることによって、メセーヌとしての社会的評判を得ることにつながるからである。じっさい、十七世紀の人々はこのことをはっきりと意識していた。フュルチエールはローマのマエケナスまで遡って「メセーヌ mécène」を定義し、さらに、「以後、著者たちを厚遇した富貴の人々すべてにこの人物の名前でもって敬意を表し、著者は自分の本を献じてその恩に報いた」との説明を加えている。つまりフュルチエールが強調するのは、芸術家の側からの見返りという考え方（「本を献じて恩に報いる」）と、この行為がもたらす大きな栄誉の価値（「敬意を表する」）なのである。

したがってメセナとは、芸術家と有力者との相互承認の論理によって成立するものだといえる。作家は権力者に自分の作品を捧げ、その寛大さと趣味の良さとを保証してみせる。作品を献じる人物に対し、卓越した精神をもつ者としての暗黙の免状を与えつつ、彼の権力と財を正当化するのである。作家を援助する有力者はこれに対し、作家の才能を公衆に知らしめる。これは各々の栄光を互いに確立しあうという交換作用である。

その結果、交換の功利的性格は隠蔽される。給与を受け取るわけではないのだから、作家には有力者に奉仕する義務はない。作品を捧げ、献辞に相手の名を記すとしても、あるいは単に自分の書いたものを一つ贈るだけでも、それはあくまでも作品を献じられる人物の人徳に基づく作家の自発的な行動だ。一方メセーヌには、報酬を支払う義務はない。メセーヌが作品の献呈に対して、さらにいえば自分に捧げられたわけでもない作品に対して見返りを与えるとすれば、それは基本的に芸術の発展を促すためである。作家は賛美詩や献呈書簡を書いて、この偉大な人物が詩的インスピレーションの源であることを表明し、また有力者は報奨金を作家に与えることにより、作品を読んで審美的な喜びを得られたことを示す。このようにして、作品と金銭との交換、すなわち象徴としての財と物質としての財との交換は、前面に押し出された使用価値の背後に姿をくらます。

ここでやりとりされる金銭は、利害関係をまったく含まぬものとして現われる。メセーヌとしての行為は、富豪にとって、自分の財を「清める」ことの象徴である。報奨金が作品の与えた感動を象徴するように、所有する財全体が彼の人徳を象徴するものとなる。メセナが社会の視線に対して富貴の者を正当化するその作用は、寛大な君主を「善をなす者 évergète」と呼んだヘレニズム時代の習慣が遠く反映しているかのようだ。メセナはまた、社会全体が有力者にならって作家に一目置くよう働きかけることで、作家をも正当化する。特に著者が貴族出身である場合、印税による収入は労働に対する賃金に似ているため、貴族の体面を汚しかねないところだが、報奨金という形で金銭を受け取ることでそのような不評を免れることができる。

十七世紀において、メセナの行われ方には次の四つの形態がある。最も「純粋な」形態は、メセーヌに直接関係しない作品に対する報奨である。第二は第一の場合に近く、メセーヌが自分を主題に扱っていない作品に対して報奨を与えるもの。第三に、自分を讃えるテクストの著者に対して有力者が報奨を与える場合。この時、メセナは利得ずくという性格を最も強め、交換価値はより露わになる。最後に、出資という場合がありうる。これはクリエンテリズモにかなり近い。パトロンがお抱えの食客の一人に檄文や演説を依頼するのは奉仕の論理に基づいてであるが、メセーヌが創作に出資する場合も、著者は一種の奉仕を履行しているといえよう。たとえばモリエールは、フーケがヴォー＝ル・ヴィコント城で催した祝宴のために『うるさがた』を、また、ヴェルサイユ宮における大饗宴「魔法島の楽しみ」のために『エリード姫』を創作したのであるが、この時彼はフーケとルイ十四世それぞれに奉仕していることになる。しかしながら、このような場合もメセナはクリエンテリズモと一線を画している。出資を受けた作品は、たとえメセーヌの偉大さを讃えることに一役買うとしても、一義的にはプロパンガンダとして創作されるわけではないし、その報酬も単なる奉仕の見返りとしてあるわけではない。モリエールはたしかにフーケの、次いでルイ十四世の食客だったが、彼らの出資を受けて創作された作品に対する報酬は、通常の給料とは別途に、支援金という形で受け取っていた。

というのも、メセナにおける報酬の投資的性格と形態は、クリエンテリズモにおける援助金とは根本的に異なるからだ。顕著な例を一つあげよう。シャプランは何年にもわたり、ロングヴィル公から年額二千リーヴルを受領していた。この金はシャプランが叙事詩『ラ・ピュセル』の完成に専心するのに貢献したはずである。ロングヴィルにとっては、この叙事詩の主人公、ジャンヌ・ダルクの盟友デュノワが自分の先祖にあたるため、間接的な自己宣伝になるというメリットがあった。また同時に、作品の完成前、それがまだ断片的にしか人々に知られていない段階で資金の提供を行うことにより、投資力のある援助者としての名声も手に入れることができた。とはいえ、ロングヴィルが介入するのはあくまでも詩人本人が自主的に着手した作品を支援するためであって、ロングヴィルは世間に対し詩人の能力をおおっぴらに買ってみせるのだ。注文ではなく援助という形で、彼は部分的に出資者の役割を果たしていた。そしてこの金は、シャプランの役職や禄を伴う地位から発生するものではなく、もっぱらメセーヌの厚意に基づくものだったのである。

メセナによる報酬は、作家にとってつねに報奨金 gratifications である。当時用いられていたのはこの用語で、唯一適切なものである。これはしばしば「年金 pensions」と呼ばれ、そのために混乱を招いている。年金とは、財政・行政上の明確な理由をもち、よってつねに明確な予算の一環に繰り入れられていたものを指す。一方メセナにおける支給金は、たとえ毎年定期的に支払われる形をとったとしても、国家予算における特別予算枠に対応し、あくまでも偶発的な出費として扱われた。その受益者がもし何も生み出さなくなったり不興を買ったりすることになれば、支給もストップする。(5) 作品が批判の対象になったり不成功に終わったりする場合も同様である。メセーヌとしては奨金の支給を続けたところで、利を失うだけに終わるはずだからである。よってメセナに関しては、シャプランの例のように定期的なものであれ、あるいはもっと一般的であった一時的なものであれ、報奨金という言葉でこそ語られるべきである。

ありふれた束縛

クリエンテリズモの力

クリエンテリズモは、非常に社会に浸透していたぶん、非常に影響力を持っていた。したがって、作家の生き方や考え方にクリエンテリズモが色濃く反映されていたとしても、これを誤って解釈してはなるまい。権力者に依存して生きることは、その当時、何ら眉を顰めるようなことではなかった。下級の貴族たちが誰に「所属している」かを公にするのを常としていたように、文学界においてもそうだったのである。さらに、パトロンが特に影響力のある人物であった場合、その人物の勢力下にあることを成功の一つの指標として誇示するのが習いだった。こうしたメンタリティ（タルマンの『逸話集』はその例を山ほど提供してくれる）は、著者たちが庇護者に対する敬意をくどくどしく繰り返すことの説明となる。現代の読者には度が過ぎるように見えても、当時は当然のこととみなされていたのだ。

実際、そこまでする価値はあった。クリエンテリズモがもたらす資力は、かなりの額にのぼるからである。秘書や家庭教師、司書、執事といった職につけば食うに困らない。教会禄はしばしばけっこうな収入源となる。そのうえ、これらの地位は概してさほどの激務ではない。さらに、パトロンが当時の流行に倣って充実した蔵書の持ち主であろうものなら、作家は自力では手の届くはずのない知的資本に近づくことができる。こうして、デュピュイ兄弟はド・トゥーの、ノーデはド・メームついでマザランの、バイエはラモワニョンの、そしてラ・ブリュイエールはコンデのもとで、貴重な本のコレクションを意のままにすることができた。

このような利益を享受することの価値を、数字は十分に物語ってくれる。豊かな世帯に寝食を営むためには、都市住民の水準で年間六百―千リーヴルが必要である。そこに使用人に払う賃金が加わり、その合計は生活費とほぼ同額にのぼる。にもかかわらず、食客は、さらに贅沢品にあてる費用もまかなえるほどだったのである。ソレルの『フランシオン』では、パトロンの腹心となった主人公が相当の額を召使用の給金として用意されたのみならず、私邸、召使、それにすばらしい「二百ピストールの馬」[6]を与えられる。ゴンボーがユクセル侯爵から生活費に加えて馬と下僕を与えられ、メナージュがレ枢機卿の庇護下で自分用の下僕を使っていた事実を合わせ見ると、『フランシオン』の物語が現実を正しく反映していることがわかる。

パトロンが自分の援助する者に聖職を斡旋するということは、その者にかなりの財貨を約束することを意味した。たしかに微々たる禄もあったが、多くの場合は確実な担保を元に、高額の収入を保証していた。たとえば、メナージュやスカロンはこうやって年額三千リーヴルを受領していたし、ベルトーもルーアン近郊モン＝ト＝マラードの小修道院長職により同額の収入があった。スキュデリー〔兄〕は武人であったにもかかわらず、年額四千リーヴルをもたらす小修道院長職をある時期与えられていた。もっと恵まれたケースとしては、マロールがヴィルロワンの大修道院とそこからの年収五、六千リーヴルを得たこと、ゴドーがリシュリューからグラースとヴァンスの司教職を「プレゼント」されて各々四千リーヴルと六千リーヴルの収入を手にしたこと、また、クロジーユがソワッソン伯からラ・クーチュールの豪奢な大修道院を与えられたことがあげられる。

このような収入を得られる者は、単に自分の学歴に見合う職につくよりも、はるかに実入りがよかった。たとえば、教授や王室の修史官は八百―一五〇〇リーヴルの年俸しかなく、またフュルチエールが『町人物語』

の中で提示している「結婚費用」によれば、法学部〔作家たちの多くは法学部の出身である〕を出た者がつくシャトレの公証人・検事職も、二千リーヴルほどにしかならないという。

さらに、パトロンが世故に長けている場合、財政操作によって食客は大きな利益を上げることができた。ラシーヌはコルベールの庇護のおかげで、ムーランにおけるフランス財務官の職を半額で購入したし、フランソワ・タルマンは三七〇〇〇リーヴルで購った国王づき司祭の職を九万リーヴルで転売した。一方、フュルチエールとペリソンはそれぞれサン＝ジェルマン大修道院の執事と管財人の職を転売して一儲けした、など。こうして彼らの収入は巨額の域に達する。〔たとえばフーケのもとでペリソンが、コルベールのもとでラシーヌがそうであったように〕著者としての評判が大きな影響力を持つパトロンの門戸を開きさえすれば、栄達も夢ではなかったのである。

これらの著者はそのかわり、パトロンが当然のこととして要求する奉仕を即座に履行しなければならない。マチュー・ド・モルグは、王太后〔マリー・ド・メディシス、ルイ十三世の母后〕と枢機卿のスペイン親王 cardinal-Infant〔オランダ総督フェルナンド。マリー・ド・メディシスはリシュリュー追放計画に失敗し、ブリュッセルのフェルナンドのもとに亡命していた〕から受領していた三つの禄および一万二〇〇〇リーヴルの年金と引き換えに、彼らの政敵を攻撃する文章を書くことに文学活動のすべてを捧げる羽目になった。ベルトーはフロンドの乱の間はずっと、マザラン批判を繰り出さなくてはならなかった。ゴドーはアカデミー・フランセーズでリシュリューの忠僕となり、ペリソンはフーケを賞賛し擁護した……

このような状況は、政治文学の領域において特に顕著である。この時代、食客としての義務を動機としないような檄文はないといっても過言ではない。したがって、ある著者の政治理念がいかなるものであったかを知るのは困難をきわめる。紙面上の言説が、じっさいは著者の従属の立場が強いたものでしかないという事態は、けっして珍しいものではないのである。

また、政治的同盟関係の変化にともなって、作家の態度も豹変するということも起こりえた。叛乱を起こしたパトロンがそれを悔い改めるような態度を示せば、作家は叛乱の扇動者を演じた舌の根も乾かぬうちに和平を歌いあげなければならないし、その逆もまた然りである。あるいは、食客としての地位が流動的であるがゆえに、作家たちは自由にパトロンを選びかえ、その際に言説をも翻した。たとえば、フーケが国王の寵を失った時、ペリソンやスキュデリー嬢、ラ・フォンテーヌらは彼の弁護にまわったが、ほどなく時の権力者の傘下に舞い戻る算段を立てはじめた。またリシュスルスのように、凋落したパトロンをあっさりと見限る者もいた。これはフロンドの乱の時期に特に頻繁にみられる現象である。ある特定の立場を表明する文章を理解するには、著者がどんな状況に身を置いているのか、その指標を文章から読みとることが不可欠である。これらのテクストは、強いられた言説が当然言うべくして言う事柄のみならず、食客としての作家が生きた矛盾をも同様に、あるいはもっと雄弁に、物語ってくれるのだから。

クリエンテリズモと二枚舌——『オヴァルの点』

したがって、この時代、著者たちが結果的に二枚舌のような態度を示すというのはいささかも珍しい事象ではなかったといえる。臆面もなく意見を二転三転させながら続けざまに作品を繰り出す著者もいた。しかしながら、言葉の無意味な機械的反復に陥ることを是としない著者たちにとって、二枚舌は難しい駆け引きである。前言を翻すにしても、それは自己の言説の一貫性を損なうことなく行わねばならない。下手にやれば、立場が変わった時、新たに歓心を買わねばならない読者（パトロン）の目に、その新たな立場の価値やアピール力を失わせることになりかねない。いくつかのテクストが曖昧であったり、複雑きわまりないものであったりするのは、このような事情に起因する。

シラノ・ド・ベルジュラックを例にとってみよう。彼はフロンドの乱の勃発時、反マザランの立場をとっていた。中でも、彼の『失脚宰相』はマザランを揶揄した滑稽詩であり、無神論や男色趣味を筆頭にマザランの悪行を逐一並べ立てたあげく、マザランの処刑を提案してしめくくられる。この作品は、以後すべての韻文によるマザリナード〔反マザラン文書〕の手本となった。しかし、「第一期フロンドの乱」が失敗に終わるやシラノは王侯らの支持を失い、「第二期フロンドの乱」を引き起こすコンデを中心とした貴族たちの方針と対立することになった。こうして今度は親マザラン派に転じ、『フロンド派に反対する手紙』を発信する。この作品で彼は、先にいくつも書いたマザリナードなどまるでなかったかのごとく、以前自分がマザランに向けて書いたもろもろの非難を論駁し、あるいはそれには触れずにすます。特に注目すべきは、マザランに対する侮辱的な文書を率先して書いたとして、スカロンを攻撃することである。ライバルである同業者の二枚舌を槍玉に挙げることで、シラノは自分自身の二枚舌から世人の注目をそらそうとするのだ……

強いられて行う言説の中にも、著者たちは言葉の多義性がもたらす効果を活用して、自分自身の見解をしのばせる余地を保っていた。こうして、相反する二つないしそれ以上の意味を一つのテクストにしのばせるのが、二枚舌の最も典型的な形態である（二つの意味を持たせる場合、これは文字通りの二枚舌 duplicité であるが、三つ以上の意味を持たせる場合においてもこの用語を用いたい。そのわけは、これからあげる例によって示されよう）。このような場合において、一つに還元されることのない多義性の中にこそ「読みとるべき」事柄がある。テクストの両義性、それは食客である作家の立場の両義性を照らし出すものだ。これを明らかにするものとして、デュボス＝モンタンドレが書いたパンフレットを例にとってみよう。

クロード・デュボス＝モンタンドレ(7)は法律家としての教育を受けたが、「プロの弁論家」を自任し、コンデ公の食客として身を立てた人物である。フロンドの乱に際しては、コンデ公のために二〇編ほどのマザリナードを作成した。それはまず、一六四九年、第一期フロンド党とパリの協働司教（後のレ枢機卿）を攻撃するものだった。コンデがこの叛乱に敵対していたからである（『協働司教のやり口詳説』）。その後、コンデがマザランと衝突するようになると、今度はマザラン批判を書く。フロンドの乱の後は、コンデと同様にブリュッセルへの逃亡を余儀なくされ、一六五四年、亡命先で悲劇『ディオクレティアヌスとマクシミアヌス』を出版し、この作品をスウェーデン女王クリスティーナに献呈する。この些末な事実をここで記すのには理由がある。この芝居と献辞を読むと、デュボスがマキアヴェッリとイギリスの政治理論家たちを読んでいたことがわかるのである。

この作家の文書は辛辣をきわめたものであったため、彼はフロンドの乱の時期、最も恐れられたパンフレット作家の一人となり、さまざまな派閥からの引きがかかった。彼は親コンデの立場を貫いたけれども、かといってそれが盲目的な忠誠心からであるようには思われない。彼がパンフレットを書き始めた時期、コンデの置かれた立場は明快だった。叛乱を起こしたパリを制圧すべく先頭に立って王軍を率い、正義の擁護者をもって自ら任じていたのである。たしかに、憎悪の的であった宰相マザランと手を結んだことで、一部の非難を浴びもした。しかし、彼がマザランに崇敬の念も抱いていなければ心服もしていないことは周知の事実だった。だから彼は、もっぱら国益のために行動しているという大義名分を掲げることができたわけである。一六五〇年を境に状況が変化する。コンデは林立する「党派」の首領の一人となり、ほどなく謀反の主要人物とみなされるようになる。いまや彼はマザランと宮廷のみならず、さきのパリ民衆蜂起を指揮した協働司教、ボーフォール公、そして高等法院をも敵に回すことになった。コンデ、コンティ、ロングヴィルの逮捕、次いで彼らの釈放とマザランの国外逃亡が、フロンドの乱第二期のピークを形成する。(8) デュボスが『国家の天秤』(9) を執筆・出版したのは、まさにこのコンデの釈放の際であった。

通常のパンフレットのとる論述形式から離れ、彼は悲劇の形式を採用した。献辞は「不屈のパントニス」へ宛てられている。意味の明らかなこのギリシャ語の名前は、同義の形容詞を付加されて冗語をなし、「すべての人と事物に勝利する戦士」を称揚する機能を果たす。著者は、「(パトロンの) 輝かしい名声に何か貢献できさえすれば、闇の中に」すすんで身を隠す、と宣言し、この作品に対するいかなる報酬をも受け取らない意向を前もって示してみせる。食客の奉仕の論理はここでも明らかだが、ただしこの無私無欲の誓いは、作者の不偏不党を読者に信じこませるもくろみのもとに行われている。続く序言では、この作品が実在の人物をモデルにしたものであることの説明が行われる。すなわち、「王侯方の投獄と釈放のいきさつ」と題した『梗概』で語られるあらすじを理解するために、必要な情報が提供されるのである。登場人物一覧は、巻末のモデル解明の手引きと照応している。

登場人物らには、解読のさほど難しくない寓意的な名前がつけられている。すなわち、アンドリジェーヌ Andrigène（偉人を産み出す者）はフランスを、フィラルシー Philarchie（権力を愛する者）はアンヌ・ドートリシュを、プロタルク Protarque（顧問会議議長）はガストン・ドルレアンを、ミスタルク Mystarque（修道士の長）は協働司教を、フイリデーム Philidème（人民を愛する者）はボーフォール公を、テミード Thémide（正義）は高等法院を、それぞれ表している。さらに、片目であったセルヴィアンにモノフタルム Monoftalme、「すべてを貪る」マザランにパンファージュ Pamphage という名前をあてているのは芸が細かい。悲劇の形式を採用すると同時にこのようなアレゴリーの手法を用いることによって、デュボスはこの時代うんざりするほど繰り返され錯綜しきった題材を、あまり事情に通じていない読者に対してもわかりやすく、かつ魅力的に提示することに成功した。作品の筋立ては、読者が難なく話の流れについていくことができるよう、丁寧に事件を追うにとどめてある。このような面においても、デュボスは単純化する。

しかしながら、細部において彼は、作家としての才気を心ゆくまで発揮している。たとえば、第二幕第三場、アンドリジェーヌがテミードと対立する。人民の代弁者である前者はマザランに激昂して「あの変態野郎め」と罵り、彼を罰するようテミードに要求するが、返事はその無力さを告白するものだった。

「私のところに王の御意が伝えられるとしても、それはもはや、論議するためではなく、承認するため。言わねばならぬことを言うためではなく、言えと求められることを言うためなのです。そうしなければ、私はアルビオン〔イギリス議会〕の傲慢さと野心とを真似るものだと非難されましょう。」

高等法院がこのように描かれるのと同様に、各派閥のリーダーには皆それぞれ役どころがある。術策をめぐらす協働司教、お人好しのボーフォール、言い逃ればかりのガストン・ドルレアン、という按配である。摂政である母后〔アンヌ・ドートリシュ〕すら、批判の対象になっている。

しかしながら、マザラン＝パンファージュという人物の描き方を見ると、作者はこの作品を急いで書き上げたとはいえ、けっしてやっつけ仕事をしたわけではなかったことがうかがえる。パンファージュはその貪欲と横暴を諷刺されているが、堅実な政治感覚を備えた人物としても描かれている。たとえば、フィラルシーのもとに、数人の大貴族が獄中のパントニス Pantonice を救出すべく画策しているとの知らせが入るくだり（第三幕第三場）で、パンファージュは次のように言ってフィラルシーをなだめる。

「（……）彼の釈放を望むやからは、おそらくあなたの歓心を買おうとしてこの事件に首を突っ込んだのでしょうな。」

この台詞は、このとき貴族たちが報酬とひきかえに手を結び、偽りの反逆をくわだてたことを、適切に分析したものである。したがって、コンデの「一派」は、少なくともそのメンバーの一部は、完全に廉直だとも正義の側にあるともいえないことになる。

また、同じ場面でパンファージュはパントニスの投獄を説明し、

「（……）生まれの高い者が、自分の望みがもはや義務から行き過ぎへと移行することなく自分はすべてを要求できるのだと、そして単に拒絶したとか敬意を欠いたというだけでそれを断罪できるのだと主張する時」

このような措置は不可欠である、と言う。コルネイユの『ニコメード』のいくつかの箇所を髣髴とするような論法と調子である。そしてこの時期、コンデに向けられたこのような批判には根拠があった。

パントニス＝コンデという人物を表象するにあたり、デュボスは奇妙な方策を選んだ。すなわち、話の筋はパントニスの運命を中心に展開するにもかかわらず、パントニス自身も彼の代弁者すらもまったく登場することがない、というものである。デュボスは、献辞においてこのようなやり方を弁明する必要があろうと考えたのだろう、まず彼は、史実にかんがみつつ、パントニスは獄中にあるのだから舞台上に登場させることができるわけがない、と主張する。これは屁理屈にすぎない。作品の結末で主人公の解放が語られる以上、勝利した彼が姿を現す虚構のシーンをもうけたところで、なんら不都合はないはずだからだ。第二に、この作品が描き出す数々の陰謀に、コンデその人の人間像を関わらせたくない、との意向が述べられる。この理屈は少なくともうなずけないものではない。しかし、「善玉」一派の代弁者が一人も出てこないことの説明にはなっていない。

デュボスのこのパンフレットは、パトロンの政敵を批判するものであるが、そうかといって彼らにパトロンの美点を突きつけるわけではない。マキアヴェッリの読者であったデュボスは、同じくマキアヴェッリの読者でその理論の実践者であったマザランを賢明な人物として正確に描いた。だが、コンデの政策に関しては、彼はほとんど何も言うべきことがないようだ。たしかに彼は、パトロン以外のすべての登場人物を批判することによって、巧妙にパトロンへの賛美を浮き上がらせている。しかし、そこには少なくとも一つの問いが保留にされているという、奇妙な感じが残る。

題の「天秤 balance」とは正義の伝統的なイメージを指し示すものであり、著者自身もこの意味で解して欲しいと述べている。しかし高等法院＝テミードはといえば、驚くべきことに、マザランの横暴に対してコンデに義があることを認めてほしいとフランス＝アンドリジェーヌに嘆願されても終始ぐずぐずしており、そのさまは茶化して描かれる。王国の重要な法の番人たるガストン・ドルレアンも同様である。宰相マザランの悪弊がやむなくそうさせる時のみコンデに有利な措置を選ぶという、優柔不断な二人の人物像を通じて正義を表象するとは、じつに奇妙なやり方でコンデの立場の公正さを主張していると言わざるをえない。『国家の天秤』はコンデに敵対する派閥のリーダーすべてを対象に、彼らのいびつさや過ちを描き出すが、かといってコンデの立場が根本的に正しいとも言わない。ただ、アンドリジェーヌの台詞を通じて、コンデ公の投獄が不当であると繰り返されるのみだ。それ以外は、デュボスは主君の政治理念を明らかにするような議論をかたくなに避けているかのように見える。テクストとは、それが述べることによってのみならず、述べないことによっても、また、意味作用を行うものなのである。

数ヵ月後に書かれた次のパンフレット『オヴァルの点』は、前作の曖昧さとはうってかわって明快な文書である。デュボスは今度は、コンデ公擁護の体裁をとりつつも、批判がすべての権力者にわけへだてなく適用されることをはっきりと表明している。このテクストの執筆（一六五二年）は、マザランの亡命と高等法院による有罪判決の折にあたる。コンデは釈放されて、自軍を指揮すべく動き出した。国王は、追放されてからも依然助言を行うマザランの言葉を容れてパリを去り、国内における秩序の再建に乗り出した忠臣たちの軍をまさに率いんとしているところだった。パリにいるコンデ配下の者たち（デュボスもその一員である）は、王党派の勢力を弱めるとともに再度コンデを天佑の救世主に祭りあげるべく、首都に暴動を扇動せよとの指令を受けていた。

『オヴァルの点』は一五頁の短いパンフレットであるが、誤植が少なからずあるところを見ると、印刷を急がせたものと思われる。こちらは五つの論点を持つ論説で、様式的にはポン・ヌフで行商人が配っていたような、フロンドの乱の時期に最も一般的であった誹謗文書に準じている。第一頁目には、要旨が大きな活字で提示される。したがって、形式面からすると、このテクストは売り子や職人といった一般大衆に向けられた文学という最も単純な意味において、民衆文学に属している。しかし、作品が民衆の利益を擁護する立場を展開している以上、もっと厳密な意味で民衆文学であるともいえよう。

冒頭に提示される要旨では、マザランのこともコンデのこともまったく触れられない。ただ漠然と、「二つの党派」のうちのいずれが「より正しいか」、見分けることが問題であるとだけ述べられている。本文はまず、貴族たちによって続けられている戦争を民衆の立場から拒絶することから始まる。

「はっきり言いましょう。内戦はあまりに激しいものにちがいありませんが、かといって、その火はもはや消せないほどに燃え上がっているわけではありません。もし私たちが見て見ぬふりをし続けて、内乱を膠着状態に陥らせてしまった後では、もはや手のほどこしようのない状況を覚悟しなければなりますまい。まだ出口のあるこれらの混乱が迷宮になってしまえば、そこから脱出することもかないません。そうなると哀れな民草は、その気になればなおも今日のあらゆる紛争の調停者たりうるのに、惨めにも権力者どものつけを払わされる羽目に陥りましょう。」

続く第一の論点（五—七頁）では、戦乱を終結に導き国家に安定をもたらす強い権力を獲得するために、いずれかの陣営を全面的に支持する必要があることが説かれる。そしてただちに、大貴族は皆ひとしく混乱を扇動したかどで断罪される。

第二の論点（七—八頁）では、「いずれの派閥がより正しいか」が論じられる。デュボスはそこで、すべての権威を否定する。「いったい誰がこの紛争にけりをつけてくれるでしょうか？　国王でしょうか？　彼は渦中のひとです。母后でしょうか？　彼女は国王の言いなりではないですか。では高等法院はどうでしょうか？　高等法院の言うことなど誰もききません。王弟殿下（ガストン・ドルレアン）も誰も彼も、自分の権威をかさに着ているだけなのです」。「親マザラン派」と親コンデ派の面々に関しては、デュボスはこのように言い放つ。「両者の言い分に耳を傾けてしまったら、彼らの諍いはけっして解決することはないでしょう。どちらもわれこそ至上の権威の羽翼なりと言い張って譲りませんから。」

『国家の天秤』においてそうだったように、ここでもコンデは、自分が正式に任じたパンフレット作家の目に、正当化しがたく映るようだ。それでもデュボスは使命をまっとうせねばならない。そこで第三、第四の論点において、コンデの側に義があることを示す必要がある。そのためには、「至上の権威 l'authorité souveraine」とは何かを定義せねばならない。デュボスはこのテーマに関して、一つの重大な議論を展開した。「正義とは王その人とともにあるのではなく、王位とともにあるのです。つまり、今いる一人の君主のみに依る者は誰でも、愚か者を喜ばせるだけの亡霊に依っているにすぎないわけです。真の王とは、正義のあるところにあるべきです。」（第三論点、九頁）

幼王ルイ十四世がコンデと敵対する陣営にあるため、議論はコンデに味方する運びとなる。残るは正義の理念をうちたてることである。ここでデュボスは、ぬけぬけと矛盾したことを述べ始める。第二の論点でその権威を否定した高等法院（「高等法院の言うことなど誰もききません」）を、第四の論点では正しき法の拠り所として担ぎ出すのだ。すなわち、高等法院がマザランを断罪しコンデを釈放したのだから、マザラン側が悪でありコンデ派が善である、という具合である。このような理屈で正当化して、彼は読者にコンデ側につくよう呼びかける。しかし、ここでもまた、議論はコンデの行動の公正さと正当性にもとづいたものではない。『国家の天秤』でそうだったように、コンデの弁護は、彼の敵を告発することで間接的に行われるにとどまっている。しかも、この告発は矛盾した主張（高等法院に関して）の延長上にあるのだから、論の整合性に注意を払う読者なら納得することはできないだろう。

デュボスは国王を「愚か者を喜ばせるだけの亡霊」呼ばわりしつつ、世襲君主制に真っ向から反対する立場を表明する。じじつこの箇所は、彼の「至上の権威」の概念とは何かを明らかにするイゾトピー〔言語学者Ａ・Ｊ・グレマスの用語。多義性を帯びた要素からなる言説を一意的に解釈することを可能にする意味の場のこと〕の中心点を形成している。彼によれば、究極の「権威」とは民意をおいてほかにありえない。

「民衆が血の最後の一滴まで吸い尽くされるがままになるなど、ばかげた話です。彼らの方こそ、その気になれば暴君らの血で太れますのに。われわれの先祖の前例を見れば、十分目が覚めていていいはずです。彼らの愚直さから学んでしかるべきは、臣民は自分自身で正義を行うとき以上の正義を持ちえない、ということです。（……）そんなめくら状態など、もうはやりません。鈍感さが良しとされたのは、われわれの哀れな先祖の時代だけです。今や私たちは十分な分別を備え、目がしっかり開いておりますので、私たちが誰かに従属することがあるとすればそれはもっぱら政治的理由によってである、ということを認識せずにはいられません。また、私たちが政府の樹立のために自然権をゆだねた人たちの行いに不正が蔓延するときは、私たち自身が自然権を行使するほかないということもおわかりでありましょう。」（八頁）

国王崇拝の告発および民衆の権利の喚起という点で、ここにはたしかにカトリック同盟時代の誹謗文書や十七世紀イギリス革命時の檄文の影響が見られる。また、君主制とは民衆の主権が同意ないし横奪によって為政者に譲渡されることで成立するものであるとする見解は、マキアヴェッリと響き合う。だが、強い政府を保持するためにマキアヴェッリ主義のリベルタンたちはマザランや国王派の側についたのに対し、デュボスは民衆の「自然権」という急進的な概念を選ぶのである。

コンデに味方して立ち上がれとの呼びかけを通り越し、今や彼は反貴族革命を呼びかける。

「正義が私たちに行われないなら、私たちは自分で正義を行わなくてはなりません。当然私たちに正義を行うべき者たちが、それを私たちに拒絶するのですから。彼らに正義を要求するには剣を手にするしかありません。

剣は私たちの審判者です。最も強い者が最も正しいのです。私たちの行く手を阻む者たちは、私たちがもはや愚鈍ではなく、ぺてんによって甘い罠をめぐらしても籠絡できないと知るや、喜んで私たちにぺこぺこし始めることでしょう。

戦乱が百年続いたとしても、それを煽り立てた貴族たちは依然として太り続けていることでしょう。彼らは自分の家以外のいたるところに貧困を引き起こすでしょう。自分の食卓を満たすために、他の食卓をからっぽにするでしょう。彼らが潤沢をむさぼっている間、私たちが死にかけても、パンひとかけすら出し惜しみするでしょう。

目をそらすのはもうやめましょう。貴族は私たちの忍耐力を弄んでいるのです。私たちがすべてに耐えるから、彼らは私たちに何にでも甘んじさせていいものと思い込むのです。仮面を剥ぎましょう。時代がそれを求めています。貴族が貴族でいられるのは、私たちが彼らを肩に乗せてやっているからにほかならないのです。彼らを揺さぶるだけで彼らは地に這いつくばりましょうし、私たちの反撃は永遠に語り継がれることになるでしょう。私たちが一斉蜂起して援軍となるべきは、二つの党派のうちのどちらであるかを見定めた後は、身分も年齢も男女の区別もなく、一人残らず名もなき屍にしてしまうまで、相手の党派に属する者らを血祭りに上げようではありませんか。すべての街角に恐怖を与え、鎖を張り、防塞を強化し、剣を空にかかげ、殺しましょう、奪いましょう、打ち砕きましょう、贄に捧げましょう、自由の旗印のもとに集わぬすべての輩を、私たちの雪辱のために。」

引用末尾の文句（強調は原著者自身）はそのまま次のページ（九頁）で反復され、次いで作品の結びでもさらに二度繰り返される（一四、一五頁）。ただし第五の論点においては、奉仕への義務感をにじませるヴァリエーションとなっている。「真の王と自由の旗印」、すなわち「大公殿下」の旗印のもとに集え、と。

『オヴァルの点』は、コンデ公に味方する立場を表明するその一方で、すべての貴族に対する蜂起をも促す。たしかにこの矛盾は、さまざまな憶測を喚起するだろう。デュボスはやっつけ仕事の三文文士で、過去に読んだ他の誹謗文書を切り貼りしたのだとか、あるいは、コンデにとってはパリ市民の暴動が自分の利益につながるので、それを煽り立てるためならどんな手段でもよかったのだろう、など。じっさい、ここでデュボスが多用している過激な主張や鮮烈なイメージ、すなわち論戦的文章によく見られる常套句は、こうした「アジビラ」的性格のテクストにおいて、内容の一貫性よりも重要だ。しかし、このような空理空論をめぐらしても意味があるまい。作者の本心を探ることなどはせず、彼が書いたものが何を言おうとしているかに話をとどめるべきである。『国家の天秤』はコンデの政治理念について何も語らなかった。『オヴァルの点』もまた、それについて口をつぐんでいるけれども、国民主権論を展開してゆき、その究極の帰結として民衆革命の煽動にいたる箇所さえみられる。したがって作品は、まぎれもなくコンデ公支持の呼びかけであると同時に、あらゆる貴族に対する闘争の呼びかけ（「貴族が貴族でいられるのは、私たちが彼らを肩に乗せてやっているからにほかならないのです。彼らを揺さぶるだけで、彼らは地に這いつくばりましょう。」）であるという、解消されえない矛盾を保持している。

また、デュボス＝モンタンドレはやみくもに書きなぐるような三流作家ではない。彼のパンフレットの表題は謎めいていて、読者の関心を喚起せずにおかないのだが、十七世紀当時「オヴァル ovalle」という語が楕円のことを指して用いられたことを考慮すれば、その意味するところは明らかである。「オヴァルの点 point de l'ovalle」とは、楕円の二つの焦点の重心、つまり、からくり全体を把握するために特定すべき点のことだ。ここから、作者の知的能力は侮りがたいものであることが見てとれる。彼は、自分のテクストが二面的な結論を持つことをはっきり識別する、たしかな能力を備えているのだから。

二枚舌の本質は、ある意味の仮面の下に別の意味を潜ませることではなく、むしろ相反する二つの意味を解きがたく共存させることにある。したがってテクストは、二つの意味の各々から、およびそれらの共存そのものから、意義づけられるといえる。このように分析すると、『オヴァルの点』は、食客としての拘束の強さ（デュボスはコンデ公側につくようにとの呼びかけを繰り返さずにいられないのだから）と、食客である著者が弄しうる手管とを、明らかにしてくれる。食客である著者たちが強いられた言説の中に滑り込ませる曖昧さと歪みは、彼らがいかに束縛を被りながらもなおそれに屈することがなかったかを示すものだ。フロンドの乱のように諸勢力とパトロンたちが弱体化した時期において、パトロンが依頼するパンフレットは、パトロンその人を脅かす火薬庫となりえたのである。

国家によるメセナの制度化

メセナ神話の光と影

二面的態度は、メセナが促進するさまざまな活動の中にも同じく現われた。十七世紀はメセーヌの完全かつ複雑な神話を作り上げたが、まさにその神話の核心部分において矛盾も同時に露呈しつつあった。「メセナ mécénat」という言葉はまだ存在しなかった。しかし、「メセーヌ mécène」という名詞はリシュレとフュルチエールが採録した語彙の中で明確な意味のもとに使用され、その定義はマエケナス Mecenas というローマ時代の人物との関連でなされている。

モデルとなったこの人物は、十六世紀以来十七世紀を通じて頻繁に言及される。最も重要なテクストはゲ・ド・バルザックの『マエケナス』である。マエケナスの人物像に一貫した歴史的基盤を与えつつ、彼の特性を総括するこの作品は、普通名詞としての使用頻度を増して濫用傾向にあったこの語に、改めて意味と力を与えなおそうとするものだった。この論考を通じて、マエケナスは完璧な宰相かつ完璧な趣味の持ち主として描かれている。バルザックは、このローマの政治家が作家たちに対してなした行いのうちに、政治家としての打算に優先した、芸術に対するエピクロス的嗜好を認めようとしたのだった。[10]

マエケナスを起源とするこの神話は、国家において作家に高い地位が承認されることへの願望、という意味を持っている。その名に値する現代のメセーヌとは、有力な政治家であって、なおかつ公共利益への顧慮と芸術への愛好心とを結びつける者、ということになろう。私人が彼らにならっても、真正かつ寛大な文芸愛好家でなければ、真にメセーヌと呼ばれるに値しない。計算ずくの振舞いや鷹揚さに欠ける態度を見せる者は、したがって、似非メセーヌとして化けの皮を剥がれるわけである。

このように理想化されたメセーヌのイメージは何よりもまず、時の権力者、つまり王、王族、大臣に当てはまる。メセーヌとなることで彼らは、文字通り栄光を讃えられるに値する人物となる。じじつ、メセーヌを賛美するときには、十七世紀の文学的パンテオンを神と祀られる人々で一杯にした、半神の域、あるいは完全に神の域にまで高められた英雄というあのテーマが、あたりまえのように介入した。このテーマはそこで、作家と報奨金を与える者とが互いの栄光を保証しあうという交換のテーマと結びついている。そして多くの場合、これは対等な交換として提示される。

マレルブはマリー・ド・メディシスに捧げたオード『王母様の摂政時代の栄華について』の中で、はっきりと王妃を神格化している。

「公共の財をもって、あなた様に
十分ふさわしいほどうるわしい何を捧げることができましょう。
神々に準じた美徳を有せられるあなた様が、
彼らと同じ高みに列せられ、
われわれの神殿の彼らのかたわらに
御像と祭壇とで祀られることをおいてほかに。」

しかし彼は、このメセーヌの神格化を、「才に恵まれたすべての者」がしのぎを削る競演の場として提示する。そこで彼は、「賞を得るのはこの私です」と言ってのける。これに続き、二つの比較が行われる。第一に、文学が他のすべての芸術に優越することが説かれる。彼の見解では、詩は王宮にも、また絵画や彫刻といったその宝物にもまして、高い価値を持った金字塔である。文化の場の部門化と文学のヘゲモニーという問題系がここでも見出されるのである。第二に、彼は自分を他の詩人すべてと比較して自負を語る。

「……永遠に語り草となるような
すばらしい賛美の詩を書きうる
わずか三、四人のうちに
わたくしは数えられましょう。」

数年後、トリスタンがこれと同じ構図を用い、ガストン・ドルレアンに宛てた詩を書いた（『海のオード』）。その中で彼は、自分の詩が「妬みの神」でさえも

「アポロン自身が軍神マルスの武勲を
書いたかとみまがう」

ほどの出来栄えであると誇る。

詩人はメセーヌを神格化することで、自分自身をも神格化する。メセーヌによって与えられる報酬は、したがって、正当で理にかなったものだということになる。メセーヌの偉大な行為も賛美されなければ、公的歴史的価値を欠いたものにとどまるからだ。このように互いを讃え合うことで、詩人は最も高い地位にある人々と対等に振舞うことができる。メセーヌに対する作家の従属は、象徴的な秩序の中で隠蔽され、排除されるのである。このような様相のもとに、メセナの神話は幸福な神話として現れる。文学のコミュニケーションはここに完璧な「至福の環境」を見いだす。対等でかつ競合しない二者の間に打ち立てられるからである。

メセナにおける関係がとりわけ幸福なものとして示される時、それはメセーヌ自身は作品の題材となることなく、テーマおよびテーマの扱い方について作者に示唆を与える時である。じっさい、作品の献呈書簡はそのような書き方をしていることが多い[(11)]。たとえばラシーヌは、アンリエット・ダングルテールに『アンドロマック』を献じて次のように書いている。「妃殿下がわたくしの悲劇の創作にいくばくか心を配ってくださったこと、妃殿下がいくばくかの知性の光をわたくしに分けてくださいましたこと、そして、わたくしが妃殿下に初めてこの作品を朗読いたし

ました時にも、いくばくかの涙でもってこの作品に栄誉を与えてくださったこと、これらのことは人々の知るところでありました。」

緩叙法はここで、英雄を賛美する時の誇張法と同じ役割を帯びている。詩人は作品の栄誉をメセーヌの手にゆだね、メセーヌの承認が同時に世人の承認をもたらしたとみなされる。だが、詩人の栄誉はメセーヌに託されることによっていっそう保証され、ますます奨金を受けるにふさわしいものとなるのである。

一六三〇―四〇年代の詩人たちにとって、このようなメセーヌのイメージを最もよく体現する人物はリシュリューである。彼は英雄であり、作家に作品の題材を与えてその創作を助け導くことのできる知識人であり、そして何よりも、奨金を与えてくれる人物である。

シャプランは『リシュリュー枢機卿に捧げるオード』の中で、〈アカデミー〉設立に対する謝意を表しつつ、こうしたさまざまなイメージを一つに集め、リシュリューを神格化する。

「この世のものならぬあなたの美徳、奇跡のようなあなたの善行の数々は、
今日フランスのために再来した、
いにしえの英雄たちの力、神々の善意である。」

枢機卿リシュリューの聖職者としての身分は、キリスト教的概念（「この世のものならぬ美徳」）とギリシャ神話の神々への暗示（「神々の善意」）とをまぜあわせ、連想の幅を広げることを可能にしている。これは、メセーヌを神格化する当時の文学作品において、つねに現れる特徴の一つとなっている。続いてシャプランはリシュリュー

の学識、無私無欲、そして何よりも気前のよさを褒めそやす。

「あなたがご主君から
あなたの望みを超えた何らかの恩恵を賜るときも、
あなたはそれをたちまちいろいろな形の厚意で皆に広めてくださる。
あなたはその花しか持たぬのに、われわれはその代価を受け取る。」

宰相というリシュリューの地位は、彼とローマのマエケナスの人物像とをぴったり重ね合わせることを正当化する。〈アカデミー〉の設立のみならず、奨金の授与という形で行われた彼の文化政策も、この同一視を促すものだった。ゲ・ド・バルザックによる『マエケナス』執事も、この宰相兼枢機卿が果たした役割を念頭においたものであったにちがいない。

このような賛美詩における誇張的性格は、メセナ神話の基本的な特徴である。この時代において、またこれより何世紀も前から数々のテクストでいやというほど繰り返されてきた賛美は、個々の作品だけに目をやるとひどく無意味で価値を欠くように見える。だが、それらのテクストが相互に織りなす関係性に目を向ける時、それらはたちまち意義を持ってくる。とりわけ、ルイ十四世親政の到来とともに、メセナ神話が前提とするメセーヌと作家との交換の均衡が崩れてゆくのが見てとれる。この時代、誇張法は行きつくところまで行きついて、疲弊した状態だった。たとえばモリエールは、一六六八年、フランシュ＝コンテ征服を祝して詠んだソネにおいて、栄光の相互交換を不可能なものとして提示している。

「しかし偉大なる王様、私たちの歌はそんなに早く出来上がりません。
なのにあなたの征服を褒め称えるのに必要な時間よりも短い時間しか費やさずに
あなたは征服してゆくのです。」

メセーヌを賛美する作品はここにおいて、もはや彼に捧げるべき貢物とみなされず、むしろ義務的な奉仕へと向かう。メセナにおける関係の危機が、このような些細な点に現われている。

じっさい、この時代を通じてメセナの神話は、その幸福なイメージに見合った分だけ負の側面をも併せ持ち、それはメセーヌたちの不義理という不幸なイメージで現れた。賛美と中傷という二つの相反する言説が、拮抗したまま結びつく。賛美は、つねに中傷という逆の形がありうるだけにいっそう引き立つわけである。このような両面性は、古典主義期におけるメセナの制度に特徴的な、一つのプリズム効果である。早くも一六三〇年代には、大貴族に向けて不当さ・恩知らずといった非難が頻繁に行われるようになり、厚遇されていた著者たちまでもがそうするにいたる。

宮廷「御用達の」詩人でありながら十分に報われることのなかったマレルブの境遇は、何度もそのような非難を行う動機を提供した。たとえばメーナールは、諷刺詩の中でマレルブに呼びかけて、次のように嘆いている。

「(……) 優れた才の持ち主に対して、
君主が厚意で報いる時代は死んだ。

この野蛮な時代において、マレルブよ、
天馬ペガサスとは、偉大な人々を
救貧院に運ぶための馬なのだ。」

すこし後に、ゴンボーもこう歌う。

「われわれの時代のアポロンであるマレルブ、ここに永眠す。
彼は十分な支えもないまま長く生きた。
どの時代に？　移ろうこの時代に、とだけ言っておこう。
貧しさの中で彼は死に、私の方はその中で生きている。」

さらにマイエも、苦々しい口調で皮肉って言う（『わが詩へ』）。国王は彼の作品を受け取っておきながら

「わが精神の生み出した子らよ、誉れ高い国王はおまえたちを
かくもお側近くその腕に迎え入れる」

忘恩で報いるという。

「おまえたちは甘美に王の心を魅了するというのに

王の財布はなぜ魅了しないのか？」

リシュリューに関することとなると、失望は非常にとげとげしいかたちで表れる。たとえば、ボワロベールはあるユーモラスなオードの中で、リシュリューが彼の作品を賞賛して詩句を寄せたことにふれている。詩人にとって、かような名誉はまさに効験あらたかであり、

「皆が私を褒めそやし頭を下げ、
道行けば人々が私を指さす。」

しかし彼は同時に、これに見合った「信用の増大」、すなわち、ちゃりんと鳴る、ずっしり重いお足を要求するのだ。もっと辛辣なのはメーナールである。彼はある有名な諷刺詩において、自分が地獄に降り立ち、フランスにおけるメセーヌの鑑とされているフランソワ一世の亡霊と会話する場面を、空想をめぐらして書いている。フランソワ一世は、リシュリューが彼の才能に報いてどんな地位につけてくれたのか、どんな褒美を与えてくれたのかと尋ねる。詩は次の文句で一息に終わる。

「いったい何と答えたらいいのだろう？」

摂政政権のもとでは、マザランがメセーヌの務めをまっとうしていないことに対し、作家たちの非難が殺到するが、これはルイ十四世の時代に入ってもなお続いたのだった。たとえば一六七六年、コルネイユは『シンナ、その

他について、王に』で、自らの旧作が宮廷で再演されたことを喜びつつも、新作に関しては黙殺され、わけても奨金を与えられなくなったことに対して不満を漏らしている。また、フュルチエールは『辞書』の中で、メセーヌの定義に次のような断定を添えている。「今や、マエケナスはいない。同様に、ホラティウスもウェルギリウスもいなくなった。」

フュルチエールは諧謔的なやり方で、当時最も激しくメセナの悪弊を告発する作品を書いた。『町人物語』の中で彼は、架空の「献呈大全」なるものを作り上げ、金が支払われたうえで献呈の行われるしきたりを揶揄しつつ、メセナにおいて交換が成立していない状況を明らかにしている。「献呈大全」はこの問題に関する概論の目次という形で提示され、中でも次の諸点が目を引く。

「第一〇章。何世紀にもわたり、マエケナスのような人物が輩出されなかったこと、特に、今世紀における驚くべき不毛に関して。

第一一章。最も裕福な人物が必ずしも最良のメセーヌではないという、まことに真理を穿った逆説について。この章では、支払いの段になるや貴族たちの手に起こる、突発性のひきつけについて論じられる。

第一二章。似非メセーヌたちが、作品を献じて見返りを乞う著者の罠から身を守るためにくり出す、五〇の手管と逃げ口上について。

第一三章。献呈書簡の報酬を得るために、メセーヌを相手どって訴訟を起こすことの是非について。[12]」

これらの批判は、報酬がきちんと支払われるときにしか交換は十全に成立しないということを強調するものであり、フュルチエールは一つの具体的な点を前面におし出してそれを明らかにしている。すなわち、最も羽振りのいい貴族が最も気前がいいわけではないということである。メセナとはしたがって、何よりもまずイメージだったのだ。そのイメージに、高い地位にあるが王族ではない人物たちが、自分の評判を高める目的で自らを適合させようとすることはあった[13]。しかし、理論の上ではメセーヌという役割を保持すべき者たち、つまり大貴族は、それを十分に履行するとは限らなかった。

この両面性は、クリエンテリズモにおいてもそうであるように、必然的に二枚舌を引き起こした。フュルチエールは「大全」の上の引用に続けて、「注目すべき問題——もしメセーヌが失墜したり、重罪を犯して首を吊られるか処刑されたかした場合、献呈書簡を削除・変更すべきか、それともそのまま本の創作を続けるべきか[14]」を論じはじめる。この問いに対する彼の回答は明快で、メセーヌに忠節を守り通す義理はない、と言い放つ。じっさい、メセーヌが失脚したり国王の寵を失ったりした場合、あるいはもっと都合のいい別のメセーヌが現れた場合は、作家たちは躊躇なく相手を乗り換えたのだった。

報奨金と制約

辛辣をきわめる批判も大げさな賛美も、ともにメセナがこの時代の心性に大きな位置を占めていたことを物語るものである。多くの歴史家がそこからいささか性急に結論し、作家たちの期待はいかにメセーヌの気前よさにすがって生活の糧を得るかということに向いていたと言うが、事実を検証してゆくと、メセナにおいて支払われる金額はクリエンテリズモに比べ、はるかに少ないことがわかるのである。一時的に支払われる奨金に関しては、具体的資料は乏しいものの、W・ライナーの調査によれば、報酬を請願する大げさな賛美詩や献辞は、ほとんどの場合、報われずに終わっていたという[15]。フュルチエールはこの状況を『町人物語』で示しているが、彼以前にもソレルが『フランション』（一六二五年）の中で、一五〇リーヴルを一般的な金額としてあげている。一六六〇年代においては、通例三百リーヴルだったようだ。

物価の上昇を考慮すれば、これは奨金の倍増というよりも横ばいを示している。大金が与えられるのは、例外的なことだったのである。たとえばリシュリューがコルテのある詩に対して五百リーヴルを与えたのは、修史官たちがわざわざ言及するほどに、驚くべき太っ腹に映ったのだった。(16) さらに一六六〇年、メーレがルイ十四世の成婚を祝って詠んだソネによって千ルイを受け取っているが、この賞与はすでに名声が確立した詩人に対して、そして何よりも彼が受け持っていたフランシュ＝コンテ地方大使という任務に対して、敬意を表したものであった。そこには端的に政治的な意味があった。(17)

このような賞与がどんな意義を持っていたのか、見定めるのはたやすい。金額がこれよりも少なければメセーヌはけち臭いと思われ、奨金を与えることでかえって評判を落とすことになっただろう。しかし、この金額を超えると、奨金を乞われる機会の最も多い貴族たちは、与えるべき報酬が高騰して、獲得が見込まれる名声とは釣り合わないほどの財政負担が予算を圧迫する羽目に陥りかねない。著者の側にとっては、この程度の収入は生計を満たすにはいたらなかった。これはせいぜい王立学院教授の給料の一、二ケ月分だった。したがって、彼らはこれらの報奨金をかき集めて生活費としなければならなかったと思われる。いくつかの逸話が物語るところによれば、ラングーズという策士は一つの本を複数の人物に次々と捧げるという離れ業をやってのけたという。(18) これは特殊な例であるが、かえって慣例を裏づけてくれるものだ。こうして、一時的な奨金とはかなり稀なケースであり、かつ額面よりもそれによって与えられる威信に価値があったといえる。

定期的に支払われる奨金に関しては、より多く文献に記録されており、いっそう示唆的である。たとえば、コルベールが定めた奨金のうち、最も少ないものは年額三百リーヴルである。一年あたりこれより少ない額を与えることは、メセーヌにとって、評判を失うことになったと思われる。これほどの少額が与えられるのは、有望な新人たちに、その才能と意欲とをいっそう幅広く証明するよう奨励する場合に限られた。最も多額の奨金は三千—四千リーヴルにものぼったが、これらの恩恵に与ったのは、すでに評価が確立していて、直接メセーヌの役に立つ著者たちだった。

一六六四年、シャプランは三千リーヴルを受領した。しかるに彼は、コルベールのもとで文化政策の顧問を務めていた。メズレーは四千リーヴルを支給されていたが、それは彼がフランス有数の優れた修史官であり、〈アカデミー〉の大黒柱だったからである。これより以前、サン＝タマンは栄光の絶頂において、三千リーヴルをポーランド王妃となったマリー・ド・ヌヴェール〔ヌヴェール公の娘 Marie-Louise de Gonzague は、一六四五年にポーランド王 Ladislas Sigismond に嫁いだ〕から与えられていた。つまり、寵愛を受け、評価の確立した作家たちだけが、二千リーヴルないしそれ以上の報酬を手にすることができたのである。最も華やかな時期のゴンボーは、二四〇〇リーヴルに手が届いたし、コルネイユ、コタン、さらにヴァロワは、コルベールから二千リーヴルを授給された。しかし、奨金の平均額は千—一五〇〇リーヴルだった。リシュリューは何年にもわたって、年間二〇—二五人の著者に報酬を与えるために四万リーヴルを費し、コルベールのもとでは報奨金に当てられる予算は、最も盛んな時期、六二人の受給者分が一一万リーヴルにのぼった。(19)

毎年支給されるこのような収入は、侮れるものではなかった。これは、平均的な教授職もしくは修史官の給金にも等しい額だったのである。しかし、これらの収入を得られたからといって、ゆとりある暮らしが保証されるものではなかった。十七世紀半ばにおいて、職人層の中では最も高給取りであった印刷職人は年間五百リーヴルを要求しえたし、王立学院教授はその二倍の金額を、さらに大貴族の秘書は二千リーヴルを支給されていた。千―一五〇〇リーヴルで、著者は食うに困らない生活はできたが、文学で身を立てるには、書籍を購入し、観劇に出かけ、社交界に出入りし、そのための衣服を揃えなければならないため、この金額は著者としての生活様式にとって十分とはいえなかったのである。メセナは貴重な収入源ではあったが、クリエンテリズモにおける利益に肩を並べるにはほど遠い。著者にとって最良のやり方は、たとえばヴォージュラ、サン＝タマン、スカロン、コルネイユ、ラシーヌ、コタンがそうしたように、メセナとクリエンテリズモの両方をうまく組み合わせることだった。メセナによって確立された栄光の座は処世術を授けるものであり、食客としての利益をいっそううまく利用することを可能にしてくれる。したがって、この二つの形態がたとえ結びついている場合であろうと、これらを区別して捉えることがいかに重要であるか、理解できよう。一人の人物がパトロンであると同時にメセーヌでもありえ、一人の作家が食客かつメセーヌの厚意に与る者でありうるのだ。たとえばリシュリューとコルネイユ、ガストン・ドルレアンとトリスタン、コルベールとラシーヌらが結んでいた関係がそれである。しかし、これら二つの慣習が結びつく中にさえも、それぞれがもたらす利益ははっきりした違いをとどめている。

メセナの持つ最大の意義は、作家に栄誉をもたらし、これを世人に認めさせることにある。それを示すのが、次にあげる見逃せない二つの事実である。まず第一に、メセナには選抜があるということ。この時代の一時期（一六四二―一六五年）、作家がクリエンテリズモによる恩恵を受けたケースは四百件近く数えることができるのに対し、一時的あるいは定期的な報奨金に与ったケースは七〇件にも満たない（**付録2**）。ここにメセナ特有の制約がある。すなわち、奨金を与える者と著者との栄誉という効果が生み出されうるためには、メセナが高度な卓越性を帯びていること、したがって、厳しい選抜が行われるという条件が必要なのである。

第二に、奨金は運しだいの性格のものであること。きわめて稀な例外（シャプランやラシーヌ）を除き、文筆活動の全般にわたって定期的に奨金を手にできた作家は一人もいなかった。ここに、交渉しだいで誰でも得られた、クリエンテリズモによる安定した収入との根本的な違いがある。報酬は栄誉の承認である以上、実績によってその都度裏打ちされねばならない。メセナとは作家の軌跡において非常に重要な里程であるけれども、それ自体は社会的なキャリアではなかったのである。

メセナとクリエンテリズモのこのような相違は、修史官たちの立場のうちに明確に読みとることができる。じっさい、この名詞は当時、まったく異なる二つの境遇を指し示していた。修史官であるとは、原則として、一つの官職につき、雇い主の内政上・外交上の主張および利権について歴史的な根拠を打ちたてることである。こうした官職は金で買えるものであり、その給料ははっきりと予算枠に組み込まれていた。たとえば、教授職の年金と同様に、修史官の年金もパリ市の歳入から充当された。しかしその一方で、「純粋な」歴史家ではない作家を指して修史官と呼んでいた。これには、デュ・リエのように金に困っている作家を救済する場合[20]、あるいは、すでに才能が世に認められていて、歴史物を書かせればメセーヌの栄光を存分に示してくれるだろうと見込まれる人物を優遇する場合があった。これはルイ十四世が行ったことである。彼はまず、翻訳家として名を馳せていたペロ・ダブランクールを修史官として召抱えようとしたが、彼がそれを拒否したためにペリソンが任命され、次いでボワローとラシーヌがその任についた。メセナの関係によって修史官となった者は、庇護者の栄光を輝かせるのにふさわしい、華麗な文体による歴史を書くことが要求された。一方、そうでない修史官に対しては、より史実中心の、学問的な歴史が求められた。つまり、同一ジャンルを異なる形に部門化することが、クリエンテリズモとメセナとの間に一線を画したのである。また、著者たちにどんな名目で報酬が支払われるかに、二つの立場の違いが表れている。職業修史官はその給料にあたる「年金」を得ていた一方、他方の修史官は、「報奨金」として別に立てられた枠から受給していた。[21] 彼らの運命はつねに、メセーヌが満足を得られるかどうかにかかっていた。メズレーはコルベールの好みからみるとあまりに批判好きと映ったため、その肩書きと奨金を失った。数年後ペリソンも同じ憂き目を見たが、それは十分な実績を残さなかったという理由からだった。

報奨金にはこのように誰の目にも明らかな制約があるにもかかわらず、メセナは文学に深い影響を及ぼした。クリエンテリズモに詩学への直接の反響があったとすれば、それは依頼を受けて制作される讃辞や論戦文書についてのみだった。それに対し、メセナは誇示的な文学を特権的なものにし、賛美詩の隆盛もメセナ神話の隆盛に負うところが大きい。それだけでなく、メセナはフィクションや余興をも促進し、これらを国家の威信を高める政略として貢献させえたのである。

例をあげれば、『うるさがた』の序幕はルイ十四世の栄光を謳い上げ、『タルチュフ』の終わりには王の意向を褒め称える台詞が含まれており、『アレクサンドル大王』はこの古代の英雄と国王とを重ね合わせた、等々。モデル小説は、古来の英雄物語に想を汲み、虚構の主人公の仮面の下に時の権力者たちを褒め称えた。たとえばスキュデリー嬢は『グラン・シリュス』の主人公シリュスのうちにコンデを、『クレリー』のうちにフーケを、それぞれ美化してみせる。フュルチエールは『町人物語』の中でこのような慣行のゆきすぎを揶揄している。メセナは劇作家たちを非常に手厚く遇した。演劇は貴族や王室の祝祭の典礼に役立ったからである。中でも宮廷バレーは長いこと花形の一つだった。[22]自分の作品が宮廷で上演され、そのことによって報奨金が手に入るという期待は、著者たちの劇作に向ける熱意を大いに支えた。

メセーヌのうちには、二つの異なる態度が観察される。第一の態度は、新人に対して奨金を授与するというものである。この時メセーヌは、自らの援助によって完成した作品が世間で成功を収めることを、さらに、萌え出でつつある才能を見抜いたという事実によって自分の栄誉がいっそう大きくなることを、見込んでいるわけである。たとえばサン゠タマンとソレルは一六二〇年代、このような形で宮廷バレーのための詩を委嘱され、その後全国的に有名な著者となった。もう一つのやり方は、すでに名声が確立している著者に対して奨金を授与するというものである。この時メセーヌは、作家が獲得した評判を自分の利益となるように回収する。一六三〇年代のコルネイユ、次の世代のボワローの場合がそうである。しかし、この二つのいずれにおいても、作家の名声というものにメセーヌとしての行為の成否がかかっていることに変わりはない。メセナはたしかに公認の論理に基づいて機能しているのだ。

報奨金を分配するにあたり、メセーヌは「文士」と「知識人」とを平等に遇した。コンデ、ガストン・ドルレアン、さらにセギエとフーケがこのように振舞い[23]、ルイ十四世も同様である。マザランは学者を優遇し文士を軽んじた。[24]フロンドの乱の時期、作家たちが彼に向けた敵意は、この点からも説明できる。こうして、芸術的・娯楽的な文学に学術的著作と同じだけのものを与えることで、メセナは文学の尊厳の確立に貢献したのだった。しかし、このような承認は作家にとって、メセナが課す束縛と極度の選別性の重みと引きかえに得られるものだった。この時代におけるすべての文学活動の制度の中で、メセナは最も狭き門だったのである。

王権によるメセナの強化

十七世紀を通じ、メセナは徐々に国家の占有物となっていっただけに、その選抜はいっそう厳しさを増していった。フロンドの乱以前は、王権によるメセナと並び私的なメセナ、とくに大貴族によるメセナがいくつも存在した。報奨金の主な後援者としては、コンデ、モンモランシー、ロングヴィル、レ、ヌヴェールといった大貴族、そしてその中でも最高位に位置するガストン・ドルレアンがいた。これらの貴族たちに対抗して、リシュリューは国家によるメセナを推進したが、ルイ十三世の支援をほとんど受けることができなかった。彼は気前よく奨金を支給して、メセーヌの中でもトップクラスの存在となったのであるが、かといって、彼を通して王国が著者に報いているのだという観念が決定的に確立することはなかった。彼のメセナは国家によるというよりむしろ宰相主導という性格にとどまるもので、貴族たちによるメセナよりも一段高いランクにあったにすぎない。

リシュリュー亡き後、政府によるメセナは統率を欠き、衰退する。セギエとマザランはおのおの自分たちの負担においてメセナを遂行した。メセナの衰退は、奨金の給付件数が減少したということではなく（じっさい、その数は変わらない）、政府の政策との関連が希薄になったという事実に表れる。大臣たちはこうして、私的にメセナを営む貴族たちと同じ地位に逆戻りしたわけである。

フロンドの乱によって、多くのメセーヌが政界からの引退（ガストン・ドルレアン）や追放（コンデ）、あるいは少なくとも謹慎を強いられて、排除された。フーケが一時的に権力を握った。しかし、国家によるメセナを再組織する動きも始まっていた。一六五五年、マザランはコスタールとメナージュに命じて、奨金の授与に値する文学者のリストを準備させた。この理念は、フーケ失脚後、コルベールによって再び取りあげられ、報奨金授与候補者の洗い直しはシャプランがその任にあたった。一六六四年から、コルベールは毎年助成金を交付した。これ以降、王政によるメセナの新しい規範が定着する。[25]メセナは成文化され統制された、国家による公的制度となったのである。しかし、メセナがより体系的になったことで、その門戸は狭くなり、要求はいっそう厳しくなった。

コルベールは奨金のリストを毎年作成し、リストアップされた名前には報奨金の支給額と支給の理由とが記された。たとえば、シャプランに対しては「詩と美文学において著名である」、シャルパンチエやペローには「その美文学ゆえに」、モリエールやラシーヌには「公にした作品ゆえに」といった記載があり、これには「奨金によって」という詳細が付記されている。つまりこれらの言い回しは、承認が与えられていることの証明（「著名である」「～ゆえに」）と、報奨金が卓越化のしるしとはいえ一時的な性格のものであること（「奨金によって」）とを結び付けているのである。コルベールは表に立つことを控え、いっさいの名誉を王に譲った。第一年目、王自らの立ち会いのもと、報奨金は豪華に刺繍を施された巾着に入れて与えられたのである。メセーヌの振舞いが公的行為、美しく飾られた典礼となった瞬間であった。

リシュリューのもとでは、報奨金は宰相の「家」の予算に計上された。その授与は家令のデ・ブルネーに一任されており、財政監察を受けることはまったくなかった[26]。コルベールは、これが独立した、だが国家の支出の記録簿に記載される予算として扱われるよう、とりはからったのだった。

メセナに与えられた公的な性格によって、文学は公衆に認められ反響を及ぼすものとなった。報奨金の受給者であるということは、文学の権威たることの証となったのだ。しかし、作家たちの経済状況はといえば、それほど大きな改善をみなかった。一六六一年以降、国家は著者たちの生活費を保証したとしばしば言われてきた。しかし実際に支給されたのは、作家たちに不自由のない思いをさせるのに十分とはいえない金額だった。それに加え、行われる選抜は、これらの利益の享受を少数の選ばれた者に限定するものだった。リシュリューが奨金を与えたのは二六人の作家であったのに対し、コルベールによる体制のもとでは、最盛期において六二人に達したものの、その半数は学者と言語学者であったため、文士の受給者は総計三三人にとどまった。羽振りのいい時期には、リシュリューの年間四万に対して、コルベールによる体制は十二万リーヴルという額を支給したが、物価の上昇や、とりわけ私的なメセナが大きく衰退した事実を考慮に入れなくてはならない。全体として、作家に対するメセナによる経済的援助は、一六六一年以降増加をみていない。

じっさい、上流貴族によるメセナは、フロンドの乱後、事実上消滅した。これらはわずかな痕跡をとどめる（一六六〇―七〇年代、罪を許されてフランス帰国を果たしたコンデのもとで）のみで、今や国家によるメセナこそ、この領域の規範となった。別のタイプの私的なメセーヌが現われたのは、まさにこの時期である。それは中流の貴族であって、芸術への愛好心から作家を庇護した人たちである。たとえば、ブラン伯とオビジュー伯、スルデアック侯爵は演劇をこよなく愛し、その理由からいくつかの作品の創作を助け、経済的に支援した（モリエールに対してオビジュー伯、コルネイユに対してスルデアック侯爵）。モデーヌ伯やフォール＝フォンダマント侯爵などは彼ら自身作家であって、詩作における彼らの同輩を援助することもあった。しかしこれらの人々は大貴族のような予算を割くことができなかった。彼らのメセナは、より純粋であるけれども質素なものだったのである。

状況全体の変化は、作家たちの振舞い方にも影響を及ぼした。一六六〇年以後、献呈の数は減少している。(27)駆け引きのありようは変化し、いまや作家たちが目を向けるのは、みずから報奨金を与えてくれるというよりも、メセーヌたる国王に対する仲介者・庇護者としての役割を果たしてくれる有力者たちである。コルベール、サン＝テニャン公、そしてアンリエット・ダングルテールが、最も人気を集めた。王権メセナによる体系化が確立させた規範は、このように、作家たちの行動や心性の中に入り込んでいた。

この制度は象徴的価値においては発展したけれども、それが適用される場はどんどん狭まっていった。フロンドの乱以前、作家は複数の貴族のもとで報奨金を期待できたところを、今や報酬のあては一つしかない。シャプランは何年にもわたり、ロングヴィルから二千リーヴル、リシュリューから千リーヴルを併せて受給していた。コルベールからは、三千リーヴル受給した。シャプランの名は高められたけれども、その財布の中身は増えたわけではなかったのである。この体制は、十年間は十分にめざましく機能した。けれども、一六七三年からは、オランダとの戦争のために公然たる予算のカットが行われ、報奨金は減少して、作家への支払いも不定期なものとなった。そして、この時にはもはや作家たちには、他のメセナに乗り換えるという手段は使えなくなっていた。一六七六年以後、財政上の削減が歯止めのきかないほど露骨になったために、この制度の威信は衰退してゆき、さらにこの制度の主要な役割であった栄誉の承認と認証という次元さえゆるぐことになった。

アカデミーが文化活動にその根拠を与える制度をもたらし、文化活動の中での文士たちの覇権をうながしたように、メセナもまた公的制度となって、文学が高い地位を得ることに貢献した。このようにメセナは、アカデミーの伸長を前にして、文学的公認の決定機関としての機能を保持することができたのである。ルイ十四世体制において体系化され、厳粛な慣行となったメセナは、当時望みうる最も高い威光を作家に保証したのだった。しかし、その厳しい制限のせいで、メセナは著者たちに安定した一つの身分を保証するにはいたらなかった。さらに、メセナの体系的性格は、作家たちをいっそう強く拘束した。そして、メセナが次第にクリエンテリズモと区別されるようになったとしても、それを特徴づける両面性は〔クリエンテリズモと同様の〕二枚舌的態度を呼び起こしたのである。この態度は、アカデミーのネットワークの場合とはちがったやり方で、増大する作家の自律性（作家の承認）と、作家をとりまく状況が強いる他律性（作家の従属）との相克を明るみに出す。メセナの課す制約の増大は、アカデミーの「変容」と同様に、伸長を続ける文学界と、メセーヌの役割を独占しつつ作家を社会的に承認する他の形態を阻んでいた権力との間の、緊張関係の表れである。

第三章　権利対法律

アカデミーが文学的なるものの特性を明らかにし、メセナがその威信を保証するとしても、著者の自律性がゆるぎなく確立されるためには著者固有の権利の承認が必要だった。著者とは、何よりもまず作品に署名する名前のことである。同時代の人々から見ても歴史的に振り返って見ても、著者はまずこの署名によってしか存在しない。著者はテクストに署名することによってのみ拘束を受け、そのテクストのために処罰を受けるという危険にさらされると同時に、そこから得られる利益を享受する権利を授けられるのだ。出版のあらゆる経済は、市場経済も（出版によって誰が利益を得るか、という側面）象徴的および感情的経済も（作品に署名して出版するということは、そこに自己のイメージを賭けることなのだから）、すべて署名の価値を中心に展開されるのである。

作品への署名にともなって発生する権利と義務の問題は、しばしば研究の対象とされてきた[1]。しかし、その点に関してどれほど多くの論争や混乱がはびこっているかを見るのは驚くばかりである。しかも十七世紀について言えば、かなり確固とした資料の基礎があるにもかかわらず[2]、そうした混乱はきわめて大きかった。その一因は、アンシャン・レジーム特有の錯綜した法律状況にある。当時は本当の意味での全国的な法律というのは例外であって[3]、地方やギルドによって慣習法や特権が異なるために、実際の法律の運用は食いちがい、矛盾することも少なくなかった。また、古色蒼然とした法律が時代に合わなくなり痛烈に批判されたからといっても廃止されるわけではなく、時にはそれが突然甦り、発せられて間もない勅令や王令によって認可されたはずの慣習に対抗することもあった。

用いられる概念が十分に明確にされていないことも、混乱の一因となっている。しかしそれを明確にすることは可能だ。まず第一に、最小限の構文上の注意を払うことによって。ここで問題にすべきは「著者の諸権利 droits *des auteurs*」なのである。じっさい、著者の権利には、それぞれ密接に結びついてはいるがいくつかの種類がある。まずは売買される品物としてのテクストを対象とする、実益をともなう権利、すなわち著作権が存在する。これを金銭的に表したものが、作家の労働および所有権に対する報酬である印税 droits *d'auteur* である。しかしこの著作権は、いくつかの「精神的な」権利に由来している。すなわち、作者権（他者によって書かれたテクストを横取りし、盗作してはならない）、尊重権（テクストを引用する際にこれを歪曲してはならない）、修正権（著者はテクストを修正したり削除することができる）、公表権（作品が公表されるか否かを決定するのは著者である）である。(4)

次に、これらの権利が発生するのはテクストの形態、すなわち内容上および表現上の形態（その資格で、アンソロジーや翻訳も権利の対象となる）に対してであって、思想そのものに対してではないということ。

最後に、法に関わるあらゆる問題において、その時代の考え方や慣習に属する主観法すなわちユース jus と、成文化された客観法であるレクス lex を区別するということ。著者の権利の実態は、ユースとレクスの諸関係の分析を通してしか理解することはできない。しかも古典主義時代には、主観法は成文法とはしばしば食いちがい、矛盾さえした形で確立されたのだ。

テクストの尊重権と文学的作者権の確立

一部の歴史家の見解に反し、(5)著者に最初に認められたのは精神的な権利の方である。そして、精神的な権利と実益をともなう権利とは、密接に結びついているとはいえそれぞれ固有の意味合いを持つものである。文筆で生計を立てることを望む前に人はまず生きのびねばならず、自分の書いたもののために不当な処罰を受けることのないようにしなければならない。

歪曲者に対して――レシャシエ事件

教会と国家が異端や不敬罪を理由に死刑を宣告することができた時代において、テクストの尊重権はきわめて重要な意味を持っていた。キリスト教自体が一つのテクスト群〔聖書、教父、神学的著作〕に立脚するものであるために、教会の権威筋はもとより一介の私人にも、教義に背く疑いのあるあらゆる文書を告発する権利と義務があったのである。このように考えると、ジャンセニスム論争の大部分は作品の尊重に関する論争であるとみなすことができる。じじつ、教会がヤンセンの「五命題」を断罪した時も、これに反論するアルノーと彼の友人たちの主張はこうであった。五命題は〔ヤンセンの〕『アウグスティヌス』のテクストの中には存在しない。これは曲解の結果によるものだ、と。

文学の領域では、古典古代の作家に対する崇敬の念ゆえに彼らの作品を尊重しなければならないと考えられていた。たとえばギリシャ・ラテンの作品のあまりに自由な翻訳は激しい論争を引き起こした。ラシーヌが『イフィジェニー』の序文の中で、〔エウリピデスの〕『アルケスティス』が彼の論敵やライバルたちによって歪曲されていると告発したのはその一例である。要するにテクストが大量に出回れば出回るほど、作品の価値の第一の基盤をなす、テクストの字句を尊重させるための衝突が、ますます多くなっていたのだ。尊重権に対する意識は、当時の人々の考え方の中に、たしかに存在していたのである。

尊重権の原則は早くも十七世紀初めには明言されて司法の分野に根を下ろし、レクスの領域に含まれることになった。ジャック・レシャシエがテクストの「歪曲者」に対する有罪判決を勝ちとった裁判は、その後の模範となった事件であった。

パリ高等法院の検事レシャシエは、サンリスの司教座参事会員たちを弁護すべく、一六〇六年彼らの司教を相手どって訴訟を起こした。争議の詳細はあまりに長くなるため省略するが、この裁判は広く反響を呼んだ。参事会員たちはガリカン派の伝統を擁護する立場をとり、この事件をフランス教会全体の運営に関わる範例であるとみなしていたからである。そのうえ、彼らが依頼したのはレシャシエという花形検事だったのである。

レシャシエは一五五〇年、国王秘書官の父と貴族出身の母との間に生まれた。司法官と帯剣貴族が縁組みした彼の一族からは、要職を占める者が何人も輩出していた。彼自身、後のアンリ三世がポーランド王に選ばれて即位に赴く際、随行する任務を帯びたピブラックの秘書官を務めたことがあった。〔宗教戦争当時の〕カトリック同盟の時期には王権への忠誠を貫いた功により、高等法院の主席検察官の職を得た人物である。

さて、レシャシエはまず、サンリスの司教に対して『請願書』を作成した。彼はそれをソルボンヌの神学博士たちに提出するつもりでいたが、まず国務会議に提出した。『請願書』はシルリ大法官とベリエーヴル国璽尚書によって検討され、一六〇六年三月十八日に承認された。つまりレシャシエは、政治権力と神学部の双方から承認を得ようともくろんでいたのであり、彼の『請願書』が判例となるのは今や時間の問題であった。ちょうどその時、聖職者会議が開かれていた。司教は反撃として、これに「レシャシエの文書の譴責」を提出し、聖職者会議の代表が国務会議の前でこの件について申し立てる約束を取りつけた。こうして、この「譴責」に反駁するレシャシエの第二の『請願書』が書かれることとなったのである。その中で彼は次のように論じている。「司教は請願者の名前と言葉を変えたその中傷文〔「譴責」〕によってベリエーヴル・シルリ両大法官閣下の目を欺いたうえに、国務会議においてその中傷文を司教と教会参事会の間で行われた口頭弁論によって公にし、裁判記録と公衆の記憶にその内容を刻みこんだ。事ここにいたり、ついに請願者の忍耐も限界に達し、文書歪曲およびその悪用のかどで上告のやむなきにいたった次第である。(6)」レシャシエが告発しているのは彼の最初の『請願書』の歪曲である。すなわちそれは〔彼の〕名前と〔彼の〕言葉を変え」、したがって「偽物」であるというのだ。レシャシエはこの偽物が「口頭弁論によって公に」され、「公衆の記憶」に刻みつけられたことを強調しつつ、自分のテクストが歪曲されることによって名声と社会的人格を不当に傷つけられたとして、司教を非難しているのだ。ここで彼が要求しているのは、まさに尊重権の適用にほかならない。国務会議は「この請願書を検討した結果、〔司教に対する〕判決はその効力を保つものとし、何ら変更される点はない」との決定を下し、彼は勝訴した。

一件の訴訟がたとえ大きな反響を呼んだとしても、それだけで新しい権利が確立するわけではない。また、レシャシエはテクストの尊重権の発案者ではない。しかし彼は尊重権を裁判に持ちこんで勝訴した最初の人物であり、一六〇六年に彼が作成した二つの『請願書』を出版することにより、「公衆の記憶」にその権利を刻みこんだ最初の人物でもある。

さらに、レシャシエはその数年後、こうして作られた判例を文学作品を保護するために利用した最初の人物となっている。それは彼の著書『フランスの病』の再版（一六一七年）に際してのことだった。

レシャシエは、ビロン事件に関わる数々の陰謀について論じたこの「アンリ大王に上奏する論考」〔『フランスの病』の副題〕を、一六〇二年に上梓していた。この作品は好評を博し、品切となったが、なおこれを求める人は絶えなかった。一六一七年に、レシャシエはこの本の出版に対する国王允許の更新を申請した。しかし当時はそのような更新は認められておらず、独占出版権の期限が切れたテクストは著作権が消滅することになっていた。そこで彼は特別な便宜をはかってもらうため、書籍印刷販売業者によれば彼の本に対する需要はいまだにとても多いということを指摘したうえで、「誰かが著者が書いたものではなく、著者自身が承認しないような記述を本の中にまぎれこませて印刷させる」恐れがあると主張した。「したがって、公衆の需要に応えるためには、自らの名誉に気を配るべき著者自身が旧版に基づく再版を手がけるべきである。（……）著者が生存中および死後にわたって自らの名誉と記憶を傷つけるような改竄を予防するのは、当然のことである。[7]」

王国の行政はこれらの論拠を認め、国王允許の延長を許可した。ところでレシャシエは、歪曲（「著者が書いたものではない記述を本の中にまぎれこませて」）の阻止とは、著書の「改竄」は著者の「名誉」を傷つけることであるという原則に従うことにほかならないとはっきり述べている。そして尊重権の保護を著者の「生存中および死後」にまで広げているのは、驚くべき近代的な発想であると言わざるをえない。

このようにテクストの尊重は法慣習の中に入りこんでおり、そのまま引き合いに出すことができたのである。たとえばサン＝タマンは、『作品集』（一六二九年）の「読者への序文」の中で、「どこぞやの悪質な地方の出版業者」が相談もなく彼の詩を歪曲した版を作るのではないかという「恐れ」から、自分の詩を一巻にまとめて出版することを決意したと説明している。（サン＝タマンにとって謙遜を装うのに役立つ）こうした主張は、作品のオリジナル性を守ろうとする配慮が正当なものと見なされていたことを証明するものに他ならない。たしかに、尊重権をはっきりした形で言明した王令の形跡はないが、アンシャン・レジームにおいて国務会議が下す決定は、ほとんどまたはあまり尊重されていなかった多くの法律に劣らぬ、確固たる判例として効力を持っていたという事実を忘れてはなるまい。著者の法的身分にとっての、ささやかではあるが無視することのできない最初の礎が、ここに築かれたのである。

盗作者に対して

テクストの盗作者に対する著者たちの戦いは、歪曲者に対する戦いよりもいっそう熾烈だった。しかし、そこから得られた成果はそれほど芳しいものではなかった。

本の海賊版が印刷術と同じくらい昔から存在するように、盗作という悪行の歴史は文学の歴史と同じくらい古くまで遡ることができる。ただし、盗作になるのは、ある著者が他人の書いたテクストの形態を横取りする場合に限られた[8]。模倣が文学的美徳としての価値を認められていた時代にとって、この点を明確にしておくことは重要である。作品の出典と独創性に関わる一大問題がそこに関係しているからである。当時はアイデアを借用することは正当であるとみなされ、推奨すらされていた。もしそうでなかったとすれば、模倣の教義が価値として認められ、確立されることなどありえなかっただろう。これに対し、形態上の引き写しは禁じられていた。この時代におけるもろもろの文学活動からは、模倣、盗作、書き直しをはっきり区別するための模索の跡が窺える[9]。しかもこの区分は、古典古代の文学に対する崇拝ゆえにそれをふんだんに書き直したり引用したりするという慣行があっただけに、ますます微妙な問題だった。死んでから長い時間が経過している著者からの借用が少しばかり多すぎたとしても、それはその著者に対する崇拝の念が行きすぎた結果であるとみなされ、せいぜい道徳上の権利しか侵害せず、実害をともなうことはない。しかし生存中の著者に対して同じことをすれば、それは著者の作者権と所有権を侵害することになるのだ。

だが、十七世紀には二つの矛盾する態度が同時に見られた。一つは盗作を利用しようとする態度で、もう一つは執拗に盗作を告発しようとする態度である。前者は当時の現実を是認するものにほかならない。じっさい盗作は、少なくとも印刷術がテクストに商品価値を与えた時から発展していたのである。

十六世紀にはスカリジェールやペトリのような著名な碩学が盗作の被害を受けた[10]。十七世紀には説教の盗作が日常的に行われていた。たとえばスノー神父が説教する時は、説教壇のすぐ下に彼の言葉を書きとめる書記たちがいることが多かった。彼らは後でそのテクストを、霊感にめぐまれない説教師たちに売りに行くのである。サロモン・ド・ヴィルラードは、文学で名を上げるためにボルドーのある修道士の詩を盗作し、次いでゲ・ド・バルザックから盗作した[11]。ソメーズは『本物のプレシューズ』を書くためにモリエールから盗作し、次にモンパンシエ嬢の『ポルトレ〔肖像〕』集に対して同じ罪を犯した。フェロテ・ド・ラ・クロワは『フランス詩人選』の中でシャピュゾーの『フランス演劇』から何頁も盗作した——それも誤読というおまけつきで[12]。

文学活動が進展しつつある中で、ただちにこの動きに乗じたいと願う新人たちは、自分の作品をふくらませるために他人の作品から臆面もなく借用していた。こうした行為は模倣の理論から逸脱した考え方によって支えられていた。J・トマとTh・ヤンセン・アルメロフェーンの学術的な装いをこらしたラテン語の本[13]や、リシュスルスのフランス語で書かれた『雄弁家の仮面[14]』など、多くの理論書が盗作は正当化し得るという考え方に根拠を与えたのである。

『雄弁家の仮面』は、模倣と盗作の間に境界線を画定することの曖昧さをよく示している。リシュスルスは自分の教説を盗作主義 plagiarisme と名づけている。この名称自体は引き写しを正当化しているように見えるけれども、これは引き写しをする人の「盗み」を告発し、書き直しの理論を告げるものなのだ。彼の目指すところは、優れた作家の作品をどうやって「変装させ」、そこから「新たな傑作」(五二頁)を生み出すことができるか教えることである。こうした目標を掲げて、彼は増幅法、縮小法、置換法……、といった技法の一覧を提示する。少なくとも最初の二つの技法では、変形は表現上の形態(文章、文体)のみを対象とし、元となる作品の内容上の形態(構成、構造)はそのまま使われている。こうした曖昧さのために、リシュスルスは微妙なニュアンスに十分な注意を払わない読者の目には盗作の新たな信奉者と映った。

一方、作家たちは文学的作者権の名において、盗作者に対する罵言をくり出しつづけた。盗作の拒絶は人々の考え方の中に深く浸透していた。そして盗作を告発しようとするこうした姿勢の背後には、当時の著者たちが創作物としての作品の価値、つまり独創性の価値と、作品の商品価値とを明確に結びつけてとらえていたということが見てとれる。この独創性の価値こそ、文学の卓越化の主要な指標の一つとなるものなのだ。要するに、それはきわめて近代的な作家の概念である。

エラスムスは『痴愚神礼讃』の中で、「他人の本を自分の名前で発表する者たち以上に自分の利益をよくわかっている者はいない。彼らはたえず書き写すことによって、他の人々がとても苦労して手に入れた名誉をわが物とするのだ。彼らとていつか自分の盗作が露見するだろうということを知らないわけではない。露見するまでの間、その利益を享受するのだ[15]」と書き、痛烈な皮肉で盗作者を告発していた。ソレルの『フランション』にはもっと軽妙な皮肉がある。衒学者のホルテンシウスという登場人物は、数々の欠陥を抱える中でもとりわけ文学的窃盗癖にかかっているのだが、そのホルテンシウスが書き写す人々に対して声高に抗議するのだ。「もし私が裁判官だったら、私は本を偽造するそのような人々を、貨幣を偽造する人々と同じくらい厳しく罰することだろうに[16]」。これと同じ手法を、モリエールもヴァディウスとトリソタンの有名な口論の場面（『女学者』第三幕第三場）で使っており、そこでは盗作者という名がこの上ない侮辱として扱われている。シラノの場合、皮肉はいっそう痛烈で、彼は「思想の剽窃者に反対する」二通の『手紙』を書き、彼の作品を「一字一句変えずに」書き写す「いかさま師」を槍玉にあげている。ラ・モット・ル・ヴァイエはもう少し寛容で、外国の作家や古典古代の作家からの盗作は大目に見てもよいとしているが、「同じ時代の人々から盗むのは、街角で夜盗をはたらいたりポン・ヌフでコートを剥ぎ取るのと同じことだ[17]」と憤っている。十七世紀末にはバイエが、「本当の著者の名前を」削除し「かわりに［自分の名前］を入れて他人の労苦を奪い取る[18]」人々に対して、同じ趣旨の抗議をしている。サリエ神父による『カコケファルス』（神話に出てくる盗賊カクスへの暗示と、「頑固者」という意味になるギリシャ語の語源に基づいた言葉遊び）という攻撃的な文書も同様である。ラテン語で書かれたこの攻撃文書は、聖書や教父、マルティアリス、ホラティウスをふんだんに参照しつつ、盗作者は恥知らずで妬みぶかい、名声の偽造者であることを論証している。[19] このように、盗作者に対する憎悪は、最も世に認められた文化的権威を担う人々を大量につき動かしていたのである……

三つのフランス語辞典は彼らの非難を要約している。リシュレは穏やかな調子ながら、この語〔盗作者 plagiaire〕は侮辱の意味を持つことを強調する。『〈アカデミー〉の辞典』はもっと手厳しい。「盗作者は皆から軽蔑されることになる」。そして例によってフュルチエールが最も攻撃的だ。「それは図々しくも他人の作品を奪ってわが物とし、その名誉を自分のものだと主張する著者に対して与える形容である」。フュルチエールはその語と用法の年代的記述、および語源を提示する。彼の情報は一面的ではあるが、その態度は明白である。盗作者は「泥棒」であり、「精神的領域における他人の財産を奪い取るような身勝手」を許すことはできないというのである。作家たちによって繰り返し行われた抗議を完璧に要約して、フュルチエールは盗作を二重の盗みとして提示する。それはテクストという物、労働から生み出され、所有権と見込まれる収入の基盤となる物を盗むことであり、そして創作者の名声を盗むことでもあるのだと。

こうして十七世紀には、盗作に対する戦いが激化していった。そこでは盗作の告発が、文学的論争において最もよく用いられる武器の一つとなった。アンドレ神父はバルザックを盗作のかどで非難し、スキュデリー〔兄〕はコルネイユの『ル・シッド』を盗作だと非難し、ボワローがコタン神父を、そしてそのボワローをリニエールが非難した、等々。だからといって、法律も判例も、文学的作者権を保護する何らかの文言を含んでいたわけではない。ユースは力強くはっきりと現れてきたが、レクスは無言のままだったのである。

しかしながら、二つの防御手段が存在した。一つは盗作者に対する公衆の非難を後ろ楯とするもの。当時の辞書が示しているように、盗作者は手軽に名誉を手に入れたつもりでも、実際は悪評を身に招いていたのである。もう一つは出版すること。サン＝タマンが「読者への序文」の中でその点に言及しているのは、先に見たとおりである。本を出版してそれに署名することが、「このテクストは私が書いたものだ」と断言し、次いであらゆる盗作に対して公然と反対する最良の方法だったのだ。

未完成の権利——著作権

「このテクストは私が書いたものだ」と主張する権利は、「このテクストは私のものだ」ということを主張する権利をも与える。精神面での権利と実益をともなう権利の結びつきを通して、文学的創作というまったく象徴的な価値は、商品価値すなわち所有権へと転換される[20]。十六世紀からフランス革命にいたるまで、著作権は出版特権〔「特権」の原語は privilège。「允許」と訳される場合もあり、本訳書では文脈に応じて適宜二つの訳語をあてる〕という慣行を第一の拠り所とした。著作権の変遷は、一進一退を繰り返しながら、特権の確立に関与する三つの主体のそれぞれの力関係に左右された。その三つの主体とは、特権の認否を担う〔国家〕権力、特権の行使を担う出版者、そして特権の存在自体の根拠たるテクストの書き手、すなわち著者である。

出版者特権と著者特権

アンシャン・レジームにおいて、特権 privilège とは何よりもまず「専売権、すなわち自分以外の人すべてを排して何かを作ったり売ったりするために獲得される権利」（フュルチエールの『辞書』）だった。つまり出版特権とは、書籍出版販売業者が投資から利益をあげるための商業的専売権であり、競争相手となる版に客をさらわれないようにするものである。だがこれが付与されるためには、まずテクストの所有権の問題が解決されていなければならない。印刷術が生まれた当時は、その問題はあらかじめ解決されていた。印刷術によって流布したのはおもに古典古代のテクストや宗教・法律関係のテクストだったからである。「このテクストは私が書いたものだ」と言える人々ははるか昔に死んでいるか、もしくは教会、国家、高等法院といった集合体の中に組みこまれた、組織の代弁者にすぎなかった。著者・所有者を欠いたこのようなテクストに関して、特権が書籍出版販売業者の手に渡っていたのは、至極当然のことである。商品である本の作り手である以上、その本の所有者と目される正当な権利を持っていたからである。

出版特権の最初の形跡は、ヴェネツィアとドイツでは十五世紀末と十六世紀初頭に、フランスでは一五〇七年にみとめられるが、それらは著者（キケロ、聖パウロ）がはるか以前に死んで著作権の消滅したテクストに関係したものである。この分野におけるフランスで最初の法律はムーラン王令（一五六六年）であり、書籍印刷販売業者に「特権状」を申請することと「名前と所在地」を明示することを義務づけていた。しかしそこでは、著者は言及すらされていない。国家はいち早く、認可により出版を規制することで金を得るため、特権を利用した。特権の申請が行われないかぎり新しい書物を許可しないとは、出版活動を統制できるということを意味したのである。[21] しかしそれと引きかえに、出版業者は独占権の保証を手に入れた。十七世紀になると、いくらかの調整を経つつも、権力と出版業者のこのような関係は安定していた。一六一〇年以降は、出版業者は彼らが得た特権を地域の書籍印刷販売業組合幹事の『記録簿』に記載させるという追加の義務を負った。それと引きかえに、いくつかの有力な出版業者、とくにパリの業者だけが特権を付与されることになった。この独占権は期限つきのもので、それは通常三年から一〇年の間だった。その期間が経過するとテクストの著作権は消滅し、今度は他の出版業者が出版することができた。依然として著者が法律の対象となることはなかった。組合幹事の『記録簿』は該当する出版業者名を表示して特権を記録しているが、著者名は記していないことが多い(22)。

しかし初期の段階から、もうひとつ別の特権が現れている。一五一七年に「哲学教授」のＪ・スラヤが、自分の作品に対して著者の資格で特権を申請し、取得した。こうして所有権の付与は、製造業者と販売業者に関わる品物としての本だけではなく、テクストとその著者にも適用できることになった。こうした特権は十六世紀にはかなり稀だったが、十七世紀には頻繁に行われるようになった。

一六一七年の開封勅書は早くもこの事態を想定したもので、一六一八年、次いで一六二九年の出版業界の規定に受け継がれている。こうして著者はテクストに対する自分の所有権を保証させることができるようになった。しかる後に著者は出版業者と契約を交わし、出版業者に諸権利を譲り、特権を譲渡するのである。たとえばすでに引用したサン＝タマンの『作品集』の版は、「われらが愛するマルク＝アントワーヌ・ジラール、平貴族、ド・サン＝タマン氏」に与えられた特権の対象となっている。それに続いて「前記ド・サン＝タマン氏はパリの書籍販売業者Ｆ・ポムレとＴ・キネに対し、彼らが上記の特権を享受するために、パリのシャトレの公証人の前で両者の間で交わされた契約に含まれる条項に従って、上記の特権を譲渡した。」と明記されている。規約は特権を付与された著者に、出版業者を選ぶ自由を完全に認めていた。たとえばＦ・コルテに与えられた特権は、彼が「自分の好きな印刷業者に〈名高い詩神たち〉という題の本を印刷させる」ことができると定めている（一六五八年）。

著者の処遇を無視した手続きがある一方で、また別の手続きは著者の著作権を保証していたことになる。この点に関して、歴史家たちの解説にみられる齟齬を一掃しなければならない。当時、著者がテクストの所有者であると明文化している法律は存在しない。しかし慣習と諸規定は、印刷物が流布したその時点で著作権のユースが存在したことを、そしてそれがレクスにも入りこみはじめていたことを示している。著者たちは金銭上の身分保障のための基盤を手に入れつつあったのだ。

著者たちの要求

「印刷業者の方々、いったいなぜあなた方の所では、かくも公然と剽窃し合い盗み合うのでしょうか。なぜ互いに破産させ合うのですか。あなた方は追いはぎや盗賊になったのですか。（……）私は公現祭の日から復活祭までかかって『ポスティラエ』を書きました。すると、私の流した汗で肥え太ろうとする植字工が、私が書き終えないうちに原稿を盗み出し、よそに行ってそれを印刷させて、私の支出と労働をすっかり無駄にしてしまうのです。汝は神の前では一介の泥棒にすぎず、盗んだものを返却するよう余儀なくされる。[23]」

所有権の保護を要求する著者たちの脈々と続く抗議は、ルターが一五二五年に書いたこの攻撃文書をもって嚆矢とする。この文書が主張するのは、著者の所有権は物質的財（原稿）と象徴的財（『ポスティラエ』というタイトルによって指示される作品）の両方を対象とすること、およびその所有権は時間的・金銭的投資（「支出」）と創造（「労働」）とに由来することである。

それから一世紀半を経た後も、著者たちの要求は勢いを失っていなかった。「書物の印刷に対する国王允許 Privilèges du Roy は、著者がそこから自らの労働に対するいくらかの報酬を得られるよう与えられるものであるにもかかわらず、結果的には出版業者の利益にしかなっていない」（フュルチエール、『辞書』）。フュルチエールは著作権が特権 Privilège の存在理由であるとはっきり断じ、著者をこの論理の第一の主体としている。彼によれば、権力は特権を付与することによって、創作に基づいて発生する著作権を法的に認めるのであり、出版業者が介入してくるのは二次的にでしかない（しかも自分たちの利益になるように法の網をかいくぐるという）。著作権のとらえ方には出版業者に有利なものと著者に有利なものの二種類があるが、フュルチエールは後者のみを正当なものとみなしているのである。かくして、著者たちの態度はユースがこの分野において明らかな進展を遂げつつあることを示し、彼らの権利を決定的に定着させる法律を要求する原動力となっていた。

しかし著者たちは言葉による要求や抗議だけにとどまっていたわけではない。一五八六年から問題はミュレ事件とともに法的な次元に移行し、そこでこの著者の権利が認められたのである。

碩学のマルク＝アントワーヌ・ミュレは友人たちにセネカの校訂版を遺し、友人たちはそれを出版しようと企てた。ところが書籍印刷販売業者ニヴェルがその写しを一部入手し、特権の交付を受けてしまった。そこで正当な版の出版に着手していたJ・デュピュイとG・ベイは、ニヴェルに対して訴訟を起こしたのである。争点は、正式に交付されたこの特権を無効にできるかどうかだった。つまり特権の根拠となる所有権の問題がはっきりと提起されたわけである。一五八六年三月十五日、彼らの弁護についたマリオンは、「本の著者こそがその本の完全なる主人であり、そのような資格において本を意のままにすることができる[24]」という主張を展開した。

このように絶対的な著作権を主張するにあたり、マリオンは、出版行為を作家と公衆とが取り結ぶ契約と定義するにいたる。すなわち、公衆が創作物を完全に著者の所有物であると認めることを条件に、著者は公衆に作品を読むことを許すというものである。これは暗黙の契約ではあるが「双務的な契約である、なぜならそれはどちら側も等しく正当な根拠を持っており、もし公衆が著作物を読むことと引きかえに著者にこの特権を与えないならば、著者は自分個人に属するものを公衆に与えようとは思わないだろうし、逆もまた然りだからである」［つまり、お互いさまだということ］。この理論に従えば、出版行為は所有権に基づいていると同時に所有権の根拠をなし、所有権が完全に存在するためには出版行為が不可欠だということになる。ミュレはテクストを「出版するために」友人たちに託していたのだから、上記の暗黙の契約の理論に従い、ミュレの意志は尊重されなければならない、とマリオンは論証した。その結果、著者の所有権は死後も含めて適用されることになる。ちなみにこの点に関しては、今日でもあらゆる法において実現されているというわけではない。高等法院はマリオン、ベイ、デュピュイの訴えを認め、こうして著作権は判例の中に入ることになったのである。

とはいえ、出版業者は金銭上・商業上の権力を握るものであるため、著者を従属下に置きつづけた。作家の中には出来高払いで雇われて、一定の期間内に一定量のテクストを書きあげることを約束する者もいた。

由々しき事態ではあるが、一概に非難できない面もあることは言っておかねばならない。「ゴーストライター」やフリーライターの境遇は言うに及ばず、著者がこのような条件で働くことを受け入れなければならないというのは今日でもよくあることで、しかも、出版契約書を読んだことのある人なら知っているとおり、こうした注文に際して出版社は、必要と判断したテクストの修正を要求したり行わせたりする権利を確保している。一九五七年の法律および一九七一年の国際協定にもかかわらず、今日における著者の所有権の保証は、現実には必ずしも当時より確実になされているとは言いきれないのだ。

最も不利な状況に置かれていたのは劇作家だった。演劇作品は初演を行う劇団に独占権が認められていた。その後作品が出版されれば、どの劇団でもそれを上演できることになっており、その際に作者に承諾を求めたり報酬を支払ったりする必要はなかった。だから最初の一連の上演が終わった後でないと、出版はされないのがつねであったのだ。したがって、作者はその期間中は出版に関する権利を行使することができない。ところが、いったん作品が出版されると、作者はもはや上演からいかなる収入も手に入らないのである。ところで演劇作品というものはかなり短いテクストであることが多く、せいぜい小さい本にしかならないため、廉価で売られて作者への支払いも微々たるものだった。そのうえ、役者たちは劇作家に請負契約で支払い、しかもその額は低かった。作品が当たれば役者たちにかなりの収入をもたらしたが、その利益が劇作家の手にわたることはなかった。

それゆえ、最も積極的に所有権の効力拡大を図ったのは、コルネイユを筆頭とする劇作家たちだったのである。

コルネイユは作品の特権を自分の名義で交付してもらうのを常としていた。コルネイユの作品を出版していたルーアンの書籍印刷販売商モーリは、事実上コルネイユの意のままに動いてくれた。コルネイユは自分の利益を増やすため、販売にも自ら口をはさんだ。[25] この点で彼のやり方を真似る者も現れた。サン＝タマンは自分の持つ特権だけではなく、書籍印刷販売業者に譲るべき印刷本の在庫までも交渉しようとした。[26] リシュスルスは自分の出版物の出版元所在地を「著者宅」とし、自分で販売を行ったほどである。

しかしコルネイユは出版において自分の著作権を擁護するだけでは満足しなかった。一六四三年から、作品の上演に対して著作権を継続的に適用することを認めさせるべく、働きかけたのである。彼は開封勅書の草案を作成し、これを提出した。その内容は、「自分の労働の見返りが横取り」されずにすむように、彼に承諾を求め報酬を支払った劇団にしか『シンナ』『ポリュークト』『ポンペ』を上演させないという権限を彼に認める、というものだった。違反者に対して彼が求める刑罰は「一万リーヴルの罰金と訴訟費用全額および損害賠償」である。結局この開封勅書は交付されなかった。コルネイユの主張は、当時現実に存在し人々にも意識されていた権利を最大限に表明したものではあったが、法律がそれを認可するにはいたらなかった。

これとは異なった、しかし同じ次元の動きもみられる。キノーは一六五三年に劇作家として初めて、請負契約ではなく歩合制で報酬をもらうことを勝ちとった。ラシーヌにいたっては、作品の上演にあたって所有権の途方もない行使に出た。『アレクサンドル〔大王〕』を演じたモリエール一座に満足できず、初演の八日後にその戯曲をライバル劇団のブルゴーニュ座に渡し、こうして演劇における初演作品の独占権の伝統を破ったのである。

劇作家を筆頭に、作家たちは著作権を行使するべく精力的かつ継続的な活動を行った。こうして彼らが起こした運動は、ボーマルシェが劇作家協会を設立し一七九一年と一七九三年の法律を勝ちとることによって、成就することになる。このように、著作権の主張と実践は、古典主義時代からたしかに存在していたのである。コルネイユのさまざまな試みからボーマルシェの成功にいたるまで、なぜこれだけ長い時間を要したのかを明らかにするためには、十七世紀中葉におけるこの分野での諸勢力の主張と衝突とを概観しておかなければならない。

敗北（一六五九―一六六五年）

著者たちの要求を前にして、王権は書籍印刷販売業者の方を優遇することを選ぶ。彼らの同業組合は強大で影響力を持っていたが、一六四〇年から深刻な危機に直面していた。ところで印刷業は、宗教の面でも（祈祷書、信心書、司牧書簡等の普及）政治・行政の面でも（勅書や規則集の刊行。王立印刷所はまだほとんど発展していなかったため、これらはしばしば民間の業者によって出版された）、国の一体化にとって重要な役割を演じていた。印刷業界はまた、国威発揚のための文化政策に大いに関与していた。そのうえ印刷業界の職人たちはきわめて戦闘的な組合を組織しており、彼らの事業の範囲を狭めようものなら、職人層の中核をなすこの集団の反発を引き起こしかねなかった。

自分の本を自分で配給していた著者たちと書籍印刷販売業者との間に、フロンドの乱の直後、争議が持ち上がった。書籍印刷販売業組合は著者の自主配給に断固反対していた。そこで、同業組合は国務会議に『趣意書』を提出し（一六五二年）、次のように主張した。「われわれ書籍印刷販売業者の意図するところは、巷で流れている悪意ある噂のごとく、著者に対して圧政を敷くことでもなければ、本の印刷のためにかかった出費を取り返そうとすることでもありません。そうではなく、著者が自分で本を売ったり、宣伝のためのポスターを自分の名において掲示させたりするのは、理にかなっていないと主張しているのであります。なぜならそれは書籍印刷販売業者の役目であり、著者にはその権限も資格もないからであります。しかし一六一八年の規定の第六条にあるとおり、著者はこのパリ市において自分の選んだ出版業者、印刷業者、製本業者に（それ以外の業者ではなく）本を印刷させることができるという点に関しては、われわれにはまったく異存はなく、恭順の意を示すものであります」[27]。ここには嘘が含まれている。書籍印刷販売業者は、じつは彼らの「出費」を回収しようとしていたのだ。特に一六一八年の規定を狭く解釈しようという姿勢が窺える。この規定にはたしかに上で言われている条項が含まれているが、本の配給や販売を行う権限ないし資格が誰にあるのかについては明記されていない。ところで販売を管理する者は、価格の設定も、したがって値引や利潤をも管理することになり、それに応じて著者の報酬が決められるのである。つまり書籍印刷販売業者は、著者が法的に彼らに従属し、著作権がその適用において事実上制限されることを要求していたのだ。しかし該当条項は修正されなかった。

行政当局は書籍印刷販売業者を直接支援したわけではないが、別の手段によって著作権の進展を妨げた。寵愛を受けた作家の中には「一般允許 privilèges généraux」を手に入れるのに成功した者もいた。原則的には一冊ごとに個別の特権を取得せねばならないところを、一般允許があればそれを免れることができた。一般允許とはすでに書かれた作品全体を対象とする特権のことで、すべての書名を明記する義務はないために、新たに執筆する作品もその作品群に付け加えて一般允許の対象に含めることができたのである。これには非常に大きな利点が二つあった。一つはそれぞれのテクストを大法官府に提出して検閲を受ける必要がなくなるということであり、もう一つは書籍印刷販売業者との交渉において著者を有利な立場に置くということである。通常の場合、著者が自分の名義で特権を持っていなければ、契約を交わしても特権を取得するまでその契約は保留されたままだった。しかし一般允許を持つ作家についてはこうした障害は存在しなかった。したがって、一般允許とは事実上、きわめて完成された形で著作権を実現したものだったのである。

国務会議は一六五九年六月七日、この「一般允許」を廃止する旨の『本を印刷させる著者のための規則』[28]を発布した。それによれば、特権が効力を持つのは書籍印刷販売業者の求めに応じて組合幹事が特権を登記してから、したがって著者が出版業者との取り決めにサインした後、と定められ、こうして著者は再び出版業者の手にゆだねられることになったのである。一般允許の恩恵を受けている作家を「抱えて」いる一部の大業者は、一件一件交渉をやり直さなければならないので難色を示したが、大多数の業者はこれを歓迎した。これで著者たちも、あまり売れ行きが見込めそうにない作品をこちらに受け入れさせるのに、一般允許として他の作品とひとくくりにする手は使えまい、と考えたからである。

それから少し後に、非常に錯綜した「特権継続」問題において、著作権はさらに制限を受けることになった。

特権が保証する専売権は、原則として、一時的なものだった。それゆえ特権を独占していたパリの大書籍印刷販売業者たちは、最も売れ行きのよい商品の専売権を保持できるよう、特権を更新または延長させたいと早くから望むようになった。しかしこれが認められれば、他の書籍印刷販売業者は著作権の消滅したテクストを自分で出版することができなくなってしまう。

これに対して王権がとった態度は一貫性を欠いていた。宗教にかかわる書物をできるだけ広く普及させたい教会は、行政当局に特権の延長を拒否するよう促した。そうすれば、最も需要の多い祈祷書や聖務日課書を、すべての書籍印刷販売業者が出版できるようになるからだ。一五七九年四月十一日、そのような方向に沿った王令が出されたが、当時の宗教的・政治的な混乱状況の中ではほとんど守られず、一六一〇年、次いで一六一七年、一六一八年と、繰り返し発令されなければならなかった。王令が出されるごとに、その対象はあらゆる種類の本へと広げられていった。

しかしながら、一六一八年の王令における規定には、ある杜撰な妥協も盛りこまれている。分量が四分の一以上増えてほとんど新刊書のように見える書物については、特権を更新することが認められたのだ。この点に関しては、著者にとっては著作権が消滅した方が得るものは大きかった。そうすれば作品が好評を博した場合、また取り上げられて再版されることになり、著者は名声という大きな利益を上げることができたからだ。それに引きかえ、分量を増やすとなれば、「ページ数をかせぐ」ために余分な労働を強いられるだけで、新規の契約によってさらなる収入を手にするわけではない。しかも作品のバランスを損ないかねない、時には正当な根拠をさえ欠いた継ぎ足しを加えざるをえない状況に追いこまれていたのである。

特権を保持しているパリの大書籍印刷販売業者たちは、ためらうことなく法律の網をかいくぐった。効力を持たないままのこの王令を、国務会議は一六四三年に、次いで一六四九年に繰り返し発令しなければならなかった。しかし高等法院は、一六四九年の王令を登記することを拒否し、その一方でパリの大書籍印刷販売業者の代表A・ヴィトレは趣意書を発表して増補なしの特権の延長を要求した。[29] この件は決着を見ぬまま長引いた。一六六五年にルーアンの書籍印刷販売業者マラシは、明確な法文がないことに乗じて特権の期限が切れたばかりのある本を出版した。もとの特権を保持していたパリの書籍印刷販売業者ジョスは、ちょうどその時特権の延長を申請し認可されたばかりだった。そこで高等法院での訴訟となった。国務会議がこの件を引き継いでマラシを有罪とし、八月二十七日の判決（この判決は一六六七年四月十七日にさらに明確にされ追認されることになる）によって、増補を義務づけたうえで特権の延長を許可するシステムを最終的に確立したのである。

したがって、一般允許に関しても特権の継続に関しても、王権は書籍印刷販売業者に有利になるように動いたことになる。著者たちが所有権の行使を実現しつつあった時に、王権は彼らに歯止めをかけたのだ。そしてこの歯止めは、ルイ十四世の治世の間、その効力を発揮しつづけた。こうして打ち出された原則は、何度か繰り返し発令され徐々に明確にされながら、一七二三年まで維持されることになる。しかし、その年新たに定められた規定は、作品に対する著者の権利に初めて言及（第一五条）する、初の規定となった。著者の権利を認めるということがはっきりと述べられたのは一七七七年の規定の前文の中であり、それは一七九一年に法律として結実するのである。

ここに一つの現象が浮かび上がってくる。国家は一六六〇年以降、メセナを体系化すると同時にアカデミー運動を系統的に取り込もうとし、著者の権利が進展するのを抑制した。言いかえれば、作家に一貫した地位を与えうるもの（著作権）を冷遇し、文士の世界に固有の活動を国家のために利用し（アカデミー）、著者を国家に従属させるのに適した構造を押しつけた（王権による制度化されたメセナ）のだ。絶対主義は作家を自らの機構の歯車にしようとし、作家の自立を抑え込もうとしていた。ルイ十四世のメセナがもたらした恩恵についての注釈をよく目にするが、あれはしたがって、一面的かつ偏った見方なのである。しかし、じつはその逆の主張についても同じことが言える。一六六〇年前後には、作家の置かれた状況についての二つのイメージが対峙していた。重要なのは、その二つのイメージがどのように向き合い、ぶつかり合い、あるいは重なり合っていたのかを分析することである。

印税で生計を立てる？

著者が作品を売って手に入れる収入は、その作品にどれだけの交換価値が認められているかを示すものである。したがって、そこに注目すれば、著者が流通経済の中でどのような位置を占めうるのか、作家であることがそもそも職業として成り立つのか、またその職業はどの程度まで自律性を獲得することが可能なのかといった問題を明らかにすることができる。「印税 droits d'auteurs」という名称は、「著者の権利 droits des auteurs」全体の結果であるこの商業的収入を指すためにのみ用いなければならない。しかし文学のもたらす収入はそれだけではなく、メセナの与える報奨金がもう一つの柱をなしている。この二つの収入形態がどのように分配されているのかも見ておく必要がある。

神話と意識――『詩法』

古典主義時代の「印税」という問題には、さまざまな困難と矛盾が複雑にからみ合っている。作家と書籍印刷販売業者や劇団との間の契約は一般に私署証書として交わされたため、それが残っていることはめったにない。こうして十七世紀は「印税の先史時代」[30]だったとする歴史の神話が作り出された。これは、十七世紀当時徐々に形作られていったもう一つの神話、すなわち「自分の書いた作品を売って生計を立てようとする者に対する蔑視」という神話を、時代を隔てて反映したものである。

後者の神話の根底にあるのは、報酬をともなうあらゆる労働を軽蔑するという貴族階級特有の態度である。モンパンシエ嬢、レ、ラ・ロシュフコーといった上流貴族が作品を書く時は、もっぱらその象徴的価値しか念頭になく、印税のことなど考えもしなかった。しかしこの神話をはぐくんだのは、むしろ社会的地位のそれほど高くない作家たちだったのである。彼らはそれを基礎として、文学の役割についての認識そのものを作り上げた。たとえばドービニャックは『〔劇詩に関する〕論文』(一六六三年)の中で、コルネイユを既成道徳の擁護のためではなく金儲けのために書いていると非難している。ラ・ブリュイエールのような下級貴族の振舞いもまた、こうした風潮をよく表している。彼は『カラクテール』を書籍印刷販売業者にゆだねる際に、娘の持参金にするようにと、印税をその業者に譲ってやっているのだ。このような態度が最も完全な形で表れているテクストがある。これは、印税という概念を毛嫌いする当時のメンタリティーを証言する資料として、後世の歴史家たちが絶対的な価値を見いだしてきたテクストであるが[31]、彼らはそのテクストを十分に分析しているとはいえない。そのテクストとは、ボワローの『詩法』(一六七四年)第四歌の一節である。

「高貴な精神の持ち主が自らの労働の成果から正当な報酬を得ても
何ら恥でもなければ罪とするにもあたらないことは承知している
しかしあの高名な著者たちには我慢ならない

連中は名誉には飽きて金に飢え
詩神アポロンを書籍業者のお雇いにして
崇高な芸術を金儲けのための仕事にしているのだ」
〔Poésie/Gallimard 版では v. 127-132〕

非難ははっきりしている。冒頭の「高貴な」という形容詞を見ればボワローがどのような価値基準に依拠しているかは明らかだ。ボワローは文学によるいかなる収入も認めないというわけではなく、「金に飢え」た「金儲け」主義の作家の「雇い」賃と「正当な報酬」とを分けて考えている。

しかしこうした立場表明の持つ意味をくまなく理解し、「正当な報酬」とはいかなるものなのかを理解するためには、この第四歌の先を読まなければならない。

「しかしついに、貧しさゆえに心も卑しくなって
ギリシャの詩壇は初期の気高さを忘れ去った
利益を求めるあさましい欲望が蔓延し
書くものはみな下劣な嘘で汚れ
いたるところで取るにも足りぬ作品が無数に生み出され
金が欲しさに文章も詩文も売り飛ばされた
あなたはこんな低俗な悪徳のために名誉を失ってはならない
もし金の魅力にだけはどうしてもさからえないというのなら

ペルメーソス河がうるおすこのすてきな場所を去りなさい
この岸辺には、富が宿ることはないのだから
最も偉大な戦士にも、最もすぐれた作家にも
アポロンが約束するのは、ただ名声と栄冠のみである
こう言う人がいるかもしれない「何だって！　飢餓の状態にあって
飢えた詩神は霞を食って生きてはいけない
うるさくつきまとう欲求にせき立てられて
夕刻には腹わたがひもじいと叫び立てるのを耳にするような著者は
ヘリコーンの丘のあたりの快い散策もほとんど味わえないではないか
ホラティウスもマイナスに遭会したのは満腹した時だった
彼はコルテを悩ましている心配からは解放されて
食事をするために一篇の短詩の出来上りを待つ必要はなかった。」
なるほどそれはそうだ。しかし要するに
わが国では詩壇が〔おえらがたから〕そうした恐ろしい不興をこうむることはめったにない
もろもろの芸術がいつでも幸運の星の眼差しを感じ
聡明なる君主の先見の明が各方面で
真にすぐれたものに貧困の味を知らしめないように配慮している当世において
一体何を恐れる必要があろうか？」
（一六九一―一九四行）〔Poésie/Gallimard 版では v. 167-192〕。

作家の地位が高いことは、ここで英雄戦士と対比することによってはっきりと示されている。ボワローはちょうど帯剣貴族がいるのと同じように、文芸貴族というものを考えているのだ。しかしながら、彼は文学のめざすところは名誉（「名声と栄冠」）のみだと規定することにより、文学をもっぱらメセナの論理の中に位置づけている。この一六七四年の時点では、王権によるメセナ制度は十年前からしっかりと確立しており、やがておとずれるはずの衰退の兆しはまだ現れてはいない。ボワローはこのメセナ制度を、文学の黄金時代として知られるアウグストゥスの世紀の再来として描いている。ホラティウスへの言及が見られるが、これは明らかに詩人ホラティウスがマエケナスから厚遇を受けたアウグストゥスの時代を指し示したものだ。こうして作り出された神話は、書籍の商取引という、著者を取り巻く近代的状況に固有の制度を否定することにつながるという意味で、客観的に見て「反動的」なものだと言える。そして論理的帰結として当然のことながら、ボワローは第四歌を締めくくるにあたり、作家たちにルイ十四世の栄光を称えることに専心するよう促しているのである。

ボワローが印税を諷刺するのは、国家によるメセナ政策に熱をこめて肩入れする結果なのである。ドービニャックもこれと同じ立場をとり、作家は大貴族や君主制に帰属すべきだと考えている。同様にラ・ブリュイエールも〈アカデミー〉入会『演説』の冒頭で、特にリシュリューを回顧して称えながら、国家メセナへの賛辞を長々と述べている。印税を軽蔑する姿勢と、メセーヌ崇拝に身を捧げる作家というイメージは、このように同じ論理の一環をなしているのだ。しかしながらこのボワローの諷刺は、作家たちがこぞって印税を軽蔑するどころか逆に大多数が求めていたということを示唆している。諷刺の論調が守勢に回っているのは、とりもなおさず逆の立場がこのイメージを脅かすだけの十分な力を持っていたからだ。著作権支持の立場を表明する人々がいたことはすでに見た通りだが、その事実は、書籍販売で得た金は卑しいものではなく正当なものだと考える作家が多かったことをよく示している。この正当だという意識は、『詩法』と同時期に書かれたソレルの『良書紹介』（一六七一年）の中に、非常にはっきりと表れている。ソレルは「文学者」が「利益のために仕事をする」という実態を分析して、こうした慣行は「悪いものだと思われている。「多くの出来の悪い著者を生む原因」だったと認める一方、「そこから優れた著者も生まれ」、しばしば「金持ちよりもよい作家」が現れたということにも注意を促している。なぜなら「彼らは必要な能力を備えている上に、自分たちにとって必要不可欠なものを得るために、そこに最大の熱意を注ぐのだから」[32]。ソレルはこのように、著作家であることは職業になりうる、しかも尊敬に値する職業になりうると主張しているのだ。

この二つの対照的なイメージの間には、無数の微妙なニュアンスの違いがありえた。しかしそこには、書籍販売からの収入を要求するか、あるいは拒否するかという主要な二つの力がはっきりと読みとれる。

近代的制度の出現

今日わかっているだけでも当時の印税の額はじつにさまざまで、その上限と下限の格差はきわめて大きかった。

著者が金を払って作品を印刷したり上演したりしてもらうということがあった。たとえばデュ・ピュイゼ男爵は、役者たちに自分の書いた芝居を演じる決心をさせるのに、三千リーヴルを費やした。これは例外的なケースだとしても、自費出版はそれほど珍しいことではなかった。ルーアンの書籍印刷販売業者モーリは、一六五七年にカンピオンの『書簡集』を「著者の費用で」印刷したし、フォールは著書『マンリウス・トルクワトゥス』を自費出版した、などの例をあげることができる。その対極では、宗教関係の本、したがって高い値段で多くの部数が売れることが確実な本の著者は、莫大な富をもたらす契約を手に入れていた。シオニタは『多国語訳聖書』〔一六四五年刊、全一〇巻〕のうちの二巻分で三万リーヴル、ヴァリヤスは長編詩『異端』で三万リーヴル、ル・メートル・ド・サシの相続人たちはサシの作品全体で三万三千リーヴル。ただしこのような金額の中には編集作業の一部に対する報酬も含まれていた(33)。

たしかに両極端の例ではあまり参考にはならないが、いずれにしても格差が大きかったということがわかる。今日では、ごく一部の読者を対象とした小冊子を自費で出版する人とベストセラー作家との格差は、これよりはるかに大きくなるかもしれない。印税収入のこの対照的な格差はこのように、十七世紀に形成されはじめたのである。

こうした極端なケースを除けば、四つのカテゴリーに分類することができる。まず、まったく収入を手にしない著者たちがいた。アマチュアとして文学に手を染めていた貴族やブルジョワは報酬をもらっていなかった。また新人作家に対しては、どれぐらい売れるのか様子を見なければならないといって、書籍印刷販売業者や役者が金を支払わないということもあった。

次に来るのは、わずかな報酬しか支払われない著者たちである。「貧乏文士」、あまり名前の売れていない作家、あるいは発行部数の少ないジャンルや本の単価の安いジャンルを手がける著者が、このカテゴリーに含まれる。これらの人々が手にしたのは、十七世紀前半で五〇―二百リーヴル、後半では〔物価変動の結果〕百―三百リーヴルにすぎなかった。

たとえばボードワンは一葉――「ページ」ではなくて印刷用の一葉の紙片〔八折判なら一六頁分にあたる〕――分のテクストを書籍印刷販売業者に納めて三リーヴルもらっていた。これは三文文士の極端な例だが、三文文士は出来高払いで賃金が支払われる上に書籍印刷販売業者の言いなりになっていたのだ。デュ・ボスはナルニの翻訳で五〇リーヴルを、マラングルは一六五一年に四点の歴史概説書で百リーヴルを受け取った。シュヴローは、J・ホールの『賢者の学校』の翻訳で三百リーヴルを手にした。詩は非常に高貴なジャンルと見なされてはいたが、売れ行きの方はそれほどでもないためにあまり儲けにはならなかった。トリスタンは有名な詩人だったが、三巻本に対して支払われたのは六百リーヴルにすぎなかった。

三つめのカテゴリーは三百リーヴルから千リーヴルの間で、こちらの方がより一般的だった。ここに入るのは、いかなるジャンルであれ、ほどほどの商業的な成功を収めた作品や作家である。たとえばガッサンディの『著作集』の特権は五百リーヴルで取り引きされたし、その少し後にボワイエはモリエール一座から『トナクサール』で五五〇リーヴル、新人だったラシーヌは『ラ・テバイッド』で三四八リーヴルを受け取った。最後のカテゴリーは千リーヴル以上で、ここには人気作家やヒット作が含まれる。

演劇では上演料がこの額に達することは少なくなかった。モリエールは『才女気取り』で五百リーヴルを二度手にして合計千リーヴルに、次いで『コキュ・イマジネール』では千五百リーヴルに達した。コルネイユは『アッチラ』で二千リーヴル、『チットとベレニス』でも同額を手にした。戯曲を出版する際に支払われる印税は通常二百から三百リーヴルだったが、芝居が大当たりした場合にはその額は跳ね上がった。キノーは『テゼ』で一六五〇リーヴル、『イジス』で千リーヴルを手にした。長編小説も実入りがいいことがあった。デュルフェは『アストレ』の第三部で千リーヴルを受け取り、スカロンは『滑稽物語』で同額を、ラ・カルプルネードは『クレオパートル』の第二部と第三部で三千リーヴルを獲得した。詩は一般にそれほど金にはならなかったが、評判の高い長編詩には莫大な収入に達するものもあり、それは英雄叙事詩のジャンルでも（シャプランは『ラ・ピュセル』で三千リーヴル）、ビュルレスクのジャンルでも（スカロンは『変装したウェルギリウス』全一一部の各部でそれぞれ千リーヴル）、事情は変わらない。宗教弁論でさえ時には高額が支払われた。一六五二年にオジエは『追悼演説集』で二千リーヴルを手にしている。

これらのデータ全体を見れば、十七世紀は「印税の先史時代」だったとする考えがいかに現実と食い違っているかがわかる。公衆に対して当たりを取れば、それは作家にとってかなりの金銭的利益という形になって返ってきたのである。著者がどのカテゴリーに入るかによってその境遇が大きく異なるという意味で、上記のカテゴリー区分が重要な意味を持つゆえんであるが、ただしそれを分析するに当たっては、データにいくつか修正をほどこさなければならない。

まず第一に、ジャンルによって商業的な意味合いが異なるということを考慮に入れる必要がある。出版業者にとって本とは具体的な物品であり、そのコストと収入の計算はきわめて即物的な基準にしたがって行われた。

二つの例をくわしく見てみると、このように即物的な価値評価のしかたが本の価格にどのように反映されているかがよくわかる。『クレオパートル』は全部で四一五三頁ある。ラ・カルプルネードはその第二部と第三部、すなわち八折判で三千頁に対して三千リーヴルを手にした。一方マラングルが得たのは百リーヴルにすぎないが、それは一二折判で二〇葉〔すなわち四八〇頁相当〕の仮綴じの本だった。マラングルとラ・カルプルネードの収入格差は一見一対三〇に見えるが、ページ単位に換算すれば実際は一対五だということが分かる。しかもマラングルの作品は手早くすらすらと書ける通俗書だった。次の例を見よう。『ラ・ピュセル』はシャプランに三千リーヴルをもたらした。一編の戯曲を出版すれば二百リーヴルが手に入るのに比べると、この金額は桁はずれに見える。しかしモリエールが死ぬと、〔妻の〕アルマンドは千五百リーヴルで七編の未刊の戯曲の権利を譲渡している。これは合計すると一万三千行にのぼり、『ラ・ピュセル』の分量に相当する。シャプランの版は豪華版でモリエールは普及版だったことを考慮すれば、ここでも両者の格差は非常に小さくなり、ほとんどなくなってしまうのである。

簡単に言うと、著者は売上高の一部に相当する額を報酬として受け取っていたことになり、その率はおおむね一定だった。その結果、収入によるジャンルの序列は当時の文学理論における序列とは大きく異なることになった。印税の点で最も有利なのは演劇だった。演劇は流行のジャンルで実入りがよく、それゆえ作家たちは進んで演劇を手がけるが、それが結果的に流行を持続させるという論理的な関係が成立していた。レーモン・ピカールがラシーヌの経歴についての研究で明らかにしたように(34)、個人的資産を持たないラシーヌは詩でデビューした後演劇の道に進んだが、演劇を選んだ主な理由は、うまく行けばそれが最も手早く当たりを取って、一番金になるジャンルだからというものだった。小説もけっこう実入りはよく、しかも報酬は現金で支払われた。詩は文学理論においては最高位に位置づけられたジャンルだったものの、あまり金にはならなかった。学術的著作も同様である。しかし金銭的報酬による序列が文学理論上の序列とは異なっていたとしても、完全に逆になっていたというわけではない。作家はこうした状況を前にして、名声という利益を追い求めるのか、あるいは手っ取り早い金銭的利益を手に入れようとするのかという選択を迫られた。

データにほどこすべき全体的修正の二つめのポイントとして、印刷部数に着目しなければならない。というのも、印刷部数によって収益見込みが決まり、したがって著者に支払われる報酬も決まるからである。最も部数が多いのは演劇と論争文書であり、叙事詩や学術的著作ではないので、ここでもまたジャンルの理論上の序列と実際の序列の間に食い違いが生じている。

ガッサンディの『著作集』のような大部の学術的著作が五百―六百部を超えないのに対し、戯曲は千二百部ないし千五百部刷られ、そのうえ増刷が行われて合計で三千部に達することも少なくなかった。それ以上の印刷部数に達するのは宗教関係の書物、とりわけ論争に関わるものだった。たとえばル・メートル・ド・サシによる『賛歌』の翻訳は、ジャンセニストの論争と結びついて、十八ヶ月で一万四千部配給され、十七世紀の出版界のベストセラーの一つとなった。それゆえ、ル・メートルの作品全体に対して相続人たちに支払われた三万三千リーヴルという金額は、印刷されたテクストの校正作業に対する報酬を含むのに加えて、出版業者がすぐにさばけるという合理的な見込みをもって着手できる印刷部数と本の分量の両方に密接に関係があるように思われる。

第三に、印税の実際の価値は支払の期日によって左右され、その期日自体も商業的な利益が実際にあがるのはいつかによって変わった。その点、演劇は作家にとって二重の意味で有利だった。演劇においては印税の支払いは上演からの収入に応じて行われるので、初演が始まれば支払いはすぐに行われた。そのうえ、芝居が舞台で当たりを取れば、その台本にも読者がつく。台本が出版されると、今度はそれが飛ぶように売れ、作者はすぐに印税を手にした。

『イジス』のような当たりを取った戯曲の場合、キノーが出版のために権利を譲渡する際の契約では、支払いが二ヶ月以内になされるとあらかじめ定められていた。一方、売れるのにもっと時間がかかる本の場合は、作家は支払いを待たねばならなかった。サン＝タマンは自分で出版しようとした試みた後、一六五八年に田園恋愛詩『ラ・ジェネルーズ』の権利を書籍印刷販売業者のソマヴィルに譲渡する。契約は二年間にわたる支払いを想定している……

最後に、十七世紀には歩合制による報酬の慣行が成立するのが見られた。劇作家たちは演劇というジャンルの高い収入を後ろ盾に、ここでもまた自分たちの権利を最もよく確保した人々だった。

一六五三年にキノーは『恋敵同士』についてブルゴーニュ座の役者たちと契約を交わしたが、そのキノーの面倒を見ていたトリスタンは、役者たちがキノーに対し売上高の一部で支払うことを認めさせた。じっさい劇団では、役者に対して「配当」のシステム、すなわち上演収益を劇団員間で配分するシステムによって報酬を支払うのが慣例となっていた。こうしてこの制度が劇作家にまで広げられたのである。当時劇作家は、上演収益の一二分の一か一三分の一の配当を受け取っていた。請負制による支払いは存続したが、歩合制による報酬は徐々に広まり、十七世紀の最後の四半世紀には慣例となった。演劇以外のジャンルでさえ、歩合制のケースがいくつか現われていた。[35]

今日なお多くの出版活動に際し、請負制による支払いが続けられているにしても、歩合制こそが公正かつ正当な支払い形態だとみなされている。そしてこの支払方法は十七世紀にその起源を持っていたのである。それだけではない。数字の迷路に潜りこまなければ、今日一般的な著者の報酬率は八パーセントである。十七世紀には、劇作家はこれと同水準の報酬を手にしていた。そして請負制の支払いにおいてさえ、対象作品がどのジャンルであろうと、著者に支払われる額は第一刷の売り上げから見込まれる収益のおよそ六―八パーセントだった。著者が報酬に関して本当に不利だったのは、増刷の時だけだったのである。このように、十七世紀には印税がたしかに存在していただけでなく、この慣行とそこから引き起こされる問題全体は、現在確立している出版業者による作家への報酬のシステムの、直接の起源なのである。

自立の兆し

印税を手にした作家は報奨金を手にした作家よりも明らかに多く（**付録2**）、百人以上にのぼる。彼らが文学活動の最も職業的な部分を形成する。つまり、金銭的帰結をともなう著作権の行使を「プロ」の態度の指標と見なすことができるのである。この指標は絶対的でもなければ他の指標を斥けるものでもないが、意味深いものである。かくして印税は文学界においてまぎれもない制度になっていた。他方、作家の金銭的自立の問題がそこでは直接提起されている。たしかに、たいていの場合これらの収入だけでは生計を立てるのに十分ではなかったし、古典主義文学の風俗描写の中で「貧窮詩人」の形象によくお目にかかるのは真実に基づいている。しかし実際には、この真実ははるかに含みを持ったものだった。

すでに引用したサン＝テヴルモンとボワロー、あるいはソレルやフュルチエールは、書籍印刷販売業者から微々たる金をもらうために出来高払いであくせく働く同業者たちを嘲笑した。しかしその一方で、ソレルとフュルチエールは印税には賛成だった。彼らの諷刺が標的としているのは、あまり売れない作家、貧乏な三文文士だけなのだ。

かなり有名な著者でも、印税からは限られた利益しか手にしていなかった。たとえばペロ・ダブランクールやデュ・リエのような翻訳家は名の通った作家であり、流行のジャンルを手がけているにもかかわらず、平均で年に五百リーヴルしか稼いでいなかった。それはかなりの副収入にはなりえても、十分な収入を保証するには足りなかった。しかしながら、この金額は一時的な報奨金の額と同じかそれ以上であり、しかもはるかに多く記録が残されている。したがって印税の魅力は無視できないものだった。それに、あまり売れない作家もいたが、スカロン、コルネイユ、ラシーヌあるいはモリエールのように、自分の作品から年に千から二千リーヴルといった、はるかに大きな収入を得ていた作家もいるのだ。

スカロンはパリでの経歴の二〇年間（一六四〇―一六六〇年）に、自作『変装したウェルギリウス』から一万一千リーヴルを得た。六篇ほどの戯曲のヒットがそれぞれ約千リーヴルをスカロンにもたらし、『滑稽物語』でさらに千リーヴル、そして中でも『ビュルレスクな詩』が大ヒットとなった彼の詩集の収入を合わせると、端数を切り捨てて合計で二万リーヴル、つまり文学からの直接の収入は一年あたり千リーヴルに達する。ラシーヌは、最も脂ののった時期、年に千五百リーヴル稼いでいた。モリエールは一六五九年から一六七三年の間、二千リーヴルを超えていた。キノーとトマ・コルネイユもこの額に達し、ピエール・コルネイユもこれに迫る勢いであった。

当時の生活水準と比較すると、書籍印刷販売業者からの収入は、しがない三文文士を御者や従僕と同じレベルに、ある程度売れている作家を職人層のエリートと同列に位置づける。人気作家は家庭教師、秘書官、執行吏と肩を並べ、教師や修史官の給料を超える。社会的に幅をきかせるためには、十七世紀中頃では年に三千リーヴル近く、世紀末では四千リーヴルあまり必要だった。したがって人気作家といえど印税のおかげで財を築くことはなかったことは明らかである。人気作家はつつましくならそれで暮らしていくことはできたが、大部分の者にとっては個人的財産や第二の職業の必要性が消えることはなかった。印税は文学の流通経済において作家にひとつの場所を与え、作家の社会的地位に大きな助けとなる収入をもたらしたが、作家の経済的地位は不完全なままだった。

しかしこの分析は割り引いて評価しなければならない、作家の立場は今日もなお不完全なままであるという理由からだけでも。そしてとりわけ、報奨金の受給者のリストと書籍印刷販売業者からの収入があった作家のリストを突き合せてみると、一般に報奨金受給者は出版業者からも支払いを受けていたことがわかる（付録2）。言いかえれば、作家の二つのイメージ、すなわちメセーヌとして自分を庇護してくれるべき大貴族の栄光を歌い上げることに身を捧げる者というイメージと、公衆に自分の作品を売って金を得る者というイメージは、現実には対立するどころか混じり合っていたのである。古めかしい概念と近代的な概念がこのように事実上の均衡状態にあった。これは当時の文学がおかれていた過渡的状態を示す特徴である。

メセナと印税という二つの収入源の組み合わせは、文学に基づいた社会的キャリアへの展望を可能にした。スカロンは印税から年に千リーヴル得ていた時期、国王によるメセナからも二千リーヴル手にしていた。コルネイユとラシーヌに関しては、何年にもわたって印税から千五百リーヴル、メセナから千五百リーヴルの収入があった。モリエールについては、二千リーヴルと千五百リーヴル、次いで二千リーヴルと二千リーヴルになった。これだけの収入があれば、見栄えのするアパルトマンを持ち、召使を一人か二人雇い、まずまずのブルジョワか地味な貴族並みの暮らしができた。

報奨金と印税は論理的に結びついてさえいた。後者は獲得した名声の金銭的な表れである。それは物質的価値と象徴的価値を併せ持つ。メセナにおいて機能する交換作用の中では、印税が示す成功は公衆の間で作家が得た名声を表し、メセーヌは報奨金によってその名声を最高のものに高めると同時に、自分の利益のためにそれを取りこむのだ。このようにして文学にまつわる利益の二形態の結合は、少なくとも理想的には、満足のいく物質的成功と名声という二重の承認に同時に到達する可能性を提供するものであった。

君主制は著作権の進展に歯止めをかけながらも、著作権を廃止しなかった。君主制は、作家と公衆が直接取り結ぶ関係の論理がメセナによる関係の論理に対して決定的に勝るのを妨げることで、満足したのである。君主制は作家の自立と従属との間の均衡を維持することとなった。こうして、それぞれの著者が自らの戦略として、二つのイメージのどちらかに合った態度を取るかに応じ、すべてが左右された。

いずれにせよ、文学者としてのキャリアの展望が開けていたということに変わりはない。そうしたキャリアを全うすることができたのは数人の著者だけだったが、「プロ的な」タイプの文学活動に身を投じる人々にとって、夢見ることが可能な夢となっていた。いまや文学を生活手段とすることはあり得ない話ではなく、印刷してもらうために作者の方が金を支払っていた古きよき時代を出版業者たちが嘆くまでになっていた。(36)

検閲の成文化

十七世紀において、文学に対する法的な攻撃手段の中で最も充実しているのは検閲である。著者の権利の中で検閲が直接関わりを持つのは、執筆および出版の自由に関わる二つの権利、すなわち公表権（規範から逸脱している作品の出版が差し止められる場合）と修正権（規範にそぐわない記述を削除させられたり、あるいはそれほど重大ではない場合には、それを訂正させられたりする場合）である。検閲はまた、テクスト尊重権にも影響を及ぼしていた。さらに文学上の作者権および著作権について言えば、刑罰を科されるような作品に関して、「このテクストは私が書いたものであり、それは私のものだ」と主張することによって得する者などいようはずもなかった。

検閲は本来、文学の領域だけにとどまらず、それを大きく超える広がりを持つ問題である。しかし文学の領域に関して言えば、十七世紀は検閲についても著しい変化をもたらした。検閲は制度化されてすべての種類のテクストにまで及び、国家権力と教会権力の直接介入という、文学の他律性の中でも最も露骨なあらわれの一つとなっている。したがってここでは検閲のもたらした結果の詳細には立ち入らずに、検閲が交渉の余地を設け、違反に対しては罰則を課すことによって、いかにしてルールを確立するのに貢献したかを見ておくことが重要である。検閲はメセナや著者の権利の「裏返し」としての意味を持ち、最初の文学場の発展と相携えて強化されていったのである。

当時は教会、国家、高等法院という三つの決定機関が競合し、検閲の権限を主張し合っていた。このため検閲はどこにでも存在し、三つの決定機関それぞれによって人々の意識の中にしっかりと植え付けられていた。まず宗教は、あらゆる社会的慣行に浸透していた。教会はとりわけ教育を牛耳ることによってハビトゥスの形成に影響を及ぼし、こうして国民全体が非常に早くから教会の説くさまざまな規範を身につけていた。高等法院は、司法権の行使に加えて多くの文学者たちの教育の仕上げの場でもあり（高等法院における弁護士、書記、参事官や検事といった職業は、文学者の間では最も代表的な部類に入る）、それによって彼らの考え方の形成に一役買っていた。そして法律の発議権を握っていた政治権力も、クリエンテリズモ、メセナ、公認のアカデミー・ネットワークを利用して体制順応主義的態度を維持しようとし、それらの効力によって作家の考え方に影響を与えていた。

こうして広義の検閲（主流派の意見や好みによって規範を押しつけること）は狭義の検閲（権力が規範から逸脱したテクストを制裁すること）と密接に結びついていた。フュルチエールの『辞書』は検閲 censure の語義をそのように階層化し、まず「ある行為を非難する際に拠り所とする判断」という一般的な定義を提示し、次に「ある書物を宗教や国家に対して有害なものとして非難すること」という文学の領域のみに適用される限定的な定義を載せている。

検閲権は、三つの競合する決定機関の間で、長期間にわたって（一五〇七—一六五三年）争われた。(37)

教会と国家は、そもそも芸術作品がこの世に存在してこのかたずっと検閲を行ってきたわけだが、印刷術が出現してテクストが大量に出回るようになると、検閲を体系化する必要に迫られた。「有識者」の団体である教会は、その立場にふさわしく熱心に思想の動きを監視し、印刷術が国内に初めて姿を現した時からこれを支配し、この特権を保持するつもりでいた。宗教紛争が起こると、カトリック教会は異端的な文書の撲滅運動をより効果的なものにしようと努めた。十六世紀には教会当局に対して検閲統制の権限と責務を与える宗教上の決定、次いで行政上の決定が数多く出されている。

ところが、カトリックによるこうした教皇権至上主義的な企てに対抗して、むしろガリカン派の伝統を持ち世俗権力の特権を守ろうとする高等法院が介入し、検閲官の役割を奪い取った。これを今度は王政が独占しようと乗り出した。こうして一五六三年以降、高等法院は印刷許可の決定権を大法官府に譲ることになったのである。

その後、統制の適用範囲はあらゆる種類の本に広げられた。一六二四年、王令によってすべての本が国王検閲官四人による検査を受けなければならないことが定められた。検閲官は神学部のメンバーの中から選ばれていた。これは、神学部の地位を引き下げることになる制度の改革を神学部に受け入れさせるための、譲歩の結果である。しかし実際は検閲官は個人の資格で選ばれているのであって、神学者たちの代表として派遣されたわけではなかった。国家は検閲権を完全に独占しようとしていた。一六二八年に定められた規定の中では、神学者はもはや検閲官に指名されもしなかった。そのためカトリック教会から激しい抗議が起こり、混迷した敵対関係の新たな局面を迎え、フロンドの乱によって事態はいっそう悪化した。一六五三年、自らの権力を固めた王政は一六二八年の規定を再認し、その後も年をおってさまざまな微調整を加えそれを補完していった。

こうして成立した体制においては、検閲権は国家に属した。高等法院は執行者の役目を果たし、宗教当局はあらゆる種類の本を検査して、場合によっては行政当局に本の禁止を求める権利も保持することになった。しかしその決定権は、政治権力のみに属していたのである。

ここから、ローマで禁書目録（一五五七年に創設）に入れられた本の中に、フランスでも禁止されたものがある一方（たとえばアルノーの著作）、まったく合法的に出版され流通しているものもある（パトリュの『口頭弁論集』、いくつかのプロテスタント系書物）という事態が生じた。このためフランスのカトリック教徒たちは、信者の立場と臣民の立場の間で板ばさみになった。一六六四年、ガスパール・ド・フィウベは禁書目録聖省に対し、聖省には禁止されているがフランスでは認められている本を閲覧する許可を求めている……

検閲権をわが物にすることにより、中央集権王政は検閲を行政システムに仕立て上げた。とりわけ重要なのは、国王允許の付与と印刷許可の付与とを結びつけた点である。国王允許を申請する者は同時に検閲官に本を提出することが義務づけられ、検閲官による承認を経た後でなければ商業上の専売権は与えられなかった。実際には、時間を節約するため、国王允許を交付する国王秘書官の職務と検閲官の職務を同一人物が兼ねることもあった。著者と出版業者は商売上の利益のためには検閲という束縛を受け入れざるを得なくなるため、このように両者を結びつけることは彼らに対し、法律を遵守するよう強く働きかける力を持ったのである。

ある些細な慣行を通して、十七世紀に検閲制度がどのように変化したかをうかがい知ることができる。法定納本の義務はフランソワ一世によって一五三七年に制定されたが、一六二九年以降納本は一部から二部になった。一部は王立図書館に送られ、残りの一部は大法官府に置かれた。検閲官は後者を使って、提出済みの原稿と新たに提出された刊本の間で印刷許可の取り消しを招くような変更を著者や出版業者が加えていないことや、あるいは逆に要求された削除や訂正がきちんと行われていることを確認したのである。

フロンドの乱が終結すると、もはや王権によるこの検閲体制に異議を唱える者はなかった。宗教当局による検閲が並行して行われているという事態は、その有効性を損なうどころか逆に強化していた。それは第一の監視の目を逃れた違反者を告発しうる第二の監視となるからだ。検閲の体系化が推し進められたこの一〇年間が、ちょうど王権によるメセナが幅を利かせるようになり、権力が次第にアカデミー運動を巧みに取り込むとともに著者の権利の拡大に歯止めをかけていく時期とぴったり重なり合っているという事実の持つ意味は大きい。

予防のための検閲によって却下されたテクストの数は、ごくわずかにすぎなかった。その一因は検閲官の顔ぶれにあった。この任務を果たしたのは、国王秘書官として国王允許の付与を担当したコンラールとペリソン、それ以外にはコルテ、ボードワン、レトワール、小ルノード、それにブレーズだった。すなわち作家が六名と書籍印刷販売業者が一名である。著者たちはこれらの検閲官と同業者であるがゆえに他で顔を合わせる機会があり、これから出版しようとしている者は自分の作品が不利な見解を招く恐れがある場合にはそれを事前に知らせてもらうことができた。このように非公式な水面下の動きによっても規制は可能だったのであり、それは検閲による却下という誰の目にも明らかな公式のやり方に勝るとも劣らない力を持っていた(38)。

予防検閲の対象作品は、きちんと提出され検査できるものに限られていたということも見逃してはならない（そしてこれが却下の数が少ないことのもう一つの理由である）。「危険な」書物の著者たちは、検閲官に提出して当局の注意を引くよりも、むしろ初めから地下出版する方を選んだ。

それゆえ、〔著者にとって〕はるかに大きな危険となっていたのは、違反をとりしまるための懲罰的検閲の方である。とりしまりの対象となる違反はひきもきらなかった。当時はまだ思想の自由という概念は確立されておらず、誰一人として検閲の原則そのものを告発しようなどと考える者はいなかった。それどころか、たとえ自らが検閲を受けるかもしれなくとも、敵に対してはためらうことなく検閲が及ぶことを要求したのである。だが、誰もが理論上は検閲を認めていたとしても、皆それぞれに必要があればすすんでその目をかいくぐった。

最もよく用いられた方法の一つは、外国で印刷し、できあがった本をひそかにフランスに持ち込むというものだった。マチュー・ド・モルグからベールに、アルノーからジュリューにいたる政治的・宗教的論争家たちは大いにこの手段に訴えたし、辞書編纂者たち（リシュレ、フュルチエール）さえもそうだった。フランス国内で印刷するのなら、別の方法もあった。それは、一五七一年の王令以降、著者の名前を表示することが規定により義務づけられているにもかかわらず、匿名や偽名を使うことによって非合法的ないしはそれに近い状態で印刷するというものである。じじつ、一六八二年に国務会議は、「外国の書籍印刷販売商の名前と標章を用いることで、罰せられずしてくり返し中傷誹謗文書および国や宗教についての私見を印刷する」人々や、（また別のやり方として）「著者が新しい作品を出す際に、すでに印刷のための国王允許を得ている別の作品の第二巻、第三巻、第四巻、あるいは続編というタイトルを不当にもつけて印刷させ」、この方法で「いかがわしい命題や内容[39]」を含んだ本を作り出す人々がいると激しく非難している。法律の網をくぐる一連の方法に加えて、こっそり出回る手書き写本も用いられていた。

これに科せられる刑罰は重かった。一五六三年の王令は初めて印刷許可を義務化し、一般化したものだが、そこでは「違反者は拘禁と財産没収の刑に処する」と明言されている。一六一〇年から一六九八年の間に、(確認された事例だけで) 禁固刑が一五件、漕役刑が二件、追放刑が六件、全財産の差し押さえが三件、そして死刑が一三件に上っている。[40] つまり、処罰は厳しく行われていたのだ。特に処罰が及んだのは、突き止めるのがより容易な印刷業者や書籍印刷販売業者だったが、著者の中にも投獄された者や (テオフィル、ベイ、ジルー、ダスーシー、サラザン) 処刑された者さえいた (シティ、ヴァニーニ、フォンタニエ、ル・プチ、モラン)。処罰は恣意的に適用されていた。ある者が不敬文書のために告訴される一方で、別の者はより重大な文書にもかかわらず警察に追い回されることもないということも起こりえた。概して有力者の庇護を受けている者は制裁を回避するか軽減してもらう可能性が大きかった。それに引きかえ、孤立している者は恣意性の犠牲となった。しかもそれは、抑止効果を狙った「見せしめ」の傾向があるだけに、いっそう厳しいものとなったのである。

書物のたどった運命に目を向けると、ここでも同様の恣意性を確認することができる。本を禁止する命令は、国務会議はもとより高等法院やパリ警視総監でさえも下すことができた。大法官府に集められた禁書目録は長大かつ雑然としている。そこには本来の意味で検閲の網にかかった本の他に、国王允許の義務をきちんと守っていないものや海賊版の本も含まれているからである。それでもやはり、そこには一定の全体的方針が表れている。大量に処罰されたのは何よりもまず宗教的文書であり、それよりは小規模ながら、文芸作品もその対象となった (これは文化的創作行為の中で文学的なるものの占める割合がたえず増大しつつあったことを示している)。

たとえば一六七八―一七〇一年の期間に、[41] 書籍印刷販売商や本の行商人、さらには個人に対して行われた家宅捜索の結果、一一二五点の異なる書物が押収された。そのうち四三八点はカトリックとプロテスタント、ジャンセニストと反ジャンセニストの間の論争に関わるもので、中でも押収件数が最も多いのはプロテスタントだった（二五一点。一六八五年のナント王令の廃止とともに、プロテスタント系のすべての書物は禁止されたのである）。二番目に来るのが娯楽文学の一四九件で、政治的著作（八三件）を大きく引き離している。艶笑・諷刺文学は十七世紀初頭はかなり自由だったが、その後次第に処罰されるようになった。宗教的ほのめかし（たとえば『タルチュフ』や『ドン・ジュアン』）や政治的ほのめかしを含むテクスト（ビュッシー＝ラビュタンの『ゴール情史』）についても同様である。しかし逆に言えば、摘発されたこれらの書物から、どのような本が人々に最も求められていたかということも明らかになる。論争は大当たりしたが（押収部数においては『プロヴァンシャル』が筆頭に来る）、スキャンダラスな文学（ラ・フォンテーヌの『コント』）もそうだった。「破廉恥な」本を企画するのは合法的出版の枠内ではほとんど不可能だったが、敢然と違反に踏みきり、地下ルートを当てにして一儲けする誘惑が首をもたげる余地はあった。じっさい、書籍生産の少なくとも四分の一は正規の流通の圏外で行われ、闇取引に属していたのである。

このように、作家にとって検閲は、現実に拘束力をもった命令である一方で、網をくぐるのがかなり容易な法律でもあった。違反の数の多さと処罰における一貫性のなさは、検閲制度が定着したこととともに、これをコントロールするのが困難であったことを物語っている。このような状況は二枚舌的態度を助長する。時には一人の著者が、自分の言うべきことにかなりの価値があると考える時は違反の危険を犯し、また別の時には検閲に従い、さらには検閲のより厳格な適用を求めるということもあった。たとえばニコルは、当局に対するあからさまな挑戦とも言える『プロヴァンシャル』の地下出版に関与する一方で、『イマジネール』では論敵に対する検閲を求め、そして『道徳論』の中ではあらゆる分野における君主への服従を擁護しているのだ。

より一般にみられる〔二枚舌的態度の〕他の形態として、違反を避けるために言葉の上で検閲規則と折り合いをつける、婉曲表現化がある。婉曲表現は本来二重の性質を持っており、「実質的内容」を述べると同時に、それがショックを与えるかもしれないという意識、「和らげ」なければならないという意識も表している。それは意味を縮小するどころか、伝達すべき内容と発話行為の状況に対する話し手の態度を同時に示す。婉曲表現は明白な内容を和らげつつ、言葉を状況によりよく適合させることによって、より効果的なものにしているのである。婉曲表現化とは、弱い立場にいると目される者にとって有利になるようにコミュニケーションのずれを利用する技術だが、これはすぐれて文学的な問題である。それは古典主義時代において、二枚舌的態度の特徴を最もよく表すものの一つである。

Ｒ・パンタールが示したように、人文主義者リベルタンたちは、彼らの見解の中で最も大胆なものを部分的に放棄したり、仮定的な言い回しを用いたりすることにより、検閲官にも受け入れられる形で自分の見解を提示するという技巧に非常に長けていた。デカルト哲学もまたその原理において、婉曲表現化の痕跡を色濃くとどめている。デカルトはガリレイに対して行われた裁判のことを知り、コペルニクスの影響の下に執筆した「光学論」の公表を思いとどまったという経緯があるが、『方法序説』の中の「物理の問題」の章はその「光学論」を仮説の形で書き直したものである。

さらに進めば、自己検閲は自制や沈黙にまでなり得るが（たとえばローマで宣告された有罪判決に対するジャンセニストたちの「礼節をわきまえた沈黙」）、そうなれば沈黙自体が意味を持つようになり、それだけで個別の研究が必要となるだろう。他方では、婉曲表現化と検閲官に対する挑戦的行為は、成文化された法律に対してだけではなく、世論による拘束という一般的な意味での検閲に対しても機能していた。たとえばモリエールは、『タルチュフ』と『ドン・ジュアン』では制度化された検閲に刃向かって憂き目を見たが、『女房学校』論争の折には世論の検閲に立ち向かったのである。

しかし法の枠組みに話を限定すれば、組織的検閲の創設は文学場が形成されてきたことの補助的指標として捉えることができる。文学場が拡大し、その自律性が徐々に高まってくるにつれて、ここでもまたその反動として、政治・宗教当局による束縛が強化されたのである。

このように、著者の権利は古典主義時代において、時には法律に反して、また時には法律の欠陥をついて、その姿を現した。この分野で作家が手にした成功にはばらつきがあり、特に一六五九―六五年の規定以後は、彼らの立場は不安定なままだった。こうした変化はアカデミー界、メセナそしてクリアンテリズモにおいて見られたのと同じ緊張をはらんでいた。一方では自立へ向かおうとする圧力が尊重権の承認と著作権の部分的承認をもたらし、盗作者に対する侮蔑や書籍印刷販売業者からの収入の増加とあいまって、著者にいくばくかの社会的地位を与えることとなった。しかし他方では、政治権力や宗教権力はこれらの成果を制限したり拒絶したりした。文学的なるものの自立の法的な確立は、〔文学〕内的な制度〔アカデミー〕や外的な制度〔メセナ〕による確立がそうだったように、不完全なものにとどまった。しかしながら、こうした権利と法律の衝突の調停役を務めるのは既成の権力だけではなかった。本の買い手である公衆という新たな勢力の登場とともに、それらは展開したのである。

第四章　公衆の成立

著者の権利を求める異議申し立てが起こったのも、文学の市場が拡大したからこそである。伝統的に作家は、主に有識者と宮廷という二種類の読者層を相手にしていた。有識者は、教会もしくは教会に牛耳られた大学か、高等法院と裁判所を根城にする法曹界のどちらかに属していた。一方宮廷では、王宮であれ王族と大貴族の宮廷であれ、文芸が付随的な部分しか占めないような貴族文化が栄えていた。多くの場合自分自身も有識者であった作家は、教会と高等法院の中にとどまるかぎり、自分の同類、つまり同業者に向けて書いた。また、作家が宮廷の公衆を対象とし、そして彼自身も文学を娯楽としてたしなむ貴族である場合には、貴族社会に従属することになった。しかしその場合も、欠かせない学識を得るために、作家は有識者にも頼らなくてはならない。筆で身を立てようとするのであれば、こうした二重の依存に甘んじなければならなかったのである。これはプレイヤッド派の著者たちがよく示すところである。有識者階級と宮廷は互いに補い合いながら、〔作家が〕成功するかどうかを決める権利、そしてまた検閲を、独占していたのである。

十七世紀に登場した新たな公衆が、〔作家および文学の〕公認を担う一個の力として働くことによって、この状況に変化がもたらされた。しかし「公衆」というこの抽象的な名称が指し示す総体は、均質な一つの像を構成するわけではない。読者層は、その総数が急速に拡大すると同時に、異なるカテゴリーへといっそう分割されていったのである。ここから互いに関連する二つの問いが生ずる。第一に、公衆の公認力とはどれほどのものだったのか。そしてこれに先立つ問いとして、公衆の内部構成とその成立はいかなるものだったのか。

公衆の量的形成、つまりその実数は、受けた教育と読書力に応じて変化する。読書力が備わるということは、ある程度学校教育の成果だが、それ以上に文士たちが提示したモデルに与るところが大きい。おそらく他のどの時代にもまして、古典主義時代の作家は読者の形成、教育、選別に貢献した。それゆえ、公衆が均一なものであるという先入観だけでなく、公衆が「前もって存在している」という先入観も捨て去らねばならない。文学場が形成されその基盤を固めるのと時を同じくして、文学の公衆も具体化し形成されたからだ。作家が読者から影響されるのと同じだけ読者を教育するというこの相互作用は、複数の決定機関、すなわち、定期刊行物、サロン、教育機関（そしてすでに見たように、部分的にはアカデミー）を通じて行われた。これらの機関がそれぞれ貢献しあうことで、作家の成功へと続く道筋のさまざまな形が提示されたのである。

ジャーナリズムの淵源

大勢の著者が名を連ね定期的に刊行される出版物は、著者と読者との間に著者にとって二重の意味で利益となるような関係性を打ち立てる。第一に、このような形で作品を公表する者は、著名な同業者たちと肩を並べて同じ本に載ることで、作家としての資格を獲得する。次に、こうした出版物は愛読者層を作り出す。十七世紀には、今日読者の習慣形成と著者のイメージの形成に決定的な役割を果たすシステム、つまり（創作や情報、批評を載せた）文芸誌も、シリーズも、叢書も存在しなかった。この時代に登場した定期刊行物が、この近代的な作者と読者の関係に原型を与えたのである。しかし、定期刊行物よりも以前に、共同の作品集が不完全ながらその役割を果たしていた。

原初的な形態――共同の作品集

共同の作品集とは、ほぼ例外なしに、共同の詩集のことである。(1) 十七世紀には約六〇もの詩集が出版された。概して年に一冊、時に二冊の割合で出ているが、まったく出ていない年もある。十七世紀初頭の二〇年間にこの種の詩集が流行したことは、ほぼ毎年途切れなく出版されていることからわかる。一六二〇年から三〇年の間はいったん衰え、それからまた安定したペースに戻るが、フロンドの乱が中断をもたらす。内乱後の一五年間に最盛期がおとずれ、一六五八、一六五九、一六六〇、一六六三年には二冊ずつ詩集が刊行されている。逆にこの世紀の最後の三〇数年間、共同の詩集の出版はまったくの下火となっている。

共同の詩集はたいていの場合、出版業者の企画である。作家に協力を求める場合もそうでない場合もあるが、いずれにせよある書店が売れ行きを見込んでいろいろな作家のテクストを集め、一冊の本を作るのだった。

多くの場合、書店は一人の著者に協力を求め、その著者がテクストを集めて刊行の調整作業を請け負った。時には一人の著者が率先して詩集を作ることもあった。この場合、允許〔＝特権〕はその著者の名義において与えられた。たとえば一六五一年にシャムードリーが出版した詩集はコナール著となっている。すでに引いた一六五八年の『名高い詩神たち』は、Ｆ・コルテの仕事に帰せられている。一六六一年のセルシー刊の詩集と一六七一年のド・リュイーヌ刊の詩集は、これらのアンソロジーの「作曲者」べニーヌ・ド・バシイの名義において允許を与えられている。

したがって、これらの作品集に収められたテクストの著者たちは、自分の書いたものに対して所有権を行使し収入を受け取ることはできなかった。彼らはいかなる意味でもこうした作品の所有者ではなかったのだ。しかしそれでも、彼らはなおそこに利益を見出し、大勢の者がこの出版形態を利用した。その数は二二七人にのぼる。そのうち八五人は単著を出版しておらず、こうした作品集によってのみ文学活動に座を占めている。名声をかちえることこそ、著者たちの主な利益だったことは明白である。

これらのアンソロジーは、斬新さ、もしくはすでに定まった評価ゆえに、最上のものとされる作品を公衆に提供することをうたっていた。

このことは題名を見れば一目瞭然である。デュ・ブレーが『詩の愉楽』（一六二〇年）を約束すれば、シャムードリーは『当代で最も有名な著者たちの新詩集』を売り出す（一六五三年）。これらのアンソロジーの大半は、かくして「一般撰集」、つまり故人となった著者のテクストと存命中の著者のテクストが、あるいは異質の、さらには正反対の感受性や美学を表現した作品が、ともども収められる作品集となっている。『詩神たちの庭園』（一六四三年）においては、メーナールがマレルブとマロに、ジャクリーヌ・パスカルがパーキエに、ラカンがレニエとロンサールに隣り合う……　敵同士を平然と並べるのも常套手段である。一六一八年の『サチュロスの小部屋』はデポルトとマレルブに手を握らせ、一六六〇年のセルシー刊の『選文集』ではシャプランとリニエールが席を同じくしている、等々。

一般撰集に収められるテクストは、時にテーマ別、アルファベット順、時代順に並べられることもあるが、明確な方針がないことも多い。選者の解説が添えられて、二つのテクストを並置する根拠が述べられたり、テクスト同士の対照が強調されるといったこともない。故人を含む、すでに声望を確立した著者と、無名であっても斬新さをもたらしてくれる若手からともども利益を引き出すことが、出版者のめざすところだった。

こうして、さまざまな潮流や傾向の差異はやむやにされる傾向にある。読者の目には、マレルブとデポルトはもはや敵同士ではなく、ひとしくアンソロジーに席を占めるに値する二人の詩人である。同じことはブレブフとシュヴロー、あるいはシャプランとリニエールについても当てはまる——後者は前者の叙事詩を酷評したばかりだったのだが〔リニエールは『詩〈ラ・ピュセル〉に関するエラストからフィリスへの手紙 *Lettre d'Eraste à Philis sur le poème de la Pucelle*』（一六五六年）でシャプランを揶揄した〕。この形態の出版物の主な狙いは、作家たちの美点を前面に押し出すことであり、彼らの方向性の違いを区別することではなかったのだ。

これらの詩集の購入層についてくわしいことはわからない。ただ、これらの詩集には、アカデミーのネットワークやサロンの中でそれ以前から出回っていたテクストが数多く見出される。専門家（アカデミー）や文学に通じたアマチュア（サロン）に評価されたものが、印刷されることによって、文学に関心を寄せる公衆全体にもたらされたということになる。

したがって著者たち、特に新人にとっては、たとえ自分の美学的志向にそぐわない他のテクストと並べられることになるとしても、詩集に載ること自体に意味があった。ここに当時の文学的軌跡の主要なステップの一つがある。詩作は印税の点では実入りが悪かったが、このように手っ取り早く名前が売れるという利点があった。詩集という慣行と活発な詩の創作は、こうして、少なくとも一六六〇年代まで、互いを支え合っていたのである。

若い著者にとって、小説や戯曲よりも短くてすぐに作ることのできる詩によってデビューし、それを共同の詩集に載せるというのは、願ってもないことだった。そうすれば、自分の筆で一個の作品を生み出せるまでになる前に評判を獲得し、文学者としての名刺を作ることができたからである。著名な作家の中では、メーナール、ラカン、サン＝タマン、トリスタンが、こうした形で文筆活動のスタートを切っている。

けれども、差異を超えて集めるという詩集の原則にもかかわらず、さまざまな美学的潮流の間の相違は隠しようもなく、少しずつ純粋主義が支配的な傾向として台頭しはじめる。

たとえば、一六二〇年の『詩の愉楽』初版では、マレルブおよびファレ、メーナールらのマレルブ派と、ヴォークランといった純粋主義とは無関係な著者とが混在しているが、以後の版では、まだまだ多様な著者を集めているにしても、マレルブ派の割合が増加し、トリスタンとレトワールが登場している。これはマレルブ派の伸長を反映するものである。こうして『詩の愉楽』の諸版は全体としてまだ一般撰集と呼べるにせよ、徐々に特定の傾向を帯びてゆくのである。同様の現象は、ペリソンとラ・シューズ夫人が一六六〇年代に編んだ一連の『撰集』にも見られる。これらの文集も原則として多様な作品を収めるのだが、実態は雅なエクリチュールに占められ、途中からは『雅な作品集』と題されるようになった。

こうして一般撰集から、ある統一的視点や単一の立場を表明するために刊行される個別撰集への移行が始まる。これらの中にもまだ多様性は残っているが、早くも一六二〇年代から、純粋主義の伸張がしだいに顕著になってゆく。

個別撰集のカテゴリーの中では、諷刺的で猥雑な詩を集めたものを別箇にとり扱わねばならない。これらはたしかに主題上は統一されているものの、「様式」の面ではさまざまなテクストが集められている。『サチュロスの小部屋』にはマレルブ派とデポルトの信奉者が混在し、共著者の何人かが起訴され処罰されることになった『サチュロス風パルナッソス山』についても同じことがいえる。しかしこの事件後、とくに一六二三年この件でテオフィル・ド・ヴィヨーが死刑を宣告されてからは、自由奔放な口調と主題をもったこの手の詩集は急速に姿を消すことになる。十七世紀初頭には山ほど出ているのに、一六二六年以降は一冊もない。これはむろん検閲のせいだが、純粋主義の影響が強まったためでもある。より純化された言語の追求は、テーマの面での純化と歩みをともにしたのである。

残るのは一〇ほどのより個別性の強い作品集である。ほとんどが詩集で、そのいくつかは政治的事件や、大貴族を祝うことを目的に編まれた。『アンリ大王（四世）の他界に寄せたさまざまな詩の撰集』（一六一一年）、ルイ十三世の祝賀のためにボワロベールが企画した『王のパルナッソス山』（一六三三年）、〈アカデミー〉設立の際に出版された『リシュリュー枢機卿への詩神たちの供物』（一六三五年）がそれである。この他に、『ブラン殿を悼む詩神たち』（一六二〇年）やデポルトを称えて弟子が作った『詩集』（一六三三年、純粋主義の拒否の典型を示す唯一の詩集）のように、死んだ友人の栄光を同朋として賛える詩集もある。また逆に、生者を褒め称えるものもある。今をときめく著者の作品の巻頭を飾るべく、時に膨大な数にのぼる詩作品が集められ刊行されたケースがこれにあたる。一六四三年にマロールは、アダン・ビヨーの『木釘』のために「パルナッソス山の称讃」という表題のもと、七〇もの巻頭詩を集めた。一六五七年、ボーシャトーの『若きアポロンの竪琴』には、五四編の巻頭詩が捧げられた。

詩以外で撰集という形での出版に適しているのは、雄弁のカテゴリーに入るテクスト（手紙や演説）だけである。各々が限られた分量だから、こうしたテクストは一つにまとめて出版するのに向くのだ。一六三〇年前後にこのタイプの作品集が二つ出ているが、これはどちらも純粋主義のマニフェストだといってよい。「高名なる牧人たち Illustres Bergers」のグループの手になる『書簡、演説、説教の新選集』は、実例をとおして雄弁術の一つの理論を提示している。また、もう一編のジリー、デュ・リエ、パトリュ、ペロ・ダブランクールの訳による『キケロの八つの演説』は、文学作品の柔軟な翻訳の見本となっている。[2]

一六二七年、ファレはリシュリューの政策を支持するために『書簡集』一巻を編んだ。だが自らも純粋主義者だった彼は、マレルブ、バルザック、コロンビー、ボワロベール、モリエール・デセルティーヌのテクスト、すなわち純粋主義の見本としての価値をも持つテクストを集めた。[3] こうして彼の編んだこの作品集は、上の二つの作品集と同様に純粋主義のマニフェストという意味をもつものであり、それと同時に、純粋主義者と権力との結びつきを示すさらなる証拠となっている。

共同の作品集は、出版の機会を提供することと、さまざまな文学上の立場を表明することという、二つの役割を果たした。この二つの役割は、文学界を賑わせていた二つの動向、すなわち文学の拡大および承認へと向かう大きな流れに対応するものである。多様な著者を集めた一般撰集という慣行は、十六世紀末にはまだ手探り状態であり、一六七〇年以降には衰退するが、その期間、作家たちを迎える読者層を拡大する役割をたしかに果たした。その一方で、きわめて熱心な読者に向けては、個別撰集が純粋主義のモデルを進展させ、次いでこれを多様化するのに力を貸した。こうして、共同での出版は、公衆を拡大し、組織し、美学上の論争と趣味の支配的潮流を認識させることに貢献したのである。

新しい形態——定期刊行物

世紀の発明である定期刊行物は、決定的な革新であった。それは情報の流通形態を変化させ、教養文化の活動範囲を拡張した。だがそれと同時に、知的活動のさまざまな分野の専門化をも促進した。(4)

十七世紀以前には、そして十七世紀の間もなお、情報は主に口コミで伝えられ、私的な文通や紙片に書かれた「手製のニュース」、それにパンフレットがこれを補っていた。(5) 一六一一年に、出版業者J・リシェが創刊した最初の定期刊行物、『メルキュール・フランセ』は、こうした単発的な媒体から得た情報を再録するものであり、発行も不定期的なものだった。一六三一年、テオフラスト・ルノードが『ガゼット』を創刊した。『各地の定期便』という同様の企画に数ヶ月の差で先を越されていたのだが、政府の支援を受けて独占権を保つことに成功した。[6] 一般報道の刊行物という制度がこうして創設された。

フロンドの乱の間、報道活動はその数を増した。[7]『ガゼット』は政府機関紙として、宮廷が置かれたサン=ジェルマンに移されたが、その間ルノードの息子たちは、蜂起したパリで、『ガゼット』のフロンド党読者をつなぎとめるべく、『フランス通信』をわずかな期間発行した。他にも「通信」や「ガゼット」を名乗るさまざまな亜流が生まれたが、いずれも何号か出たのみで廃刊した。

平穏が戻った後の一六五五年〔一六五〇年？〕にロレが創刊した『歴史の詩神』は、社交界を沸かしていた話題を韻文で紹介するもので、一時期『宮廷の詩神』がこれに競合した。一六六六年の科学アカデミーの設立とともに、学問の現状を伝える機関紙『ジュルナル・デ・サヴァン〔学者週報〕』が創刊された。一六七二年創刊の『メルキュール・ガラン』はさらに広い嗜好に応えた。オネットム層の読者のために、学問に関する情報の一部と社交界・文学の最新の話題とを取り合わせたのである。一六八六年にはル・クレールが学術的な装いの『普遍的歴史的文庫』を出したが、この試みは短命に終わった。

フランスの現体制に敵対する新教徒がオランダで編集し、フランスの公衆に向けてフランス語で書かれた（そしてフランス国内で非合法に流通した）新聞も、フランスの新聞に含めねばならない。その最初のものは一六六七年にジャン=アレクサンドル・ド・ラ・フォンが作った『アムステルダムの定期便』で、一六七八年に『ガゼット・ド・レード〔ライデンのフランス語読み〕』として再創刊される。これをガブリエル・ド・サン=グランの『選り抜きのニュース』が補う。一六八四年からはベールの『文芸共和国便り』が、反政府の論陣を張りつつ『ジュルナル・デ・サヴァン』と競合した。

ジャーナリズムのこの最初の発展とともに、さまざまな次元における集中化が始まりつつあった。まずは地理的な集中である。これらの定期刊行物は、フロンドの乱のさなか、わずかな期間ボルドーで刊行された『通信』とオランダで出ているものを除き、すべてパリの印刷所で発行されていた。しかしそれだけではなく、報道権力の集中もある。『メルキュール・フランセ』は創刊直後から政府の統制下に置かれ、一六二四年以降はリシュリューの御用新聞と化した。そのリシュリューは一六三一年、ルノードが絶対主義政策への協力を意図する計画を立ち上げたので、ルノードを後押しし『メルキュール・フランセ』の編集を委ねたのである。こうしてこの新聞は、『ガゼット』の別冊付録のごときものとなった。ルノードはまた、情報センターであり職業紹介所でもある「情報事務所 Bureau d'adresses」を運営して、講演を行うアカデミーを主宰していたから、フランス史上初めて報道グループを率いた人物であったといえる。似たような現象が、他の二つの全国紙にもみられた。『ジュルナル・デ・サヴァン』を発案したメズレーは、『ガゼット』編集部の一員で、〈アカデミー〉の中心人物でもあった。政治権力が保証人、出資者、推進者として介入したのである。『メルキュール・ガラン』についても事情は変わらない。つまり、国家の独占と統制が、ただちにフランスの報道システムに入りこんだことになる。

ジャーナリズムは新たな、そして切実な欲求に応えていた。新聞の数の多さや、創刊ラッシュがこれを裏づけている。多くの新聞は短命だったが、いくつかは長く存続し、正真正銘の報道機関となった。『ガゼット』『メルキュール』『ジュルナル・デ・サヴァン』『文芸共和国便り』がそうである。

これらの新聞はどれも薄手のものだった。初めは四折判で四頁、次いで八頁である。発行部数も少ない（数千部）うえ、発行もまだ不定期的で、間隔が空くことが多かった。多くは月に一度、年に一度の発行のものすらあった。「定期〔便〕」という呼称にだまされてはならない。「新聞」と呼ぶのはあくまで便宜上のことなのだ。これらは世論を形成する機関のネットワークの原型にすぎなかった。それでも教養ある公衆にとっては、入手しやすい上に多様化し整理された情報を得られ、信頼に足る知識に基づく討論の出発点となった。

その内容に応じて、定期刊行物はおのおの異なった読者を選別した。今や「学者《サヴァン》」には学者のための情報ネットワークが存在し（『ジュルナル・デ・サヴァン』）、他方「知識人」として振舞うことを好み、政治的・宗教的論争において批判的スタンスをとった人々にはまた別のネットワークがある（『文芸共和国便り』）。そしてもう一つ、もっと社交界に近く、かつ体制順応的なニュースに興味がある人のためのネットワークもあった。この三番目のネットワークを形成するのが『ガゼット』と『メルキュール』で、これらは社交界的・親政府的・純粋主義的な性格を有している。

文化場の分割に関与することによって、定期発行の新聞は、「文士」たち、そしてその中でも新手の学者の優位を強めた。彼らは社交界の人々、すなわち「オネットム」に向けた新聞を掌握していた。

『ガゼット』の執筆陣には、ルノードとその息子たちに加え、常連の寄稿者としてラ・カルプルネード、メズレー、ヴォワチュールがいた。『メルキュール・ガラン』は、ドノー・ド・ヴィゼがとりしきり、これをトマ・コルネイユが補佐した。新手の学者たちの影響力は、『ジュルナル・デ・サヴァン』にまで及んだ。この新聞の創設はメズレーの発案に基づく。これを実行に移したドニ・ド・サロは、精密科学についてはガロワ神父の協力を仰ぎ、批評と文献学についてブルゼイス、シャプラン、ゴンベルヴィルというアカデミー会員を起用したのであった。彼ら新手の学者たちはこのようにポストをもう一つ手に入れたことで、規範の主導者という立場を揺るぎないものにすることができた。これらの地位は相当な収入をもたらした。ドニ・ド・サロは、金に困っている文学者たちを雇って資料編纂を肩代わりさせるほどであったし、編集長の報酬は申し分のない額だった（ロレは年間三六〇〇リーヴル、サロは六〇〇〇リーヴル、ドノーは一万二〇〇〇リーヴル）。しかしこうしたポストにつく者が得る利益は、なによりも、名声と影響力を強化し世に知らしめることにあった。新聞が政府を支持することで、政治権力という後ろ楯を得た彼ら新手の学者たちは、形成されつつあった世論を、自分たちの利益になるように操作していたのである。

揺籃期から早くも、新聞は広く作家の仕事だった。今なお存続している文学とジャーナリズムの堅固な結びつきはここに端を発する。政治の動静、学術的な話題、それに文学の情報を次第に分離させることで、新聞の発展は文学場を固有のものにするのに一役買った。また、新手の学者たちにさらなる拠点を提供したことから、純粋主義の覇権が確実なものとなった。一見逆説的に見える、『ジュルナル・デ・サヴァン』における、メズレー、シャプラン、ブルゼイス、ゴンベルヴィルら「文士」たちの活動が示しているのは、文学が知の場において主導的地位を獲得しつつあったということ、作家たちがそこで知の伝播における牽引役を演じ、自分たちの新たな優位を「知識人」たちに認めさせることができたということである。この点に関して、作家たちは時の権力との結びつきによって助けられていた。これは先に述べた矛盾の別の側面である。一方では、作家が社会における自分の地位を強化するための手段は以前よりも増えた。しかしその一方、諸権力にいっそう服従するために生ずるさまざまな結果を蒙らずには、作家はそれらの手段を活用できないのである。

媒介の場としてのサロン

著者と一部の読者との間でなされる交流のもう一つの形態は、両者が頻繁に通うサロンでの出会いである。サロンで生じる関係は作家と読者の双方に作用するものである。作家は読者の中でもエリート層に属する人々と接触し、社交界で支配的な趣味とは何か観察することができる。他方、エリート層の読者は、そこに卓越化の手段を求める。つまり、著作家との会話を通じて、文学作品創作の現状と直に関わることができるのである。こうして彼ら社交界の人々は、新しもの好きということもあって、彼らの期待に最も適った美学上の傾向を、はやりの思潮にまで増幅させる。趣味の体系化と発達は、他のどこにもましてサロンという場で、形式にのっとった議論によるのではなく、「毛管現象」(8)を介してなされたのだ。

一六六五年までにみられるサロンの大規模な発展が、十七世紀のサロンの営みの中でも、最も目を引く現象である。このような集まりの増加に応じて、はやりの文学に興味を抱く読者も増加する。

サロン流行の最初の局面（一六一〇—五〇年）においては、ランブイエ館という一つの貴族のサロンが支配的で、名声においても活気においても劣る他のいくつかがこれに追随していた（ドーシー夫人のサロン）。次の局面（一六五〇—五五年）では、流行は「熱狂」と化す。ランブイエ館は陰りを見せるが、(9)より小規模なサロンが数多く他所で開かれるようになる。パリだけでも四〇ほどのサロンがあった。リヨンでは二〇ほどで、グルノーブル、ディジョン、エクス、ポワチエ、ナンシーにも求心的なサロンがあった。事実上すべての地方都市が、程度の差こそあれサロン熱に染まったといってよい。一六六五年以降、社交界の活動が宮廷の吸引力に強く影響を受けるようになると、サロンの営みは下火になる。(10)

一つのサロンにはたいてい一〇人程度しか集まらなかったので、サロンが流行したといっても、じっさいに関係した人の数は最盛期においてさえごく限られたものである。『プレシューズ辞典』に著名な参加者の名前すべてを載せようと試みたソメーズにしても、「七百名強」（序文）しか見つけることができず、そのうちの三九五人について詳述するにとどまっている。理論上は「プレシュー」なサロンだけを取りあげているソメーズは、しかしこの言葉をごく広い意味で用いている。じつは、当時の「パリの名士たち」はたかだか三千人からなっていた。地方の亜流はその約二倍である。ゆえに、社交界の公衆は全部で八千から一万人で構成されたわけだ。

そこで支配していたのは貴族である。最も威光のあるサロン（ランブイエ館）で優位に立つ貴族が、この種の活動を真似ようとするブルジョワに範を示していた。(11)

しかし後世、特に十九世紀の状況とは異なり、古典主義時代のサロンはさまざまな活動のうちでも文学には限られた場所しか与えていない。サロンの多くは、礼儀作法や遊戯（頭を使う遊びや賭け事）、社交界の習わしに没頭し、文芸をおまけとしてしか扱わない。誕生しつつある文学場において、これらの集まりはいわば境界部分を占めるといえる。それぞれのサロンで優勢を占める傾向に応じて、著者たちに対する二つの相反する待遇が生み出される。著者を社交の楽しみの添え物として二の次に扱うか、あるいは、より脚光を浴びる地位においてこれを公認するか。しかしそうなれば、サロンという名称はもはやふさわしくなくなる。この時代、サロンの果たす作家を育成するという役割は、作家を公認するという役割に匹敵するか、これを上回ってさえいるのだ。

逸話好きの歴史家たちは、サロンの人々にまつわる事実を片っ端から掻き集めた。彼らは各サロンのメンバーが他のサロンとの差異化を図るために用いた形容語を大なり小なり引き写し、サロンを複雑に類型化している。こうして「サロン」、「閨房」、「寝室」、さらには「貞淑な女」、「媚を売る女」、「プレシューズ」などの分類が試みられた。しかしこれらはいずれも、「境界」という状況に特有の効果を考慮に入れたものではない。じっさい、いくつかのサロン、とりわけ非常に貴族的なサロン（サン＝マルタン夫人、アンドレ夫人のサロン）は、文学にほとんど関与していない。ブルジョワや不遇な貴族を集めた他のサロンでは逆に、文学に大きな部分が割かれていた。言語の問題が大きな位置を占めていたプレシューたちのサロンがその例である。文学の諸問題における専門化が顕著になりはじめたとき、サロンは変貌しはじめた。同時代人はそれをもはやサロンではなく、アカデミーとみなすようになったのだ。たとえばマロールとドービニャックは、ドーシー夫人とスキュデリー嬢の集まりを「アカデミー」と形容した。[12]「境界部分」を離れたこれらのサロンは、文学を公認する場となったが、社交の場所ではなくなった。この二つの傾向のバランスを保った唯一のサロンはランブイエ館で、そこでは場の主役たる貴族が、同時に文学に通暁したアマチュアでもあった。

サロンというこの媒体がもたらしたさまざまな結果は、多様かつしばしば相矛盾するものであった。その最大の結果は、公衆の新たな層を形成したことである。すなわち、サロンは女性と貴族を文学へと招きよせたのだ。なぜ女性かといえば、サロンはつねにある女性の周りに組織されるからであり、また、いまだ教育をさほど受けてはいない上流社会の婦人たちはそこで、（しつけられて学んだ）行儀作法は求められるものの、（教わっていない）専門知識は必要としない文化活動に出会えるからである。なぜ貴族かといえば、貴族階級がサロンに集まる人々の中核を担っていたからであり、また、フェミニズムの発達にともない、細やかな配慮をもって忠誠を誓った「貴婦人」に仕える雅な騎士のイメージに、そして礼儀と人に好かれる術を磨く「オネットム」のイメージに、特別な価値が認められるようになったからでもある。[13]

サロンの媒介による二番目の結果は、ここでもまた、文化場の分化と新手の学者の覇権に貢献したことである。社交好きだが学者肌ではないサロンの常連たちは、碩学の価値を認めない。卓越化と洗練に心を砕く彼らはまた、言語上・美学上の純粋主義へと傾く。ランブイエ館は純粋主義の総本山であり、ドーシー夫人のサロンはマレルブ派の牙城であった。この点でサロンの役目とアカデミーの役目は互いに補い合う。つまり、サロンが趣味を啓発し、アカデミー・サークルがその規範を制定するのだ。純粋主義にはいくつかの変種があり、「雅さ」の方向に流れると社交界指向が強まり、さらには一六五〇年から六〇年にかけて、これが行きつくところまで行きついた形態である

「プレシオジテ」が生まれた。これらの傾向はそれぞれ、同一の支配的なモデルの異なった仕様なのである。

しかし、作家の置かれた境遇および作家が与えるイメージについて、サロンによる媒介はより多様な結果をもたらし、そのいくつかは矛盾した可能性を秘めてさえいる。まず貴族の娯楽場として、アマチュアとしての作家のイメージ、気晴らしとしての文学のイメージに寄与するサロンがある。ここから〔そこで産出される〕作品の質とその影響力を決めてかかるわけにはいかないが、〔著者の〕ある態度が導き出されるのは確かである。その態度を最もよく代表するのは、ランブイエ館の花形ヴォワチュールで、彼は自分のおびただしい数の詩と手紙を刊行しようなどとは夢にも思わない。この時、書くことと読むことは重なり合い、著者と読者とは混じり合う傾向にある。社交界の人間にとって、「折々に」優雅なテクストを紡ぎ出せるのは上品なことである。しかしそのテクストは、限定された集団の中で、同じサロンに属する特権に恵まれた何人かだけに読んでもらうために生まれる。すなわちサロンとは、同じグループのメンバーが書いたり送ったりした手紙や詩など、創作物の一部が手書きの形で回覧される場所だったのである。

逆に、文学の営為に深く携わっていたサロンは、プロの作家により高い地位を与えていた。プロの作家は特に、専門化が進むサロンに多く見出される（マレルブはドーシー夫人のサロン、ペリソンとメナージュはスキュデリー嬢のサロンに）ものの、中にはランブイエ館に出入りを許されていた者もいた（なかでもシャプランとバルザック）。

サロンの影響を受けた作品も同じく二つのタイプに分けられる。まず一方には、その場かぎりの詩が多数ある。社交界の手遊びとして、短期間で移り変わる流行に応じるこの種の作品群の端的な例は、即興詩と題韻詩〔第一章五八頁参照〕である。他方で、洗練の度が単なる娯楽の域を超えた、もっと規模の大きな作品がある。

たとえば小説には、社交界の会話が深く刻みこまれていることがしばしばある。アベ・ド・ピュールの『プレシューズ』のフェミニズムは、閨房で交わされた議論の反映であるし、スキュデリー嬢の『クレリー』でも社交界のモラルについての考察が作品にふくらみを与えている。より間接的な形では、社交界の遊戯「恋愛問答 questions d'amour」が『クレーヴの奥方』とラ・ロシュフコーの『箴言』にまで影響している。[14] 同じグループのメンバー同士が離れている時に手紙をやりとりすることから手紙の技法が発展し、『ポルトガル文』によって書簡体小説が開花する。つねに『アストレ』の読書によって育まれたサロンの文学上の好みは、浮薄な作品にばかり向かったわけではない。『クレリー』に添えられた「恋愛地図 carte de Tendre」は、遊びだとしても、社交界のモラルと恋愛心理の理論の象徴世界を表現した、真剣な遊びなのである。

作家たちは大挙してサロンに押し寄せた。同一世代において、時たまであれ熱心にであれ、サロンに通った作家たちは一五〇人以上にのぼる。彼らは二つのグループに截然と分かれる。まず、「アマチュア」ないし「偶発的な」作家たちの姿がある。しかしその一方で、プロの著作家たち、それも錚々たる面々がいる。シャプラン、サラザン、ペリソン、メナージュ、バルザック、コルネイユ、ラシーヌ、ブレブフ…… サロンは宣伝にうってつけの場所であり、作品が当たるかどうかを推し量るために、プロの著作家たちは「一般公開前に」朗読にやってくる。ひとたび文名が確立すれば、それを利用して作家は地位のある人と接する機会を手に入れる。[15] そこで作用していたのは、社交界の公衆の二つの態度だけでなく、作家の二重のイメージと、文学の承認における二つの異なる方法なのである。

制度化の対象としての文学と教育の対象としての文学

ある知的営為の社会的正当性を最も効果的に確立する方法とは、これが教育制度で学ぶべき学科に取り入れられることである。そうなれば、その営為の普及と再生産が、単に可能というのみならず必要かつ義務でもあると公然と宣言されることになるからである。学校が作り上げたハビトゥスを形成するさいのモデルおよび手段に昇格した知的営為は、未来の公衆の教育に直接携わることができる。フランス文学は、十七世紀の教育課程に採用されていなかった。そのかわりフランス文学は、学校の扉を完全にこじ開ける前に、大衆化と「学校外」教育の対象となった。

学校外教育の発展

歴史家たちはおおむね、当時のコレージュと大学の「教育課程 ratio studiorum」を一瞥しただけで、古典古代の文学のみがオネットムの教育に関係したと性急に結論してきた。学校だけが唯一の教育の場ではないという事実を、歴史家たちは認めようとしなかったのである。さらに、実践が時にカリキュラムから逸脱することを忘れて、学校教育についてはカリキュラムしか考慮せずにきた。「ラテン語を話さなくてはならない linguam latinam loquatur」というとおり、初等教育にまで浸透していたラテン語の独占権のため、授業においてフランス語による美文学がとりあげられることはたしかにありえなかった。しかし、文学活動の拡大は、たえず増大しつつある一群の読者の関心にうったえるものだった。彼らは、適切な初等教育に恵まれぬままに、その代替物を自分の趣味と実践に適った知識を与えてくれる著作のうちに求めていたのだ。さらに、狭い範囲に限られていた女子教育はコレージュとは無縁であり、おおむね文芸を無視し、家庭教師の務めは読み書きの初歩に限られ、道徳教育、礼儀作法、宗教教育に大半の時間が割かれていた。やはり私的な家庭教師に委ねられていた大勢の若い貴族についても事情は変わらない。学校外、家庭教師以外の教育はいまや、必要なのであった。

数多くの著作がこの要求に応えた。これらの著作は互いに補完しあう二つの役割を果たした。一つは、フランス文学の精彩に富んだ歴史を叙述し、固有の伝統の中に組み込むこと。もう一つは、現在進行中の創作物を目録に載せることである。

この動きは十六世紀末、特にデュ・ヴェルディエの『書誌』〔一五八五年〕とともにはじまった。コルテは、一連の『フランス詩人伝』を執筆した。ソレルは『フランス書の本棚』を著した。バイエは『仮面をかぶった著者たち』において、匿名と筆名の作品の蒐集を行った。またサン=モールのベネディクト会士たちは、『フランス文学史』の体系的研究に取り組んでいた。じじつ、フランス文学史編纂の起源は、まさにこの時代に求められるのである。(16)

今一つの試みは、同時代の文学に関する情報を更新することだった。この分野では、ジャコブ神父が、出版物全体の最初の体系的な目録である『パリの書誌』と『フランスの書誌』〔一六四三―五三年〕を出版して、決定的な革新をもたらした。これらはまだラテン語で書かれていたので、専門家向けの著作であったが、より広範な公衆のためにフランス語の著作も次々に生まれた。それらはしばしば、ペリソンの『アカデミー・フランセーズの歴史』〔一六五四年〕やシャピュゾーの『フランス演劇』〔一六七五年〔正しくは七四年〕〕のように、歴史書の体裁をとっていた。しかし、フュルチエールの『寓意的な小説』、ゲレの『パルナッソス山の改革』や『〔古代と近代の〕著者たちの戦争』のように、ことさら見えすいた虚構を用いて、読者を楽しませるよう書かれているものもある。ソレルの試論『良書紹介』は、見識ある読者たらんと願う人を対象とした実用的な手引書である。ボワローの『詩法』は、名指しで作家たちに宛てられてはいるが、それ以前ないし同時代の多くの理論的・批評的著作とは異なり、実際はオネットムの読者層を念頭において書かれている。コルネイユが一六六〇年の作品集の冒頭に置いた『演劇に関する〔三つの〕論考』〔「劇詩論 Discours de l'utilité et des parties du poème dramatique」「悲劇論 Discours de la tragédie」「三単一論 Discours des trois unités, d'action, de jour et de lieu］の三編を指す〕とドービニャックの『劇詩に関する論文』はいずれも、社交界の人々を読者として想定していた。他の著作で提供された著者とその営為についての情報を、この二人の著作は理論的な議論をつけ加えることで、補完したわけである。

こうした普及の試みは、新聞に、そして当時流行していた、同時代の著者を手本として推奨する手紙の書き方の手引書に引き継がれた。さらには辞典にまで広がる。辞典は、言語的規範を示すにあたり同時代の作家を用例として引き、その作家たちの一覧を提示することを通じて、同時代の美文学の重要性を公衆に浸透させ、作家たちの名に公衆を親しませた。〔この普及の試みの〕もう一つの媒体は、リシュスルスやルノードらによるアカデミーでの講演会、レクラッシュのような社交界における講演者の活動である。この種の活動においては、文章による普及ではなく、口頭による直接の教育実践となっている。さらに、私的な家庭教師によって施される教育においては、文士が教師としてフランス語の文芸への手ほどきをすることがよくあった。

しかし、学校でもフランス語の文芸の手ほどきが見られるようになった。教育課程は依然としてラテン語と古典文学教育に独占されていたが、周縁部においてフランス文学が足場を得つつあったのである。

フランス文学の教育への進出は、F・ブリュノーが示したとおり、ポール＝ロワイヤルの教師たちの主導によって当時始められた、フランス語による教育と密接に関わっている。フランス文学は、教育カリキュラムの重要な柱である修辞学の演習にも登場する。オラトリオ会士ベルナール・ラミの『フランス語修辞学』がこの点で画期をなす。オラトリオ会士たちのコレージュは、イエズス会のそれに次いで最も活発だったからである。そしてイエズス会のコレージュにおける基礎教育の補完的な演習として、最も優秀な生徒のために作られた「アカデミー」と定期的な演劇の上演は、十七世紀後半、フランス語により高い地位を与えることになった。

フランス文学が初めて本来の意味での教育課程に入ったのは、十八世紀初頭のことである。最初はまず〔将来の〕プログラムという形だった。早くも一七一二年には、ル・ブランの『文芸の学習』でフランス文学と古典文学を結びつける提案がなされている。この提案は一七二〇年ウービガンによって繰り返され、次いでジェドワンによって体系化される。しかしフランス文学はプログラムの段階を超えて練習問題に入りこんだ。その通路を提供したのは修辞学教育である。『弁論術教程』の概説書（一七二九年）は、基本的な文彩の説明として、ボシュエ、ブレブフ、コルネイユ、ラシーヌから例を借りている。オラトリオ会士たちはもはや、かつてのラミのように、「フランス語修辞学」を正当化するだけ、ラテン語の雄弁の模範を当時の趣味に合わせるだけでは満足せず、近代の著者を主要な典拠として示した。〔フランス文学の〕公認を決定づけたのは、古典古代の著者の読書と平行して、フランス語作家のテクストについての練習が導入されたことだった。アベ・バトゥーの『練習による文芸講座』（一七四七年）は、フランス文学がついに基礎教育に入りこんだことを示すと同時に、今なお続く「エクスプリカシオン・ド・テクスト」[17]の練習のモデルとなっている。国文学の目録を作り（ジャコブ）、普及させる（コルテ）という、フランスの著作家による最初の体系的な努力がなされてから一世紀が過ぎていた。たしかにこれは長い期間であるが、学校による文学と作家の公認という結果の大きさからみれば、短い期間だともいえる。

古典主義作家の番付

この期間中ずっと、フランス語による文芸の教育を正当化するための試みが、さまざまにくり出された。その中でいちばん目立った動きは、作家をフランス語の達人として示すことだった。この議論は一六四七年のヴォージュラの『フランス語注意書き』から、一七四七年のバトゥーの教科書にいたるまで、絶え間なく続けられた。次いで頻繁に行われたのは、もっと露骨に功利性をうたった議論である。すなわち、フランス文学は、職業においても礼儀作法の次元においても、人が社会的役割を果たすうえで必要な知識である、というものだ。「オネットム」の教育にフランス文学は貢献する――ソレルが唱えたこの命題は、とりわけル・ブランによって強調された[18]。だが、これにもまして活発な議論を引き起こしたのは、趣味と精神の陶冶の果たす役割がいかに道徳的価値と一致するかであった。

文学作品の読書が趣味を陶冶する。フランス文学の最初の教育者たちは、啓蒙家であれ教師であれ、口を揃えてこの主張を繰り返す。この主張は一見もっともらしいが、じつは自明とはいえない。じじつ、この主張が含意しているのは、読者というものは専門的な知識を提供する文芸よりも感動と楽しみをもたらすような芸術的な文学、つまり美的な効果にねらいを定めた作品に興味を持つものである、ということだ。これらの著者にとって、「良い趣味は善人の趣味[19]」、つまり美学的な価値は道徳的価値に等しい。たとえば『良書紹介』の中でソレルは、詩と小説こそが、「われわれの政体において十分有用な娯楽[20]」、すなわち人を不健全な快楽と放埒から引き離してくれる楽しみを提供してくれるのだと述べている。ル・ブランはこの議論をいっそう明確に押し進め、バトゥーもまた彼のやり方でこれを繰り返す。したがって教育者たちは、作家たちが最初にフランス文学の教育を正当化するために用いた論拠にのっとっていたわけである。いわゆる古典主義の美学の核心は、「気に入られることと裨益すること」を、はっきりとイコールの関係で結ぶことにあるのだ。つまり、気に入られることはすなわち裨益することである、と。

こうして教育課程に入った文学が選別を生み出すことは、理の当然である。博識な著者たちはそこにほとんど入れてもらえない。芸術的な文学は断然優勢だが、その中でも（形式の点でもテーマの上でも）不規則で放縦なものは隅に追いやられる。小説家もあまり待遇がよくない。逆に、最良の場所を当てがわれたのは、社交界と宮廷の詩人、世俗および宗教の雄弁家、書簡作家、なかでも劇作家である。明らかに演劇は厚遇された。サントゥイユの格言によれば「笑いで風俗を矯正する」喜劇は、楽しみと道徳的価値を申し分なく結びつけるものである。いっぽう悲劇は、カタルシスの原理に基づけば、本物の情念を和らげるために偽りの情念を引き起こすものであって、これが文学的な快楽を与えるとしたら、それも快楽の社会的効用を公衆に学ばせるためにほかならない。このように喜劇と悲劇は、当時求められた文学独自の徳の模範とみなされ、学校の授業に導入するに値するものとされたのである。

文学作品を選別するということは、第一義的な意味での「クラシック」（クラスで教えられる）である作品と著者のリスト、すなわち、文学が持ちうるさまざまな美徳を代表する者と認められた作家たちの番付が作られるということでもあった。『パルナッソス山の改革』（一六七一年）でゲレは、マレルブ、バルザック、ヴォージュラを文学の価値の審判者および模範としてあげている。このように「正しい語法」の大家たちを優遇するこの選択は、ゲレにつづくさまざまな著作によって踏襲された。しかしボワローは、マレルブと並べて、ラシーヌ、モリエール、コルネイユという劇作家にも高い地位を与えている。このボワローの選択はペローに追認され、またフランス語による文芸の教育者たちによっても承認されることになった。

最初のフランス文学の教育書が形成する番付は、計四四人の著者の名前を載せている。中世からはほとんど選ばれておらず（ヴィヨン、フロワサール）、しかも留保つきである。十六世紀からは中世よりは多く、キュジャス、マロ、トゥー、アミヨ、ラブレー、モンテーニュがあげられているが、プレイヤッド派それにリヨン詩派、ドービニェ、デポルトは忘れ去られている。選択にあたり、純粋主義が十二分に影響力を発揮しているといえる。

最も美味しい分け前をとるのは十七世紀で、そのランク付けは、次のとおりだ。コルネイユがナンバーワン、第二位ラシーヌ、三位には同点でボワロー、ボシュエ、モリエールが並ぶ。次にマレルブ、ラカン、ヴォージュラ、ラ・フォンテーヌ。そしてヴォワチュールらが続く。早くも一七四〇年には、セヴィニェ夫人までが古典の中に位置を占めている……　シラノ、テオフィル、トリスタン、スカロン、ソレルは選に漏れ、彼らが教科書に載るのは、ずっと後のことである。それゆえ、わずかな差異を別とすれば、古典作家の番付はフランス文学の普及と教育の試みが始まった時点ですでに定まっていたといえる。

古典作家の番付は、「文学とは何か」という問いに、経験則に基づいた明快な答えを出し、芸術的な文学を公認することで、社交界と純粋主義の勝利を確実なものにした。このようにして、教育、サロン、ジャーナリズムが織りなすさまざまな形の関係が作家と読者との間に打ち立てられ、そのどれもが近代の美文学の承認に貢献した。そして、知的創作におけるさまざまな分野の間の差別化は、教養ある公衆全体に浸透しつつあったのである。

公衆の三つの階層

著者と公衆とのこうした交流は、全体として、公衆の内部構成に根本的な変化をもたらした。創作活動も創作物の流布も全般的に拡大したが、その拡大の仕方には、知的活動のさまざまな領域に応じて、あるいは公衆のさまざまな構成要素に応じて、不均等が生じていた。この動きには主に二つの特徴がある。創作活動全体の急速な発展、および「学術的」著作の占める割合の低下である。

創作物の総量の見積りから、一六〇〇年から一七〇〇年にかけて二・五倍以上の増加があったことが明らかになる。たとえばパリでは年間三八〇冊から千冊に増えている。しかしこの同じ時期、ラテン語著作は全体の三〇パーセントから十パーセントに減少し、二折版も十パーセントから五パーセントに減少する。(21) ちなみにラテン語も二折版も、当時の学術的著作に最も特徴的な刊行形態である。このことは、学術的著作がフランス語で記述されないということを意味するものではないが、しかしその場合も専門家以外の読者にも手が届くように修正がほどこされる（『方法序説』の例を見よ）。さらに注目すべきは、一六三五年から四〇年、そして一六五五年から六五年の間に、創作が激増する時期があり、これはアカデミー、サロン、ジャーナリズムの顕著な発展期と重なっているということである。

創作の拡大にかかわるこれらの特徴を、公衆の成立がもたらした諸結果と関係づけることで、公衆の全体的な布置を描き出すことができる。そこでは、公衆の三つの階層、つまり文学が普及する三つの異なった領域が画然と区別される。まず、民衆の階層がある。この階層は読者の実数は大きいものの、著者に物質的・象徴的な利益をもたらすことはほとんどない。次に権力者の階層が、そして最後に中間階層がある。文学的なるものの承認の過程に関与したのは、あとの二つの階層で、民衆の階層はそこから排除されている。

民衆の階層は一六五〇年頃に著しく拡大する。その中でも、行商人によって貧しい人々に売られる廉価な「青表紙叢書」が独自のコーパスを形成する。(22) しかし青表紙叢書はいかなる点においても自律性を備えたものではなく、著作家にとって目がけるべき領域でもない。名声をもたらさず――むしろその逆である――、かといって魅力的な収入をもたらすわけでもないからだ。儲かるのは小規模な出版業者だが、彼らはすでに出回っているテクストを再版するか、お決まりの紋切り型をなぞって自分で冊子を書くだけである。こうした民衆文学は、民衆出の著者によって書かれるのでもない、いわば「作者のない文学」だった。内容の点でも自律的とはいえない。暦、信仰書、奇想天外な物語や「短編小説《ヌーヴェル》」、さらに長編小説までもが、たいていの場合、まず教養ある階層のあいだで出回った作品の簡略版でしかない。民話が印刷本の対象となるのには、十七世紀の終わりから十八世紀初頭、ペローとドーノワ夫人によって教育を受けた読者向きの文学へと昇格する時を待たねばならない。事実上、青表紙叢書の絵入りの暦は、まだ口承文化に属していたといえる。というのも、この階層の公衆は大半が文盲なので、最低限の必要な教育を受けた人が声に出して読んでくれなければ、これらの本を受容できなかったからである。普及と受容の形態において、これらの創作物は、文学活動における他の二つの階層からはっきりと切り離された状態にとどまった。

権力者の階層とは、知識とテクストの総体に関する権限を握る、限られた人々の集団である。この階層が含む数百人、多く見積もっても二、三千人は、知識も知識の獲得手段を操作する力をも有していた。すなわち、コレージュや大学の管理、蔵書の所有、研究や創作を援助する財力、検閲権の行使である。しかしこの階層も複数の構成要素からなり、人文学者、宮廷、新手の学者という三つの勢力に分けられる。新手の学者が優勢になると、彼らの勢力図は変化する。新手の学者は宮廷人と手を結び、碩学がそれまで独占していた知に関する権力を奪取するのである。

ガリカン派の伝統に属し、高等法院と結びついたいわゆる「文芸共和国」の学者たちは、教会と裁判所の有識者でもあり、百科全書的な人文主義とラテン語の絶対的覇権、そして「権威」の引用に基づく修辞学を擁護していた。彼らに対し、聖職者の一部（特にイエズス会）に支えられた宮廷人たちは、イメージに富んだ修辞学、より華やかな雄弁術[23]、そして楽しむことに重きを置いた多様な文学を好む姿勢をみせていた。宮廷人はフランス語で書かれた文学に関心を寄せた。新手の学者たちは人文学者たちに一時歩み寄っていたが、宮廷人の期待と自分たちの利益が一致するやそちら側について、文学と言語の模範の領域で権威を確立していった。その結果、伝統的な「知識人の」態度が打破され、したがって文化場の分割は加速し、文士に覇権が与えられる運びとになってゆく。

権力者の階層内部において力関係の変化が生じたのは、十七世紀の半ば、アカデミーの世界に同様の事態が生じたのと時を同じくしてのことだった。ところで、にらみ合う三つの勢力がこの時争っていたのは、誰が世論を味方につけるかということだったのである。彼らの接遇の変化は、彼らが第三の階層として新たに登場した公衆とどう関わったかという点と、結びついている。

この第三の階層は「拡大した公衆」と呼ぶことができる。拡大といっても、数万人のことなので相対的なものだが、それでも実際に拡大したのであり、知の支配者たちがつくる小さな世界と無学な民衆との間に、文学の普及にとっての新たなエリアが作り出されたのだった。この新たな公衆は、貴族と、貴族に倣おうとする裕福な、もしくは中流のブルジョワからなる。彼らは都市部に集中し、文化的知識の獲得によって自らの価値を高めたい多くの人々を文芸へと引きよせる原動力となった。すなわち、それまで文芸に無関心だった貴族や商人、ならびに、小説、書簡集、詩作品の主な読者である婦人や若者などである[24]。

教育を受けた人口は、世紀半ばには、多く見積もって毎年一万五千人ずつ増加していった。当時コレージュが抱えていた生徒は十万人弱で、その半数はイエズス会の学校に属している[25]。これに私的な家庭教師についた子供たちが加わるのである。貴族はこのような教育人口の六パーセントを占める。貴族階級は総計三〇万人にのぼり、男子は皆中程度の教育を受けていた。貴族の無知という伝説は事実の前に崩れるのである。この事実によって、なぜ貴族が拡大した公衆の中で鍵となる役割を果たしえたのかが理解できる。貴族の称号のもつ威光は、十分な文化的水準の高さによって支えられていたのだ。公衆となる可能性のある教育を受けた人口のうち、都会に住み、「流行に敏感な」一部の人だけが実際の公衆を構成していただけに、なおさら貴族の存在の重要性が浮き彫りになる。パリで演劇の大ヒットといえば、せいぜい五万人の観客を動員するだけだった。一般に劇団は一万人を超えない常連客のおかげで成り立っていた[26]。そしてパリに住んでいるのはフランス国民一九〇〇万人のうちの四〇分の一にすぎないのだが、そこに潜在的な読者の半数が集まっていた。

したがって、文学が流通する圏域の内部構成は、狭い流通と広い流通とが明確に区別される現代のそれとは大きく異なっていた[27]。この時代には、狭い圏域に対して、「拡大した」公衆しかなかったのである。流行やモデルの変化に敏感なこの階層は、学問の現状ではなく、文学の現状に関心を寄せた。たしかに彼らには、学問とは威厳のあるものだという意識があったし、宗教の優越性もいぜん保たれていた。私人の死後の蔵書目録を見ればそれは明らかだ。だが拡大した公衆は、知に価値を認めていたにせよ、衒学的態度は嫌った。『町人物語』や『女学者』のような作品は、衒学的な知識人たちにかぶれるあまりに滑稽にみえる、この学問の世界への新参者を揶揄している。読書によって知識を得るのは上品なことだが、学をひけらかすのは悪趣味で、オネットムにふさわしい品位や慎みに反することなのである。

オネットムと才人

拡大した公衆の階層において、オネットム honnête homme は万人の認める社会的理想像である。そもそもオネットウテ honnêteté〔オネットムであること〕とは、後天的に習得される一つの態度だった。ファレは、一六三〇年、『オネットム、または宮廷で人を喜ばせる技術』と題した小論を出版し、この理想像をフランスで最初に普及させた。彼の本は、一つの「技術」、すなわち自然そのものではなく習慣と生活様式に属する一つの規範を、提示するものである。この模範が普及した次の世代には、雅な人などの下位概念が分化し、さらにはプレシューなどの逸脱も生じた。ここにおいてオネットウテという概念のより根源的な定義が出現する。それは本性の能力、生まれの良い人に特権的なものとされるのだ。これ以降、オネットムであることは、もはや後天的な習慣に属するものではなく、社会的な出自に結びついた気質とハビトゥスに属するものとなる。これこそメレの『真のオネットウテについて』において主張された命題である。[28]

作家たちがオネットウテという概念の主唱者だった。ファレにすぐ引き続いて、デュ・ボスとグルナイユが、婦人や若い娘たちなどに向けてこの概念を定式化する。そもそもこの社会的理想像は、何よりもまず礼儀、つまり社会関係におけるさまざまなしきたりにまつわる技術に基づいたものだった。ところが礼儀は一つの美徳として示されるようになり、振舞いの「洗練」は個性としてその人に組み込まれ、個人の特徴としてとらえられるに至る。節度と洗練された礼儀の感覚は、まさに言語の規範の分野で純粋主義をかかげる人々によって、卓越化のしるしとして確立することになったのだ。

十七世紀後半、ある作家の一団が、純粋主義の遺産とオネットウテの理想を体現している。裕福な高等法院法官の家柄に生まれ、「完璧なオネットム」とみなされていたパトリュの周辺に集った人々である。リシュレ、カッサンドル、モークロワ、タルマンらは彼に最も近い弟子たちである。ブーウール、ラ・フォンテーヌ、ボワロー、ラシーヌ、シュヴァリエ・ド・メレ、ラパンらもこれに加わる。フュルチエール、ヴィルデュー夫人、ペリソンもパトリュと交流がある。さらに彼は、アカデミー・フランセーズおよびラモワニョンのアカデミーとも関係が深い。このグループは文学界で最も高い名声を博したというわけではないが、中心的な地位を占めており、そのために拡散的ではあるが強大な影響力を発揮した。パトリュのグループは一種の坩堝であり、その中で純粋主義とオネットウテとの最も洗練された統合を実現しうるような理想的文学者像が作り上げられた。つまりこのグループは、才人の拠点となるのである。

オネットムという理想像が、貴族とブルジョワの間に広く浸透したために、それまでこの概念を唱道してきた作家たちの支配が及ばなくなってしまった。そこで作家たちが打ち出したのが、オネットムをさらに高めた概念、すなわち「才人 bel esprit」という自己イメージである。「才人」像は、一六三五年から七五年にかけて明確な形をとってゆくが、同時に論争の対象にもなって、世紀末には危機を迎える。この概念の代表的理論家は、『アリストとウージェーヌの対話』（一六七一年）を書いたブーウールである。彼は才人たることこそが作家の基本的な美質であるとし、これによって作家を「中間階層」に属する公衆の正当なる代弁者に仕立てあげた。

ブーウールはまず、濫用された才人の概念の垢を落とすことから始める。「この肩書きは今世紀、貴族や侯爵といった称号と同じくらい気軽に使われてきた」と彼は言う。(29) 貴族との比較はここで重要な布石である。貴族が生まれながらの性質であるのと同様、才人も生来の性質であるとされるのだ。「才人は豊かな資本を持っている。並の頭の持ち主が書物の中にしか見出せないものを、自らの知性に保持している」（二四五頁）。メレがオネットムの概念を、「俗人」から抜きんでたいという願望の上に基礎づけたように、才人は文士の卓越化のために必要な価値である。じじつ、テクストは剽窃家に対する攻撃へと話を移す。これら偽の才人のせいで「美文学の国が盗賊で一杯になっている」[30]というのだ。とはいえブーウールは、「愛読書」（彼はこの単語を用いる）をもち優れた著者たちを模倣するよう、ただし、そうした書物なり著者を自分自身の「資産」に加えながらそれを行うよう、勧めている。「必要に応じ、優れた著者の着想を用いても構わない、そこに新たな美を付け加え、（……）選び取ったものを自家薬籠中のものとし、自分のやり方でこれをいっそう優れたものにするのであれば。」（同上）。模範としてあげられている作家は、「他人を模倣することで真似のできない高みにまで達した」ヴォワチュールである。ゆえに「真の」才人とは、いかにも文学者然とした振舞いをつつしむ文学者、つまりアマチュアとして文学をたしなむオネットムとして振舞う作家のことなのである。そうすれば才人は、社会的エリートと対等の地位に立つことができるのだ。「それに、われわれの才人とは文学者に限らず、かつての時代には決まって無知だとみなされていた帯剣貴族や第一級の貴族にまで及ぶ」（二七九頁、強調引用者）。

当然の帰結として、才人に対するこのような賞賛は、「才人の、良識の、優れた著者と美文学の時代」（二七三頁）であったアウグストゥスの時代にも比肩しうる時代として十七世紀を賛えることにもつながってゆく。新旧論争の萌芽がここにある。[31]

このように、オネットムというモデルは、才人のモデルによって踏襲されるとともに乗り越えられている。才人はオネットムの基本原理に服従するのだが、その一方で達成すべき理想をオネットムに提供するものであった。

才人はある一時期、かりそめの均衡のもとに、作家と貴族＝オネットムとの交点となる。貴族はオネットウテの理想を踏みはずすことなしに、文学論争に参加することができる。かくしてビュッシー＝ラビュタンはブーウールやラパンと同じ資格で批評家として論争に介入した。(32) 洗練という共通の価値が、社交界の模範と文学的模範とを超越した高みから、両者を結び合わせるのである。これによって文学は威信を獲得し、第一級の文化的価値の一つとしての地位を得る。しかし、イメージの次元でのこの昇格は、二つの制約を代償としてともなわねばならなかった。第一に、「〔古典古代の〕優れた著者たち」を文献学者の立場から注釈するのではなく、乗り越える使命を帯びた文学は、いまや学者の基盤を排除していかねばならない。「才人 *bel esprit*」という理想像は「美文学 *belles-lettres*」を求めるが、博識な文芸は拒むのである。第二の制約は、アマチュアという作家像にある。才人はプロの文筆家ではない。芸術的、装飾的な文学を自分の生き方の装飾として行うのであって、仕事として行うのではない。作家は威信を獲得する（彼は貴族にも肩を並べる）とはいえ、作家の身分規定の問題は隅に追いやられる。このように、文学場の自律性と従属性との間の緊張は、そこで練り上げられるイメージとモデルのまさに核心部分においてさえも見てとれるのである。

不完全な成功

権力の圏域に関わることで従属を強いられるとはいえ、文士は「拡大した公衆」の成立によってより自律的な活動の機会を得ることができた。それはまず、経済的自立の増大である。戯曲または小説を一本当て、一万人の観客または読者を得れば、二千リーヴルに及ぶ著作料を受け取ることができた。これは彼の年間収支をずいぶん変える額であり、著作権に関する争いが世紀を通じて激しくなったのもうなずける。次に、芸術的な文学が人文学者からいっそう自立した。オネットムの公衆は、学者流の言説を一切拒否するのだ。最後に、獲得される威信についても、自立の度合は高まった。「パリの名士たち」は政治的・宗教的権威による認可に匹敵する名声を与えてくれる。拡大した公衆の存在のおかげで、そして彼らの期待と文士が提示するものとが合致するおかげで、作家の前には新たな公認の道が開かれたのである。ここでの公認は、他の公認機関に見劣りしないだけの威信を作家に与えた。一例をあげれば、リシュリューに仕える人文学者シヨンと、社交界でもてはやされていたアマチュア作家ヴォワチュールは、〈アカデミー〉に並んで席を占めていた。ヴォワチュールは、自分の作品に固執していないことを示すべく腐心していたまさにその時、皮肉にも〈アカデミー〉入りを果たし、文士として認められたのである。

しかし、拡大した公衆に対しての成功に支えられた自立は、不完全なものでしかなかった。金銭的な利益はかなりのものであるにしても、それだけでは裕福に暮らすには十分ではなかった。メディアは発達の途にあったが、まだ名声を広く行きわたらせるほどの規模ではない。さらには、美文学はオネットムと才人の理想像の普及にともなって威信を獲得していったものの、作家は現実の公認の基盤そのものを隠蔽する自己イメージの中に閉じこめられていた。文芸のプロではなく、「アマチュア」とみなされた作家は、貴族の間で流行している態度に従わざるをえなかったのである。

当時成立しつつあった装置全体において、新たな公衆を含めた文学を公認するあらゆる決定機関は、承認と従属の維持という両面性をそれ自身のうちに秘めていた。この二つの傾向それぞれの力は、それゆえ、これらの決定機関同士の関係性と序列とに左右されたのである。

第五章　最初の文学場のヒエラルキー

公認を行う決定機関のネットワークが形成され構造化されたという事実が、古典主義期に文学が社会的活動として、また文化的価値として、突出した地位を獲得したことを示している。アカデミーの発展、著者の諸権利の確立、そして「拡大した公衆」が文学の承認に寄与し、体系化されたメセナとフランス語による文芸の教育が文学を王座に押し上げる。しかし、このネットワークはまた、二重の緊張の場でもあった。自らの芸術の特異性を信奉する文士と、文学を知に従属させようとする知識人との対立という、文学そのものの概念に関わる内的緊張。そして、作家が物質的利益と社会的公認のしるしを得る代償として、君主制、教会、貴族への従属を強いられるという、文学外の権力との緊張関係。このネットワークと緊張の存在そのものが、文学が当時、独立した社会空間を構成しはじめていることを意味している。この空間こそ、本書で最初の文学場 le premier champ littéraire と呼んでいるものである。

この空間の個々の要素はそれぞれ固有の問題を提起するが、それらは全体の構造と関連づけられて初めてその意味が明らかになる性質のものだ。文学場全体の構造のうちに、作品の置かれた状況と特徴を解明し、作品を生じさせるさまざまなプリズムを画定する「場の効果」が現れるからである。特に文学の語用論は、文学と名づけられた社会的価値の具現化としてテクストを分析することに基づくものであるから、個々のもしくは一連の決定機関がこの価値を定義し占有する能力の如何が決定的な問題となる。言いかえれば、この場の構造の特徴は、場そのものを舞台としてくり広げられる階層化の動きにあった。

戦場のイメージ

古典主義期の作品は、題材として文学活動の個々の要素を取り上げるものが多いが、その全体像を提示している作品もないわけではない。これらの作品は特定の立場に偏しており、事実の歪曲も少なからずあるけれども、文学場が古典主義的想像界の一部をなしていたことを明らかにしている。そして、虚構と論争という二つのプリズムを通し、当時進行中であったきわめて激しいヒエラルキーの衝突の現場と、そこで争われているものが何かを指し示してくれる。

『寓意的な小説』、あるいは社交界の人々の大いなる戦い

これらのテクストに繰り返し登場するモチーフは戦場である。とりわけ、「騎馬試合場」のイメージが、フュルチエールの『雄弁の王国に最近起きた騒動に関する寓意的な小説』（一六五八年）の基礎にある。[1]物語の舞台は、三国に分割された架空の空間である。まず、女王エロカンス Eloquence（雄弁）が支配する、社交界流の話術と文章術の祖国、レトリック Rhétorique（修辞学）の王国がある。次にキュイストル cuistres（知ったかぶり）人たちの王ガリマティア Gallimatias（支離滅裂）が統治する、敵の王国ペダントリー Pédanterie（衒学）。最後は商才に長けた数人の密売人が本の売買によって財を築いている、統治の乱れた「印刷術の領土 les terres d'imprimerie」である（七〇―一一五頁）。女王エロカンスには、「ボン・サンス Bon Sens」（良識）という宰相がついている。さてこのボン・サンスは、

「古い部族であるエキヴォック Equivoques（曖昧）人を追い払った。彼らはかつて重んじられたが、たいへんみだりがわしく、また生来気難しい質であったため、国家に多くの混乱をもたらしたのである。それに、彼らは警戒を要する裏表のある精神の持ち主であった。言うこととやることがまったく食い違うのだから」（六頁）。

そのため「エキヴォック」の民はガリマティア王の旗の下に集う。「アリュジオン Allusions」（ほのめかし）の民も

合流し、ペダントリー軍が、エロカンスの王国に攻めかかる。多くの波乱（ここは英雄小説の戯画が存分に楽しめる箇所である）があった後、ボン・サンス総司令官が勝利を収め、美しきレトリックの国を救う。

『寓意的な小説』は、純粋主義とそれが排斥しようとする擬古主義的な学者風の態度との、対立の物語である。社交界の人間の立場は、責任の所在を次のように振り分ける構図によって、守られる形となっている。侵略の罪を負うのはキュイストル（知ったかぶり）人、裏切り者の役回りは、良識の法に背き敵方に寝返ったエキヴォック（曖昧）人である。彼らはともに「古い部族」である。したがって、悪の陣営は衒学的態度と擬古主義によって代表されるわけである。サン＝テヴルモンは『アカデミストの喜劇』で純粋主義を嘲弄したが、その二〇年後、今度はフュルチエールが、純粋主義が力ずくで勝ちとった勝利を祝うのだ。

『寓意的な小説』という虚構の中では、純粋主義の勝利はこれを奉じて戦う者たちの勇気だけによるものではなく、ボン・サンスによって管理されているこの国の組織自体に負うところが大きい。王国にいる金持ちたちは「マエケナス Mecenas」と呼ばれ、貧窮している人々は彼らの家に「食事と宿」を求めに行くことができる（一〇三頁）。何よりも、堅固な制度が権力と信仰を保証する。文芸という宗教への手ほどきは、私的なサークルの中で行われる。この坩堝を通過した信徒たちは、ランブイエ館という、より高い位階への出入りを許される。たとえば、コンラールの私邸は「オネットムたちが集う神学校であり、そこでしばらく修行を積んだ紳士たちは、ランブイエの宮殿に入る資格を得、そこで知恵と学識と徳を守るという厳かな請願を立てるのであった」（四六―四七頁）。最後に、国の方針は、「女王エロカンスの家臣にして顧問四〇人」（四〇―四一頁、強調は原文）が席を占めるアカデミーの意向によって決定される。物語の進行につれて、作家たちは自らの美学上の選択に応じ、それぞれいずれかの陣営につく。ゲ・ド・バルザックは「誇張法 Hyperboles」を濫用したために、一時、ガリマテイア王のもとに流れていたが、のちに身を改め、無事エロカンスの国に戻ることができた（二一〇―二一一頁）。作家の運命は、彼らがどのような生活様式を選択するかによっても左右される。たとえばコルテは、マエケナスのもとで何ももらえなくなったので、他所で運試ししようと「印刷術の領土で従軍」するのである（六八頁）。

『寓意的な小説』は、したがって、歴史上の現実をかなり正確に描写しているといえる。「エロカンスの王国」は「家臣にして顧問」の地位を占める新手の学者たちが支配する世界である。そしてフュルチエールによれば、彼の描く寓意的空間のうち、唯一この部分だけが美文学の正当な場を構成する。架空の紛争は、最終的に純粋主義者たちに覇権を獲得せしめた現実の闘争を表現している。彼は日付や場所の特定される歴史的事件を記述しているわけではない。彼の目に十七世紀中葉の文学状況を特徴づけていると映ったもろもろの事実を、一般的な事柄も細部も含め、神話風の物語として一つに溶けこませているのだ。機械的にこのテクストを読み解く鍵を探そうとしても、一貫性のなさを確認するだけに終わるだろう。そもそも年代が合わない。一六五八年には、『寓意的な小説』の二人の登場人物、ボードワンとバルザックはすでに世を去っていた。コルテも高齢で生涯の終わりに近づいていたし、コンラールも老いて、もう自宅でサークルを開いてはいなかった。ランブイエ館のサロンも黄昏を迎えていた。フュルチエールが虚構として描き出すのは、ある特定の論争などではなく、十七世紀の前半を通じてまきおこった文芸界の大変動なのである。

作品中における闘争の原因は、もはや単に言語上の問題だけではなく、修辞法、文彩、そして文学的エクリチュールの語用論にも関わっている。ところで、曖昧な表現や難解な表現の告発は、十七世紀を通じて新手の学者たちの中心課題となっていた。このような告発はマレルブによるデポルトの『評注』にすでに見られ、『寓意的な小説』を経て、ドービニャックの『〔劇詩に関する〕論文』、そしてこれまた曖昧語法を攻撃するボワローの『風刺詩第十二』へと受け継がれていく。

作品が提示するイメージは明解であるが、かといって正確なものではない。フュルチエールは思慮深く、情報に通じた批評家であるが、きわめて党派的な人物である。メセナが十分なものでないという愚痴は、書店に対する愚痴と並び、彼の全作品にたえず見られるもので、『寓意的な小説』の中ではこの二つの機関がともに戯画化されている。一方、彼はランブイエ館のサロンを文学芸術の到達点としているが、これは高く評価しすぎである。このように文学界の実像を歪めてまで彼が社交界に好意的な立場をとるのも、その見返りとして社交界に優遇されることをもくろんでのことなのだ。「ランブイエ宮殿」というイメージのもと、彼がサロンにアカデミーと並ぶ威厳ある地位を与えているのは、一六五〇年から六〇年にかけてサロンは隆盛をきわめ、成功への道を開いてくれる場所だったからである。一六五八年の時点でフュルチエールは名もなく個人的財産もない一介の新人である。文芸の道に飛び込んだ彼は、できるだけ早く名声と富を、その一方を得ることで他方をも、手に入れなければならない。彼の『寓意的な小説』は、文学活動の現況についての情報を、拡大した公衆に楽しくわかりやすく提供するものである。この作品はまた、まだ新参者であったフュルチエールにとって、己が身を投じた、戦場にもなぞらえるべき場を、幻想をめぐらして表象する機会を与えるものでもあったのだ。

この作品は、虚構の手法を通じて次のことを意識にのぼらせているという点で価値を持つ。美学上の選択は重大な結果をもたらすこと、いったん知ったかぶりや支離滅裂な文章を作る者たちの仲間とみなされてしまうと、もはやそこからの復帰は望めないに等しいこと、ある固有の価値の序列が存在し、その審査員は〈アカデミー〉に籍を置くことである。文学活動の自律性という観念、固有のルールを持つゲームであるという観念が、ここにははっきりと現われている。

しかしこれと同時にフュルチエールは、他律性の存在をもかぎとっていた。これは、メセーヌを見つけることができないのではないかとか、「印刷術の領土」で微々たる収入に甘んじながら泣く泣くつらい「従軍」に耐えねばならないのではないかという不安としてあらわれている。これはまた、サロンに高い地位が与えられることにも現れている。社交界の公衆に名を知られ、公認されたいという願望の裏返しだからだ。だが、サロンで成功した作家は、オネットウテの免状を授与され、そこから上流社会の一員となることも期待できた。その時、彼の文学的才能は、出世を果たすための一つの手段にすぎなかったということになるだろう。コンラールの「私邸」が「ランブイエ宮殿」に到達するための予備課程でしかないように。

新しい権力の神話——『パルナッソス山の改革』

十年後、ガブリエル・ゲレが『パルナッソス山の改革』（一六六七年）において、同じく虚構の手法を採用した。ただしこちらは、作者自身の夢の叙述という形式をとった一人称の物語である。(2) 夢の中でゲレはパルナッソス山の麓にいた。すると、山の上から騒ぎが聞こえるではないか。そこで出会ったゴンボーに、何の騒ぎかとたずねる。詩人は、古代の著者たちが自分たちを裏切る翻訳家たちに対して反乱を起こしたため、「美文学共和国がすっかり変わってしまった」と答える（三—四頁）。ここから先は入れかわり立ちかわり作家たちが現れ、不満と要求を訴える。この筋立ては事実上、当時のオネットムが読んでいたとおぼしき著者および著作の総覧となっている。ゲレはその多くに皮肉たっぷりの非難を浴びせるが、賞賛するものもないではない。キャリアの選択と美学上の論争とに直面した作家がどんな態度をとるか、そのさまざまなあり方が簡潔かつ戯画的に描き出されてゆく。

作品から収入を得ようと努める作家像を受けもつのはピュジェ・ド・ラ・セールである。彼は「著者が得る利益以外に、作品の良さを示すものがあるだろうか。パトロンからであれ、書店からであれ、私がいつも受け取ってきたのと同じくらいたっぷりと支払いを受けるのであれば、その作品の長所を疑うなど狂気の沙汰ではあるまいか」（三五頁）と断言する。反対に、筆によって生計を立てることを自らに禁じ、あくまでもアマチュアとして文学に接する社交界の作家を具現するのは、もちろんヴォワチュールである。彼は「私は著者の方々と言い争うことはいたしません。惨めな人々を苛みたい気分ではありませんので」（七九頁）と蔑むように言い放つ。

美学の面では、マレルブがプレイヤッド派詩人たちの擬古主義と衒学的態度を非難している。「あまりに古代派すぎてちんぷんかんぷんになった彼らのソネ」は、マルク＝アントワーヌ・ド・ミュレの見識豊かな注解によってようやく理解可能なものになったというのだ（七〇頁）。また『ポレクサンドル』や『ファラモン』のような英雄大河小説や、雅にすぎる『クレリー』のような小説も非難の対象となる。これらの小説の主人公たちが現れ、「いったい私たちに何ということをしでかしてくれたのか」と詰め寄るのだ（百頁）。第三の標的として槍玉にあがるのがスカロンとビュルレスクである（二〇頁、特に一二九頁）。

続いて、文学界の大混乱に終止符を打つべくアポロンが介入し、パルナッソス山の改革を準備する「勅命」を下すはこびとなる（一二八―一三六頁）。勅命の最初の三つの条項は、物語の最初の話題に戻り、翻訳に関することがらである（すなわち、翻訳家はつねに原典を使うこと、それも全集版を使うこと、けっして韻文を散文に訳さぬこと、の三点）。だが、次に照準は文学活動全般へと広げられる。そこでゲレがとり行うのは、とりわけ排除、もっといえば粛清である。こうしてアポロンの憲章は、スカロンとビュルレスクを追放し、次いで「ネルヴェーズとデ・ゼキュトー」らの古めかしくて意味のよく通じない文体を、さらに「ガリマティア」を追放し、特に劇場にそれらが居すわることを禁ずる。この憲章は「弁護士、引用家、中傷家、美文家」、さらに「衒学者」、はたまた「妄想的政治理論家」を断罪し、小侯爵たちが詩を書くことや嘘八百を並べた献呈書簡も禁じている。最後に、この憲章は「詩人は機知に富むよう」、著者一般は「才人 bel esprit の爪の垢を煎じて飲むよう」命じてしめくくられる。ちなみにこの憲章は、「美文学の錆である粗悪な本」に対抗するため、「雅な学問」の名において出されている。

ゲレの夢みる粛清の基準は、もはや単なる純粋主義ではなく、そのより要求の厳しい形態、すなわち雅さである。雅な趣味は、フロンドの乱の終結後にはすでに支配的になっていたが、文学は歴史上の事件よりしばしば後方にずれるものであり、同時に起きることは稀である。初期の純粋主義についてフュルチエールがそうしたように、ゲレも「雅な人々」の戦いを物語ると言うよりは、彼らがすでにかちえた勝利を理想化して描くのだ。前世代の純粋主義者たちと同様、彼は擬古主義者と衒学者を排除するが、さらに、自らの筆で食べていこうとあくせくする人々も、十分な教養のないアマチュア（「詩を書く」「侯爵たち」）も、ばっさり切り捨ててしまう。残る才人の著者こそ、戦いの果てに文学の独占権を手に入れる者なのである。

『パルナッソス山』という虚構作品は、文学活動のあらゆる側面、つまり、文体の問題だけでなく作家の地位や生計の立て方の問題（書店からの収入、献辞や報奨金、アマチュアの作家、等）をも取り上げている。しかし、ゲレがとりわけ関心を向けるのは趣味の提起する問題である。パルナッソス山という古の神話を用いることで、彼は文芸の世界を、他から隔絶された閉じた空間、戦闘の場として描いている。だが、戦いの行方は、それぞれの陣営の功績だけに左右されるものではない。アポロンの姿をとった上位の力が介入し、決着をつけ、法を制定するのだ。技芸を司るこの神の形象は、ゲレがその治世の到来を夢見る権力に照応するものである。そして、この権力とは、彼の虚構体系において、暗黙の審判者つまり批評家ゲレ自身の権力にほかならない。さて、ゲレは、新手の学者の第二世代に属している。その若さ（一六四一年生れ）にもかかわらず、彼はドービニャックのアカデミーを支えるメンバーの一人でもあった。彼の物語は――結末がはっきり示しているように――オネットムの読者層に向けて書かれており、洗練されたオネットウテを誰よりも追求する作家の観点から大衆向けの批評を提供するものである。

大衆向けの批評というジャンルは一六六〇年代の終わりから七〇年代の初めに流行している。この時期、ソレルの『フランス書の本棚』と『良書紹介』や、ブーウールの『〔アリストとウージェーヌの〕対話』、ボワローの『詩法』が刊行されている。この流れの中で、ゲレは『パルナッソス山の改革』の続編、『古代と近代の著者たちの戦争』（一六七一年）を出版する。(3)

夢を語る虚構作品という形式のみならず、戦場と化したパルナッソス山という主題を彼は再び採用する。アポロンによって定められた改革は十分ではなかった。これは雅な新手の学者たちの権力が確立していないという意味に読める。最初の山場は、依然として居座る擬古主義者たちの追放にある（四―五頁）。戦いは続く。（『パルナッソス山の改革』には登場しなかった）プルタルコスが介入し、「文学者」をひとくくりに断罪する。「文法学者は中でもかすである。雄弁家は破壊分子、詩人は作り話や与太話の語り手、哲学者は気まぐれ、医学者は人殺し、神学者は異端者、天文学者はぺてん師、政治論者は妄想家、博物学者は夢想家、地理学者は浮浪者、化学者は煙売り、法学者は人でなし、数学者は魔術師、歴史家は嘘つきでしかない」（一二三頁）。

『パルナッソス山の改革』は美文学にのみ関心を寄せていたが、ここでは知的活動分野の全体が問題にされている。ゲレは「改革」と新たな階層化の考えをさらに押し進め、再びあらゆる傾向、あらゆる専門の著者たちを順々に登場させ、彼らを諷刺する。(4) まず諸学問に攻撃を仕掛ける彼は、わずかな例外を除きすべての知識人を断罪し、「学問においては、発明家でないものは何者でもない」と断言する（九八頁）。こうして、近代の哲学者の中で救い出されるのはガッサンディとデカルトだけである。

それから、彼はより明確に美文学を検討の対象に定め、知の場の中で明確に境界を定められた領域として他と区別している。めざすべき目標はアポロンの声によって宣せられる（一〇八頁）――宮廷全体にバンスラードとサラザンの精神を与えよ。これを言いかえれば、雅な著者を趣味の絶対的な模範にするということである。美文学の領域は学問の領域から区別されていた。次いでそれは宗教に関する書物の領域からも区別される。神学者たちは「パルナッソス山に連なる小さな丘」の上に退却する。「この性質と信条を持つ学者たちは、自分たちが俗人と呼ぶ人々と何も共有することのないよう人から離れてそこで暮らす」のである（一三九頁）。

この第二の虚構作品では、ゲレはさらに急進的になっている。彼は学者たちにはほとんど居場所を残さず、神学者にもパルナッソス山の麓の「小さな」丘しかあてがっていない。古代の神話に加えられたこの改変は、芸術家としての作家に比類ない地位が与えられるという願望の〔虚構内における〕成就をいっそう印象づけている。芸術家である作家たちの間にも、序列を定めなければいけない。そこでゲレはアポロンに法廷を開かせ、そこで『パルナッソス山』の終わりで発布された勅令を適用しつつ、文学的功績の評定が行われる。三人の裁判官はバルザック、ヴォージュラ、マレルブである（一八一頁）。

この法廷はまず古代人の運命を決定する（一八三頁）。彼らは「礎石」の役割をあてがわれ、結果として人目に触れぬところに追いやられる。古代人に対する義務的礼儀（彼らは基盤である）とおおっぴらな近代主義の絶妙な配合と言えよう。次に、今世紀と前世紀の近代人たちの審理が始まるが、すぐに上席権をめぐる論争によって紛糾する。「詩人は雄弁家より上だと主張し、雄弁家は詩人より上だと主張する。いくたりかの雅な短編の著者は、俗に撰集の方々と呼ばれる人々と一体をなし、韻文と散文とであまりにがなりたてるため、彼らの声しか聞こえないほどだった」（二九二頁）。しかし秩序が最終的に確立され、法廷は優れた近代文学を代表すると考えられる六一名の作家が掲載された番付を公表する。第一席を占めるのはボワロー、サラザン、バルザック、ヴォワチュールである。またラシーヌ、キノー、モリエール、フュルチエール、ラ・シューズ夫人、ビュッシー＝ラビュタン、サン＝レアル、サン＝テニャンの評価も高い。これは雅の美学によって公認された作家の番付である。[5][6]

『著者たちの戦争』は虚構の中で『パルナッソス山の改革』において思い描かれた序列化の仕上げを行う。この作品はもはや原則を与えるのではなく、知的活動の実践と価値を階層化するのだ。細部に目を向けると、ゲレは「場」として理解される文学界という観念を大きく展開させている。トルシュ神父というぬぼれた著者に関して、ゲレは美文学において名誉ある地位を得たければ、「著者の地図を知る」（二百頁）必要があり、自分がどの位置を占め、どの位置を正当に要求することができるかを知らなければいけないと書く。それを知らない著者は笑いものになるのだ。

ゲレの見るところ、文学空間に君臨する権力は、三人の純粋主義の推進者によって体現される。この時、批評家ゲレの「私」はもはや恣意的な個人的趣味を表明するのではなく、新手の学者たちの代弁者となる。そして、驚くべき一貫性のうちに、最終的勝利は宮廷に自分たちの意見を受け入れさせることとして示されている。これはすでにサン＝テヴルモンが『アカデミストの喜劇』において野望だとして告発し、一方ヴォージュラが『注意書き』において規範として述べていたものであるが、ゲレはそれを新しい秩序の到達点として示している。雅で純粋主義の作家は、こうして想像界で文化的に最も高い功績をなした者となり、文学は第一級の価値を持つと認められるようになる。

フュルチエールの虚構作品は、作家に割り振られた運命と、生計の手段に関する不安を語っていた。ゲレの虚構作品には、書店との契約や報奨金を追い求める必要のない作家（ゲレは裏表のある言葉に満ちた熱狂的献辞を禁じている）、全神経を文学的価値に集中することができるだけの十分な個人的資産を有する作家が描かれているのを見ることができる。経済的自立は、象徴の次元における自立を作家に与える。一方は不安をともなった夢想、他方は陽気な空想というこれら二つの像は、当時の著者たちの置かれた状況の矛盾をも表現している。(7)

しかし、二つの像はこの矛盾をある場についての神話という形で表している。それこそが、この二つの像が伝える最も重要な教訓である。つまり、十七世紀の著者たちが文芸の世界を一つの固有の空間としてとらえはじめていたということである。それは二重の意味で囲われた空間である。戦いの場であり、また、知の場の他の部分から切り離されているからである。『寓意的な小説』と『パルナッソス山の改革』はともに、美文学の領域と、学者の衒学趣味の結果としての「ガリマティア」の領域との間に境界線を引いている。時代の想像力の中では、博識な人文主義者の伝統的な呼び名である「文芸共和国 République des Lettres」と、文士の領域である「パルナッソス山」との間に、断絶が生じている。ゲレは、この新しい空間を指し示すために「美文学共和国 république des Belles Lettres」(8)という呼称を導入している。このような物語が語る紛争が進むにつれ、いくつかの文学的価値観が第一列の地位を勝ちえ、他の価値観（擬古主義、学識、誇張、ビュルレスク……）は禁止されるか、第二列、第三列の薄暗がりの中へと追いやられる。しかし、どちらの作品においても、階層化は抽象的になされるのではない。その点で当時の歴史家や批評家の多くの言説より首尾一貫しているこの二作品は、ある美学上のモデルを保持し擁護する集団ないしは決定機関が占める地位を介して、その美学上のモデルに割り当てられる地位を描き出しているといえる。

文学権力の序列

文学場における価値観やモデルの変化は、その価値観やモデルを体現する個人や集団の移動に付随して起こる。十七世紀半ばにおいて、この移動は、一つの論理に従って行われるが、そのあり方のいくつかは規則として言い表すことができる。

モデルの移動と移動の様式

フロンドの乱の終結からルイ十四世体制が完全に定着するまでの一六五三年から一六六五年にかけて、文芸界の全体的現象として、急速な拡大、そしてその当然の結果としての高揚が見られる。アカデミーとサロンの数は増大し、著者の権利を求める戦いは最高潮に達する。メセナは再編成され、定期刊行物も発展し、知的活動のさまざまな分野の分離が顕著になる。このような文脈において、文芸によって身を立てたいと願う作家たちは、ある規則に従って行動しなければならなかった。それは、かけもちである。彼らはサロンにもアカデミー・サークルにも顔を出し、印税〔の権利〕を行使し、クリエンテリズモの利益を享受し、メセナの報奨金を追い求めなければならない。各人が、自らの個人的状況に応じ、さまざまな色合いの違いをともなって、ある者はより完全に、ある者はより不完全に、この規則を実行している。だが大まかな事実はあくまでそこにある。同じ作家があちらこちらの決定機関で活動し、一つの機関での成功が他の機関での成功の要因となる。たとえば、あるアカデミーに承認されることによってメセナとつながりができるとか、サロンでの活動によって共同の作品集に作品を載せ、出版することができる、というように。

こうした移動のあり方がもたらす結果の一つとして、あまりに際だった美学上の立場をとることが禁じられた。あるアカデミーで確固たる知識を持っていることを示すのはよいことだが、学者としての評判まで得てしまうと、サロンでは嫌われることになって危険である。書店に成功をもたらす分野、たとえばビュルレスクは、メセーヌのもとではあまりよい選択とは言えない。社交界の流儀が流行しているといっても、それはプレシオジテに走る必要があることを意味しない。その場合、サロンで賞賛されるとしても、新手の学者たちから不審の目で見られるからだ……　こうして、美文学の領域の只中で起きた論争は、さまざまなモデルの対立ではなく、同一のモデルの変動にまつわるものだった。

もう一つの結果は、次のようなものだ。ある作家の価値が認められるのは、ただ書店の売上げのみによるものでも、彼が依拠する美学の多少とも大きな流行によるものでもない。自分の功績の証明を得るには、一つ、もしくは複数の決定機関による承認が必要だった。フュルチエールは『寓意的な小説』の中で、アカデミー・サークルからサロンもしくは公的〈アカデミー〉への移行を公認の証とし、正確にこの事実を描いている。サロンと〈アカデミー〉を同列に置くという彼の順位づけは、歴史的には異論の余地があるが、彼が描写する公認の原則は妥当なものである。拡大した公衆の目には、作家の資格は、その資格を与える集団および制度の持つ価値と同じ価値を持つものだったからだ。

第二の規則、歴史においてもっと広く見出される規則は、諸制度の動き、文学場の中における諸制度の地位の変化に関するものだ。すなわち、専門化である。ある制度が文化と文学の問題を専門にすればするほど、その制度は文化場、文学場の中心区域に位置するようになる。当然のことだ。しかし、当時においては、ある制度が専門化すればするほど、その制度は拡大した公衆の要求と権力者の要求の間で妥協をはからなければならなかった。両者に関心を持ってもらうことが制度には必要だからである。たとえば、あるきわめて文学的なサロンが、呼称を変え、同時代人からアカデミーとみなされるようになる場合、このサロンは公認する力を得るが、だからといって「学者」のサークルになることはない。〔文学流通の〕狭い圏域〔第四章一八三頁注（27）参照〕においては、拡大した公衆から出される要求がものをいうのである。このような過程は、文化場の分割と結びついており、人文学者よりも新手の学者に有利にはたらく。

第三の規則は第二のものと一対をなす。選別である。ある文学上の決定機関が選別を行えば行うほど、文学活動の諸制度のヒエラルキーの中で、その決定機関の地位は高いものになる。選別は数に関わることもあるが、無論、要求する質にも関わり、志願者の総数と提供される席数の比率によってその厳しさが決まる。この点、十七世紀の最初の三〇年の間優勢だった人文学者による選別は、次いで純粋主義者たちが君臨させた選別に比べれば、まだ緩やかなものだった。ここでもフュルチエールとゲレの物語は、まぎれもない現実の認識に基づいている。わずかな逸脱も許されず（たとえば、ゲ・ド・バルザックは誇張法の濫用により「ガリマティア」の国に追放された）、空想上の番付が作られる。美学上の純粋主義は、制度に受け入れられる著者の純化と不可分なのである。

かけもちと選別は、一六五〇年以前にも行われており、その基本的意味合いは同じだった。しかしフロンドの乱以降、それは強まり、体系化する。純粋主義の要求が強まり、体系化するのと並行してである。こうして、決定機関のヒエラルキーとモデルの階層化の関係が、はっきりと見てとれるようになる。公衆の喝采を浴びるが、制度に拒否反応を起こさせるモデルは、衰退を余儀なくされる。ビュルレスクの場合がそうである。固有の活力は弱まってはいるものの、制度が支持するモデルは、威光を保つことができる。叙事詩がそうである。叙事詩は、社交界の人々には好まれなかったが、アカデミーは高く評価し、メセーヌたちも自分たちに有利なようにそれが成功を収めることを望んだ。公衆の感性の内に広い反響を見出し、制度からもよい扱いを受けるモデルは繁栄する。これが悲劇の場合である。このような相関関係は、おそらく、形成途上の場に特有の性格だった[9]。この場において、文学活動の諸制度は、出版市場よりも相対的に早く発達した。内的な決定機関（雑誌、叢書、「流派」）のネットワークが十分に発達するまでは、美学上のモデルの動向は、上のような文学の最も社会的な枠組みに左右されるのだ。

制度の序列

選別の規則は、当時の文学の社会空間の基礎部分を構成していた諸制度のヒエラルキーを描くための基準を与えてくれる。

作家という職能に最低限の承認しか与えてくれない制度から、最も高い公認を与えてくれるものまで、順に辿っていくと、次のようになる。

――クリエンテリズモは、ありふれた社会現象であり、生計を立てるのには役立つが、作家の資格の承認となるわけでなく、文学的なるものの促進に寄与するわけでもない。しばしば、パトロンへの奉仕の必要から、著者は自らの個性の一部を失うことさえある。この個性喪失が極限まで行ったしるしが匿名である。

――サロンは、文学に場所を与えるにしても、それは他のさまざまな社交活動の一環としてでしかない。文学はサロンの主たる存在理由ではない。しかしながら、文学は、威厳を獲得し、趣味の傾向を把握するための、そして作家は、成功と社会的上昇を獲得するための、大きな支えをサロンに見出している。

――アカデミーはこれよりも文学に固有の決定機関であり、詩学と言語を体系化すると同時に、作家に承認を与えてくれる。

――メセナは、その政治的狙いがどのようなものであれ、十七世紀における最も高い公認であり、最も選別の厳しいものである。

これらの制度は、それぞれ内部にヒエラルキーを持つ。小さなサロンは、ランブイエ館の色あせたコピーでしかなく、あまり「垢抜け」ない財産家によるメセナは、国王のメセナの前では大した価値を持たない、など。だが、個々の形状の分析は、諸制度の基本的階層化から出発して初めて意味を持つのである。

制度のそれぞれの序列間の区別は絶対のものではない。たとえば、オルレアンのアカデミーでの成功は、ランブイエ館のサロンでの賞賛より、はるかに小さい名声しかもたらさなかった。しかし、ここでの階層化の効果は、外延と内包との弁証法として読まなければいけない。たとえば、アカデミーは作家の資格を公認し（内包の指標）、サロンはその成功を示す（外延）。一般に、サロンに受け入れられた後にアカデミーに入る作家は、承認を手に入れる。アカデミーの同輩は彼を自分たちの一員と認め、社交界の判断を追認するのだ。反対に、アカデミー会員にサロンの扉が開かれるとき、彼は名声を手に入れる。公衆は、専門家によって表明された肯定的評価に、さらに広汎な反響を付与する。

それぞれの段階において出版の実践と著者の権利の行使が介入し、それによって作家が今いる位置をどのように利用しているかが明示される。

たとえば、ある制度に気に入られようと望む作家は、その制度に向けた作品を書き、公衆に向けて作品を印刷させることはないだろう。それがランブイエ館でヴォワチュールがしたことであり、またラ・フォンテーヌがメセーヌのフーケに自作『アドニス』の豪華な写本を献呈した時にしたことである。反対に、自分の権利のために戦う者は、独立をより確固たるものにしていくだろう。コルネイユは、出版に関してプロらしく振舞いながら、クリエンテリズモ、メセナ、アカデミズムを同時に利用している。出版のあり方は、したがって、文学、文学の制度、作家のイメージのさまざまな可能性に関しての態度表明としての意味を持つ。

文学活動の諸制度のこの序列は、美学上のモデルの階層化の過程を説明してくれる。学者的人文主義は、クリエンテリズモとうまく適合した。パトロンは、家庭教師、秘書、執事の役目に知識人を雇うことに利点を見出していたし、史料編纂や論争の仕事は有識者の能力にふさわしいものだった。人文学者はアカデミーの活動に参加するのに十分な知識を備えていたし、メセナの中にも彼らによい待遇を与えるものがあった（マザランのメセナ、そして部分的にはコルベールのメセナもまたそうである）。しかし、メセナの分野では、人文学者は純粋主義者ほど潤うことがなかった。純粋主義者は、アカデミー、そしてクリエンテリズモの駆け引きにおいてさえ、人文学者と拮抗しており、さらにサロンの聴衆を味方につけていた。純粋主義の勝利は、このように、さまざまな決定機関との間により多くの関係を結ぶことのできる能力によって説明できる。同様に、この純粋主義というモデルの変種のうち、サロン、それもそれほど声望があるとは言えないサロンの聴衆相手に限定されていたプレシオジテは、より大きな制度的外延をもつ雅なエクリチュールに対抗することはできなかった。

最後に、制度のヒエラルキーは、自律性と他律性の拮抗する力によって引き起こされる両面性をはっきりと浮かび上がらせる。文学の承認に固有の場所であるアカデミーという決定機関は、文学外の影響力が支配するクリエンテリズモやサロンに勝るが、覇権を握るのは——その性質上両面的な——メセナなのである。

多重の契約関係

公衆は、文学権力のもう一つの決定機関を構成する。

限られた〔狭い〕公衆は、主要な制度のメンバーと重なり合っている。しかし、拡大した公衆は、制度の周辺に集まっているものの、制度とは区別されるものである。特に、拡大した公衆は、制度の判断にいつも従うわけではない。この時代は、アカデミーが「〔パリの〕町」や宮廷の立場とは正反対の立場をとるような状況の例に事欠かない。とりわけ『ル・シッド』論争がこの溝の存在を明らかにする。だが、大成功を収めた時ですら、出版流通は金銭の面でも名声の面でも不十分な報酬しか与えてくれなかったため、職業作家は二重の契約関係を結ぶ必要に迫られることになった。読者と観客の多数をなす社交界の人々との契約、そして制度との契約である。文学で栄光に到達できるかどうかは、二重の承認しだいのことだった。制度によって下される判断は、オネットム層によって追認されないかぎり、その全効力を発揮しえなかった。また公衆の賞賛は、一つ、ないしは複数の制度の承認がなければ、ほとんど価値のないものにとどまった。狭い圏域か広い流通のどちらかに狙いをしぼることのできる現代の文学場で起きていることとは異なり、名をなすためには二重の認可が不可欠だった。

しかし、各制度はそれぞれ固有の論理を持つため、最良の承認は単に二重のものであればよいわけでもなかった。公認は、拡大した公衆、および複数の制度——そして理想的には全制度——との多重の契約を前提としていた。このような多重の契約は、多様な組み合わせのもと、部分的に実現されることもあれば、完全に実現されることもあった。いずれにせよ、多重の契約は、場の構造が公認の過程を通して現れるさいの原則となっている。

作家にとって、この原則の実現は、形式と内容の選択のうちになされるものである。作家が多重の契約の論理を採用すると、次の二つの手続きのいずれかを選ぶことになったが、この二つは結合することもありえた。第一の手続きは、対照的ポリグラフィー〔対照的な多くのジャンルの文章を書くこと〕に基づく。一人の著者の多様な作品のおのおのが、受け手が属する階層の期待に適合するよう、文体と調子を変える。第二の手続きは、さまざまな期待を調停することが可能な書法を探ることにある。作家の作品全体だけでなく、ある一つの作品の中でも、多方面からの承認を得るのに適した「エクリチュール」を探求することである。

十七世紀の「エクリチュール」[10]の類型学の構築はこれからの課題であるが、いま手元にある材料[11]だけでも、基本的傾向を見抜くのに十分である。この時代の理論は「高尚 élevé」、「中庸 moyen」、「平俗 bas」という三文体の区分に基づいている。しかし、この三分割は当時あまりに広く受け入れられた、月並みなものであるため、個々のケースを定義づけるにはまったく役に立たない枠組みでしかない。これもまた、文学活動全体の動きが、まず基本的条件の普及と承認を通過して始まることを示す例である。これに対し、理論と実践の批評史は、もう一つ別の三つの基調への分割を描き出している。すなわち、学者風の雄弁、英雄詩的調子、そして最後に「雅な」調子である。「雅な」と呼ぶのは、この名のもとに体系化された趣味が、社交界的純粋主義に見られるさまざまな変種の中でも、最も完全なものであり、かつ中心を占めるものだからである。

それぞれの基調の旗印の下には下位区分と、部分的に他の基調から借用して混合した配合がある。たとえば、雄弁をめぐっては、誰も異議を唱えないが、その適用は大幅に変化しうる、キケロ的モデルに関するさまざまな選択肢があった[12]。また雅の領域では、プレシオジテとビュルレスクの異常な発達がみられ、後者にいたってはその創案者たちでさえビュルレスクとは認めないほどだった[13]。

決定的にどれか一つの決定機関を優先させることなく、いくつもの決定機関を満足させなければいけないという拘束ゆえに、この三つの傾向の間にはさまざまな形を取りうる能力の多寡に比例したヒエラルキーが確立している。社交界的純粋主義は多方面からの期待によりよく適応したので、学者風の雄弁と格調高い英雄詩的エクリチュールを制した。美学的価値の次元では、一六五〇年代以降、社交界の側が優勢になり、人文学者の側は劣勢になる。しかし、勝利を完全なものにするためには、純粋主義美学は、その構成要素の間に分裂を起こすことなしに、すべての決定機関の要求を満たすような「様式」を提示しなくてはならなかった。それは理論体系に拒否反応を示す社交界の人々にも、自分の存在そのものを正当化するために理論体系を必要としていたアカデミー会員にも、同時に気に入られるような技法でなくてはならない。雅なエクリチュールは、この無謀な企てに応える試みの一つだった。

調停としての中庸文体――『サラザン作品論』

「雅な galant」という形容詞は十七世紀において多くの議論の対象となり、時に賞賛として、時に軽蔑的に使われた。[14] この語は一六五〇年から七〇年にかけて最も流行し、習俗や恋愛の領分を離れ、文学上の趣味のある傾向を指し示すようになる。ペリソンとラ・シューズ夫人によって編纂された文集は『雅な作品集』と名づけられており、この語がある一つのエクリチュールの名称として使用されたことを明示している。このようなものとして理解される「雅さ」は一つの潮流であって、流派を作っているわけではなかった。「雅さ」の影響を強く受けた作家は、この単語の多様な意味を状況に応じて使いわけた。たとえばゲレは『著者たちの戦争』において、この語を時に肯定的に、時に皮肉交じりに使っている。[15] 雅さの主たる理論家となったのは、『サラザン作品論』（一六五六年）におけるペリソンである。

雅さの潮流は、半ばサロン、半ばアカデミーであるスキュデリーとメナージュのサークル、フーケ夫人のサロン、そしてフーケの食客とメセナで構成されるネットワークの内に拠点を見出した。フーケの腹心にして、スキュデリー嬢の愛人、そしてメナージュの友人でもあったペリソンは、雅さの指導者でないにしても、少なくともその最も脚光を浴びる代表者だった。[16] 彼の立場そのものが、かけもちのプロセスの生きた見本である。

彼は私的なサークルのメンバーであり、アカデミー・フランセーズの会員にしてその歴史家、フーケのもとではクリエンテリズモとメセナの利益を得て、なおかつサロンにも熱心に顔を出していた。直接の経験から、彼は文学活動のそれぞれの決定機関が何を期待するかを知っていた。

一六五四年に彼は『アカデミー・フランセーズの歴史』を出版し、この機関の卓越性を公認させる。引き続き社交界的純粋主義についての考察を深め、ただちに『サラザン作品論』を執筆する。世を去って間もない詩人のテクストをメナージュと連名で公刊するというこの企ては、数年前コスタールとパンシェーヌがヴォワチュールの作品を出版した顰みにならったものである。コスタールはヴォワチュールをゲ・ド・バルザックより優れた社交界的文体の達人と紹介していた。それまではバルザックこそがそうであると考えられていたのだ。しかし、このコスタールの説は論争の火種となった。あまりに断定的なヴォワチュールびいきの彼の批評は、ヴォワチュールを益するのと同じくらい害を与えた。社交界の人々の多くは、このあまりに断定的な賛辞を前に賛同をためらったのだ。サラザンの『作品集』の後書きの役を担うペリソンの『サラザン論』は、この行きすぎを修正し、より含みのあるモデルを提示する。ヴォワチュールとサラザンの比較を行うことで、彼は後者に軍配をあげ、サラザンを完璧に雅な作家として紹介している。

彼の選択は単純な議論に立脚する。彼はヴォワチュールの作品に文句をつけるどころか、大いに感嘆さえしてみせるが、サラザンの作品の方がより広い分野にまたがるため、いっそう優れていると説明する。ヴォワチュールは宮廷風の詩、そして特に社交界風の詩と書簡を作るにとどまっていた。サラザンは同じ領域で力量を示し、さらにより知識を必要とする分野にも手を染めることができた。歴史と理論である。とりわけペリソンは、『ダンケルク包囲戦誌』（一六四九年）、コルネリウス・ネポスの『アッティクス伝』の翻訳、それに彼自身が公刊した『ヴァレンシュタインの陰謀』を賞賛する。これらの作品によって、サラザンは社交界の人々を楽しませながら、学問の分野でも人文学者と対等であることを示した。そのような多様性をわがものとすることで、彼は「もの書き」と見られないよう用心していたヴォワチュールが示した作家像よりも、ずっと完全で堅固な作家像を提供する。

サラザンとヴォワチュールは、生前は競争し、憎みあっていた。それぞれが一時期、自分こそがランブイエ館の寵児であると言い張ることができた。ペリソンは、サラザンが社交界の一部の人々から批判されていたことを黙殺したように[17]、この側面も黙殺している。反対に彼は『ヴォワチュールの葬儀』のすばらしさを強調する。故人の賞賛と批判を巧みに配分したこの作品は、サロンにおいて成功を勝ちえていた。同一の話の中で散文と韻文を組み合わせることで、この作品は雅な様式を洗練の域に高めていると、ペリソンは読者の注意をうながしている。

サラザンの作品の批判と賞賛をまじえた作品目録を作成することにとどまらず、ペリソンは「中庸の文体」の卓越性という主張を展開する。サラザンの詩に関して、彼は「陽気で雅な」調子と、「叙事詩の崇高さに似」た「真面目な」調子を結びつけていると褒め称える（二〇頁）。続いて彼はより広い見地に立ち、次のように断言する。「それに、ついでに言うならば、荘重な詩とは荘重な事柄について述べることにほかならないと考える人がいるとすれば、その人は間違っている。たしかに、荘重な詩はしばしば激流のように突進しなければいけないが、それ以上に平和な小川のように流れることもなければならない。小さな事柄や平凡な事柄を平俗に堕することなく述べ、大きな事柄を窮屈そうにも堅苦しくもすることなく述べる、この自然でむらのない文体を使える人は、おそらく仰々しい描写だの高尚な比喩だのに長けた人ほどは多くない」（二六頁）。

中庸の文体は、雅な様式の基盤であり、高尚な調子との断絶でも、「平俗」な調子との断絶でもない。それどころか、全体をまとめ、文学における調子の全音階を貫くものである。それは制限ではなく、ある一つの「スタイル」の中にすべての期待を調停させようという野心である。この文体の模範となるのは複数のジャンル（詩、書簡、歴史、翻訳、諷刺文書）を手がける作家だが、それはそれぞれのジャンルで対照的な書法を用いる対照的ポリグラフィーではなく、一つのエクリチュールですべてのジャンルと調子をカバーする統合的ポリグラフィーを実践する者である。

この文体は、（すでにゲ・ド・バルザックが一六四四年の『対話』の中で、使いこなすのが難しい文学技法であると認めていた）ビュルレスクを受け入れることもできれば、叙事詩を受け入れることもできる。しかしいずれの場合も、この文体は極端を避ける。フュルチエールの『寓意的な小説』もまた、あまりに高尚な誇張法、そしてその反対の「平俗な」暗示的意味に富む過激なビュルレスクのほのめかしや曖昧な表現を断罪していた。

中庸の文体は一六五〇年代から六〇年代の発明ではないが、作家の美的探求がそれによって最も方向づけられるのは、六〇年代末のことである。中庸の文体はついにはラパン神父のような、学識のある厳格な理論家たちの賛同さえも引き出すにいたった。ラパンは「雅さ」を採用した著者たちは「おそらくいくぶんか理があった」と認めている。彼はサラザンとヴォワチュールを「無味乾燥」だと非難するが、彼らには言語上の純粋さと「良識と礼儀正しさ」という長所があることを認めている。(18)

十七世紀後半、優位を誇った純粋主義的潮流は、美学上のモデルの基準として中庸の文体を採用する。しかしながら、これは「理論体系」ではなく、趣味であり、趣味の合意である（この趣味が、純粋主義の規範とともに、バロックないしマニエリスムの要素を構成する）。中庸の文体を「自然な〔生得の〕」と形容することで（『サラザン論』二〇頁）、ペリソンはこの文体を「天賦の才」（ingenium）、才能ある作家に固有の特質として提示している。それはおのおのの選択の指針となる、到達すべき一つの理想である。文学場の内的論理におかれるとき、この理想は、同時に社交界の人々に気に入られ、新手の学者たちを満足させ、なおかつメセーヌたる太陽王の糧をなす叙事詩的賛辞を編もうという願望、調停の夢としての意味を持っている。

権力の衝突——『プロヴァンシヤル』の『返答』

多重の契約は文学の公認にさいしてはたらく論理であり、中庸の文体の追求は夢みられた調停である。しかしその一方で、ヒエラルキーはまた衝突の原因でもあった。文学場に座を占める異なる権力間のあからさまな不和のうちに、相対的自律状態と従属の維持ゆえの制約とを、二つながら読みとることができる。十七世紀は、一六三〇年代の純粋主義論争、『ル・シッド』論争から、世紀末の辞書事件〔第一章四五―四六頁参照〕と新旧論争にいたるまで、大小さまざまの論争、思想上の戦いに彩られている。これらの衝突において、いくつもの連合が生まれている。社交界の公衆とサロンが〈アカデミー〉に対抗したり〔『ル・シッド』論争〕、アカデミー界、サロン、ジャーナリズム、および拡大した公衆の一部が、アカデミーの別の一派およびメセーヌたる王と宮廷人に対抗する〔辞書事件〕、等。しかし、制度の諸部門が互いに対立したり、あるいは制度が拡大した公衆と対立するだけでなく、分裂はしばしばそれぞれの決定機関の内部自体に起きている。そして、ある決定機関が客観的に力を持つものであるほど、その機関に関して形成される緊張は強いものとなる。特にメセナと検閲は、文学空間への政治的・宗教的権力の介入を露わにするため、最も入り組んだ同盟と衝突の舞台となる。

文学場の形成によって可能となった新たな歴史的事象は、支配的な権力に挑むことができる力の登場である。『プロヴァンシヤル〔田舎の友への手紙〕』事件は、この前代未聞の可能性を明らかにしている。そして特に「第二の手紙への返答」で、読者に「発言権を与えている」点において、『プロヴァンシヤル』のテクストそのものの構造の中に、二つの連合の間の衝突が書き込まれている。パスカルはここで二重のずらしを行っている。彼は拡大した公衆の前に神学者間の論争を持ち出し、さらに読者に発言権を与えることで、確立された権力に対抗しうる同盟を仮構する。

ソルボンヌで断罪され論争を引き起こしたアルノーの『手紙』が大部な学問的著作であるのに対し、パスカルの「小さな手紙」は、形式（社交界の書簡の技法）、規模、調子のすべてにおいて、拡大した公衆に適したものである。[19] 受取人としての田舎の友人という虚構が、そこにどのように組織されているかはよく知られている。しかし、第二の手紙への「田舎の友人」からの『返答』という、短く、挿入のようにみえるテクストに対しては、これまでのところほとんど注意は払われてこなかった。

ところで、この返答はきわめて複雑な発話体系を作り出しているのである。じっさい、田舎の友人は、自分が文通相手の手紙を回覧したところ、「皆が読み、理解し、同意している」と説明する。次に彼は、何人かの読者の感想を紹介している。彼の友人である一人の貴婦人が、上流階級に属する別の貴婦人から「小さな手紙」に対する賞賛に溢れた手紙を受け取ったと彼は述べ、その手紙を引用する。他方、あるアカデミー会員のやはり好意的な意見が伝えられる。したがって、次の五段階の発話行為が成立している。一、アカデミー会員と上流階級の貴婦人。二、彼女の感想を伝達する貴婦人は田舎の友人の女友達である。三、田舎の友人。四、パリに住んでいる『プロヴァンシャル』の筆者。五、それらすべてを読む読者。

この発話行為の連鎖は、連合のあり方をなぞっている。文学に固有の決定機関であるアカデミー、「上流階級の貴婦人」が代表するサロン、オネットム層の全体（「拡大した」公衆）が、政治的宗教的権力に対抗する同盟を結ぶ。[20] このテクストが書かれた時、アルノーに対するソルボンヌの譴責は差し迫っており、不可避のものとなっていた。田舎の友人は「いつでも好きなときに譴責が来るがよろしい。私たちは受け入れる準備ができています」と書いている。『プロヴァンシヤル』は非合法に流布したので、そこには国家の、そして宗教上のすべての検閲機関に対する挑戦がある。ある一つの正当性を他の正当性に置きかえることで、パスカルは公式の審判者（教会と国家の検閲官）に、この審判者を正当なものと認めない他の審判者（オネットムと新手の学者たち）を対置する。外部の権力に押しつけられた束縛を前にして、文学の諸制度と拡大した公衆の連合は、敵を殲滅することは望みえないまでも（アカデミー会員は「アカデミーの力はきわめて迂遠で、また限られたものなのです」と告白している）、絶望的ではない戦いを起こすことができたのである（『プロヴァンシヤル』は広く流布した）。

このテクストにおいて、社交界の人々と新手の学者たちの連合を固める絆は宗教上の見解ではなく――どちらもジャンセニスムに賛同していない――、表現形式の技術に関する判断である。「上流階級の貴婦人」がこの判断を要約している。彼女は、「語らずして語り」、「巧妙に嘲弄し」、「まったく巧みで、見事に書かれている」という理由で「小さな手紙」を評価している。二言三言で偶然のように手短に片づけられる神学上の議論のかわりに、パスカルは婉曲表現（「巧妙に嘲弄する」）という表現形式の技術をおく。『プロヴァンシヤル』は、ジャンセニスム論争における態度表明であると同時に、文学場の只中における力関係に対する態度表明でもある。この作品は文学活動の垣間見られた解放を語っているのである。

本質的両義性

古典主義時代にはたしかに文化場の解放があり、さらにその内部では文学場の解放が起こっている。しかし、この解放は相対的で部分的なものである。文学場に固有の権力も形をとりはじめるが、「きわめて迂遠で、また限られたもの」でありつづける。言いかえれば、文学場の構造そのものの中で、他律性の効果が、自律性の要素よりも力を持ちつづけているということだ。そこに見られる権力のヒエラルキーは文学および作家の公認を可能にするが、それは条件つきのものである。さまざまな決定機関と折り合いをつけること、とりわけ文学外権力（貴族、教会、国家）と折り合いをつけることが求められているのだ。国家は（アカデミーを創設することで）生まれつつある自律性に公的基盤を与え、（メセナを制度化することで）文学的名声を公認し承認するが、（検閲や著者の権利に課す制限により）従属関係を維持する。

このように、両義性こそが、最初の文学場の構成要素 constitutif だった。両義性がこの文学場の主たる特徴だったからである。しかし、両義性は別の意味でも、この文学場の構成要素だった。両義性こそ、当時、この場が形成 constitution 途上であったことの、結果でもあれば、証拠でもあるような指標だからである。

第二部　最初の作家戦略

序論――文学者の軌跡の種類

文学場の成立は、個人が作家として生計を立てる可能性を生み出した。言いかえれば、文学が商号となりうることになった。著者の境遇における決定的な革新である。とはいえ、書くことが誰にとっても社会的地位の基盤だったわけではない。最初の文学場の本質的両義性は、こうして、作家の占めるさまざまな位置のうちに現れる。自律性のベクトルと他律性のベクトルとの不安定な均衡が、その配置を構造化する。じじつ、多くの著者にとって、創作行為はいささかも自律的な活動ではない。文学空間に占める彼らの位置は、他の社会的な場での境遇の延長として意味を持つのである。これに対し、他のある人々は、著作を発表することで、程度の差はあれ、自らを社会的に「著者」と定義づける活動を開始する。

だが、この第二のカテゴリーもまた二つに分かれる。一方に高尚な娯楽として文学を実践する人々、他方に文学を職業生活の基盤とする人々がいる。さらに、この後者のグループも、そのキャリアがどのように進行するかによって二分される。文学者の位置と軌跡のさまざまなカテゴリーへの分類の指標は、第一に、文学活動の諸制度のネットワークへの参加ぶりに求められる（**図3・図4**）。もう一つの指標は、産出される作品に関する所見である。頻度、周期性、専門領域、実践されたジャンルはいかなるものであるか。社会的出自ないし帰属は、このように、機械的な決定因として作用するのではなく、創作行為と社会の中での軌跡との間に確立される関係の様態にしたがって意味を持つのである。作品は作家の境遇に関する主要な指標であり、社会の中での軌跡は、それゆえ、論理的にいって、固有の意味で文学的な軌跡の諸特徴が画定された後にはじめて検討可能となる。

軌跡なき、「偶発的な」著者

文学空間の外部からの要請の結果としてのみ著作を発表する人々が、数の上では圧倒的に多い。彼らは、有識者の活動の延長に書物の出版が行われた伝統の名残りを体現している。たとえば、弁護士が法律概論や自らの口頭弁論のテクストを出版する場合や、司祭や牧師が信仰書や神学上の著作を公刊する場合がそれである。より新しい、だがこれに劣らず根強い伝統に、社交界における余興やサロンでの遊戯を作品にまとめるというものがある。最後に、パトロンや階層秩序の上位者からの命令を履行するためにのみ出版を行った、数多くのパンフレット作者や宗教論争家がいる。こうした人々は皆、他の社会的活動のもたらした機縁ゆえにのみ著者となったのであり、その著作の内容、形式、使途は、他の社会的活動がこれを規定した。彼らを「偶発的な著者」と呼ぶことにしよう。

彼らの文学活動の諸制度への参加の度は弱く、その中でも文学固有の制度とはいえない二つの制度、すなわちクリエンテリズモとサロンに限定される。クリエンテリズモは、ある社会的・宗教的団体が、その利益となるよう書くことをその成員に要求する場合に、間接的に介入しうる。こうして、イエズス会は、ジャンセニストあるいはプロテスタントとの論争において、論戦の筆をとる能力を持ったメンバーをことごとく動員した。また、助任司祭ジャン・ダストロは、ラテン語はもとよりフランス語を敬遠する信者たちを教化するため、オック語で詩を作った。同様に、多くの司祭は、さまざまな形態のもとに、聖職の延長として物を書いたのだった。こうした例すべてにおいて、広い意味で、一種のクリエンテリズモが観察されるのだといえる。こうした著者たちにとって、書くこととは、文学的ならざる特性によって定義された社会的人格が呈する、いくつもの面の一つにすぎない。同様に、サロンにおいても、文学的遊戯は、社交上の義務であって、固有のものとして確立した趣味ではないのが通例である。

大学教授を祖父に、かつて著者として盛名を誇ったセー司教を伯父に持つフランソワ・ベルトー（一六二一―

一七〇二年）は、幼少時からおじの友人リシュリューの食客として、学費の供与を受けた。宮廷に上ると、モン＝ト＝マラードの小修道院長職（一六四二年）および国王の朗読係の職を得る。一族の文化的遺産、受けた教育、得た職のいずれからいっても、彼は文学的キャリアに必要な手札を少なからず手にしている。しかし彼はクリエンテリズモの論理の枠からまったく出ることなく、大使館書記官となる（一六四八年）。フロンドの乱にさいしては、雇い主の大貴族たちの使嗾により二つのマザリナードを書く（一六四九年）。内乱の後、敗者となった貴族の有力な食客集団はサロンに逼塞する。ベルトーもこの動向にしたがい、時おり詩作する。一六五七年から一六六二年にかけては、三つのサロン風の詩を共同の詩集に載せている。一六六九年、サロンでの旅行記の流行に乗り、外交官としての任務の思い出に『スペイン旅行記』を執筆する。その後、彼は沈黙する。かくして、彼の作品は数えるほどしかなく、不規則で、つねに食客集団とサロンの影響によって規定されたものである。

こうした偶発的な著者の列には、パトロンから給金を得るパンフレット作者や、宗教・法律関係の著作家、教授、および学者の大半が数えられる。そこでは、人文学者や知識人が大挙をなしている。したがって、文化活動における「偶発的な」著者たちの役割は小さくない。彼らの中には名声を得る者もいる（モルグは広く名を知られ、そのパンフレットゆえに恐れられていた）。だがその一人一人は、わずかしか著作を発表せず、それも一つかせいぜい二つの領域にとどまっている。彼らの作品と彼らが文学空間に占める位置との関係の分析は、概してほとんど困難をともなわない。後者が前者を、直接的に決定するのである。革新がもたらされるのは彼らによってではなく、また、誕生しつつある文学的なものの自律性が現れるのも彼らを通してではない。偶発的な著者の群れは、それとは異なるカテゴリーの著者たちがそこから浮かびあがる背景をなすのである。

キャリアなき作家――百戦錬磨のアマチュア

文学実践のあり方の一つは、文学の威光を自らのものとしつつも、それを社会的地位の中心要素とはしない、というものだった。それは、生まれつつある自律性（威光）の一部を利用しながら、伝統的な他律性の論理の内にとどまりつづける（「キャリア」の拒否）「アマチュア」の姿勢である。こうした態度は、職業上の偶然に左右されることなく才能を生かすものとして、高い敬意の的だった（今もそうである）。

アマチュアという語はここで、ごく厳密な意味においてのみ適合する。サロン風の詩を作る貴族は、単に付随的、偶発的に著者となっているにすぎない。アマチュアの方は、もっと確固たる文学的見識を持ち、量においても反響の大きさにおいてもはるかに重要な作品を生んでいる。彼らは「プロの腕を持つ avoir du métier」。それでいて、文学を職業 métier としてはとらえていない。さらに、彼らの文学への参加は、おおむね一定の長い期間にわたり、一種の軌跡を描いている。創作活動が彼らの社会的地位に変化をもたらすことはない。すでに他の場所で堅固な地位を確保しているからだ。彼らにとって書くこととは、既得の地位を生かし、自らの趣味や思想に形を与え喧伝するための手段である。彼らの社会関係資本（富および地位）は、大量の知という資本により強化されている。彼らは百戦錬磨のアマチュアなのである。オネットムと才人の模範は、彼らのうちによく見出される。社交的で好奇心に富み、精妙な文体と鋭敏な考察を自在にあやつる術を知った貴人、というのが、こうした態度の典型となる。たとえばラ・ロシュフコーやサン＝テヴルモンがそうだ。

サン＝テヴルモンは、若い頃は、帯剣貴族として食客集団に立ち交じり、ほとんど物を書いていない。それでも知識人（人文学者リベルタン）たちと親交を結び、時に筆を執るのは、何らかの義務ゆえではなく、自分自身の見解を主張するためである（『アカデミストの喜劇』）。この間、彼はクリエンテリズモの影響を蒙る。味方の党派に不都合な政府の政策を批判したため、イギリス亡命を余儀なくされるのである。しかし亡命中も、パリのサロンと文通し、親密な関係を保つ。エピクロス流の閑暇 otium にいそしむが、文学上の諸問題に持続的な関心をはらい、定期的に執筆する。こうして彼は、老練な批評家として重んぜられることになる。それにもかかわらず、彼は文学を、好事家の気晴らし、オネットムの人間像を補完するものとしか見ていない。

サン＝テヴルモンの大胆さが示すように、アマチュアには、非順応的な意見を持つことが可能である。深刻な打撃（たとえば亡命）にすら耐えうるだけの社会的地位に恵まれているがゆえに、彼らは、検閲のもたらす結果をさして恐れることもないし、アカデミーの体制順応主義に染まることも少ない。キャリアのもたらす利益に用のない彼らは、より危険な場所に身を置くことができるのだ。意見の奇抜さは、彼らにとって、その能力を最大限に生かす方途ですらある。彼らにとっての文学とは衆人にぬきんでる手段でしかないからには、そのための文学の有効性は、彼らが風変わりな立場を表明すればするほど大きくなるだろう。したがって、アマチュアの態度が、弾劾された少数派の思想潮流を奉じたジャンセニストとリベルタンたちの中に見出されるのは、何ら驚くべきことではない。

リベルタンの中では、アマチュア的姿勢のさまざまな形態が、サン＝テヴルモンのほか、貴人の態度を模倣したシャペル、同じくデ・バロー、さらにはキエに現れている。キエの場合はより学者的であるが（彼は医師である）、同時に高踏的であり（衛生と家庭生活に関する見解を述べる詩を作っている）、大胆でもある（内縁関係を擁護している）。ジャンセニストの側では、パスカルやアルノー・ダンディイといった著者が同じ姿勢を示しており、『プロヴァンシャル』のような著作は権力に挑むこともあえて辞さない。こうした作家すべてにとって、文学は、他の諸特性によって決定される社会における像を補完するものにほかならないが、この補完物は、有効であるためには、「プロの腕 métier」を発揮して、存分に、自家薬籠中の物として用いられねばならないのだ。

制度の次元では、アマチュアたちは、特にサロン、次いではアカデミーの間を往き来する。ランブイエ館がアマチュア的態度の聖地だ。彼らの文学活動への参加は、顕著だがかなり弱い程度にとどまっている（図4―Ⅲ・図4―Ⅳ）。しかし彼らは、文学場の中で権力を握らないにせよ、そこで高い声望に浴している。貴族的な理想のもつ力と、彼らがオネットム像と才人像とを兼ね備えるという強みが、彼らに有利にはたらく。これと同時に、彼らが「プロの腕」を身につけていることは、彼らがプロの著者たちに対抗することを可能にする。「多重の契約」を気にかけることなく、彼らは留保なしに諸形式の技法を追究し、こうして、拡大した公衆の支持を得ることができる。サン=テヴルモン、パスカル、ラ・ロシュフコー、あるいはレ、ラ・ファイエット夫人、ラ・シューズ夫人の成功はここに由来する。彼らの声望ゆえに、アマチュア像は、これほどには恵まれない社会的カテゴリーに属す人々にも、プロの文士にも、ひとしく強い影響力を及ぼすことになる。キャリアを歩む作家の中には、眩い光輝に包まれたこの像に自己を同化させ、アマチュア寄りの立場の下に、明らかにキャリアに関わる利害を隠す者もいる。アマチュアたちがプロの作家に侮蔑のまなざしを向け、社会的境遇もその作品も取るに足らない貧乏な三文文士とみなすがゆえである。

社会関係資本にめぐまれない階層の上にアマチュア的態度の引力が及んだ一例は、オーシュの医師ジェラール・ブドゥ（一六一―一七―九一年）である。ゴドランを崇拝し、同じようにオック語で詩作し、〔トゥールーズの〕〈文芸の祭典〉に参加する。一六四二年にはガスコーニュ語の詩集を出版。オック語も田園詩も徐々に傍流に追いやられていくこの時代にオック語で田園詩を書く彼は、自分の嗜好にのみしたがっているのだ。時に彼の詩は、中央集権権力に対する大胆な批判を含んでいる[1]。

キャリアを歩む作家にアマチュア像が及ぼす吸引力の例には事欠かない。最も有名なのはヴォワチュールだ。模範として賞賛され、文学的才能を生かして社会的上昇を実現するが、プロ的な態度を表に出すこと（書物の出版）は避ける。同様の態度が、ゴンベルヴィル、ジョルジュ・ド・スキュデリー、あるいはラ・ブリュイエールといった小貴族においても見られる。彼らは、貴族の対面を汚したと見られるのを避けるため、作品に暇つぶしの体裁をまとわせているが、実際にはプロの著者として行動しているのである[2]。

プロの二つの戦略――地道な成功と華々しい成功

偶発的な著者が多数派を形成し、アマチュアが声望を得た一方で、プロの作家のキャリアもまた、現実の可能性となりつつあった。金銭（報奨金、印税）、声望（アカデミー、メセナ）、影響力と人脈（出版、サロン）の獲得という可能性が開かれており、その一つを手にすることが最初の作家戦略の基礎となる。こうした戦略は、当人が表明している願望や目算の観点からではなく、観測された軌跡を出発点としてアプローチすべきものである。ある戦略には、つねに、意識と無意識、計算と不合理、自由な選択と（しばしばそれとは意識されない）強制とが混じりあっている。戦略にはある程度、「勘」、有利な位置どりをかぎあてる嗅覚を頼りにするところがある。それは、歴史観察の結果構築される現実としてのみ理解されうるものなのである。

最初の文学場の出現により可能となったこうした戦略は、まったく新しい現象である。「テクスト」（すなわち、読者の同意を導くための手続きに関わる）戦略は、テクストというものが存在して以来存在しているが、「作家」（すなわち、作家の社会的地位を巻きこむ）戦略の出現は、一つの歴史的変動といえる。キャリアを遂げるには、「多重の契約」のとりうる形態のどれかを実行することが求められる。多重の契約を利用するさいの論理にしたがって、二種類の戦略が区別される。

第一の、より頻繁に見られる戦略は、場の構造が規定する規範の枠組の中で行われる。それは、制度化された諸部門の中で順を追って蓄積される地位の獲得に基礎を置く。階層秩序の中を、緩慢に、慎重に、だが安定のうちに得点を重ねていくことで前進するというこの原則に照らすなら、この第一の戦略を、――影響力のある安定した地位を得ることを社会的成功と言う、その意味で――「地道な成功 réussite の戦略」と呼ぶことが許されよう。こうした手続きは、ほとんどの場合、それ自体としては依然として堅固とはいいがたい文学の諸制度に安定を保証した、文学外の権力に服従する。これに呼応するのは、何よりもこうした諸制度、さらに、それを介して権力の保持者たちに向けられた作品である。

第二の、もっと稀な戦略は、何よりもまず拡大した公衆を念頭においた、一時的ではあるがより華々しい成功を勝ちとることをめざした作品の制作にその基礎を置く。文学空間内により大きな可動性があることを示しつつ、この戦略は、公衆の間での評判というこの利益を、諸制度が授ける承認や公認のしるしへと転換することに立脚する。それはより多く、著者の諸権利、特に印税に期待をかける。より多くの危険を冒しつつも、より尊大で、時の権力への直接的な依存の度は低い。金と名声とを同時に、即座に手に入れることを優先させるのだ。また、文学権力の序列に表れた、支配的な階層化原理に屈することも少ない。それは、ありそうもないことに賭ける戦略であり、その論理の中心にある行為にのっとって、これを「華々しい成功 succès の戦略」と呼ぶことにする。

文学空間内での複数の階層化原理の共存は、プロの著者たちの前におかれた事実上の選択肢として、このような二通りの軌跡を可能にしていた[3]。プロの著者が数の上で最大であったわけではないにしても、彼らは、文学の領域における革新の最重要部分を体現している。

第六章　文士の出世の階梯

段階的に成功を積み重ねることで形成されるキャリアは、とりわけ作品の流通のしかたに特徴がある。このような経歴を辿る文士たちは制度に組みこまれた人間であるが、そういえるのは、単に彼らが文学上の決定機関に席を占め、それらが作り出す規範を重視しているからだけではない。彼らが制度を、自分たちの作品の第一の特権的な受け手とするからである。彼らのテクストが想定する読者とは制度の代表者であり、なかでもきわめて地位の高い人物、大きなアカデミーの主宰者やメセーヌたちである。彼らは、経歴の初めは、いきなりそのような大物を相手にすることができないが、せめて食客集団やサロン、特にアカデミーのネットワークに深く入りこんでいる人物に接触する。十分な成功を収めた人々は、つづいて、自ら組織の代表者（アカデミーの創設者、あるいは少なくとも書記や会長、メセーヌの助言者）となる。こうして、彼らと文学外の権力者たちとの間で対話が成立する。社会的有力者に対しては文学活動の代理人、同輩の文士に対しては〔社会的〕権力の代理人という地位にのぼる彼らは、最も制度化された文学権力を掌握する者となるのである。

彼らの作品は制度の中で制度のために構想されるわけだが、制度がそれらを成功作と判断すると、次いで公衆の判断にゆだねられる。こうして社交界の読者は、専門家が最初に下した判断を裏書きするよう促される。このようなテクストの流通のしかたが美学の制度化の基盤となるのだが、これはまた、制度化された文学空間における個々の人間の移動の様式と密接に結びついている。おのおのの文士は、かけもちと段階的専門化という二つの規則に従いつつ、序列が下位の決定機関から上位の決定機関へと進みながら地位を獲得してゆくのである。文学の語用論における規範（作品の流通のしかた）は、このように、決定機関の間のヒエラルキーという規範と、決定機関が定める言語上・美学上の諸規範とに従属している。こうして形成されるのが、文士の経歴の標準モデルとなる、出世の階梯cursus honorumである。これは多重の契約の一つのあり方を示し、結果として既成の秩序の強化をもたらすが、それに劣らず、文学的なるものの正当性と威厳の確立にも貢献する。文士たちが諸制度のネットワークから利益を得るのは、彼ら自身がこのネットワークの発案者であり主催者であるからなのだ。

制度を牛耳る者たち

当時かけもちは当たり前のことだったが、文士たちの中には、これを一つの体系に高め、それによって諸制度を牛耳るようになる者が現れた。こうした人々はごく少数で、例外なく新手の学者である。彼らの影響力は純粋主義の影響力とともに増大した。彼らはアカデミーの創始者（シャプラン、コンラール、メナージュ、ペリソン）であり、アカデミー運動を指導する地位にあった。しかし同時に、彼らはクリエンテリズモとサロンの中にも確固たる支持者を持っていた。そして何よりも彼らは、誰にもましてメセナの恩恵に浴したり（メズレー）、あるいはメセーヌが報奨金を分配するさいの助言者に任じられるという形で、メセナの側の人間となる。ボワロベールはリシュリューのもとで、メナージュとコスタールはマザランの、ペリソンはフーケの、シャプランはコルベールのもとで、そのような助言者の役割を果たした。コンラールとペリソンは、大法官府における国王秘書官の職により、出版允許や印刷許可の割り当てにも関っている。シャプランとメズレーは、政府寄りの定期刊行物（『ガゼット』、『ジュルナル・デ・サヴァン』）の執筆者だった。だから、彼らが諸制度のネットワークに非常に深く入りこんでいることは、文学場における現実の権力に対応しているのだ（図4―I）。

彼らの行動様式は、部分的には文学活動全体が呈する形状の帰結であり、部分的には本人の計算にもとづいたものである。

シャプラン（一五九五―一六七四年）を例にとってみよう。彼は有力な貴族を何人も顧客として抱えていたパリの公証人の息子だったが、(1)ロンサールの友人を父にもち詩作による名声を高く評価していた母親からおそらく特別な影響を受けたと思われる。しかし、彼はまず医学の道に進む。父親の死（一六一四年）により学業を中断せねばならなくなり、家庭教師の職を見つける。つづいて一六三二年まではラ・トゥルース侯爵の書記、次いで執事を務めた。こうして、クリエンテリズモがシャプランの軌跡の土台となる。この間、『グズマン・デ・アルファラチェ』の翻訳と、理論家としての評判を確立したマリーノ作『アドーネ』への序文により、文学の世界で名を知られはじめる。彼はサロンに出入りし、マレルブのサークルと接触する。一六二九年には、〈アカデミー〉の母体となるグループの一員となっている。獲得した名声のおかげで、一六三三年には、リヨンヌ殿というより強力な「パトロン」を見つける。リシュリューに捧げた『オード』により最初の報奨金を得る。アカデミー・フランセーズの公設を祝うために作られたもう一つのオードには、作家としてのキャリアに専念したいという望みと、有力者に対する彼の誠意がはっきりと述べられている。その証拠を示したのが、彼が仕掛け人となった『〈ル・シッド〉に関するアカデミーの見解』（一六三七年）である。叙事詩『ラ・ピュセル』の執筆に取りかかり、これに対しロングヴィル公は作品完成に先んじて定期的な報奨金を彼に与える。一六三三年からは、国王秘書官という閑職につき、多くの時間を執筆にあてることができる。シャプランは公務における昇進の話を持ちかけられる。リヨンヌがミュンスター全権使節秘書官という職を提案するのだ。しかしシャプランは、自分に向いていると思う活動（つまり文学）が行なわれるパリに残るほうを好むと述べて辞退する。同様に、一六六二年には、王太子の家庭教師のポストを断ることになる。その間、フロンドの乱を大過なく乗りきり（シャプランはレ枢機卿の側についたが、彼を支持する文書を書くことは避けた）、それゆえフーケの勢力圏に受け入れられることができた（彼はメナージュとスキュデリーのサークルの常連である）。指導者層の内情に通じたシャプランは、一六五〇年代の後半には一人のよきパトロンに目をつける。それがフーケを失脚させることになるコルベールである。この時以来、すでに〈アカデミー〉の事実上の会長と目されていたシャプラン（この組織への加盟を望む地方のサークルは彼に向けて申し込みを行っているのだ）は、また宰相の文化面での助言者となって、ルイ十四世の即位とともに始まる大がかりな国威発揚政策の推進を補佐する。『ラ・ピュセル』（一六五六年）に対するいまひとつ芳しくない世評も、彼が獲得したものを何一つ失わせはしなかった。制度のネットワークによってすでにゆるぎない名声を確立していれば、作品の不評は基本的に出世の妨げとはならないのである。

このように、シャプランのような人間のエネルギーは、主に文学に向けられた。シャプランは政界でより有利な職を得るよりも、むしろ文学に没頭することを好んだのである。そして、文学界の内部では、あらゆる決定機関、あらゆる潮流と関係を結んだ。一六四〇年代には最も博学な人々を鄭重にもてなし、一六五〇年代には最も社交界寄りの人々と親しくつきあう、という具合だ。メナージュのグループとの間には不和が生じたが、これは同じ土俵で主導権を奪いあう者同士の衝突である。というのも、制度の空間において、二人は正確に重なり合う位置を占めているからだ（図４―Ｉ）。彼の出世はかなり緩慢ではあるが、着実である（図５）。そこでは特に、獲得されたさまざまなものが保持され、かつ、おのおのが他の支えとなることで、少しずつ増大しているのが認められる。このようにしてシャプランは、最も型通りのヒエラルキーの序列を順にのぼって、文学権力の掌握にまでいたる。

制度を牛耳る者たちの経歴は十人十色である。コンラールはあまり書かなかったし、ましてや出版することなどほとんどないが、〈アカデミー〉の主宰者としての、そしてとりわけ大法官府における〔出版許可を掌握する〕役割により、誰にもまして文学権力を持つ人物だった。メナージュは著者たちの間でシャプランと同じくらい恐れられた人物である。シャプランが彼に助言を求めることさえあるが、彼がシャプランに助言を求めることはない。そのかわり彼は公認アカデミーにあまり関わっていない（アンジェのアカデミーを創設しただけである）。メズレーの経歴はより平坦で、コスタールは遅咲きであり、ボワロベールの経歴はより波瀾に富み、ペリソンのそれは、スタートは早かったものの、フーケの失脚時には一時中断し、その後ふたたび開花する。しかし基本的特徴はどれも同じであり、模範的な軌跡を描いている。

これらの著者たちは皆、経験から得られたものを蓄積する。それも、既存のヒエラルキーに沿って、それらを順々に獲得していくのである。彼らの最も安定した地位は、アカデミーのネットワークの中にある。メセーヌの助言者としての彼らの役割は、より不確かで、メセーヌの境遇の変化に左右されやすいが、その反面、より大きな威光と影響力をもたらしてくれる。純粋主義がアカデミーの空間を制圧するのと同時に彼らもまたアカデミーでの権力を勝ちとるのだから、彼らは規範の形成と流布に深く関わっている。規範の産物であると同時に規範の作り手でもある彼らは、まさに規範の側の人間なのである。

規範に従うこと

この〔「出世の階梯」型の〕タイプの経歴は、プロとして文学に携わった作家たちの大半に見られるが、さまざまな色合いの違いはある。ある人々は制度のネットワークに深く入りこんで、〔制度を牛耳る〕権勢者たちと似た軌跡を辿り、時に彼らと張り合うことさえあった。たとえばラ・メナルディエールやドービニャックがそうである。

フランソワ・エドラン、通称アベ・ドービニャック（一六〇四―七六年）は、多くの点でシャプランと類似した経歴を歩んでいる。生まれた境遇も似ている。ドービニャックは詩作の趣味を持ったパリの弁護士とアンブロワーズ・パレの娘との息子として生まれたので、立派な文化的遺産に恵まれていた。しかし金銭上の遺産はそれほどでもなかったため、彼には「職」が必要だった。彼は法律を学び、父と同じく弁護士になったが、シャプランがそうだったように、針路を転換する。司祭に任命され、宰相リシュリューの甥の家庭教師という仕事をみつける。宰相は彼に教会禄を与え、部下の一人として雇う。一六三七年、彼は同じパトロンの腹心であるシャプランと出会い、シャプランのつてで文学界に入り込む。それまでドービニャックはほとんど作品を書いていない。彼は（一六四二年）『演劇作法』に着手するが、これは後の彼の言によればリシュリューの命を受けて書かれたものである。リシュリューの死によって庇護者を失ったドービニャックは、劇作に打って出る。しかし悲劇『ゼノビー』（一六四七年）は失敗し、他の二つの試みも同様の結果に終わる。フロンドの乱では、シャプランやメナージュと同様、協働司教の庇護を受け、この人物がレ枢機卿となった際には、彼のために『演説』（一六五二年）と題した作品を作る。そのため、フロンドの乱の終結と枢機卿の失脚の後、しばらく逼塞を強いられる。一六五五年には自らのアカデミーを組織し、それをアカデミー・フランセーズと同じように公認化させようと試みるが、一六六三年に「王太子殿下のアカデミー」という称号を得るだけに終わる。しかしこの時メンバーの離脱劇が起こる。アカデミー・フランセーズ会員との仲たがいを望まないフュルチエール、ソヴァル、ジル・ボワローらが、彼のアカデミーを去るのである。ドービニャックは彼の芝居を嘲笑したサロンとも仲たがいする。そして彼の『演劇作法』（一六五七年刊）は、多くの、特にコルネイユとの論争を引き起こした。

ドービニャックの創作活動はシャプランよりも遅れて始まり、第一期のアカデミー熱に乗ることができなかったし、サロンの支持を保つこともできなかった。そのためシャプランとほぼ同じ出発点に立ち、同じタイプの軌跡を描きながらも、彼が得た権力は限られたものであり、成功も不完全なものだった（図4—Ⅱ）。

権力争いに直接加わることなく、主要なリーダーたちの蔭で目立たずに、出世の階梯に合致した経歴を辿った人物はもっと多い。たとえば、メーナールやファレ、モークロワ、コロンビー、ペロー、シャルパンチエ（最後の二人は〈アカデミー〉の「列席者《ジュトニエ》」であるから、部分的には権力争いに加わっている）や、ゴドフロワ親子、ヴァロワ親子、サント＝マルト一族、デュピュイ兄弟といった修史官たちである。彼らも、やはり多くの制度に満遍なく関わっているという点ではリーダーたちと変わらないが、クリエンテリズモの比重がより大きなものとなっている。クリエンテリズモが彼らに職業をもたらし、その職業が彼らの経歴の土台となっているからだ。だがこの職業は、前に見た例のような閑職や、文化に関わる権力を与えてくれるポストではない。こうしたケースにおいては、「第二の職業」が文学活動から離れたものである場合には、作家は己の能力の一部をそこに割かなくてはならないため、キャリアにブレーキがかかってしまう。メーナールと彼の司法職がその好例である。あるいは、それが文学者の営みと結びついたポストである場合には、軌跡を〔出世の階梯とは別の方向に〕曲げてしまう。教授や修史官、図書館司書といった職がそうである。

このようなタイプの経歴は、文学的なるものにおける人文学者の位置を明らかにしてくれる。人文学者のほとんどは偶発的に著者であるにすぎなかったが、中には出世の階梯を歩むことのできた者もいた。同一の決定機関の内部、特にアカデミーの中で、知識人と文士との間の覇権争いが表面化したのはそのためである。新手の学者である文士たちが勝利を収めたのは、彼らが人文学者たちと並立し、対立した後のことであり、彼らの方が社交界の公衆を満足させる能力があったことに加え、第二の職業の論理に左右されにくい状況に恵まれていたためだった。

出世の階梯が知識人たちによってもまた歩まれることがあったのは、それが部分的には彼らの伝統的なキャリアを継承するものだからである。こうしたキャリアは、クリエンテリズモを基盤としており、そこでは学識経験をもつ者は勉学や執筆に必要な時間の与えられる職を得ることができた。ノーデは図書館司書であり、ラ・モット・ル・ヴァイエは国王の家庭教師だった。博学な修史官たちにしても状況は同じだった（上掲）。さらには、ニコラ・ブルボン（一五六四—一六四四年）も同様である。詩人N・ブルボンの孫であり、パスラの門弟であった彼は、博学な人文主義者たちの直系の継承者である。学業を修めた後、彼は社交界に二年間出入りし、次いで修辞学の教授となる。ラテン語で詩作し、その詩はデュ・ペロン枢機卿の気に入るところとなり、枢機卿は彼を王立教授団の雄弁術およびギリシャ語の教授に任命させる（一六一一—一九年）。その後、彼はオラトリオ会に入会し、ラングルの司教座聖堂参事会員の職を得る（一六二三年）。一六三〇年には『ポエマータ』を出版、一六三七年に〈アカデミー〉入りし、リシュリューは彼に報奨金を与える。博学な文献学者であるブルボンは、自宅で私設のサークルを主宰する。文学活動において彼の人文学者としての資質はものをいい、彼は自らの持つ権威ゆえに、アカデミーのネットワーク内部で、一時期新手の学者たちの勢力に拮抗する人々の一人となる。しかし、ブルボンらは新手の学者ほどにネットワークに深く入りこんでいなかったので、新手の学者ほどの力を持つことはなかった（とりわけ、彼らは拡大した公衆に働きかけるためのサロンという媒介を欠いていた）。

出世の階梯は、全体としてみると、何よりも文士の経歴であり、知識人はそこで最高のポストを得ることはできない。この論理は知的活動における人文学者と文士の分化を助長する。

これに加えて出世の階梯は、十分な個人的資産に恵まれ、職を探す必要がない人々をも引きつける。したがって出世の階梯がとりうる形態の一つは、アマチュアのイメージが持つ特徴をいくらか帯びることになる。こうした作家たちは、より限定的に文学活動に介入する。彼らはメセナによる公認を求めることには乗り出さないが、逆にアカデミー界においては活動的であり、そこで新手の学者たちのうちの著名人とつきあい、時には彼らと張り合うことすらある。たとえばパトリュがそうだ。高等法院評定官の裕福な家門に生まれた彼は、アカデミー活動を熱心に行いながら、オネットムとして生きることができた（**図4—Ⅱ**）。そして貴族もまた、必要とあらば文学によって威光が得られることを示しながら、同様の軌跡を辿る。トゥールーズのマラペール、アルルのグリーユとボッシュ、カーンのモワザン・ド・ブリューといった地方アカデミーの創設者たちがその顕著な見本である。あるいはヴィレンヌ侯爵のような人物もあげられよう。

ラグーザ駐在弁理大使の息子だったヴィレンヌ侯爵（一六一〇年生まれ）には、有力な庇護者たち（とりわけガストン・ドルレアン）があり、彼らの後押しでヴィトリー＝ル＝フランソワの総督に任命される。彼は天文学に熱中し、『ウラニア』（プトレマイオスの翻訳、一六四〇年）、『プトレマイオスの百話』（一六五一年）を出版する。しかしこれはまだアマチュアの態度にすぎない。フロンドの乱に続く文学熱の中で、多くの貴族がサロンやアカデミーに加わって、作品を書き、定期的に出版するようになると、この高揚が彼の振舞いを変えることになる。彼は妻の司会するサロンを自宅で開き、ソメーズが『プレシューズ辞典』に彼の名を引くほどになる。彼は共同作品集に自らの詩を載せる（一六五八―六〇年）。「規範通りの」進み方で次第に文学活動に入りこんでゆき、ドービニャックのアカデミーの一員となる（一六六三年）。同時に、アカデミーの期待にいっそう応え、社交界の人々にも好まれる作品に着手し、『オウィディウスの哀歌』を韻文で訳す（一六七二年）。彼はこうして少しずつ出世の階梯の論理に入りこんでいったわけだが、これはアカデミーに身を置く上流貴族たち（デストレ枢機卿、サン＝テニャン公）に倣ったものである。

このように、文士の出世の階梯は、知識人の経歴を取りこむだけではなく、資質からいってアマチュア的態度の論理にしたがうのに向いた人々をもそこから逸脱させ、自らの側に招きよせるほどの力を持っているのである。文学場の内的動力は、彼らをアマチュアという役どころにとどまらせてはおかず、彼らが文学を自らの社会的役割における表看板とするよう仕向ける。彼らは、程度の差はあれ、アカデミーへの深い関わりを通して同輩に認められるようになる。アカデミーの行う選別は文学場の周辺地帯から中心寄りの地帯への通路をなすのだが、個人間の身分の序列という社会的な判断基準に代えて文学的な判断基準を採用する。こうして、文士としての肩書が、生まれによって与えられた〔貴族の〕称号と匹敵することが可能になる。貴族グリーユ・デストゥブロンは、アルルのアカデミーのアカデミー・フランセーズへの加盟をシャプランと交渉することで、ブルジョワであるシャプランの優越性を認めているのだし、貴族ヴィレンヌも、ドービニャックのアカデミーに入会することで、後者の優越を認めている。

規範の側の人間は、誰一人として印税で生活することはない。しかしながら、誰もが著者の権利を守ることに注意を払っている。ラ・モット・ル・ヴァイエは剽窃者に対する怒りを表明している。シャプランはメセナの利点を大いに喧伝し、『ラ・ピュセル』を高く買ってもらう。そしてパトリュも、オネットムの態度を標榜しながらも、書店からの収入をおろそかにはしていない。彼は、後に『リシュレ』を生むことになる事業計画の着手を知らせるモークロワ宛の手紙（一六七六年）の中で、この辞書は書店によって「たんまり支払われる」だろうとはっきり述べている。経験から得られたものを蓄積する傾向は文学活動のあらゆる側面に拡がっているのであり、これが示しているのはきわめてプロ的な態度である。

経験の蓄積、著作の蓄積

決定機関によって与えられる承認のしるしを積み重ねるために、出世の階梯を辿る作家たちは、それぞれの決定機関の意にかなうテクストを産出しなければならない。それゆえ彼らには、ポリグラフィーの傾向がいちじるしい。シャプランは荘重な詩もサロン的な詩も手がける。ヴィレンヌは天文学概論とともに詩や翻訳を公にしている。ペリソンは歴史家であるとともにサロン詩人で理論家でもあるし、メナージュは文献学者で詩人、パトリュは弁論家で辞書編纂者、コタンは説教家であるとともに詩人で諷刺文書作家でもある、等々。文学上の決定機関のネットワークの成立はポリグラフィーを助長し、出世の階梯はそれを規範の域に高めた。ポリグラフ〔ポリグラフィーを実践する者〕はいつの時代も数多くおり、古典主義期に限ったことではないが、最初の文学場の構造が著者たちをポリグラフィーへと大いに駆り立てたといえる。

とはいえ、出世の階梯を辿る人々が皆ポリグラフであるとは限らない。ニコラ・ブルボンは文献学とラテン語の詩に活動範囲を限定している（彼はまたラテン語書簡を書いたが、その『書簡集』は死後出版として一六五六年に編まれたにすぎない）。これはまだかろうじてポリグラフィーといえるが、博学な修史官たちは、ゴドフロワ親子もデュピュイ兄弟も、自分の専門領域を出ることはない。したがって、ここで問題としているのは、あくまでポリグラフィーの傾向ということだ。それでもポリグラフィーが優勢であることに違いはない。

こうした中でも、すべてのジャンルが同じように関心を集めるわけではない。理の当然として、規範の側の人間はたいていの場合、批評家や理論家、あるいは文献学者や言語学者である。碩学と新手の学者との争いがこうした分野で活発な動きを引き起こしているからである。サロン的な詩は、サロンにおいて聴衆を得るという要請によって支えられる。クリエンテリズモにおける奉仕は、主に論争文書の執筆をうながす。出世の階梯を誰が牛耳るかという派閥間の競争が、こうした文書の割合をさらに増やす。最後に、当時の理論のヒエラルキーにおいて高い地位にある三つのジャンルが特に関心を集めた。一つは雄弁であり、これには、宗教的弁論（たとえばスノー、コタン、オジエなどがそこで名を高める）、法廷弁論（パトリュ）、そしてとりわけ書簡や対話の形式をとった世俗的な弁論（ゲ・ド・バルザック、コスタール、ブーウール）がある。第二は、雄弁に劣らず威厳あるジャンルと考えられていた歴史であり、学者たちだけでなく、歴史書を著し、時には本職の修史官ともなった文士たち（メズレー、ペリソン）もこのジャンルにかかわっている。そして最後に、叙事詩は全般に最も高貴なものとみなされる。オードは流行しており、叙事詩はすぐれて「荘厳なジャンル」と目される（シャプラン、ル・モワーヌ、デマレ）。後者、つまり叙事詩において、これらの著者たちがいかにして多重の契約を遂行しようと試みているか、そしてその際に、美学の制度化がいかに障害となっているかが、はっきりと表れている。アカデミーの同輩たちを満足させるために、彼らはアリストテレスの諸原則にきわめて忠実である。だが、これにとどまらず、宗教的権力の要求にかなうよう、作中にキリスト教的驚異（「驚異 merveilleux」とは、超自然的な存在を人間世界に介入させる手法を指す文学用語。ギリシャ神話の神々の登場する「異教的驚異」に対し、天使、悪魔等、キリスト教に由来する存在が登場する場合を「キリスト教的驚異」と呼ぶ）を導入する。さらに彼らはまた、社交界の人々の期待にも応えようとするのだが、結局はアリストテレスの教えに対する彼らの執着心がまさるのであって、このような矛盾がくっきりと刻まれた古典主義時代の叙事詩は、オネットムの読者層からはほとんど反響を得られなかった。[2]

出世の階梯を辿る人々によって好まれた文学上の形式は、全体としてかなり多岐にわたっている。しかしそこには一つのずれがみとめられる。これらの作家は諸制度の見解に対しては注意を払うが、原則など二の次でもっぱら楽しさや感動という効果に執着する、拡大した公衆の見解を把握するのには長けていないのだ。その結果、新手の学者たちは、言語と批評の変革者となりながらも、作品の構想に関しては慣習から一歩も出ないままなのである。

とりわけ彼らは、演劇、そして小説という、当時の最新のジャンルにはほとんど関心を持たない。そして彼らがあえてそれらに取り組む時には、微々たる成功しか得られなかったり（ボワイエ）、辛酸を嘗めることも少なくない。ドービニャックやラ・メナルディエールがそうだった。

この二人は、批評作品や理論の書を書いた後で、ようやく創作に乗り出した。この些末な事実は示唆に富んでいる。というのも、たとえ創作家として成功に恵まれないにしろ、出世の階梯を辿る人々は、概してすぐれた理論家なのである。ドービニャックの『演劇作法』は演劇美学に関する考察の重要な礎であるし、同様に、ラ・メナルディエールの『詩学』、シャプランのゴドーへの『手紙』（一六三〇年）は「規則」についての、また、シャプランの『昔の小説の読書についての対話』（一六四八年）は物語形式についての、最初の考察である。この現象は、雅な人々が依拠する中庸の文体という理念に関して、とりわけはっきりと見てとれる。彼らはこの理念を理論化するが、何らかの形でそれを実行にうつした作品を自分で作り出すことはしないのだ。じっさい、客観的に見て、一種の作業分担が確立している。規範の側の人間が理論を作り上げ、他の人々がそれを実行にうつすのである。

したがって、ポリグラフたちの著作の蓄積は、期待ないし実現された経験の蓄積を反映するものである。著作の蓄積によってもたらされる利益とは、すぐに消えてしまうおそれのつきまとう公衆の間の名声であるよりも、同輩や有力者の間の評判である。それゆえ、出世の階梯を辿るプロの作家たちの作風は一定しており、彼らのポリグラフィーはほとんどの場合「統合的」なものではない。諸制度は彼らに持続的な公認を与え、永続性ゆえに彼らの評判に客観性を与えるのであって、華々しいがすぐに消える輝きを持った栄誉を与えることはない。美学上の選択においても、職の選択においても、彼らはめざましさよりも堅実さを重視する。それに比例して、社交界の公衆との結びつきを大きく拡げる能力は制限される。

しかし、制度が満足を得たと考える場合には、制度は著者に報酬を与える。それは、時には金銭であり（ロングヴィルはシャプランに、リシュリューはメズレーに支払う）、時には職であり（たとえばブルボン）、とりわけ高い地位である（こうしてペリソンは〈アカデミー〉の歴史を書き、席が空くのを待つことなく入会を許される）。ところで、こうした報酬は、公衆が作品に対して与える評価を先取りしている。そして、公衆の評価がどのようなものであっても、報酬は得られたままなのである。ロングヴィルがシャプランに出来高制で与える報奨金がまさにその例であるし、リシュリューもメズレーを同様に遇している。フーケはラ・フォンテーヌに年単位で報奨金を与え、彼はそれに対して「四半期ごとに」報いなければならなかった、等々。

報酬と引きかえに支払われるのは、恩を受けた制度に対する著者からの敬意である。出世の階梯を辿る者は、まだその制度の一員となっていない場合には前払いとして、また、ひとたび承認のしるしが与えられた場合には謝意や得た地位を守ろうとする配慮から、制度の美点を喧伝する。地道な成功の原理に基づく出世の階梯には、成功を与え保証してくれる制度に報いるため闘士的に活動する時期がある。

出世の階梯を辿る者の立場は明白である。アカデミーやメセナは称賛され（シャプラン、ルノード、ドービニャック、ボワロー、ペリソン等）、サロンさえも称えられる（たとえば『寓意的な小説』のフュルチエール）。制度に敵対する行動がみられるとすれば、それは制度と張り合うためである。メナージュは〈アカデミー〉を批判したが（『辞典趣意書』）、その後会員や主宰者の多くと親好を結び、自分自身のサークルを設立した。パトリュは「列席者《ジュトニエ》」たちと対立するが、ラモワニョンのアカデミーに参加し、自らのサークルを持ち、自腹を切ってアカデミー・フランセーズの存在理由である辞書編纂を継続した……

出世の階梯にはまた、作家が政治権力と特権的に結びつく時期がある。文学の領域とは、いつの時代も、諸制度がそれ自体では確固たるものではありえず、かつ法規によって強化されることもない空間であるが、十七世紀においては特に、発足したばかりの諸制度は文学外の権力の支えを必要としている。したがって出世の階梯を辿る者は、文学とは権力者への奉仕であり、そしてまさにその点によって、既存の社会的規範の支えであるとする文学観を擁護する。これは国家メセナに味方した彼らの態度にはっきりと現れている。そして、この点についての理論化は時に露骨なほど明白で、これはとりわけドービニャックに当てはまる。

ドービニャックは文学の「役目」に関する彼の理論を要約してこう書く。「公的社会を維持し、民をその義務のうちにとどまらせることに役立つ事柄、君主とはつねに美徳と栄光に包まれ、神の御手に支えられた崇敬の対象であることを知らしめる事柄を教えねばならない。(3)」権力にとりこまねばならぬ「民」とはもちろん、読書などしない農民層や都市の民衆ではない。ましてや有識者や知的エリートでもない。こうした面々はもとより権力者に近づこうと躍起になっているからだ。「民」の名で指し示されている受け手とは、古典主義期の社会において民衆の動きを指導し監督する者たち、無視できない「世論」を作り上げる者たち、つまり、拡大した公衆を構成する中流の貴族とブルジョワである。

こうして、美学の制度化に照応する作品の流通形態は、契約関係の一つのあり方の基礎となっている。すなわち、作家たちは既存の権力の社会的ヘゲモニーを強化することに一役買い、いっぽう、既存の権力は出世の階梯の特性である蓄積を保証するという契約関係である。

二つの世代と「挽回」

軌跡の規範が確立される様態と、著作家たちがその規範を用いるやり方の点で、十七世紀中葉に、文学上の二つの世代が区別される。文学上の世代はけっして年齢上の世代と一致するものではない。またその定義の問題は非常に難しく、実証主義の錯覚から出鱈目な議論がなされることも多かった[4]。古典主義時代の二つの世代について語られることは多いが、それらの状況や役割を明確にできるのは、ただ出世の階梯の様式を観察することによってだけである。

この点でフロンドの乱は一つの断絶を画する。この危機以前の文学活動は、新手の学者たちの世代によって支配されている。彼らはアンリ四世治下に生まれ、リシュリューの時代にはすでに活動しており、諸制度を最初に作りあげ、純粋主義の勝利の立役者となった。この世代は人文主義の遺産の影響をとどめながらも、人文学者と一線を画すことでこれを乗り越えようとする努力によって特徴づけられている。出世の階梯におけるその動きのリーダーは、シャプラン、コンラール、ボワロベールである。フロンドの乱以後、新たな世代が活動を始める。その大半はリシュリューの時代に生まれた。彼らは前の世代とちがって百科全書的な人文主義の直接の洗礼を受けることはなく、学校教育内の慣習が維持されていた結果としてこれにいくらか影響されるにとどまっている。そのかわりに彼らは、文学空間での支配的な地位が前世代の新手の学者たちに占有されはじめるという状況に直面し、この人々との関係において自らを位置づけねばならなかった。この第二世代、それに属する出世の階梯を代表する人物の名で呼ぶなら、ペリソンの世代は、純粋主義を旗幟鮮明にした世代である。

二つの世代の区分は、ある特徴的な場の作用によってなされる。第一の世代は文学空間構築の初期段階に対応している。彼らが文学空間の形態を作りあげ、またその美学、言語、イデオロギーの基本モデル、すなわち純粋主義とオネットゥテを作りあげる。一六四〇年代の間に、新手の学者が碩学たちの後見から自由になりはじめる時点、また――象徴的な細部に目をとめるなら――アカデミー・フランセーズが定員に達し、言語上の純粋主義の道を歩み始める時点で、この世代の内的統合は揺るぎないものとなっている。

一六五〇年代以降、出世の階梯は整えられ、諸制度のネットワークはすでに拡大し、十分な安定をみせている。今や文学活動において地位を勝ちとるには旧に倍した卓越化の努力が必要である。新参者が挑まねばならない相手とはもはや、知の場がさまざまな専門分野へと分割されたために影響力の主要な部分を失ってしまった知識人たちではなく、二〇年にわたってアカデミーやメセナの主役の座を確保してきた新手の学者たちである。新たな努力の必要から、彼らは価値の二重のつり上げを行う。彼らは第一世代の新手の学者よりも、よりいっそう「新手」であると同時に、よりいっそう「学者」であろうとするのである。よりいっそう新手である彼らは、純粋主義を過剰なまでに追求し、そのため雅とプレシオジテの理論が生み出される。よりいっそう学者である彼らは、前の世代の人々が覆い隠してきた、標榜された知への回帰をさまざまな形で提示する。こうしてペリソンは、その作品により豊かな学識が表れているという理由で、サラザンをヴォワチュールより高く評価する。こうしてまた、メーナールやコスタールは、雅な様式の中に学者的要素を再び取り入れる。

これら二つの世代の並存は「挽回」による注目すべき効果を引き起こす。第一の世代のうち、突破をはかることができないでいた著者たちが、新参者と手を結び、これら新たな勢力の参入がもたらす動きに乗じて、きわめて高い地位を得たのである。理にかなった、そしてこの時期以降文学活動において慣例となる――だがこの時期には新たな現象のように思われる――過程によって、彼らは自分たちに同調する若手に支援と助力を与え、その見返りに敬意のしるしを受けとる。というのも、新参者の忠義はきわめて高い地位にある人物に向けられる（ラシーヌがシャプランの援助を乞うたように）ばかりでなく、また、そしてとりわけ、知名度は高くないが経験豊かな人物にも向けられるのだから。こうして、第一世代の「落伍者たち」は遅れを取り戻しうる状況に立つ。コスタール、メナージュ、マロール、ドービニャックがそうである。彼らは一六五〇年以前には取るに足らない地位しか築くことができなかった。彼らが名声に到達するのが遅れた要因として、スタートの出遅れが目を引く。メナージュは地方の出であるし、コスタールとドービニャックはクリエンテリズモの義理から長く地方に滞在せねばならなかった。マロールは少なからぬ利点（貴族の身分、教育、パトロンからの強力な支援）を手にしていたが、まず擬古主義者たちの側についてしまった。だが一六五〇年以降、彼らの出遅れは埋め合わされていく。出遅れと巻き返しは、彼らの軌跡と最初に諸制度を牛耳った人々の軌跡とを比較してみると、はっきり現れる。たとえばシャプランの軌跡とコスタールのそれ（図5・図6）は、全体として同一の図形（各制度内に占めた地位を示す同一の層位の重なり）を描いているが、コスタールの軌跡はより緩やかに始まり、その後ずっと急速に上昇している。

コスタールは一六三四年、シャプランの『リシュリューに捧げるオード』の批評により三一歳にしてようやく名を知られはじめる。これが最初の出遅れである。シャプランは二五歳でデビューしていたのだ。さらに、一六三八年から四四年まで、コスタールはパトロンについて地方に赴く。（彼の庇護者が司教となった）ル・マンで司教座聖堂参事会員の職を、ニオールで主任司祭の職を得る。こうしてコスタール神父（無神論者といわれているが）は、金銭的な苦労に煩わされることなく文学活動に専念することができる。彼は遅れてやって来たため、二枚舌を操って地位を手に入れようとする。リシュリューに弔詩を捧げたかと思うとフロンド党に名を連ね、次いで今度はマザラン派となる。美学の点においても、彼は同じように振舞う。まずバルザックに心酔するが、マレルブ主義の忠実な信奉者を自任するようになり、かつてシャプランに対してそうしたように、マレルブ的伝統の名の下にバルザックをも批判する。またヴォワチュールの擁護者となり、パンシェーヌ（ヴォワチュールの甥）と結んで一六四九年にヴォワチュールの『書簡集』を出版し、手紙の技術、純粋主義、雅の模範として彼がバルザックよりも優れていると喧伝する。それは『ヴォワチュール擁護』（一六五三年）、『ヴォワチュール氏とコスタール氏の対話』（一六五四年）、『続ヴォワチュール擁護』（一六五五年）の出版によってであり、これらの著作には洗練された礼儀作法への努力（雅な人々に向けた言質）と衒学的な特徴（新手の学者よりも学識のあることを示すための）が混在している。彼は（一六五五年）マザランからの定期的な報奨金（一二〇〇リーヴル）と修史官としての職を得る。しかも同じ年には報奨金授与の候補者リスト作成を委任されているのだから、見事な出世といえよう。しかしヴォワチュールの流儀に忠実であろうとした彼の『書簡集』（一六五七年）は、社交界の読者からはほとんど評価されなかった。

失われた時間を取り戻すべく、彼は新世代の著者たち（パンシェーヌ）や、第一の世代の落伍者たち、なかでもメナージュと結んだ。メナージュも彼と同じく、プレシュー風の社交界趣味と学者的特徴とを結びつけている。

一六五〇年代の美学上の議論の高揚は、二つの世代の衝突と挽回の作用によって説明できる。当時、人目を引き、しかるべき地位を得る手段は、新たな価値のつり上げか、あるいは逆に、「良き」伝統と目されていたものへの回帰である。コスタールがヴォワチュールの信奉者に転じた時、彼の盟友メナージュは、バルザックの作品（『書簡選集』、一六五〇年）を、さらにペリソンとともに『サラザン作品集』（一六五六年）を出版する。そしてバルザック、ヴォワチュール、サラザンは純粋主義と都会人らしい礼節を競い合う三大モデルとして示される。都会人的礼節の理想とその定義に関する議論は、このように、前世代の遅れて来た人々と新世代の「新人たち」の間で主として行われた。ここから、全体として洗練された純粋主義が強まるという結果が生じる。その一方、主要なモデルがさまざまに変形した、新たな分裂も生じる。この高揚は第二世代の新人たち（ペリソン、ジル・ボワロー、フュルチエール）にはより急速に変化する軌跡をもたらすが、同時に彼らの立場をより不安定なものにしている。彼らは、最初に出世の階梯を牛耳った人々の影響力と、この頃飛躍的に上昇をとげつつある「遅れて来た人々」の影響力との間で引き裂かれているからである。

出世の階梯はこの時、美学上の論争を誘発し、それを包含／抑制 contenir する（この語の二つの語義で——つまり、論争が展開される場となると同時に、支配的モデルとの断絶が生じることを妨げる）ことが可能である。この論争は、世代および世代内分派の間の競争が、同じ一つの潮流の異同をめぐって行なわれるために、ひどく細かいことをあげつらったものになる。ここでもまた、競争に由来するものを対立の結果とみなすことは、意味の取りちがえをもたらすことになろう。また逆に、出世の論理に組み込まれた文士同士が互いを差別化するための原則そのものとなっているものを取るに足らぬ差異とみなすことも、意味の取りちがえとなろう。こうして、美学上の論争の高揚とそこにおける試行錯誤は、既存の規範をわが物とするための競争の指標なのである。(5)

社会的戦略としての文学における出世

文士の出世の階梯が一つの規範としてあてがわれている以上、それを一つの戦略とみなすことには躊躇をともなうかもしれない。戦略という概念は、多少とも創意に富んだ策動を含意し、敷かれたレールの上を進むことは含意しないのだから。しかしそのようにみなさなければならない。その第一の理由は、出世の階梯は当時、主流のタイプの軌跡ではないからである。文学の出世の階梯を辿ることは、自らを社会的に作家として定義することであり、それゆえ、当時において一つの作家戦略に等しいのである。

このことは、最初の文学場の内部において「知識人」が占める地位に内在する弱点を明らかにしてくれる。ノーデやラ・モット・ル・ヴァイエ、ブルボンらには、高い地位を占めるのに必要な学識や後ろ楯がある。しかし彼らは文士のイメージではなく知識人のイメージにしたがうため、社交界の公衆からは切り離されたままであり、階梯の全段階を踏むことができない。さらに、学識の点で彼らに近い存在である学者たちが学問固有の決定機関を組織して結束するため、彼らは文学場の内部で孤立する。そこから彼らの地位と威光の急速な低下が生じるのである。

第二の理由は、出世の階梯は、作家たちが規範を牛耳る者となったのと同じ動きの中で確立されたからである。ところで、この規範は、文学空間のみにとどまらず、それを超えて伝播する。文学権力の獲得のための戦略は、文化領域全体、ひいては社会領域全体における権力の奪取と連動しているのだ。言語と美学に関するモデルの指導者となることで、出世の階梯を辿る人々は、文学が文化活動の主要部門として顕現するにつれて、次第に重要な地位を占めうる状態におかれる。このことを通じて、文学上の出世は社会的上昇の一手段となる。つまり、地位や名声という、物質的・象徴的な現実の標的を持った、社会戦略としての価値を帯びるのである。

これらの人々は、家柄においても教育の点でも、遺産継承者である。しかしその遺産は限られたものだ。彼らはもともと貧乏でも有力でもない、中流の貴族やブルジョワである。そして皆教養があり、家系に由来する担保（財産、血縁関係）と知的担保がバランスのとれたまとまりをなしている。彼らがブルジョワであれば、作家としてのキャリアは彼らによりよい昇進の可能性を与える。彼らが貴族であれば、伝統的に貴族に割り当てられてきた職についたところで先が知れているという現実を埋め合わせてくれる。中流の出の貴族が大躍進する時期は十七世紀にはもう過ぎ去っており、(6)官職売買は裕福なブルジョワに司法職と行政職への道を開き、そうした職は次第にブルジョワたちに買い占められてゆく。社会的キャリアにおける財力の比重は非常に大きくなっているので、通常の道程においては学識はほとんど効力をもたない。文化の発展、とりわけ文学の発展は、こうした学識のための新たな投資の場を開く。

ここから中流貴族の一部が出世の階梯のモデルに加わるということが生ずる。彼らが現実に欲している利益は、このタイプの軌跡によって得られる威光がもたらす魅力と一致するのだ。ゲ・ド・バルザックの受けた教育は、彼を政治的弁論の第一人者としていても不思議のないものだった。(7)しかし、中央集権的絶対主義の発展によって、国家が求める人材は弁論家ではなく行政官や有能な事務官だということになってしまった。バルザックは文学の道を行くことで、自らの学識を向ける先を転換する。彼には国務での輝かしい名声はないが、そのかわりに作家として華々しい評判を獲得し、権威者となる。マラペールやグリーユ、ヴィレンヌにしても、程度は劣るが彼と同様である。こうした人物は、社会的出自によって敷かれたレールの上を進んだとしても大した努力もせずに生活できただろうが、大した評判を得ることもなかっただろう。文学の出世の階梯を歩むことで、彼らはそうした沈滞状態を避けられたのである。

規範にかなった軌跡を辿る貴族は、とりわけ声望の獲得をそこに期待しており、生活手段はあまり期待していない。だが最も数が多いのはブルジョワである。彼らにとって出世の階梯は、物質的な利益と評判を同時に与えてくれるものだった。中流の身分であり、多くの場合は法曹界、時には医学界の出身である彼らは、知識と、学識に基づく職への敬意がすでに根づいた家系的習慣を継承している。勉学によってまず弁護士や医者（シャプラン、ラ・メナルディエール、ルノード）、あるいは行政官（メズレー）の職につく。そのような職務を実際に果たしたか否かは彼らの経歴の細部に影響を与えうるが、こうしたポストはとりわけ、彼らの最初の境遇が、その後社会的に上昇したところでおのずと限度のあるたぐいのものだったことを示している。彼らは文学に専念することで、少なくとも初めの職業と同等の収入をもたらしてくれる境遇を得る。秘書や家庭教師、執事として、彼らはすでに一介の弁護士と同じだけ稼ぐのだ。しかもそれに加えて、より多くの自由な時間が得られる。もし教会禄付きの聖職が手にはいれば、働く必要なしに、同じだけ、あるいはさらに多くの収入を得ることができる。この点で文学者のキャリアは複数の利点を具えている。それはサロンやアカデミーという自己宣伝の場との接触を可能にしたり、処世術を身につけさせることで、上のようなポストを獲得しやすくする。しかもそれは、いつかは報奨金を手に入れ、非常に有力な人物たちの注目を引き、境遇がさらに急速に改善される可能性を開く。最後に、それは、彼らが生まれた環境や身分のもとでは到底不可能であったはずの、社会的威光の獲得を可能にする。作家としてなら、彼らは名をなすことができるのである。

出世が完全に成功すると、文芸において勝ちえた名声が、貴族に叙せられることによって一つの名前に転ずることがある。メーナール、ボワロベール、ドゥーヴィル、あるいは歴史家ギシュノンの場合がそうである。純粋な文学的理由による叙爵は存在しないため、権力による貴族の称号の授与にはつねにそれを正当化するための職務なり任務なりが必要とされる。しかし文学活動は、人から注目され、叙爵をもたらす評判や交際を得ることを可能にする。メーナールの例は、このようなとびきりの昇進がどのように行われるかをよく示している。彼は高等法院評定官の一族の出身である。この世界における通常の軌跡は、三世代か四世代かけて少しずつ上のポストを占めてゆき、最後に貴族の称号を授けてくれる重要な官職を買うことができる、というものだった。著作家としてのキャリアのおかげで、メーナールは貴族の称号を手に入れるが、これは普通の道筋であればせいぜい孫の代にはじめて可能なことだった。ヴォージュラも同じような幸運をつかんだし、ギシュノンもまた同様である。(8)

文字どおり「出世主義的」であるこのような図式が、出世の階梯を辿る著者群にみられる、ある注目すべき特徴の意味を明らかにしてくれる。その特徴とは（たまたままぎれこんだ観があるグールネー嬢を別とすれば）女性の不在である。その理由はもちろん、当時の女性たちはあまり教育を受けていなかったからである。しかしまた、女性たちが出世したり、知に関連した職業によって社会的地位を決定されるということがそもそも考えられなかったからでもある。

したがって出世の階梯は、古典主義時代における社会的戦略としての価値を十分に備えている。たしかに限られたリスクしかはらんでいないのだから、用心深い戦略ではあるが、まぎれもない戦略である。中流貴族の地位を強化し、中流ブルジョワの立身を確固たるものとすべく、作家の評判は社会的利益に換金され、文学上の出世は端的に出世そのものに転ずることができる。

出世の階梯を辿る人間は文学活動において最も多いわけではなく、二百人弱である（**付録2**）。しかし彼らの影響力は多大である。文学史は美学の体系化における重要な役割を彼らにみとめた。(9)だが、職業作家の社会的威信の獲得、およびそれにともなう文学の叙爵に果たした彼らの役割までは、おそらく十分に評価してこなかった。

地道な成功の限界――メズレーの『フランス史』

地道な成功の論理が多大な利益をもたらす半面、それが許容する立場は、はっきりした境界線によって範囲を定められていた。これをはみ出すことは高くつく可能性があった。アカデミーからの除名は稀としても、メセナによる報奨金を失うことはよくあった。成功の代償は、大部分の自由を諦めること、つまり形式上のみならずイデオロギー上の体制順応主義である。メズレーの作品が辿った運命は、こうした経歴がもたらすものとその束縛を同時に明らかにするものである。

彼は修史官という、典型的な出世型の著者の一人である。歴史というジャンルは二重であって、学問的次元の知識と物語の技術をときに要求するものであるから、少なくともボダン以来の当時の概念では、この混淆的ジャンルは文学的雄弁の一部門とされていた[10]。それゆえ、社交界の作家も、歴史学者に劣らず歴史のジャンルで名を高めることを望みえたのである。

歴史を書くためのさまざまな形式のうち、年代記は、このようにして歴史家となった作家たちに最も適している。というのもこの形式は、観察された事実を物語にする技術を求めるものであって、古い資料に基づく学問的な研究作業は求めていないからである。ところで、彼らの中にあってメズレーは、過去に関する学問的な歴史に身を投じたという点で目を引く。この特殊性はまず、彼が為政者と社交界の読者を同時に満足させることを可能にし、彼の成功に役立ったが、後に数多くの困難をもたらした。彼の特殊性は、一つには、諷刺文書と歴史記述のために詩を放棄するという彼の経歴の最初の路線変更に起因している。

メズレーは一六一〇年、アルジャンタン近郊で外科医の末子として生まれた。カーン大学で学び、同じノルマンディー出身のヴォークラン・デ・ジヴトーと出会う。詩人でありかつてルイ十三世の家庭教師でもあったこの人物に、メズレーは最初の詩作品の評価を乞う。ヴォークランは彼に詩作を断念するよう助言し、そのかわりに宮廷へ招き入れる。メズレーは『サンドリクールの影』と題した誹謗文書（一六三一年）でマチュー・ド・モルグの諷刺文書を反駁することで、リシュリューに恩を売る機会を得る。その熱意は功を奏し、彼は内乱監視の役職を得る（一六三五年）。しかし一六三七年からは、次第に文芸に専心することができるようになる。グロティウスの『キリスト教の真理』を枢機卿の意にかなう解釈に沿って翻訳（一六四〇年）した後、彼はとりわけ歴史家としての企てに乗り出す。これは、食客作家の状態から、「権威者」の地位を得ることも可能な領域に身を投じることを意味した。宰相は修史官の職と報奨金を与えることによって彼を支持する。『ファラモン王から現在に至るまでのフランス史』（第一巻一六四三年、第二巻一六四六年、第三巻一六五一年）がまさしく示すとおり、その企ては膨大なものだった。リシュリュー、次いでセギエが、前もってメズレーに成功を保証し、期待をかけた。その結果、この作品は大反響を呼び、〈アカデミー〉は著者の評判を認め、一六四八年、ヴォワチュールの後任としてメズレーを迎え入れた。[11]

クリエンテリズモの課す義務から彼は論争家となる。メズレーはまずリシュリューのために、次いでフロンドの乱の間にはサンドリクールという偽名で、数多くの諷刺文書を作る。しかし歴史に転ずることで、〈アカデミー〉会員となり、メセナの恩恵を大いに受ける。宰相からの報奨金のほかに、スウェーデン女王に宛てた『フランス史』の献辞で四〇〇〇フロリンの褒賞を得る。フロンドの乱でマザランを非難した後には政府側につき（またもありふれた二枚舌の例である）、フランス修史官の筆頭に任ぜられ、コルベールのメセナ制度において最良の待遇を受けた作家となる。しかも一六四九年以降、〈アカデミー〉における彼の役割は彼に大きな影響力を与える。彼はヴォージュラの後を継いで辞典編纂の責任者となったのである。

メズレーはまた出版からの収入にも注意を払っている。彼の『フランス史』は印税をもたらし、また一六五二年には、『トルコ人の歴史』を出すが、これはカルココンデュレスの現代語訳にすぎず、実際には書店の金儲けのための企画である。彼は（おそらく個人的嗜好から）サロンにはあまり関わっていない。このわずかな例外を除けば、彼はあらゆる成功を手中にした人々の一人である（図3・図4—I）。

しかしながら、彼の『フランス史』は論争を引き起こした。出版直後から、彼の競争相手である博学な修史官たちはこの作品を批判し、それ以降、彼は凡庸な歴史家と見なされる。[12] たしかにメズレーは原資料に直接当たることがほとんどないし、厳密な資料批判をともなうことなく継ぎはぎで作業を行なっている。だがジャンルの進化という点では、彼の果たした貢献は意義が大きい。じっさい彼は、権力者と公衆とを同時に満足させることが可能な歴史物語の形式を提示している。

宰相であるパトロンやメセーヌたちのために、彼は国家全体の包括的な歴史を提示する。メズレーは歴史を国家統一の発展という見地から体系化し、彼によれば国家の建設者である国王の役割を国家統一の基礎とする。

フランク族の初代の王を皮切りに、メズレーは王の治世ごとに一章ずつを割いている。しかしテクストの長さは対象となる時期の長さに比例しておらず、むしろ関係する君主の栄光、特に国家統一に果たした君主の役割に比例している。こうして、平均の長さが一〇頁であるのに対して、肥満王ルイ六世には一五頁、聖王ルイには二七頁、美男王フィリップには四五頁、尊厳王フィリップには四八頁が割かれている。宗教心の篤い人々のため、聖王ルイをおろそかに扱うことはできなかった。しかしメズレーは尊厳王フィリップによりいっそうの関心を寄せる。それは、彼がこの王を強力な国家の主唱者にして国家統一の担い手とみなしているからで、ブヴィーヌの戦いはメズレーによればフランス統一の最初の大きな表れである。

各章の内部構成においては、彼はまず最初に関係する君主を紹介し、統治期間中の事件の報告がそれに続くが、宗教的事件は二義的な位置を占めるだけである。第三の部分は風俗・慣習の問題に当てられる。たとえば、シャルルマーニュに関する章（第一巻、一四八―一八六頁）では、最初の一五頁がシャルルマーニュとその治世の政治的事件の記述に、つづく八頁が八・九世紀の教会と聖人たちの状況に当てられ、最後の五頁が風俗と生活様式を対象としている。

こうして、メズレーは二つの点で刷新をもたらしている。一つは、政治だけでなく宗教や社会も扱い、国家の全期間をカバーする詳細で包括的な歴史叙述を作りあげたことである。それ以前の博学な歴史家や年代記作者たちは、もっと分野ごとに限られた物語しか記述していなかった。もう一つの革新は国家主義的および君主主義的見解にある。とりわけ彼は、宗教上の問題を後景に追いやることで、政治の領域を宗教から解放する。メズレーは穏健なガリカン派の立場をとっている。それは、フランス君主政が伝統的にフランス教会と結びついているためだが、また、この立場をとることで、教会の有識者こそは血道を上げはしてもオネットムの読者たちにはさして関心のなかった宗教上の問題に、紙幅を割かずにすむからである。

というのもメズレーは、博学な歴史家たちがほとんど訴えかけることのなかった、可能なかぎり広汎な教養ある公衆に向かって書くことによってもまた刷新をもたらしているからだ。彼らの好意を招きよせるために、メズレーは二つの手法を用いている。物語に興を添えることと、あたかも中央集権的君主政への彼の政治的肩入れとバランスをとるかのような、批判的な側面をそこに与えることである。

その三巻は五百頁からなる、二折判の重くて分厚い本である。しかしメズレーはフランス語で書いている。これは年代記においては慣例となっていたが、より野心的な歴史書はまだラテン語に執着していた。とりわけ彼は著作に挿絵を入れており、各章の冒頭にはこれから話題となる王の肖像画が、そしてその下には、冒頭句のかわりとなるボードワンの四行詩が置かれている。(13) 紋章芸術になじんだ読者には、こうした最初のページは魅力的に映っただろう。

記述の詳細において、メズレーはコレージュ教育によって普及したラテン史家たちの手法を踏襲している。すなわち、年代記の形をとった地の文に、当事者のものとされる演説がところどころ挿入される、というものだ。しかしメズレー自身の介入も目立ち、彼の偏った書き方はテクストの誇張に一役買っている。この偏りは二つの方向で用いられている。一方は、たとえば「白百合紋に西ローマ帝国を結びつけた〔八〇〇年のシャルルマーニュ戴冠を指す。白百合紋 fleur de lys はフランス王家の紋章〕偉大な人物としてシャルルマーニュを称え、そのあげく「われらが」シャルルマーニュと呼ぶというような、熱狂的称賛である。もう一方は、次の例にみられるような辛辣な非難である。「かくして美男王フィリップの末裔はすべて枯れ滅びた。これについては、ある名高い著者に倣ってこう評したいところだ、神の摂理は、あれほどの権力濫用と暴虐によって王国を荒廃させた者たちが子孫を持つことなど望まなかったのだ、と。もしもヴァロワの家系が彼らよりもっとひどいやり方で王権を濫用したのでなかったとしたらの話だが。〔美男王フィリップ四世（在位一二八五―一三一四年）の三人の息子はいずれも男子を得なかったため（一人だけ生まれたが夭折）カペー家は断絶し、以後傍系のヴァロワ家が十六世紀末までフランス王位を継承する〕」（第二巻、五二八頁）

メズレーが王の功績を計る基準は、つねに王国の発展である。そのため彼の批評は、神意の理念ではなく政治的基準にしたがって統治者を判断するべきであるという原則に基づいている。権力の濫用は彼にとって、国家の強化に役立つ場合（たとえば美男王フィリップ）は正当化されうるが、政策も権威もない王から生じている場合は非難の対象となる（美男王シャルル〔フィリップの三男、カペー家最後の王（在位一三二二―二八年）〕に対して彼が行なう批判）。この点でメズレーは、君主に対する敬意と称賛の義務は批判する権利をともなうという、少なくとも宗教戦争以来顕著な伝統にのっとっている。このような批判は、単純な神意説に対する皮肉という味わいを添えるほか、歴史家が自由に判断しているという印象を読者に与える。したがってそれは、メズレーが築きあげる新たな君主政神話、つまり国家創設者としての王という神話を、いっそう受け入れやすく有効なものにすることに寄与しているのである。

そのような作品にあって、権力、諸制度、および公衆との契約関係は、バランスよく配分されていた。しかし、さらに多くの読者を得ようと、メズレーは『フランス史』の『概要』を世に問うた。その企て自体が、社交界の公衆の期待にいっそう応えることが狙いであることを物語っている。そこから出世の階梯が要請する多重の契約を壊すアンバランスが生じ、彼は手ひどい失望を味わうことになった。

『概要』の企ては、その当初は、権力との契約の完成を示している。一六六四年一二月六日、ある並はずれた特権がメズレーに与えられた。彼の書物が出版允許の延長に必要とされる、少なくとも四分の一の増補を満たしていないのにもかかわらず、一般允許が与えられるのである。公式文書は、これは作品が「見直され、改訂され、増補された結果、『フランス史』の再版というよりよりむしろ新たな作品となるはずである」という事実に基づいた、「特別な允許」であると認めている。そして『フランス史』の再版に与えられたこの特権は、「今後書かれるべき」一巻や『概要』にまで及ぶ。一般允許自体は禁止されたばかりであるが、これはその一般允許と同じ効力をもつのだ。この特別待遇は、「彼がわれわれに与え、今日なお与えつづけている立派で好ましい助力ゆえに、またわれわれが彼の作品に抱いている敬意を知らしめるべく」メズレーにもたらされたとはっきり述べられている。これ以上にみごとな権力の側からの文学的成功の認証も、これ以上に明白な著作家からの従属の肯定も、思いつくことはできない。こうして、「彼が良いと判断する形式や大きさ、巻数で、図版がついてもつかなくても、包括的な歴史大全であれ、別々の巻に分けてであれ、概要であれ、三〇年の期間にわたって」著書を出版することが彼に許されたのである。[14] その期間の点でも、また彼の競争者となりうる人々への懲罰（一万五〇〇〇リーヴルの罰金）も含めて、これは破格の特権である。『概要』は栄光の最後の仕上げとなるはずだった。

メズレーが、『概要』（一六六八年）の出版に際して、太陽王ルイ十四世を褒め称えないはずがあろうか。彼の献辞は「いとも信仰篤く、つねに勝利を収め、つねに尊厳に満ちた、勇ましきルイ大王の輝かしい統治を永遠に称えるべく、後世に」捧げられており、「どうか天が王の征服を名声と同じほど遠くに広め、彼の治める民の幸福を地上のあらゆる民の至福とするように」と望んでいる。

作品は非常に好意的に迎えられた。しかし権力と社交界の公衆とを相手どった作者の二重の契約は、そこで破綻してしまう。じじつ、いっそう広い公衆に取り入ろうと、メズレーは『フランス史』にすでにあった批判的言辞をさらに強調し、その結果、君主政の宣伝と明らかな批判的スタンスとの配分がもはや守られなくなる。コルベール、そしてそれに続いてアカデミー会員の一部が、結んだ契約に対するこの違反行為の罰金を彼に支払わせた。

とりわけ、彼は新税の創出と租税の加重を徹底的に非難する。財政がコルベールによって建て直されつつある状況において、これは時局に対するほのめかしとも読まれえた。コルベールは著者を譴責し、ペローにテクストの見直しを命じたが、この検閲に加えて、メズレーの報奨金を半分に減らした。メズレーは世評に意を強くして、自説に固執した。ペローに指摘された修正のうち、数箇所は直したが、批判の多くは無視したのだ。第二版では読者がさらに増大した。コルベールの怒りも増大し、修史官の職も報奨金も取りあげられた。そして〈アカデミー〉では、「列席者《ジュトニエ》」たちがメズレーの提出した『フランス語の正書法に関する意見書』を激しく攻撃した。

出世の階梯において獲得されるものの特性は、その高度の安定性である。メズレーは一連の出来事ですべてを失ったわけではなかった。メセナの方面では不興を買ったものの、すでに手にした金も、受け取った聖職禄も、元通りに保った。〈アカデミー〉においては、たしかに地位は弱まったが、終身書記に選出されることでその埋め合わせはついた。『概要』の事件は彼の経歴に鈍化を引き起こすが、完全な失墜を引き起こしてはいない。したがってこの事件は、地道な成功の戦略のもつ力と、これに付随する束縛の力とを、同時に示している。しかもメズレーは、まず権力者に忠実な出世の階梯を辿る者、次いで「華々しい成功を収めた」作家という、二つの作家像を順に例示している。ただ彼は、第一のイメージを第二のイメージに最後まで優先させないことで、出世の階梯の論理を破った。彼はその代償を払わされたのだから、出世の階梯はたしかに一つの規範なのである。

図３　出世の階梯を登りつめた者の文学活動の諸制度への参加：メズレー
（制度参加度評価スケール, キャリアの最終評価）

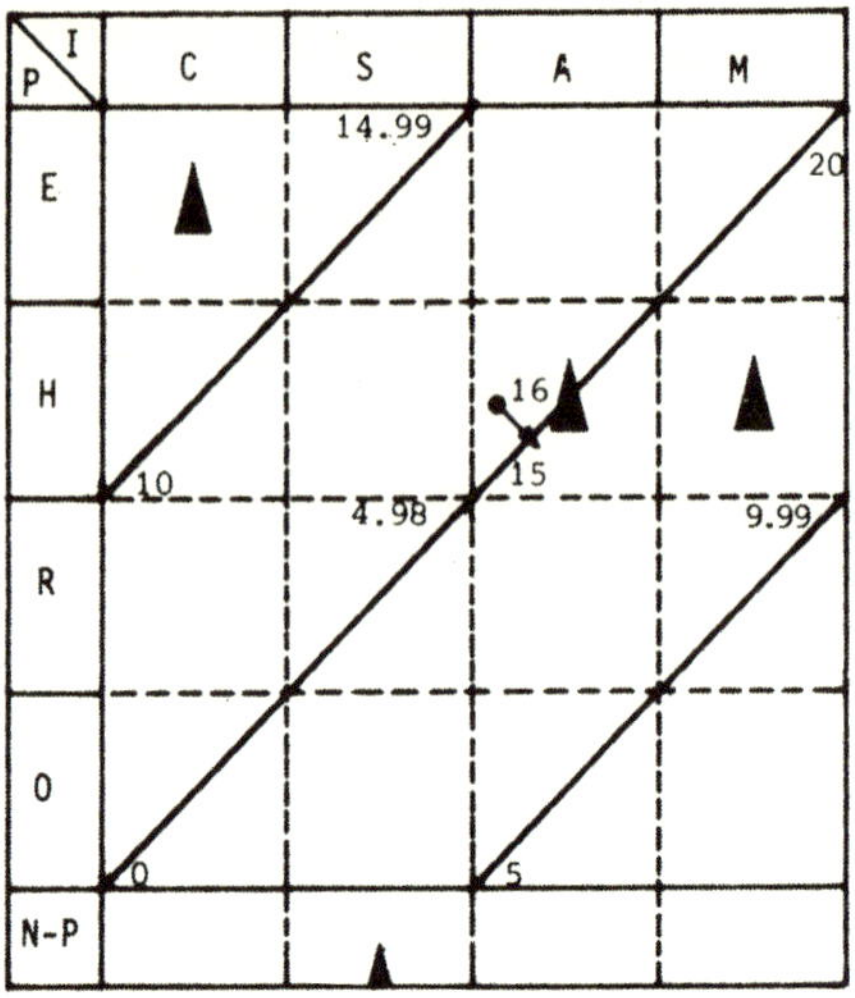

凡　例
I ＝制度 (institution)
C ＝クリアエンテリズモ (clientélisme) ／S ＝サロン (salons) ／A ＝アカデミー (académies) ／
M ＝メセナ (mécénat)
P=地位 (poste)
O ＝対立者 (opposant) ／R ＝受信者 (récepteur) ／H ＝協力者 (homme de confiance) ／
E ＝発信者 (émetteur) ／N. P. ＝関与せず (non participation)
〔訳注・「対立者」以下はソシオメトリー（モレノ J. L. Moreno が創始した、集団内の人間関係を数量的に測定する手法。E. P. I. はこの手法に多くを負っている）の用語。具体的には、パトロンやメセーヌ、サロンの主宰者やアカデミーの創設者が「発信者」であり、その信任を得て重要な役目を果たすのが「協力者」、その他の参加者が「受信者」である。〕
制度参加度評価スケール (E. P. I. ＝ l'échelle des participations institutionnelles)

横軸は文学活動における主要な制度を、縦軸はそれらの制度内で獲得される地位を、〔左から右、下から上へと〕序列化している。記号▲〔の大きさ〕は、それぞれのタイプの制度 (I) に参加した頻度および期間と、それぞれの地位 (P) への同化の度合の強さとに比例している。これら〔四つ〕の位置を合わせた点、すなわち〔四点の〕重心が、文学の制度空間において著者がどこに位置するかを示す。重心が右上に位置するほど、制度に組み込まれている度合が強いということになる。

この重心に基づいて、制度参加の「評点」が一本の軸（全体の四分の一ごとに１〔正確にいえば０〕点から 4.9 点まで加算される〔正方形 CSRO、AMRO、CSEH、AMEH の対角線、計四本を同一線上に並べれば、0 から 20 までの目盛のある、一本の尺が得られることになる〕）の上で決定される。この評点に、同化の度合（記号▲は最低限の参加、▲はその三倍の参加を示す）をかけあわせることで、評価が指数として得られる。ここでは、15.4〔12.5+16.25+17.5/3=15.4 と計算〕×10〔▲（一度数）が一個に▲（三度数）が三個だから合計 10〕＝ 154 [15] となる。

注・キャリアの最終評価としてここに提示する分析は、キャリアのさまざまな段階においても行うことができ、それらを時間軸に投影することによって、軌道軌跡の推移をカーブとして描くことが可能となる。図５、６、７、８がそれである。

図4　制度化された文学空間における位置の諸類型

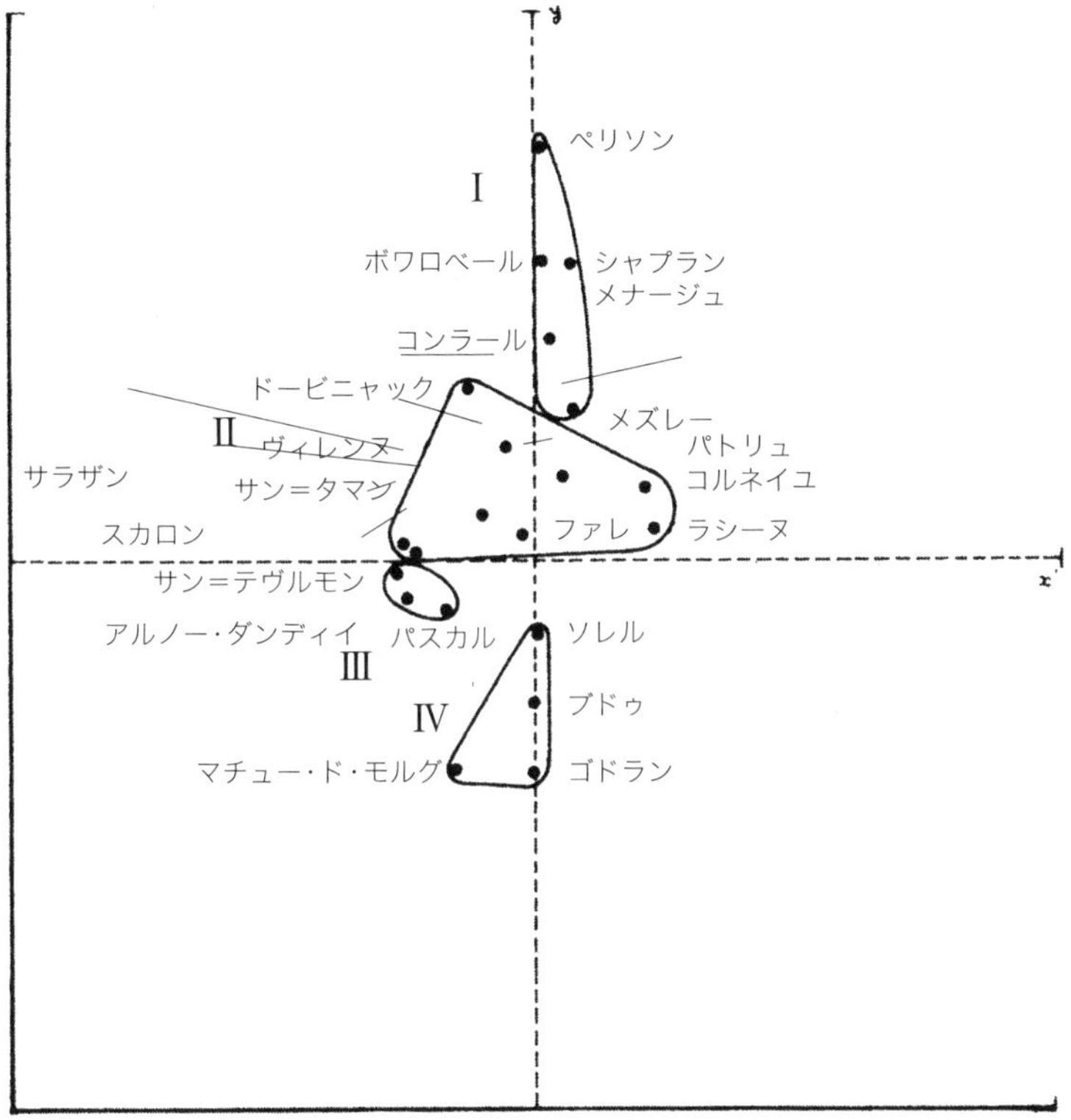

この図も制度参加度評価スケール（図3）の枠組みに準ずるものである。X 軸は制度の序列に、Y 軸は制度内で占める地位の序列に対応している。

分布 I ＝出世の階梯を登りつめた面々。
分布 II ＝平均的な参加。出世の階梯を歩む著者、「華々しい成功の戦略」を首尾よく成しとげた著者（コルネイユ、ラシーヌ、サン＝タマン、スカロン）。
分布 III ＝アマチュア。
分布 IV ＝財産に恵まれないアマチュア（ブドゥ）。
「偶発的な著者」（モルグ）。
「除け者」（ゴドラン、ソレル）。

図５　作家戦略：シャプラン

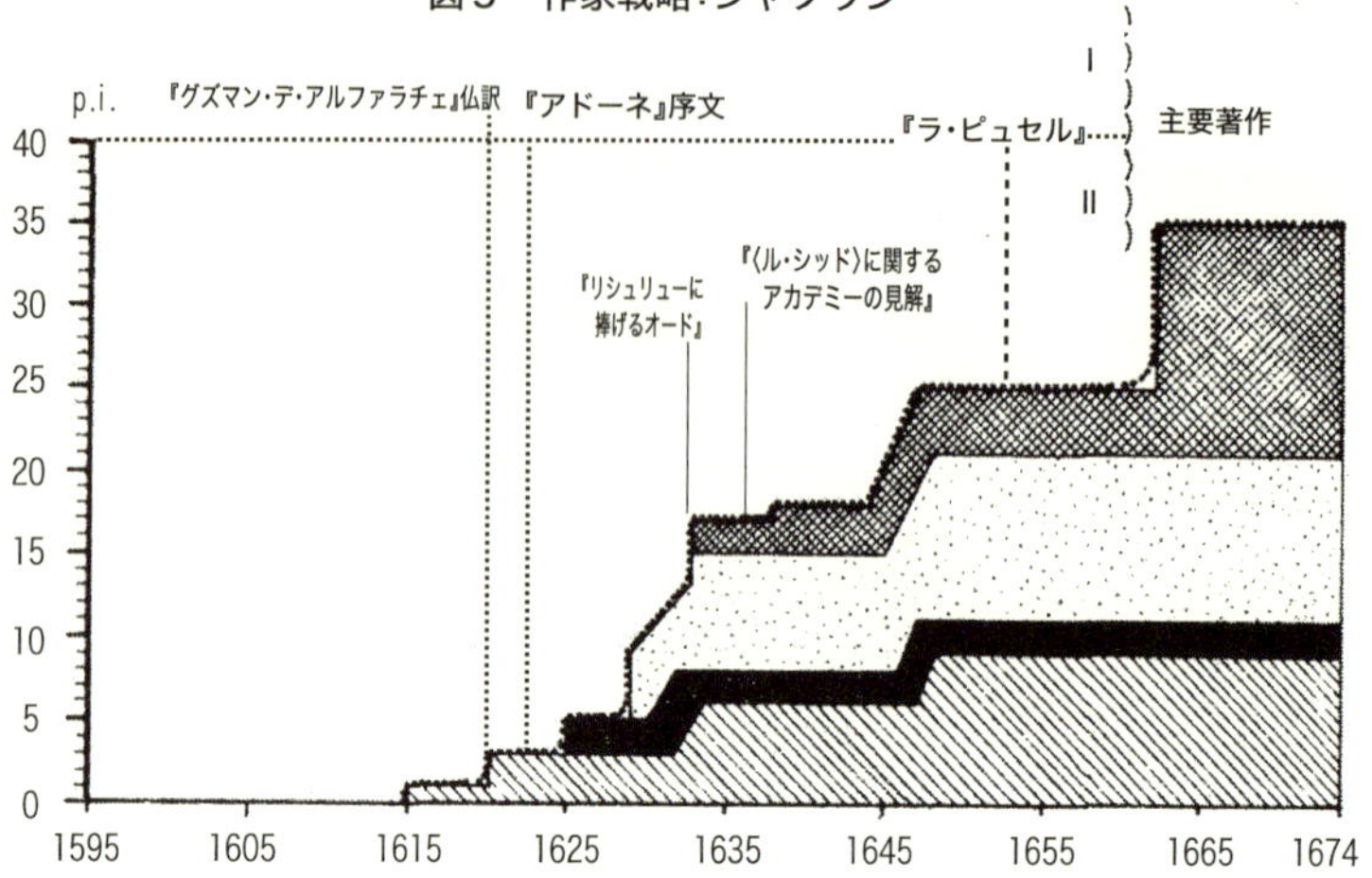

図６　作家戦略：コスタール

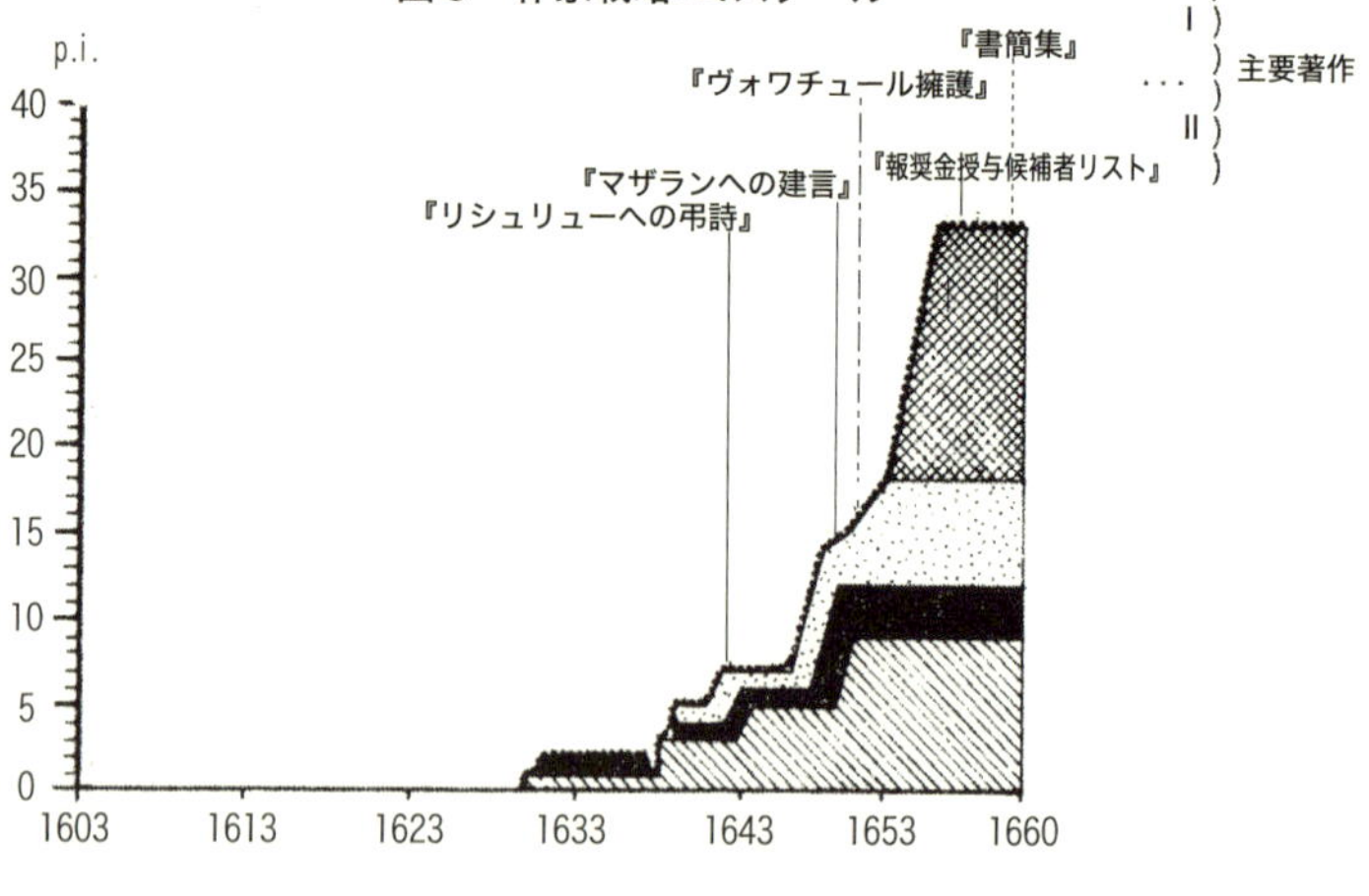

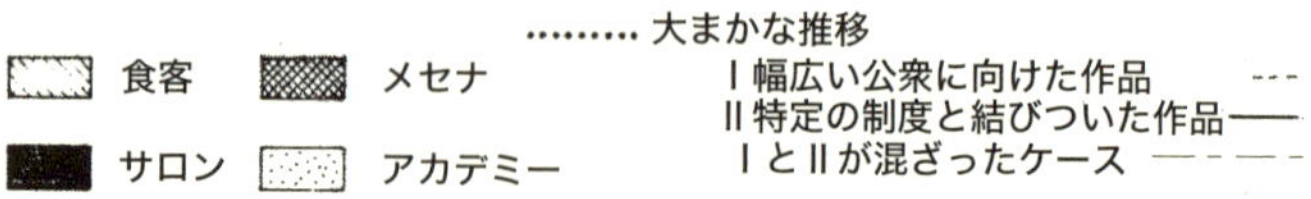

〔訳注・図５〜８の縦軸の数値（単位 p. i. は participations institutionnelles（制度参加度）の略）は、図３の説明にある E. P. I. の方法に基づいて算出されたものだが、上にいう「評点」とも「指数」とも異なっている。大まかにいえば、図３では C、S、A、M それぞれの制度への参加度の（制度の序列を加味した）平均値が求められたのに対し、ここでの数値は（横軸が表す年代ごとの）四つの制度への参加度の合計値である。〕

図７　作家戦略：サン＝タマン

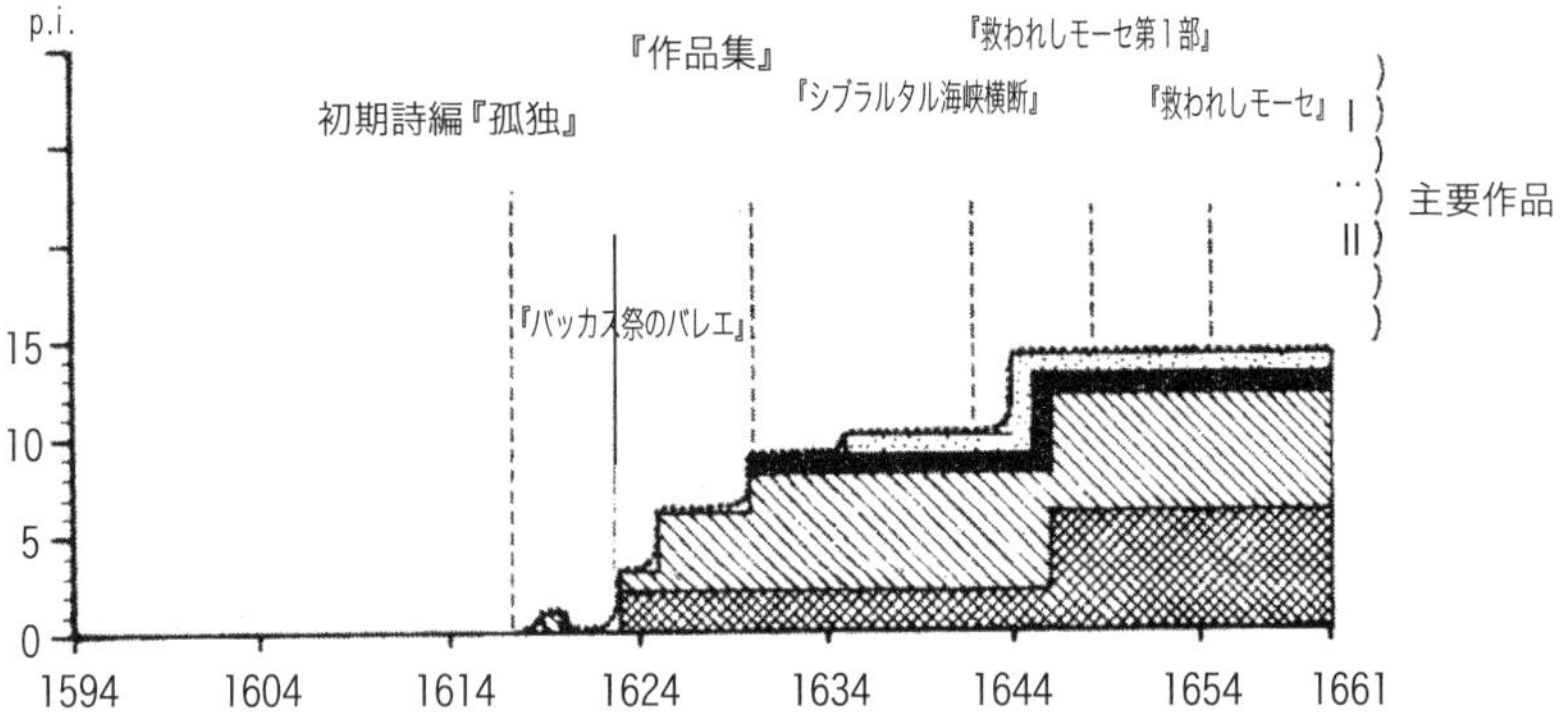
p.i.
初期詩編『孤独』
『作品集』
『シブラルタル海峡横断』
『救われしモーセ第１部』
『救われしモーセ』
I
II
主要作品
『バッカス祭のバレエ』
15
10
5
0
1594
1604
1614
1624
1634
1644
1654
1661

図８　作家戦略：ソレル

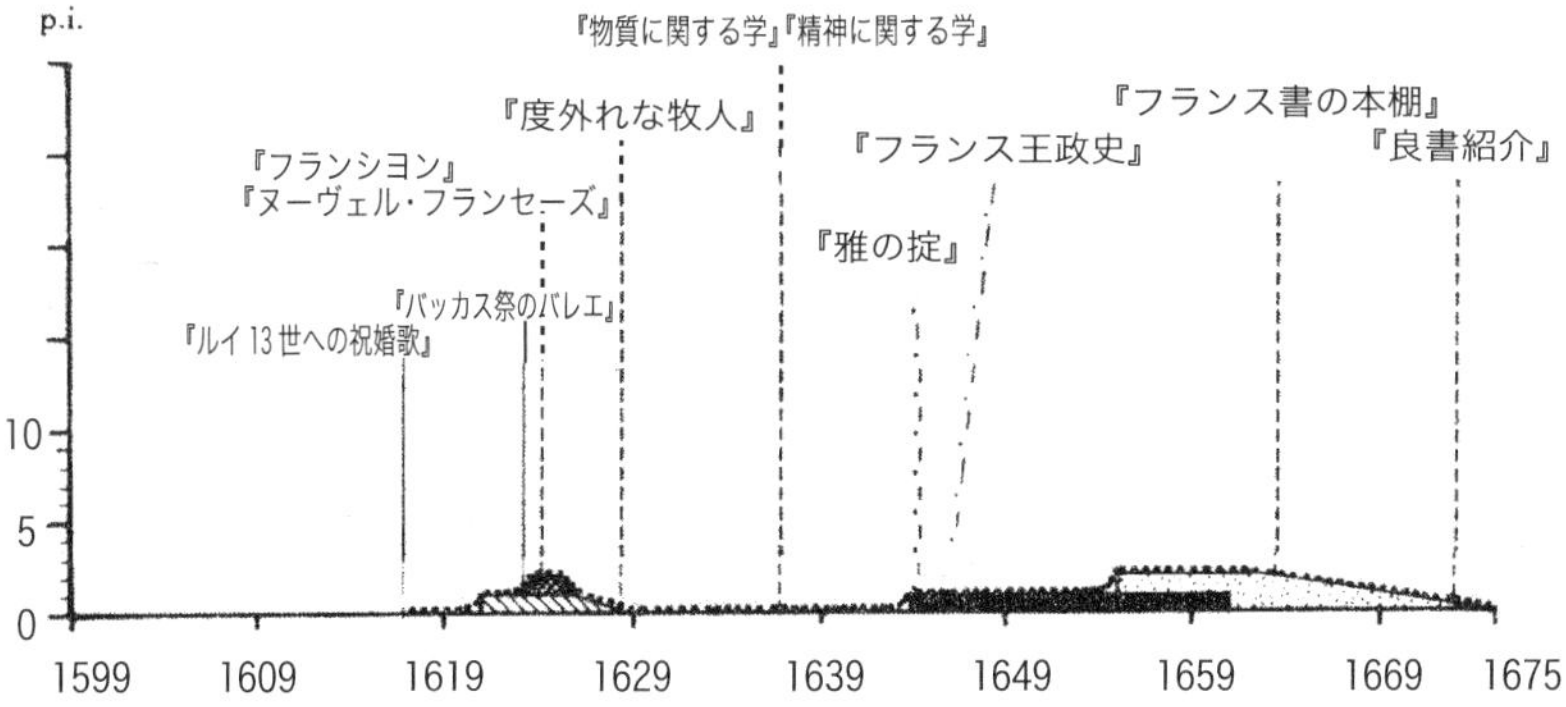
p.i.
『物質に関する学』『精神に関する学』
『度外れな牧人』
『フランシヨン』
『ヌーヴェル・フランセーズ』
『バッカス祭のバレエ』
『ルイ13世への祝婚歌』
『フランス書の本棚』
『フランス王政史』
『良書紹介』
『雅の掟』
10
5
0
1599
1609
1619
1629
1639
1649
1659
1669
1675

第七章　大胆さについて

規範にしたがう経歴に対して、拡大した公衆とまず手を結び、そこで獲得した名声を制度による公認へと転換することに立脚する文学的軌跡もある。これが、先に華々しい成功の戦略と名づけたものである。この戦略は、ある美学上の革新の試みにほかならない。すなわち、公衆に喝采をもって迎えられる作品は、制度が拒みえないだけの厳然たる質を備えており、なおかつ、こうした作品の質は、規範を適用することによって生じるものではない以上、独創性という新たな価値のうちにしか宿りえない、という信条を実行に移すのである。この論理は、露骨に表明されることもある。たとえばラシーヌはこう記す。「最も肝要な規則とは、楽しみを与え、感動させることである。他のすべての規則はこの第一の規則に到達するために作られているにすぎない」（『ベレニス』序文）。ここでラシーヌは、規則そのものを拒んではいないが、それを相対化していることがわかる。こうしたラシーヌの態度は、新手の学者のそれとは好対照をなす。新手の学者もまた当世風のものに価値を認めるのだが、それにとどまらず、規範に祭り上げてしまう。これに対し、華々しい成功の戦略をとる著者たちは、公衆の関心を引きつける独創性の掟に規範を従属させる。このような態度はまさしく掟破りの大胆な振舞いである。数の上では少数（約一五名）とはいえ、この作家たちは十七世紀において文学上の独創をもたらした立役者であった。

華々しい成功の戦略

拡大した公衆の間での成功は、それだけでは完全な成功とはなりえないので、このような形の名声をまず求めた大胆な作家たちは、獲得した名声を速やかに［公認へと］転じねばならなかった。彼らの軌跡は、次の二点で基本的に出世の階梯と異なる。第一に、規範の側の人間は公衆を重視しないのに対し、大胆な作家はまず公衆に向かう。もう一つの違いは、制度、とりわけメセナによる最も威信の高い公認を、出世の階梯は順々に段階を踏んで目指すのに対し、大胆な作家たちは、この公認にすぐさま飛びつくということである。

段階をとばす

多重の契約の一つの形態は、作家が文学のヒエラルキーの理論上の序列を無視して、「万人の喝采」を求めるというものだった。この方針をコルネイユは『侍女』の献辞の中で説明している。「舞台にかけるために劇詩を作る以上、われわれ劇詩人の第一の目標は、宮廷と民衆を喜ばせ、大勢の人に劇場へ足を運んでもらうことである。もしできるなら、学者の機嫌を損ねないために規則を付加して、万人の喝采を浴びるべきである。だが何はさておき公衆の同意を取りつけたいものである。それがかなわなければ、われわれの作品が規則を遵守していてもむなしい。もし公衆にやじられても、学者はそれに逆らってまでわれわれを弁護してはくれないのだから」。

この方針がそのまま実践されると、作家の経歴は独特のカーブを描くことになる。サン＝タマンの経歴とシャプランの経歴を比較してみよう（**図5・図7**）。社交界の公衆に向けた著作がサン＝タマンの場合には主流を占めるが、シャプランにおいては逆にほとんど目立たない。サン＝タマンはいち早くメセナに到達し、このメセナという形式による承認が以後の経歴すべての土台となるが、シャプランにとってメセナは到達点である。地道な成功が得点を順々に積み上げて行くのに対して、華々しい成功は手っ取り早く利益をあげる論理として機能していることがわかる。じじつ、このような著者たちは文学に「闖入する」といえる。名声と地位を得るのに出世の階梯を辿る人々がほぼ一五年かけるところを、きわめて大胆な作家たちはわずかな期間しか要しない。たとえばラシーヌは五年、サン＝タマンは六年、コルネイユは七年で成功した。

ある作家の経歴の初期において突然の方向転換があると、その大胆さは誰の目にも明らかとなる。出世の階梯の論理にしたがう軌跡を辿ろうとしたかにみえて、にわかに別の論理へと転じた代表例がラシーヌである。

ポール＝ロワイヤル修道院を離れた後、一六五九年から六三年にかけて、ラシーヌは規範どおりの経歴を歩む。初期作品はメセーヌたち、すなわち宰相と国王に捧げられている。ピレネー和約に関してマザランに宛てたソネ（散逸）、王の事績と業績を称えるオード群（一六六〇年に王の婚姻に際して『王妃に捧げるセーヌ川の水精』、一六六三年の『国王の御平癒に関する讃歌』、国家メセナの制定を言祝ぐ『詩神のための栄光』）がそれである。その傍らサロンにも出入りし、またパトロンと職を得ようとリュイーヌ公のもとにおもむき、ユゼスでは聖職禄を期待する。手紙も書けば雅な詩も作る。(1) また、シャプランの知遇を乞うことによって諸制度のネットワークに入りこもうと画策し、彼の庇護によって報奨金を頂戴する（一六六四年）。ところが、劇作家の道を歩みはじめるやいなや、ラシーヌは突如方向転換する。『ラ・テバイッド』（一六六四年）はあまり振るわなかったが、『アレクサンドル大王』（一六六五年）とともに華々しい成功の戦略がはっきりと姿を現す。ここでラシーヌは、この作品をモリエール一座から取り上げ、さらに引き立ててくれるブルゴーニュ座に手渡すという、慣習に背いた誰の目にも大胆な振舞いに出るのだ。ラシーヌの経歴を「奇妙な étrange」と形容したR・ピカールはこのことを理解していた。(2) 地位をゆるやかに着実に獲得する戦略から、文学的名声と収入を手っ取り早く手にする戦略への方向転換は、規範の側からみれば、なるほど理解に苦しむものだ。

華々しい成功の戦略は、規範にのっとった慣習を覆すとはいえ、制度のネットワークに反対するわけではない。大胆な作家たちは制度から貰えるものは貰っておくのだが、ただしここでも出世の階梯の序列を転倒するのである。クリエンテリズモから利益を享受するとはいえ、むしろ名声から得たものをそこで生かすのであり、クリエンテリズモにさほど依存しない。サロンに顔は出すが、熱心な姿勢はほとんどみせない。またアカデミー・サークルは、彼らにとって拠点ではなく公認の場にすぎない。そこに加入することは怠らないものの、距離をおいて、人文学者や新手の学者の判断に全面的に服従することは拒む。

『アカデミストの喜劇』では、サン＝タマンの〈アカデミー〉に対する不信が描かれていた。『ル・シッド』論争で〈アカデミー〉とやりあった十年後（一六四八年〔一六四七年の誤記〕）には会員に選ばれるコルネイユも、同じ時期に書かれた『ル・シッド』再版の「緒言」では、この団体の一員であっても距離を保っていることをはっきり述べている。『〈ル・シッド〉に関するアカデミーの見解』についてコルネイユはこう記す。『ル・シッド』を裁いた方々が御自身の意見に基づいておられたのかどうか私は関知しないし、判決を適切に下されたかどうかは私が言うべきことでもない。ただ言えることは、彼らの裁定は私が同意した上でなされたのではけっしてないということだ。」

要は、華々しい成功の戦略は多重の契約を履行する一つのやり方だとしても、出世の階梯とはまったく異なるということである。出世の階梯は集団のルールに個人が従うことを前提としていた。華々しい成功の戦略は、個人の活動や利害に合わせてルールを適宜使いわけるよう促すのだ。

文学的ヒロイズムと社会的ヒロイズム

地道な成功の戦略をとる者はポリグラフとなる傾向にあるが、華々しい成功の戦略は逆に一つのジャンルへの専念につながる。ポリグラフィーの場合と同じく、絶対の規則というわけではないが、この傾向ははっきり現れている。華々しい成功に基づく経歴を歩む著者たちは皆、人文学者ではなく文士である。ところで当時、作家にとって最高の栄誉は、あるジャンルをきわめたことの代名詞として己の名前が用いられることだという考えが力をもっており、その後も根強く残った。各ジャンルの名称がその中で第一人者となった作家の名前と結びつけられることこそ、作家の番付の最終的な到達点である。それによって著者は一つの文学の価値そのものとなる。

『著者たちの戦争』でゲレはこうした理想的な番付を作成し、登場人物ヴォージュラにこう言わせている。「エレジーはデポルト、スタンスはテオフィル、ソネはゴンボー、エピグラムはメーナール、諷刺詩はレニエ、ビュルレスクはスカロン、悲劇はトリスタン、小説はラ・カルプルネード、恋文はヴォワチュール、散文はバルザック、オードはマレルブとラカン、英雄詩はブレブフに任せよう」(3)。ここでヴォージュラは自分の世代の著者たちの名前をあげて、自分と同じく出世の階梯を辿る作家たちに高い点をつけている。もっとも、ゲレは他の箇所でラシーヌとコルネイユにも賛辞を送ることで、この番付に含みをもたせている。いずれにせよ、上のテクストが示しているのは、出世の階梯の作家の名前があるジャンルの代名詞となりえたのは、ポリグラフィーにもかかわらず、というよりむしろポリグラフィーの結果としてだった、ということである。出世の階梯をのぼりつめた作家は、制作の一領域を特別視して、その上に君臨すると自ら誇ることができた。こうしてメーナールはエピグラム、バルザックは書簡芸術、メズレーは歴史に打ち込み、そしてシャプランは叙事詩を征服できると思いこんだのだ。

ここでも、華々しい成功の論理を選びとった作家たちは、ただちに特定のジャンルに専念することで、踏むべき段階をとばす。劇作家として活動を開始したコルネイユは、その場かぎりの詩や宗教詩も作るが、劇作家として名声を得る。そればかりか、一連の喜劇の後では悲劇に専念する。同じことがラシーヌの創作活動についてもいえる。

劇作品に比べれば詩や修史官としての業績は大したものでないうえ、活発に劇作品を発表した時期（一六六五年―七六年）にはほとんど見られないのだ。サン＝タマンはもっぱら詩を手がけ、その中でも自分だけのスタイルや形式を編み出そうと試みさえした。

というのも、この作家たちが専念したジャンルは、さほど伝統に根を下ろしたものではないのである。演劇に打ち込んだり（コルネイユとラシーヌ）、ビュルレスクに手を染めたり（サン＝タマン）、つまり公衆の人気が高いジャンルを選ぶことで彼らは名をあげる。あるジャンルを専門とすることは、流行を見きわめることと同義なのだ。

これと並行して、著者の権利や書店の営業活動にもきわめて深い関心が注がれる。上の三人は、著作権を守ることに力を入れ、そこからできるかぎりの利益をあげようとする作家たちの先頭に立つ人々だった。こうした作家たちが特に好んで手がける演劇と小説は、最も印税の実入りがいいジャンルである。彼らの稼ぎは一様ではなかったが、いずれにしても、（印税に報奨金を加えた）文学による収入だけで、ほかの収入源がなくてもまずまずゆとりのある暮らしができるほどの額に達していた。このような作家たちは、あらゆる点でまさしく「プロ」の名にふさわしい。

これとは別に、彼らはメセナからも大きな利益を得る。メセナの側が投資に値すると認めるほどの広汎な名声が彼らにあれば、気前よく援助してもらえるからである。たとえば劇作家としての評判を確立したラシーヌは、ルイ十四世から報奨金を毎年増額してもらえたし、宮廷の催し物を手がける一員として扱われた。このような著者たちは、有力者に取り入ったり頭を下げたりすることによるのではなく、もっぱら己の才能と成功ゆえに報奨金を得ているのだと自負することができた。『ル・シッド』で大成功を収めたコルネイユの「私の名声は他の誰のお陰でもない」（『アリストへの弁明』）という発言は、この意味で理解されるべきである。

貴族への叙爵は、作家にとって最高の公認であり、並ぶものなき作家という地位が社会的地位に置きかえられることを意味する。これによって作家は、爵位およびそれ自体が財産である姓[4]によって卓越化される階級に仲間入りする。

作家が爵位を得る道筋は何通りかある。『ル・シッド』が華々しい成功を収めたことで、一六三七年にコルネイユ家に貴族の身分が授与される。ただし授与されるのはコルネイユ本人ではなく、彼の父親である。これによりコルネイユ自身は〔なりたての貴族ではなく、親の代からの〕貴族の二代目となるという利益を得る一方で、国家としては、彼の父親がルーアンの次席検事として奉仕したことに対する褒美という名目で、作家に与えるこの法外な恩恵を正当化できた。ラシーヌの場合は、官職を得ることで貴族となる。ただし先に見た通り、彼は国王の庇護のおかげで官職をさほど苦労せずに購入できたのだった。サン＝タマンの叙爵の経緯は上の二例ほど知られていない。彼の出自は物議を醸す。本人は貴族だと主張するが、これに異を唱える者が現れたのだ。しかし一六二九年の国王允許は彼に「平貴族 écuyer」という最下位の貴族の称号を冠しているし、一六四七年にはポーランド王妃〔既出（第二章）、マリー・ド・ヌヴェール〕が彼を配下の貴族に叙する。これによって彼の主張には、仮にそれまではなかったとしても、今やれっきとした裏づけが与えられたのである。

こうしたケースにおいて、貴族身分の授与は、メセナの一形態であり、作家の公認の一種とみなしうる。かつて自由人が戦争の勲功によって騎士に叙されたように、作家は名声によって貴族の身分を勝ちえる。「文学的ヒロイズム」(5)という言い方は十分に理にかなったものなのである。

ところで、文学的ヒロイズムというこの戦略は、あまり恵まれない出自の作家に特有のものである。これは社会における地位獲得のための戦略にほかならない。彼らが文学的キャリアを一足飛びに進むにつれて、社会的な地位も一足飛びに向上していくからである。

コルネイユは下級検事の息子である。さらにいっそう地味な役人の息子ラシーヌは、幼くして相続財産もないまま孤児となった。サン＝タマンの父親は、ある資料によれば船舶艤装、別の資料によればガラス工業に携っていたので、金は持っていただろう。しかしこうした事業は貴族も品位を汚すことなく従事できたものであるうえ、サン＝タマンの父親の取引先は紛う方なき貴族であった。このような事情であるから、彼にとって、貴族の身分でないこと、あるいはそのように疑われることすら屈辱だったのだ。

このように三人には家庭という資本が乏しかったが、そのかわりに、学歴という確固たる資本があった。ラシーヌはポール＝ロワイヤル修道院で比類のない教育を施されたし、コルネイユはイエズス会コレージュの優秀な生徒だった。サン＝タマンは、この二人ほど学業ではぱっとしなかっただろうが、それでも社会全体からみれば最高の部類にはいる教育を受けた。この三人が客観的にみて「危険度の高い」戦略を選んだ主な理由は、このようにキャリアの開始に先立って学歴資本と家庭資本の落差がある点に求められるだろう。つまり、彼らには社会的な相続財産において失うものがほとんどないので、自己の学識を向ける先を思いきって〔文学的ヒロイズムの戦略へと〕変えることによって見込まれる儲けの方が大きいのである。

こうして、作家が辿る道筋のモデルの一つが浮かびあがる。計算ずくにせよ明確に意識しないにせよ、これらの作家は、文学的軌跡および社会的軌跡の途上で、誰の目にも「大胆な行為」を成しとげる。そしてこの大胆さは、文学と社会の両面で報われる。

こうした軌跡は、出世が困難な社会条件のもとに生まれたが、学業の面で高い能力をもつ作家において見出される。ただし、モデルは実際には純粋な形で現れるわけではないから、それを踏まえたうえで、彼らの軌跡を上のモデルと関係づけなくてはならないのは言うまでもない。なかでもコルネイユのケースは最も「夾雑物がない」。コルネイユの向上ぶりは、一六三七年の叙爵の後、一六六〇年から貴族としての（職を持たない）生活を始めることに表れている（そのかわり文学に専念する）。ラシーヌの場合は、一六七六年（一六七七年の誤記）に修史官に就任した後、宮廷のクリエンテリズモが強まっている点で、他律性の影響が認められる。クリエンテリズモの影響は、サン＝タマンの経歴にも一貫して見出される。とはいえ、ラシーヌとサン＝タマンについても、上のモデルをはっきりと見てとることができる。また、ブルジョワもしくは不遇な小貴族の出身で、社会的獲得ないし奪回を試みる作家の軌跡も、このモデルと関係づけることで正しく位置づけられる。スカロンやキノー、あるいはスキュデリー兄妹、その他数名の場合である。

華々しい成功の論理に従う小貴族の中では、ことに小説家が目につく。本当に貴族の出かどうか疑問視されているゴンベルヴィル（ただし彼の経歴は後に出世の階梯に近づく）。新興貴族の家柄で、軍人を志した後、名声への近道を求めて文芸へと転ずるラ・カルプルネード。シラノの経歴も同様の特徴を示すが、表面的にはアマチュア的態度、潜在的には出世の階梯の要素がより多く混じっている。ジョルジュ・ド・スキュデリーとその妹マドレーヌの経歴にもさまざまな要素が混じっており、とりわけ兄ジョルジュ（小説とともに劇作品も手がける）においてはアマチュア作家のイメージが前面に出ているが、華々しい成功の戦略の諸要素がはっきり姿を見せている。二人は破産し落ちぶれた貴族の子供であるが、おじに引き取られ、このおじからしっかりとした教育を授けられた。マドレーヌは文芸のキャリアを遅れて開始する。一六〇八年生まれだが、一六四七年までは兄の陰に隠れた無名の存在にとどまっている。しかし自ら署名した作品を発表するようになると、わずか六年で有名になった。

ブルジョワの側では、ロトルー、モリエール、スカロン、トマ・コルネイユ、キノーが、多少の差はあるにせよ、これと同じタイプの経歴を歩んだ。モリエールはかなり裕福な家の出である。それにもかかわらず彼は役者になるという「大胆な行為」をやってのける（それも申し分なく大胆な行為である。いきなりパリで、新設の劇団を旗揚げするのだから）。しかし彼は長い無名の修業時代という代償を支払う。スカロンは有力な高等法院法官の息子であるが、父親の後妻から酷い仕打ちをうけて、家族からはじき出される格好となった。彼は、演劇、小説、ビュルレスクの詩、つまり公衆の拡大した層を相手に成功を収めることが最も期待できる三つのジャンルのいずれをも手がけている。キノーは零細な小売商の息子であったが、演劇によって瞬く間に上昇をとげる。

文学場の特徴（本質的両義性）と作家個人の両義的な資質（優れた学歴資本と、脆弱な、もしくは減少した社会関係資本）という二つの条件がこのように揃うのは、めったにあることではない。そのため、これら大胆な作家たちは少数派となる。華々しい成功に賭けるというきわどい戦略は、二つの齟齬が一人の作家において衝突した結果として生じたものといえる。

創作における大胆さ

文学活動の諸制度には、人々の間で広く共有されている趣味に理論の体裁を与えることによって、そのような趣味を恒久的で普遍的な規範とみなす傾向がある。たえず取り上げられ注釈を加えられたアリストテレスの『詩学』は、新手の学者の見解によれば、良識に適ったものであり、それゆえに時代を越えている。つまり、いつの世も変わらぬ上品な趣味に基づくからこそ今も規範として仰がねばならないとされるのだ。しかし、華々しい成功の論理を選びとった作家たちは、このように広く受け入れられた趣味と同時に、時代や個人によって変わる趣味にも訴えかけようとする。言いかえれば、この作家たちは、自分の名前が一個のブランドとして認知されるような独自のスタイルを身につけるとともに、このブランドが失墜しないよう、流行作家の座を追われないよう、さまざまに趣向を凝らし、つねに新境地を開拓しなくてはならない。とはいえ、規範を決定する権能を手にしている新手の学者たちにそっぽを向かれても困る。かくして、こうした作家たちの美学は、一作ごとに変化するようなものであってはならないが、開かれたものでなくてはならない。

開かれた美学――コルネイユの『エディップ』

『侍女』の緒言で「万人の喝采」を浴びたいと述べたコルネイユの全作品は、開かれた美学の実践にほかならない。そこには数々の大胆な企てや新しい試みがある。とりわけ、ルーアンの下級検事の名をパリに知らしめた果敢な処女作『メリット』、論争を巻き起こした『ル・シッド』、ローマ史悲劇のお手本となった『オラース』をその代表にあげることができよう。コルネイユは、これらの作品の創作にあたって、演劇のさまざまなモデルを文字通り創出するわけではないが、既存のモデルをたちまち自家薬籠中の物とし、それに形を与えて世に広める。そして、創作を通じてコルネイユが人々に受け入れさせる自己のイメージと社会的人間像は、作家という身分が高貴なものとなり貴族にまで叙されたことを示すものである。

およそいかなる作家の軌跡にも、運命を左右するとりわけ重要な段階がいくつかある。こうした段階にいる作家の前には、美学的次元や制度における地位、イデオロギー上の立場に関して、選んでよいもの、いけないものをあわせ、選択肢がいくつも示される。作家はここで、半ば決然と、半ば無意識に、おそらくは直感と「投資家の勘」によって、自分の全キャリア、つまりそれまでに得られたものすべてと将来の可能性を賭けることになる。このような分岐点の一つが、コルネイユの実に八年ぶりの劇壇復帰を告げる一六五九年の『エディップ』である。その名声ゆえ、彼のカムバックはいやがうえにも満座の歓呼をもって迎えられるものとなるはずだが、それだけにもし失敗すれば目も当てられないことになる。

作家の沈黙期間やキャリアの中断にはつねに大きな意味がある。コルネイユの場合、沈黙期間は多重の契約関係の破綻と正確に重なり合う。『ル・シッド』は、社交界の公衆、サロン、宮廷、国家メセナのいずれからも称賛されたが、新手の学者だけがこれを批判した。そこでコルネイユは五年間〔三年間の誤り〕沈黙し、アカデミー会員たちを味方につけることができる作品〔『オラース』〕を書きあげるまで復帰しなかった。第二の沈黙期間は、『ペルタリット』（一六五一年）の後に訪れる。今度は、失敗作という判決を下したのは社交界の公衆だった。復帰を告げる『エディップ』執筆に際し、コルネイユは制度からの強力な後ろ楯を得る。当時栄華の絶頂にあったメセーヌのフーケがスポンサーについたのである。さらに、一六五一年から劇作品は発表していないものの、この間に公刊した『キリストのまねび』の仏訳は大いに売れ、宗教的権威からもお墨付きを得た。この間コルネイユはまた、自身の『作品集』の決定版を準備している。これは一六六〇年に刊行され、彼が演劇の大家であることを世に認めさせることになる。一六五九年から六〇年にかけては、コルネイユが活力を取り戻し、社交界の公衆の支持を再び勝ちえるべくあらためて大胆な行為に乗り出した時期にあたっている。

この新作でコルネイユは、当時美学上の規則と見なされていた古典模倣の原理と、サロン的な趣味を満足させる新機軸の方針とを結びつけようと試みる。そもそもコルネイユは、ずっと以前から独創性を重視していた。『舞台は夢』の献辞において、彼はこの作品の「奇妙な着想」が「斬新なものであり、斬新さはわれわれフランス人の間で少なからず好まれている」〔原文が一部変更〕と述べていた。同じ見解は『ル・シッド』の一六四八年版の「緒言」、一六六〇年の『メリット』の「自作検討」にいたるまで再三みられる。にもかかわらず、ここでコルネイユが選んだ（フークは三つの主題から一つを選ぶよう注文を出していた）のは、アリストテレスによってすぐれて悲劇的であるとされた主題、すなわちオイディプス伝説だった。これは危険な賭けといえる。

これがいかに危険な賭けだったか、コルネイユ自身が『エディップ』の「自作検討」で解き明かしている。まず彼は古代人への敬意を表明する。「私はこの作品の主題を選んだ時、次の二点を確信していたことを率直に認めよう。この主題を依然ギリシア・ローマの傑作だとみなしておられる学者の皆様方は私に賛同して下さるだろうということ、そしてこの主題をそれぞれ自国語で取り上げたソポクレスとセネカの着想の助けをかりて、より容易に完成にこぎつけることができるだろうということを」。ところがこれに続くのは、観衆に気に入られるために新機軸を打ち出す必要性についての弁明である。「古代人の時代には素晴らしいとされたものも、われわれの時代には忌まわしいと思われかねないということを私は悟った」。それゆえ改変が必要だというわけである。そしてコルネイユは、改変された箇所こそがこの作品の最良の部分をなすと断言する。「こうした変更を加えたために、おおむね偉大な先達の訳者たらんと心がければよいのだという、期待していた利点を取り逃がす結果となった。私は別の道を選んだことで、もはや彼らと考えを同じくすることも、彼らの真似だけでよしとすることもかなわなくなった。だがその埋め合わせに、私が今まで世に送り出してきた作品の中で、この作品ほど技量を発揮したものはない、と認めてもらえる幸運に与った」。〔ここの引用は数箇所原文と異なる〕

ソポクレスの『オイディプス王』およびセネカの『オエディプス』にコルネイユの『エディップ』が加えた改変

は無数にある。そのすべてについて述べることはせず、主要な四点だけをここではあげておく。
第一に、ディルセという人物を新たに加えたこと。彼女はライウスとジョカストの娘、つまり実はエディップの妹である。第二に、ディルセに恋するテゼーの導入。第三に、エディップとジョカスト夫妻についてはほとんど話題とされず、近親相姦のテーマがテゼーとディルセのカップルの上に移し変えられていること。ライウスの最初の子が犠牲になれば街を襲うペストは止む、と神託が告げたとき、神託が指していると思われるディルセを救うため、テゼーは自分がディルセの行方不明の兄だと一時的に偽るのである。第四の変更点は、大団円に関わる。エディップが自分の両眼を抉る行為が、舞台上では演じられず語りだけですまされる。

これらの改変についてコルネイユは自ら解説している。彼いわく、テゼーとディルセのカップルの導入には三つの利点がある。まず、二人の恋愛は実際には近親相姦ではないので、礼節 bienséance を遵守しやすくなる。次に、この導入によって政治的葛藤が生ずる。ディルセはエディップによる統治の正当性に異を唱えるからだ。最後に、恋の物語という要素が付け加わる。「この主題は恋愛に関係せず、身分の高い女性も登場しないため、われわれ劇作家にいつも公衆の称賛をもたらしてくれる主要な飾りが欠けていたのである」（「自作検討」〔「読者に」の誤り〕）。さらに大団円についても、コルネイユは改変の理由を述べている。両眼をつぶす場面によって「客席の多くを占めておられる御婦人方の神経を逆なでして不興を買えば、同伴の紳士方の批判も容易に招きよせてしまう」（同上〔「読者に」〕）、と。

『エディップ』は成功を収めた。賭けは応じられ、改変は報われた。ここで多重の契約は華々しい成功の論理に沿って申し分なく履行されている。『エディップ』の「自作検討」によれば、「公衆の称賛を得るため」コルネイユが狙ったのは、公衆のうちで最も社交界と関わりが深い人々、「同伴の紳士方」の意見も左右する「御婦人方」だった。コルネイユが変更を加えたのは彼女たちを意識したためであるが、同時に彼は「学者の皆様方」をも満足させるべく、高い評価を受けている主題を、規則にかなった形で取り上げたのである。

とはいえ、こうしたさまざまな人々の期待に折衷案を示すのは生易しいことではなく、軋轢を生じさせずにはすまなかった。新手の学者は出世の階梯以外の論理に基づく美学上の傾向を快く受け入れなかった。今回は、新手の学者を代表してアベ・ドービニャックが、一六六三年発表の『論文』(6)〔この年に出されたドービニャックの『劇詩に関する論文』には計四編あり、ここで言及されているのはその第三、正式には『〈エディップ〉と題されたコルネイユ氏の悲劇に関する所見という形をとった第三の論文 *Troisième dissertation en forme de remarques sur la tragédie de M. Corneille, intitulée Œdipe*』と題する一編である〕によってコルネイユ攻撃の論陣を張った。こうして口火を切った論戦には、美学上の対立における真の争点が垣間見える。

二人の間の論争は何年も前から続いていた。ドービニャックの『演劇作法』がコルネイユの手法を批判すれば、コルネイユは一六六〇年『演劇に関する〔三つの〕論考』でやりかえしたのである。さて、正式の起訴状というべきドービニャックの『論文』は、四つの主だった訴因を挙げて『エディップ』をまるごと告発する。第一の訴因は執筆動機に関わり、コルネイユは金のためにしか書かないというものである。この非難は二つの異なるキャリアの対立をまぎれもなく反映している。第二の非難は主題の選択理由に関わり、コルネイユは「古代人を凌駕し、古代人よりも賞賛されたいという虚しい期待から、この最もおぞましくて有害な(7)」オイディプスの主題を選んだ、というものである。独創性への努力はこうして断罪されるわけだ。ここから、主題を当代の趣味に合わせることでコルネイユは主題を歪めたという第三の非難が導かれる。これは、ディルセとテゼーのばかげた話が作品の主要な核となってしまっているという非難である。そして「やりたかったことではなく、やってしまったことをわからせるために、内容に合ったものに[8]」題名を変えるようにと、ドービニャックはコルネイユに勧告する。最後に、多くの細部をあげつらった末に、言葉づかいが気取っていて「雅」に過ぎる、という第四の非難が浴びせられる。

ドービニャックの批判はまさしく第二世代の新手の学者のものである。彼は、コルネイユは作品で金を稼いでいると非難し、また、礼節の概念を狭く解したうえで、オイディプスなどという礼節に反したおぞましい物語を主題としてとりあげたと非難することで、社交界趣味を〔第一世代の新手の学者以上に〕誇張している。のみならず、コルネイユの文体が気取りすぎで、とりわけ筋の運びが筋の統一を守っていないと批判することで、理論の面での厳格さをも〔第一世代の人々よりも〕いっそう押しすすめている。この最後の二点に関して、ドービニャックは一つの問題を見抜いたが、問題点の総体を捉えきれていない。コルネイユが雅さに配慮したのは、社交界の趣味の動向に適っている。これは美学上の適応なのであって、この点、ドービニャックの批判は趣味の変化をとらえそこねた時代遅れのものであるといわざるをえない。だがこれに対して、筋の統一に関する告発の方は的を射ている。しかし当の本人がその意味するところすべてを把握していなかったのだ。

主題が変容したとまでいうドービニャックの主張は行きすぎだが、コルネイユが「自作検討」の中で行っている分析も十分なものとはいえない。彼はそこで、テゼーとディルセの恋の物語は「幸福に終わる挿話」だと形容しているにすぎないのだから。実際のところ、登場人物の配置には問題がある。エディップは計一五場に登場し、五二〇行を語る。台詞の多さでエディップは第一幕（筋の提示と展開）、第四幕（急転）、第五幕（幕切れ）の中心を占めている。ゆえにドービニャックが何を言おうとエディップの主役の座は揺るがない。しかしディルセもまた計一五場〔一四場の誤り〕に登場し、五六〇行を語る。彼女は第二幕でしか中心を占めないとはいえ、テゼー（計四場〔一二場の誤り〕、一二三〇行）と結ばれているから、この二人のカップルはエディップとつりあうぐらい重要なのである。

『エディップ』の筋はたしかに二重である。ところでコルネイユは一六六〇年の『三単一論』〔前出『演劇に関する〔三つの〕論考』の一つ〕の中で、「筋の二重性」を理論化していた。悲劇の「筋の統一」は「危機の統一」だと解説していわく、「一つの作品に複数の危機があってもかまわない（……）、一方の危機からもう一方へと必然的に導きだされる危機であれば〔原文と一部異なる〕」。コルネイユの考えでは、この場合筋の二重性は欠陥ではなく、許容されないのは「互いに無関係な二重性」だけである。二つの危機が必然的に結ばれておらずただ続けて起こるだけの『オラース』のような場合を指している。『エディップ』に関しては、コルネイユは筋が二重だとは夢にも考えていない。それでもやはりこれは『エディップ』の特徴なのである。ドービニャックとコルネイユは問題の所在にうすうす勘づいてはいたが、どちらもそれをはっきりと問題として捉え分析することはしなかった。彼らはまだ批評を意識しはじめた段階にいるにすぎない。じつは、筋の二重性という『エディップ』の構造上の特徴は、華々しい成功の戦略にのっとって多重の契約の要求を満たすためのものなのである。ディルセをめぐる筋は、政治的側面（エディップの権力に反対するディルセ）と恋愛の側面をこの悲劇に付与する。エディップをめぐる筋は、政治的側面のみならず形而上的観点をもたらす。己の運命に対峙する人間、自己同一性の探求、それに自由意志についての考察（特に第三幕第五場）がそれにあたる。さらに、この二つの筋が共存することで、叙事詩的雰囲気が醸し出される。たとえばテゼーとエディップが一騎打ち、つまり決闘裁判をしようとする場面（第四幕〔第四場〕）がそうだ。

しかるに二つの話が交互に進行し、互いに影響しあうことで筋全体が進展するという意味では、二つの筋は統合されている。二重性によって、恋の悲劇とヒロイズムを評価する社交界の公衆の期待に応えることもできれば、政治的側面ゆえに権力者たちの好みも満たされる。「危機の統一」による二重性の統合は、筋の統一を守れと叫ぶ人文学者たちをも満足させよう。こうして、筋の二重性という形式上の特徴は、著者の美学上の選択に内在する戦略が、作品の内的論理の中に置き換えられたことの証であるといえる。この「開かれた美学」がこのように生じさせる筋の二重性 duplicité の効果は、クリエンテリズモ、メセナあるいは検閲が引き起こす二枚舌 duplicité と同じ問題が、別の位相において表れたものにほかならないのだ。

古典となる革新者たち

『エディップ』のような作品は、大胆な戦略には多少なりとも折衷的な形式が必要であることを示している。多重の契約は、複数の美学上の趣味を融合させることで履行されるのだ。

この種の軌跡を選んだ著者は、さまざまな形で美的趣味の融合を実現している。サン＝タマンは、ビュルレスク的なおどけた調子と叙事詩的なヒロイックな調子を結びつけて、「カプリース〔奇想詩〕caprice」[9]や「英雄的牧歌 idylle héroïque」という独自のジャンルを作り出した。ビュルレスクじたい、その原理は、既存の叙事詩を手本として逐一参照しつつ一貫して「平俗な」文体を用いて書き直すことにあるのだから、まさに異なる二つの要素の融合である。モリエールにも融合がみられる。彼は、コメディ＝バレエというジャンルを創始し、性格喜劇という「本格喜劇」にビュルレスクな要素を取り入れる（特に『タルチュフ』）。スキュデリー嬢にも融合がみられる。『グラン・シリュス』のような小説は、雅な語り口と叙事詩的調子の混淆である、等々。

こうした融合によって可能となるさまざまな革新は、純粋主義の趣味を軸として形成された合意に違反するわけではない。じじつ、オネットムの公衆はこうした革新の試みを歓迎したのである。受けつけなかったのは、極端な純粋主義を奉じる新手の学者である。彼らは教条主義的で、少しでも目障りなものは何であれ文学から排除しようとする。逆に穏健な純粋主義者は、異なった要素同士でもそれぞれが譲歩すれば共存できると考える。たとえば中庸の文体を理想としたペリソンがそうだ。革新的な作家たちが成功を収めた理由は、形成の途上にある文学場においては、規範にも柔軟さが残っているという状況を利用しえたからである。彼らはまだ自由が認められている領域を探求し、しばしば規範の境界線ぎりぎりのところに身を置いたり（コルネイユが筋の統一を「危機の統一」と読みかえたように）、時には暗黙の掟が定める境界線をわずかにずらすことさえする。しかし、境界線を踏み越えることだけはけっしてない。こうした大胆な戦略の原則に照らせば、彼らが演劇、小説、ビュルレスクな詩、つまり歴史が浅く、規範化されつつあったにすぎないジャンルをとりわけ好む理由はもはや明らかだろう。

ここから、彼らの革新につねに見られる第二の特徴が導き出される。すなわち、あるジャンルを専門に手がけるにあたり、彼らはそのジャンルに固有の諸規則をすっかり自分のものにするのである。彼らは規則を拒むのではない。その逆だ。彼らは詩学の約束事（「文学の諸制度」〔「序論」参照〕）を利用して革新を行うのである。そのようにして行われる革新の一つに、あるジャンルを、それを成り立たせているいくつかの根本的な原理にまで単純化してしまうことで、そのジャンル自体が内部にはらんでいるさまざまな融合の可能性を現出させる、というものがある。これがラシーヌの行ったことである。彼の一連の悲劇は、悲劇というジャンルの最小限の定義とカタルシスの原理の最小限の定義とが可能にするさまざまな組み合わせを追求したものとして読むことができる。

『ベレニス』の序文は、この点に関する根本的な理論を展開している。周知のとおり、このテクストにおいてラシーヌは、「発想とは無から何かを作り出すことである」と言って筋の統一の規則を端的に発想の原理そのものに還元している。しかしそれにとどまらず、何よりもラシーヌは、悲劇的な感情をその根源をなす情動へと立ち戻らせるのだ。「悲劇で血が流され人が死ぬというのは、けっして必要なことではない。筋が偉大で、登場人物たちが英雄的で、情念がかき立てられ、悲劇の楽しみのすべてであるあの荘重な悲しみがいたるところで感じられさえすれば、それで十分なのである」。ここで語られているのは、またしても、革新は〔許容される〕限界ぎりぎりに身を置くことによって可能となる、ということだ。いまさらコルネイユとラシーヌを比較するつもりはないが、両者はともに同じ論理に従っており、それを実行に移すやり方が異なっているのだということを確認しておかねばならない。コルネイユは、悲劇というジャンルに悲劇とは異質の要素を取り込むことで、ジャンルの外延を定める境界線をあやうく踏み越えかける。『エディップ』の筋の二重性があからさまに過ぎれば、悲劇というよりもロマネスク〔＝恋と冒険の物語に類するもの〕になってしまうだろう。逆にラシーヌは、悲劇というジャンルが内包する諸要素を、悲劇が成立する限界まで切りつめる。『ベレニス』以上に筋が単純になれば、もはや劇ではなく複数の語り手をもった抒情詩になってしまうだろう。このように彼らが同じ論理で動いているがゆえに、文学空間における二人の位置が接近し（**図4―Ⅱ**）、二人が競合関係におかれることになるのである。

このように革新的な作家は、手がけるジャンルに通暁することでそのジャンルを自分のスタイルに合ったものに変え、その第一人者となる。彼らの創作行為はこうして、最上の文学的価値にまで高められた独創性という観念に実体を与える。それは同時に、「文学的ヒロイズム」に形を与えることでもある。

この作家たちはしたがって、公平に言って古典主義時代の革新者である。現代的な意味で前衛的《アヴァンギャルド》だとはいえないが、それでも革新の先陣《アヴァンギャルド》を切ることに変わりはない。彼らは承認されて間もない形式やジャンルをいっそう推進したり、あるいは承認そのものをとりつけたりする立役者なのだから。この論理の帰結として、演劇はこの時代主要な文芸ジャンルの地位にのぼるのである。

彼らが礎をおいた力学はその後一貫して正しいものと認められ、こうして革新的な作家は古典の地位を獲得することになった。当時の番付において、コルネイユ、ラシーヌ、モリエールは次第に最上位へとのぼりつめていく。その結果、ついに学校教育の番付は、文学の決定機関の中で定められた権威者の地位を逆転させるにいたる。出世の階梯の大御所たちは第二位に転落し、かつて自分たちが裁いたこともあった革新的な作家たちの後塵を拝するのだ。制度に組み込まれた新手の学者たちと華々しい成功の論理を選びとった大胆な作家たちという二つの作家像のうち、時間の流れとともに勝利を収めるのは後者である。ここでも、大胆さは報われるのである。

戦略の代償

しかし大胆さは同時に、高い代償をともなう。まず、批判に晒されるという代償がある。大胆な作家は誰もが非難、論戦、論争の標的とならねばならなかった。評価を下す制度のネットワークで主要な地位を占める規範の側の人間たちが、何の咎めもなく悠然と革新が行われるのを見すごすはずはない。華々しい成功の戦略は、得るものも大きいかわりに、認可という点では危険性の高い軌跡である。次に、大胆さは、成功を収めるために複数の方面からの期待に応えねばならないという点で、高い代価を支払わねばならない。出世の階梯を辿る著者にもまして、コルネイユやラシーヌのような作家は、趣味の変化に左右される。華々しい成功の戦略を選んで獲得した名声が、不安定で短命な性格を持つ以上、この軌跡には「空白期」、つまり沈黙や雌伏を強いられる期間がつきものである。たとえばモリエールは、当時社会的な地位が低く教会にも断罪されていた役者という職業に賭けたことで、公認を得るまで長い間（一六四三年から五九年）待たねばならなかった。そしてモリエールは、また、スカロンやラ・カルプルネードも、その成功にもかかわらず、アカデミーの空間においては、ついに公認を得ることはなかったのである。

挫折者と除け者

程度の差こそあれ、挫折のケースは珍しくない。資料が欠けているため原因が定かでない場合もあるが、いずれにせよ、彼らの軌跡が描くカーブが、選びうる二大論理（出世の階梯と大胆さ）の間でためらったことを示していることと無関係ではあるまい。戦略、とりわけ華々しい成功の戦略は、リスクをともなうものであるから、満足の行く結果を生むためにはかなり思いきった投資をしなければならない。逡巡したり、どこに賭けるべきかを見分ける勘がない場合、隠遁することになったり文学活動の第一線から逐われたりといったことになる。未遂に終わった戦略はおそらくいくつもあっただろうが、もっと興味深いのは、始められながらも挫折した戦略である。

ブレブフ、ゴドラン、ソレルが、三者三様の挫折のケースを示している。古い貴族の生まれであるブレブフは十分な教育を受けたが貧乏だったため、やむなく職を探す羽目になり、家庭教師の職にありついてクリエンテリズモに組み込まれる。しかし同じ頃、社交界の人々の間で雅な詩の名手だとの評判を得、一五〇篇のエピグラムを収めた詩集『賭け』（一六四六年）を編む。この題名は、ブレブフが危険な賭けに打って出たことを文字どおり示すものである。次いでビュルレスクに転じて『アエネイス第七歌』のパロディを作る（一六五一年）。これ以降、彼のキャリアは、出世の階梯の要素と大胆さの要素の混淆となる。『パルサリア』の翻訳（一六五三年〔一六五四年の誤記？〕）によってサロンおよび最もサロン的なアカデミー（スキュデリー）から賞賛されたかと思えば、『変装したルカヌス』（一六五六年）によってビュルレスクに舞い戻る。この詩は多重の契約の好例となっている。社交界の公衆から支持されると同時に、かつてのフロンド派に対する揶揄ゆえにマザランから報奨金を貰うからである。しかし、フーケのサロンとメナージュのサークルの常連となることで出世の階梯の割合を強め、さらには発表する作品の数を減らしてより高尚な詩を書くようになる。しかし以前のようには成功せず、世人の尊敬も失って、貧窮のうちに生涯を終える。

ゴドラン（一五八〇―一六四九年）はトゥールーズの外科医の息子で、イエズス会のコレージュで学んだ後に弁護士となった。文学のキャリアに転じた彼は、オック語とフランス語で詩を吟じ、アンリ四世の死に際して一六一〇年に発表した『スタンス』で知られるようになる。クラマーユに庇護され、モンモランシー（ラングドック地方総督）から報奨金を得て名声を確立する。詩集『花咲く枝』（一六三四年）は再三版を重ね、フランス語、ラテン語、スペイン語、イタリア語に訳された。しかし彼はパリに出て栄達を求めようとはしない。自分の土地を終生離れず、周縁的な地位に追いやられつつあったオック語に固執した彼は、文学上の成功を社会的な利益に転換できず、半ば忘れられて貧しく死ぬ。

シャルル・ソレル（図8）はサン＝タマン同様、早々と成功作をものしてメセナに辿り着く。小説『フランシヨン』（一六二三年）と『度外れな牧人』（一六二七年）は十七世紀最もよく売れた本の中に数えられる。彼の家は知の伝統と無縁でなく、おじ（母方のCharles Bernard, 一五七一―一六四〇）は修史官であった。一六三五年におじからこの官職を買い取った後、ソレルは出世の階梯へと転向し、ありとあらゆるジャンルで出版を重ねてゆく。ところが、原因は判然としないのだが、彼はアカデミーの空間から締め出された。彼もアカデミー・フランセーズを批判して対抗した。アカデミーと関係修復するのはようやく一六五八年のことで、世代間の挽回の現象があったおかげである。こうした経緯のためソレルは、数多くの著作があり、しかも歴史上大いに革新をもたらした

（小説と反小説〔牧人小説のパロディー『度外れな牧人』をソレル自身「反小説 anti-roman」と銘打っている〕、さらに晩年の『フランス書の本棚』と『良書紹介』によって）作品を生んだにもかかわらず、同時代の文学活動の周縁にとどまらざるをえなかった。

これらの軌跡において、そして覆うべくもない三人の失敗において注目すべきは、彼らが、明らかなもの（検閲）であれ暗黙のもの（趣味の規範）であれ、何らかの決まりごとに違反したために周縁に追いやられたわけではないことである。違反が見当たらないかわりにそこに認められるのは、戦略の二股膏薬や、論理の不徹底である。ゴドランは首都への移住を拒んで、公認への賭けに乗り出さなかったし、ブレブフとソレルは大胆さと出世の階梯の二者択一をためらった。このためいずれも公認は不完全なものに終わり、キャリアは終わりに近づくにつれて下り坂となった。三人が文学空間のヒエラルキーに占める位置は、偶発的な著者や未熟なアマチュアに近い（**図4－Ⅳ**）。

したがって、周縁に追いやられたこの三人の例と、けっして多くはないが見過ごせない別の例を同じにしてはならない。それは、規範に明らかに背いたために文学活動から完全に締め出された著者の場合である。この中には、検閲に背いたために重大な処罰、死刑判決までも受けた最悪のケースが含まれる。たとえば、ベイ、ミヨー、クロード・ル・プチである。さらに先の三人の例は、他に類例のないアダン・ビヨーの場合とも区別しなければならない。ビヨーの出発点となった社会条件（彼はヌヴェールの指物師である）、有していた教育資本（彼はほとんど独学である）、どちらをとっても非常に貧しい。一時彼はサロンの寵児となり、ヌヴェール公一家によって宮廷に紹介され、報奨金まで受けた。とはいえ詩集『木釘』（一六四四年）の成功は、人々の好事家的興味にうったえたからにすぎない。フロンドの乱の後、パトロンの上流貴族たちが力を失うとともに、彼のキャリアも終わりを告げる。ビヨーはヌヴェールの自分の鉋のところへと戻っていく。

恨み言――トリスタンの『手紙』

戦略の失敗は、この種の経歴に内在する論理に原因の多くがあるとはいえ、同時にこの時代の文学状況の反映でもある。戦略によって作家は栄光と名声を勝ちとり、高貴な者とされ、実際に貴族の身分を手に入れることさえあったが、文学外の権力から自由になるというわけにはいかなかった。文学の市場はまだ十分に成熟していなかったため、作家が己の才覚だけでどうにかできる範囲は限られていたのである。結局のところ、他律的な諸要素がふたたび顔をのぞかせることになった。とりわけ、華々しい成功の論理はメセナによる公認によってしか完遂されえず、その公認の獲得は何らかの従属と引き換えだった。

パトロンやメセーヌの不義理に対する慨嘆が公認されたいという願望の裏返しだったように〔第二章参照〕、自立したいという願望の裏返しとしての、戦略に頼らざるをえないことへの嫌悪感の表れである恨み言は、いっそう広汎に見出される。作家たちの恨み言は、――意をつくしていなかったり、論点がずれていたり、はたまた多分に思い込みだったりするにしても――、作家たちが戦略の必要性と文学の社会的地位が持つ本質的両義性とを認識していることを示すものである。

恨みがましい調子が顕著にみられるのは、挫折した著者の晩年の作品である。ヌヴェールに戻ったアダン・ビヨーは『曲がり柄錐』（一六六三年、死後出版）と題された詩集の中でその憤懣の一端を洩らしている。同様に、一司祭であった弟のもとに隠遁したブレブフは、幻滅をにじませる『孤独の対話』（一六六〇年）を書く。出世の階梯と華々しい成功の戦略それぞれの要素が絡み合った、紆余曲折に富むキャリアを送ったゴンボー（一五九〇―一六六六年）は、文学が権力に服従しなければならない無念さをテーマとしてとりあげている。しかし断固としてこの上ない苦々しさが見出されるのは、トリスタン・レルミットの作品――言葉の端々に恨みが透けて見える『寵を失った小姓』（一六四一年)、そしてとりわけ『雑多な書簡集』(一六四〇年)である。

こうした著者たちの共通点は、キャリアの出発点において社会的に恵まれた境遇になかったことである。ブレブフ、ゴンボー、トリスタンについてとりわけいえることは、たいへん由緒ある貴族の家柄だが貧しいということだ。さらにトリスタンとゴンボーは、貴族の家における大黒柱である家長が倒れ、家が破産したばかりだったという点で共通する。

ゴンボーは「財産を食いつぶす」[10]ある貴族が四度目の結婚でもうけた末子である。家はプロテスタントだったが、財力を失ったことで文化的な基盤も失われていた。父親は財産を遺してやれないせめてもの埋め合わせに息子を聖職につかせようと無理やりカトリックに改宗させる。若くして親から独立したゴンボーは再度改宗してプロテスタントとなり、声望を取り戻すための手段として、また生きのびるための職を求めて、文学に身を投じる。トリスタンの父親も同様に破産した。しかし彼の家には母方に有力な親戚があった。こうして幼少のトリスタンは小姓としてアンリ四世の私生児アンリ・ド・ブルボンのもとに奉公に出され、アンリとともに育てられる。こうした処遇のために、裕福な上流貴族とわが身を日々比較することになり、破産の結果がよりいっそう骨身に沁みた。さらに、父親が早くに亡くなったため、遺産の相続問題が母子の間で諍いを引き起こし、この諍いはトリスタンが折れることで決着する。

トリスタンの軌跡には華々しい成功と出世の階梯が入り混じっている。彼はポリグラフとしてさまざまなジャンルで成功を収めるが、その名声は演劇作品、とりわけ悲劇『マリヤンヌ』(一六三六年)に負うところが大きい。とはいえ彼は出世の階梯も歩んでいる。若い領主のもとで小姓を務めたことで貴族の教育を受けるが、その後(一六一三年から一六二一年）は博学な修史官サント＝マルトの秘書となった。それゆえトリスタンは二つのキャリアを半々に歩んだといえる。一つは、強力なパトロン（ガストン・ドルレアン、ギーズ公）に奉仕する貴族としての社会的キャリア、もう一つは、評価されて名を馳せるが、完全な公認を得るにはいたらない（一六四八年に遅れて〈アカデミー〉入りし、メセナによる報奨金はわずかであるうえ不定期的である）作家としてのキャリアである。印税を要求するトリスタンは文芸のプロとして振舞っているが（ちなみに彼の弟〔レルミット・ド・ソリエ L'Hermite de Soliers, Jean-Baptiste, 一六一〇―一六六七〕も一時期演劇に手を染めたことがある）、選びうるどの論理（クリエンテリズモ、出世の階梯、華々しい成功）も徹底して実践しようとしない。著者としての身分がもたらす利益をおろそかにできるほど裕福ではないが、文学にすべてを賭けるには気位が高すぎる。彼の『書簡集』は、これら矛盾した要素の間に生じた緊張を伝えるものである。そこでは、作家稼業の身すぎ世すぎに明け暮れることなく芸術に打ち込む作家のイメージが打ち出されるとともに、この理想のイメージに自分が同化することができない無念さがテーマとなっている。

矛盾を抱えることで、トリスタンは早くから苦悩していた。すでに一六二七年には次の一文がみられる。「詩神を密かな神々しい熱情で愛するあまり、しばしば他の義務を忘れてしまいます。この甘美な愛着のためにどれほど好機をとり逃しているか、自分でも驚くほどです[11]」。十年後、自分が服従に甘んじていることを告白するトリスタンの口調は苦渋の度を増している。「詩神の好意を得ようとする習慣が身についてしまったせいで、貴顕の好意を得ることができません。彼らが自分から鷹揚に振舞うことなどめったになく、彼らを動かすためにはさまざまな手立てを講じねばなりません（……）。そんな企みは私のような人間には縁のないものなのです[12]」。トリスタンの分析には反論の余地がある。創作を趣味とすることと社会でのキャリアの両立は当時不可能であるどころか、その逆だったからである。じつは彼が耐え難く感じているのは、術策や妥協、戦略が必要だということなのだ。

トリスタンとともに誕生した文学の神話は驚くほど流布した。その神話とは、作家が創作に打ち込むためには自由が必要なのに、日常の些事に忙殺されてしまうというものである。「精いっぱい腰を屈めねばならないのに、私のもって生まれた気質はあまりに自由なのです」（上掲の一六三七年の手紙）。何にも頼らずに生きたいという願望は、彼にとって貴族としての価値に等しい。貴族であるとは何よりも自由な人間として生まれることだからである。それゆえに彼は、貴族のヒロイズムから文学的ヒロイズムへと移るべく、価値体系を完全に切り替えるにいたらなかった。あるいはむしろ、貴族である彼の眼には、いまだ文学的ヒロイズムはあまりに卑しい屈従によって汚れていると映っていた。

妥協なき戦略というものはそもそもありえないとはいえ、文学場がなお形成の途上にあり、相対的にしか自律性を獲得していなかった古典主義時代、このような妥協はとりわけわずらわしいものに感じられていた。そのために生ずる恨み辛みは、成功した大胆な作家たちが不遜にも宣言した「私」の裏の顔といえるだろう。

第八章　作家の軌跡と文壇

コルネイユとラシーヌにとって、書くこととは社会を征服する行為だった。ラ・ロシュフコーやデストレにとっては高尚な暇つぶし、アバディ牧師にとっては聖職をまっとうするための手段である……　しかし、彼らが書くとに変わりはない。彼らは皆著者であるが、ただし著者としてのあり方は皆同じというわけではないのだ。著者という一つの名詞は、ある一つの価値を指す呼称であると同時に、いくつもの異なる価値の総称でもある。ある一つの価値を指すといえるのは、たとえばラシーヌもデストレも同じ著者という資格でアカデミーに席を占めるからである。異なる価値の総称といえるのは、たとえばコルネイユが自分の作品の所有権を主張する一方で、ラ・ロシュフコーは自作が彼の手によるものであることを公にする気がさらさらないからである……　文学をめぐる態度や戦略をこのように同時に規定している一つの価値とさまざまな価値観は、ものを書く人々の位置と軌跡全体の中に置かれ、最初の文学場の構造との関係において捉えられたとき、はじめて理解される。このとき、二つの分離が起っていることがはっきりと見えてくる。まず、文学が徐々に知的活動全般の中で他の領域から区別されていくとともに、作家 écrivain が、文学者たち gens de Lettres の間で徐々に固有の社会を形成していくという分離。そして、この作家たちの社会、すなわち文壇が、社会全体の中においてもまた次第に卓越化され、威信を獲得していくという分離である。文壇は文学場が現実にとりうるさまざまな形の一つにすぎないが、社会の場全体の中で文学場がどのような位置を占めているか、また、作家のさまざまな軌跡のタイプが社会の場の中でどのように配分されているか、何にもましてはっきりと示してくれる。

出版界

古典主義時代の著者が置かれた状況を理解するためにまず知っておかなければならないのは、著者の総数である。

ただしその数は、文学史が取り上げる著者だけではなく、出版する著者すべてを網羅するような、包括的な調査による数字でなければならない。

著者数の増大とその効果

一六四三年から五一年にかけて毎年、ルイ・ジャコブ神父はその年の総合的文献目録を作成した。一六五三年からは書店組合幹事が継続的に『記録簿』をつけており、そのデータは一六六一年から六五年まで遺漏なく更新されている。[1] この二つの資料をもとに、上の期間について、合計二二〇〇名の著者を数えあげることができる。

この数字はもちろん、およその規模を示すものでしかない。匿名や偽名で発表された多くの著作が、いまだ著者を同定されぬままである。Ａ・バイエの『仮面をかぶった著者たち』（一六九〇年）は、匿名や偽名という現象がいかに頻繁にみられ、これを解明することに最初の文学史家たちがいかに関心を抱いていたかを示しているが、バイエが与えてくれる解読結果は不完全なものにすぎず、[2] 書店組合の『記録簿』に記載された著作の二〇パーセントに関しては、著者の特定はまったく不可能である。したがって、一六四三年から六五年の間に生存し、出版したことのある著者の実数は、おそらく上に示した数字を上回る。

一年あたりでは、一冊の本を出版する著者の数は約五百名である。ジャコブ神父の書誌によると、最も多い年で五一八名、最も少ないのはフロンドの乱の期間で、ぐっと減るが、ただしマザリナードの著者たちは彼の記録から漏れている。

この二二〇〇名の著者は、自己顕示の欲求もしくは必要から出版という行為に出る、いわば知的世界の最も積極的な人種である。しかし、教師、教会の高位聖職者や有識者、弁護士や法学者、学者や政治家といった、職業柄テクストを生産しそれを公にしてしかるべき人々の全員がこの中に含まれているわけではない。それでも、印刷された著作の多くは、そうした活動に直接関連している（説教や弁論選集、判例解釈論集など）。出版という行為は、それだけで卓越化のしるしだったのだ。

このように出版が頻繁に行われていたという現象を、長期的な観点から見ると、十七世紀に著者の世界の著しい拡大があったことがわかる（**表1**）。じっさい、この二三年間について調べただけで、明るみに出る著者の数は十六世紀全体の著者数よりも多いのである。大まかにいえば、著者の数は百年で三倍になった。そしてこれと同じくらい注目に値するのは、次の世紀、すなわち啓蒙主義の時代にも、これほどはっきりとした拡大は見られないという点である。十七世紀中葉以降、本を出版する人間の数はむしろ横ばいの傾向をみせるのだ。一七五〇年に警察機関が作成し、R・ダーントンが分析している著者の一覧（**表1、第七項**）には、五百人の名前しか記載されておらず、これは一六五〇年前後の一年間に出版した著者数に等しい。最初の文学場はおそらく一六五〇年から一七五〇年にかけて安定を保っていたのである。

共時的観点からも、十七世紀中葉の出版界の状況には注目すべき点がある。出版する人々が、教育を受けた階層、読者となりうる層の中で、きわめて高い割合を占めているのである。

コレージュの生徒数と著者数の比率は四〇対一である。つまりコレージュに通った者は四〇人に一人もの割合で著者となっていることになるが、これは、コレージュへの就学が出版活動に参加するのに必要な知的資本の基盤をなすものだったからである。同様に、著者の総数とパリの劇場に通っていた観客数五万との比率も、公衆の中に著者の占める高い割合を示すものとして注目に値する。さらに、著者たちが占める位置の大きさは本の発行部数を見てもわかる。専門的な著作の発行部数は五、六百部どまりであり、小説や劇でも、たいていの場合一二〇〇から一五〇〇部である。出版を行う人々は、その知識、生活様式、動機からいって、誰よりも本を買う側にまわる理由をもっていた。人数が多いうえに誰よりもよく本を買うのだから、彼らはほとんど自分たちだけでその時々の出版物を、収益のある取引にも赤字の取引にもすることができた。学識と情報を握る彼らは、批評家の役割を果たすことで、ある著作の評判の大筋を決定し、世評をあやつっていた。こうして、出世の階梯を辿る作家であれ、やや専門的な書物の出版に及ぶ偶発的な著者の場合であれ、彼らにとって理想の読者となるだけでなく、本が売れるかどうかの鍵をにぎるのは、他ならぬ彼らの同輩であった。さらに、拡大した公衆の支持を当てにする者たちにしても、実際には、自分の競争相手や商売仇となりうる同業者こそ、作品の評価のみならずその売上げをも左右するものであったことは、想像にかたくない。

著者たちは、職業の点からも嗜好の点からも、知的活動の原動力となり調整役となる社会的集団の核となっていた。ここから彼らが社会活動全体に及ぼす影響の大きさが推し量れよう。知識と思想の伝統の擁護も、探求と革新も、ともに彼らの肩にかかっていたのである。

聖職者と貴族の影響力

しかし、著者たちは外からの影響をも著しく受けていた。彼らがどのような社会階層に属しているか、そして彼らが扱う主題や専門分野が出版物全体の中でどのような比率を占めているか[3]を見れば、それがわかる。

著者たちの過半数が聖職者であるが（**表2**）、これは驚くにはあたらない。知的活動は依然として何よりも有識者clercsの領分であり、有識者とはとりわけ教会に属する者だからである。そのため、宗教上の問題を扱った著作が出版物の大半を占めた。驚くべきなのはむしろ、聖職者の比率がこの程度にすぎないということだ。じっさい、聖職にある人々は、職業上の義務からたえず出版を行っていた。神学、論争、信心の本もあれば、祈祷書、説教集、司牧書簡などもあった。彼らにとって、著者としての役割は、聖職者身分の一部をなしていたのである。

律修修道会の中では、イエズス会修道士が第一位を占める。これは、論争や教育におけるこの会の戦闘的政策から説明できる。創立されて間もないオラトリオ会は、教育の分野において急速に伸びつつあった。ベネディクト会修道士の著者数はこの修道会の学識を重んじる伝統によって、またカプチン会修道士の数は彼らの伝統的な説教師としての役割によって、それぞれ説明できる。全体として、著者の中に占める聖職者の割合は、宗教戦争から抜け出たばかりのこの時代にカトリック教会が人々の心を取り戻そうと活気に満ちていたことを示している。(4) この一団を前に、プロテスタント側の聖職者も戦闘的で活動的な部隊をくりだすが、数が少ないため退却を余儀なくされた。(5)

聖職者が著者全体の中でもっと高い割合を示さないのは、教会が勢いを弱め、出版物による行動を起こすことが少なくなっていたからではなく、知的活動に関わる非聖職者が徐々に多くなっていたからである。こうして、貴族が重要な位置を占めることになる。アカデミーとサロンの発達は、貴族が次第にアカデミーでの議論や社交界における文学遊戯に惹かれつつあったことを物語っている。この現象は、著者数の全般的な統計結果と考えあわせるなら、ひそかに進行している動きの現れとしての意味を帯びる。すなわち、文化活動への大量の貴族の参入である。貴族の参入はこのように知的活動に大きな影響を与え、勇敢だが無知という貴族の伝統的イメージはここにいたって大きな修正を受けることになる。

もっぱら貴族gentilshommesという身分を掲げている一八八名の著者だけではなく、高等法院のメンバー、廷臣、外交官、国家参事官、国王参事官の大部分が、家柄によって、もしくは職に結びついた爵位を授かった貴族である。大貴族に仕える職につく者のうち三一名は、彼ら自身小貴族である。法服貴族、帯剣貴族、上流貴族、貧しい貴族の区別なしにひとくくりにするなら、貴族は非聖職者の著者全体の三分の一を占めるわけである。だが聖職者側でも、高位聖職者の大部分、司教座聖堂参事会員の半数、修道院長、律修修道会の指導者の半数以上、そして司祭の少なからぬ数が、貴族の家の出身だった。合計すると、著者全体の四分の一が貴族階級に属している。さらにいえば、高等法院のメンバー、国家参事官、大貴族に仕える者の一部にとって、出版という行為は彼らの地位の論理的帰結であるが、貴族gentilshommesについては事情は同じではない。彼らが著者になるのは、著者という身分の内に固有の価値を見出しているからである。

貴族階級の影響力は、ただ貴族階級出身の著者の数によってのみ測られるものではない。この階級は、オネットムやアマチュアの才人というイメージによって表される威光、多くの権力と金、コネや姻戚関係のもたらす力を保持していたことを忘れてはならない。メセーヌの役割や作品を特権的に献呈される立場は、ほとんど貴族階級が独占していた。貴族階級は、聖職者の傍らで、それも大部分は聖職者と結びつく形で、出版界を支配する位置を占めていた。この事実は、ブルジョワジーの台頭という言い古された命題に疑問を投げかけるものである。たしかにブルジョワ階級は数において多数を占めていたが、それは混じり合い、輪郭のぼやけた世界でしかなく、均質な固有の階級を形成することなしに、聖職者と貴族という二つの極の引力の影響をつねに被っていたのだから。

非聖職者の中では、ブルジョワ階級は弁護士および医者という堅固な集団を擁している。人文学関係の職で身を立てようとする人々もブルジョワ階級の中から生まれている。すなわち、教授、図書館長、修史官の大半である。R・パンタール[6]が言うところの「学問の歩兵隊 l'infanterie de la science」の供給源となっているのは、まぎれもなくこの階級である。同様に、修道士の大部分はブルジョワの生まれだった。しかし、ブルジョワに生まれた修道士が論争や信心の書を著す時、彼は自分の出身階級から生ずる資格や関心事よりも、聖職者としての資格や関心事を優先させた。同様に、教授、修史官、図書館長の行動は、ブルジョワ階級の利害の擁護よりも、国王や上流貴族という彼らの雇い主に対する従属関係によって決定されていた。

出身しか見ようとしない者や、生まれた環境によって著者の見解や言辞が機械的に決定されると考える者は、ブルジョワ階級をこの時代の知の場の主人とみなすという誤りを犯すことになるだろう。

残るのは、ことのほか勢力の弱い二種類の階層である。まず、民衆はほぼ不在である。「村人」が一名、それに何人かの職人の名があるだけで、農民や召使はいない。ことによると「庶民の」著者が匿名や筆名の下に隠れているかもしれないが、出版界における社会関係資本と教育資本による差別は、議論の余地なく明瞭に現れている。第二に、女性は六〇名しかいない。そしてその全員が、上流ブルジョワ階級か貴族という、女子にもある程度の教育を施す余裕のあった階層に属している。貴婦人が男性の心やサロンに君臨したり、作品を捧げられるということはあったけれども、著者の世界は、少数の輝かしい例外はあるとはいえ、男性のものであり続けたのである。

聖職者と貴族の優越性、信仰の価値基準におけるカトリックの支配と世俗の道徳における貴族的イデオロギーの支配。貴族階級が十七世紀前半における文化活動の著しい拡大によって他のいかなる社会階層にも増して利益を得たことは明白である。そして文芸が人々の支持と威光を獲得したのも、貴族たちの動きに負うところが大きい。しかし、貴族と聖職者が力を持つということは、逆にまた、他律的な力が維持されるということでもある。七割の「著者」が、修道士、司祭、教師、弁護士といった彼らの身分の枠の中で、もしくは（貴族の場合）社交上の義務から出版している。彼らは「偶発的」な著者である。アマチュアの態度、そしてとりわけ文芸のプロとしての態度をとる少数派にとって、出版界の拡大は有利な状況を作り出す。書くこと、出版することが、文化に関わるうえできわめて重要な行為となったからである。しかし、彼らは依然として少数派にとどまる。これに加えて、膨れあがった集団の中で抜きん出ることはますます難しくなり、「著者」と「作家」の名それぞれに付与された価値による選別もいっそう厳しいものとなっていった。

文壇についての三つの見方

「優れた著者」の番付は、文壇の内部におけるいくつかの対立を浮かびあがらせる、第一級の資料である。これらのリストは、対立の中でおのおののリストの作成者がとっている立場の表明として読むことができる。言いかえれば、リストが選びだす著者たちや選択の基準を見れば、著者たち全体の中から文章術の模範として提示されるいくつかのカテゴリーが抽出できる。そのさい、「作家」という名称はますます決定的な選択基準となり、「作家」の資格を与えられた者たちはますます一つの社会を構成するようになる。こうした番付のほとんどは、単なる名前の列挙か、評価を並べただけのものだが、その中の二つは国王の報奨金の授与対象者名簿を作成するためのものであり、リストに名が挙がった者たちに金銭的な見返りを約束するものである。これと反対に、可能なかぎり広く著者を収録したリストも一つある。これら三つのリストが立脚する観点と選択方法を突き合わせた時、差異は明確なものとなり、また、文壇とはいかなるものであるかも明確になるだろう。

表１　出版界の相対的大きさ、大まかな評価（7）

著者数	シオラネスキュ Cioranescu による総数			コレージュの生徒	一般的出版部数	パリの著者数
1650 年	16 世紀	17 世紀	18 世紀	1650 年	1650 年	1750 年
2200	2128	5867	3806	約 90000	1250 から 1500	501

表２　社会的帰属：全著者目録

聖職者		非聖職者	
高位聖職者（司教座聖堂参事会員を除く）	37	貴族	188
司教座聖堂参事会員	89	国家参事官	23
司祭	147	高等法院および各種裁判所裁判官	103
修道院長	83	外交官	9
神学者	42	弁護士	189
国王の説教師・参事官	12	医者	68
国王の司祭・参事官	16	公証人	3
オラトリオ会修道士	44	大貴族に仕える者	53
イエズス会修道士	163	廷臣	11
ドミニコ会修道士	28	国王参事官	21
ベネディクト会修道士	44	修史官	17
静修派修道士	21	旅行家，地理学者	8
カルメル会修道士	33	教授	58
ミニム会修道士	20	官職保有者	39
カプチン会修道士	46	薬剤師	2
セレスチン会修道士	5	外科医	4
フイヤン会修道士	8	職人および商人	11
シャルトル会修道士	4	劇場関係者	13
聖アウグスチノ会修道士	8	音楽家	10
その他の修道士	49	画家，版画家	11
コルドリエ会およびフランシスコ会修道士	24	技術者，数学者，建築家	10
隠修道士	2	印刷業者，出版者	8
プロテスタント系牧師ならびに神学者	88	図書館長	10
		ブルジョワ，金利生活者，自営業者	13
		「村人」《 villageois 》	1
（合計）	1013	（合計）	883
帰属を確定できない者　309			

表3　分類基準

コスタールの『報告書』	シャプランの『目録』
・「フランス語の文章家」 ・「翻訳家」 ・「フランス語の詩人」 ・「ラテン語の詩人」 ・「歴史家、もしくは歴史学者」 ・「地理学者」 ・「多くの学問に造詣が深く諸事万端に通じた者」 ・「東方言語、ラテン語、ギリシア語学者」 ・「神学者」 ・「哲学者」 ・「数学者」 ・「医者」 ・「系図学者」 ・「考古学者」 ・「法学者」	・（最初の項目にはタイトルが付されていないが、最後の項目の文面から「フランス語作家」を示していると推論される） ・「ラテン語で賞賛に値する文章を綴り、文芸で名声を博す者」 ・「わが国のイエズス会士の中には、散文と韻文でたいへん見事なラテン語を書く者がいる」 ・「オラトリオ会にはラテン語とフランス語で書くたいへん優れた作家がいる」 ・「その他のフランス語作家」

表4　コスタールの『報告書』における社会的帰属

聖職者		非聖職者	
高位聖職者	5	貴　族	13
司　祭	3	高等法院メンバーと弁護士	28
修道院長	8	廷臣と大貴族に仕える者	13
神学者	3	修史官と図書館長	6
オラトリオ会修道士	5	医者，教授，数学者	16
イエズス会修道士	6	その他，無所属	7
その他の修道会士	3		
プロテスタント	6		
合　計	39	合　計	83

表５　シャプランの『目録』における社会的帰属

聖職者		非聖職者	
高位聖職者	4	貴族	9
司祭	3	高等法院メンバーと弁護士	20
修道院長	10	廷臣と大貴族に仕える者	13
国王の司祭	4	修史官と図書館長	6
オラトリオ会修道士	2	医者，教授	5
イエズス会修道士	8	その他，無所属	5
カプチン会修道士	1		
合　計	32	合　計	58

表６　マロールの『著者一覧』における社会的帰属

聖職者		非聖職者	
教皇と高位聖職者	36	王族と大臣	14
司　祭	19	貴　族	67
修道院長	38	高等法院メンバーと弁護士	55
神学者、国王の説教師と司祭	14	廷臣と大貴族に仕える者	
オラトリオ会修道士	4	医　者	20
イエズス会修道士	12	教授と家庭教師	20
ベネディクト会修道士	12	図書館長と修史官	10
その他の修道会員	24	官職保有者	15
プロテスタント	6	画家，版画家	8
		技術者，数学者	6
		その他，無所属	13
合　計（うち７人の外国人含む）	165	合　計（うち６人の外国人含む）	256
未確認：9			

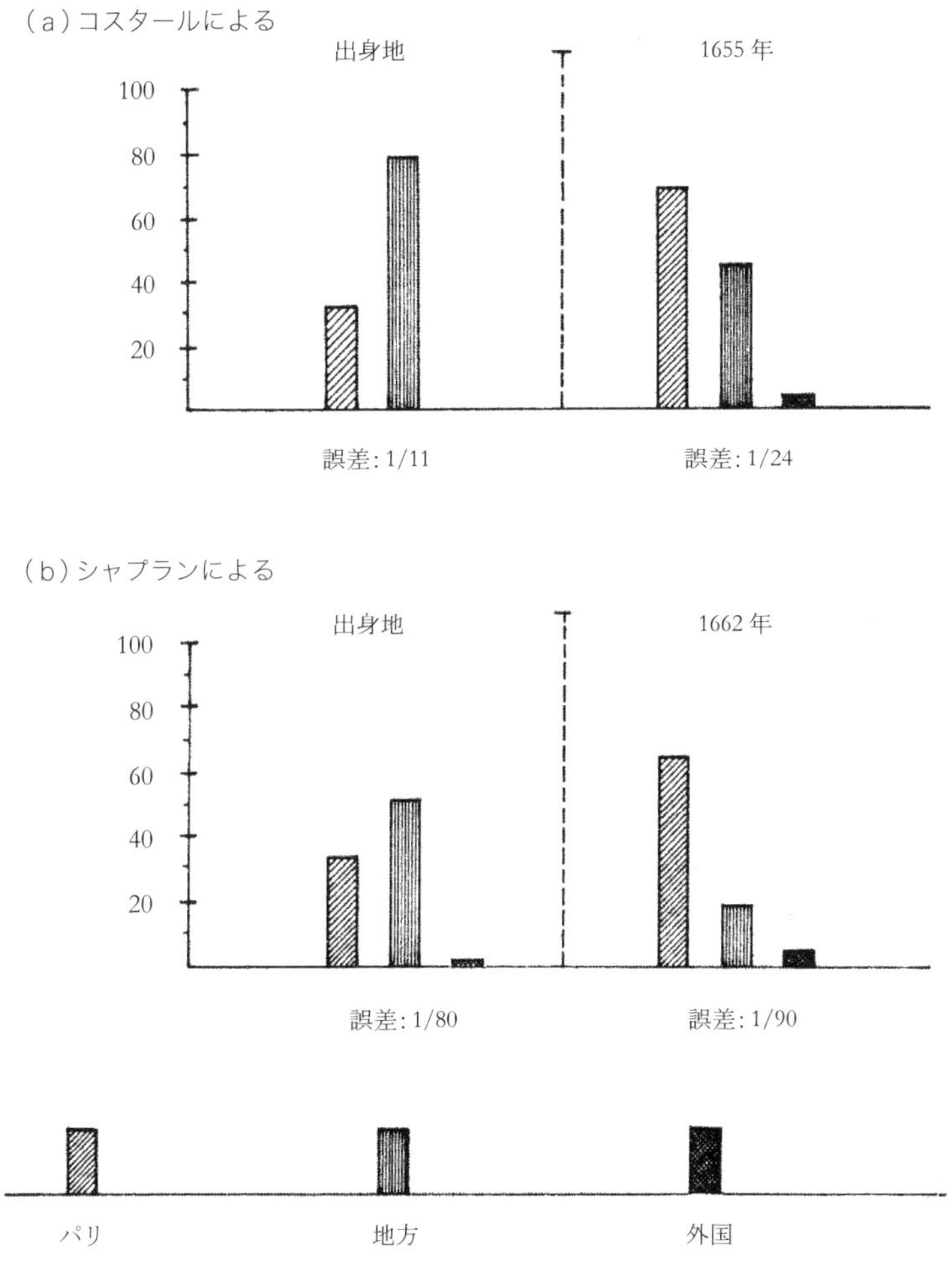
（a）コスタールによる
出身地
1655 年
100
80
60
40
20
誤差：1/11
誤差：1/24
（b）シャプランによる
出身地
1662 年
100
80
60
40
20
誤差：1/80
誤差：1/90
パリ
地方
外国

図９　地理的内訳と移動

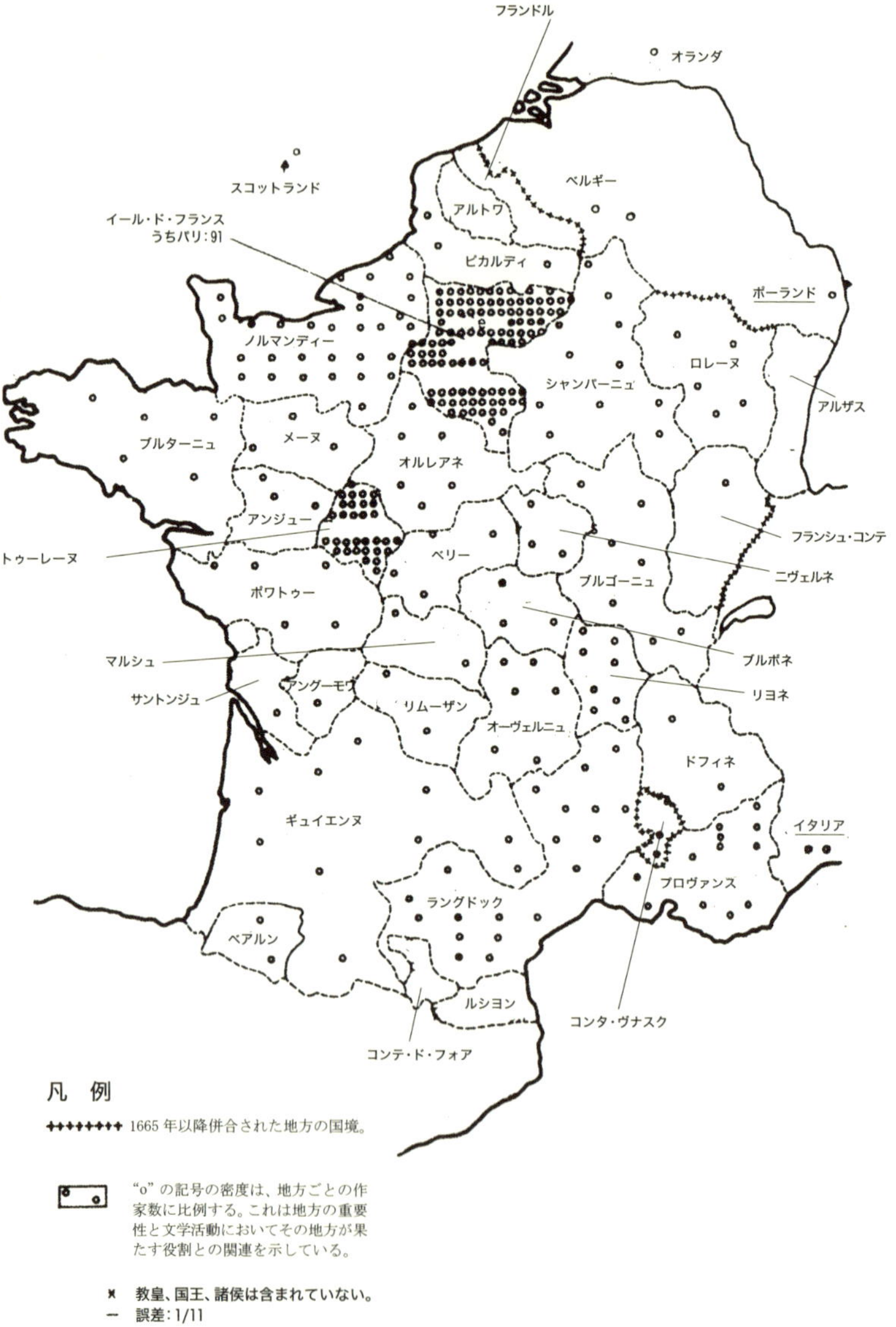

地図２　マロールによる地方別作家分布

コスタールの『報告書』——新手の学者のためらい

フロンドの乱が終わり権力が確立するや、マザランは報奨金を与えることで文筆家を味方につけることを思いたった。この目的から彼は、一六五五年、『フランス著名文学者《ジャン・ド・レットル》報告書』と『外国著名文学者《ジャン・ド・レットル》報告書』(8)を作成させた。作成を委ねられたコスタールは、出世の階梯を辿った人物である。彼を手助けしたメナージュも同様である。しかし彼らは、この時期「挽回」してきた新手の学者でもあった。彼らの著作には衒学的態度と社交界的洗練とが混じりあっている。同様に彼らの『報告書』にも、「優れた著者」について二つの異なるイメージが混在している。

題名どおり、『報告書』は文芸《レットル》、つまり言語による表現行為と結びついたあらゆる知的活動領域を対象とし、造形芸術と音楽のみを除外している。コスタールの立てる項目（**表3**）は、当時の学術的知の全部門を網羅するものだ。しかし彼はさらに、フランス語およびラテン語の詩人、翻訳家（翻訳は、とりわけ当時は、一個の文学ジャンルだった）を立項するとともに、「フランス語の文章家」のために一部門を設け、しかもそれらを目録の先頭に置く。また文章術に属する項目と学問的知識に属する項目との境目に、いずれにも截然とは分類しがたい三つの部門が位置する。どちらかというと美文学に傾く歴史、文献学、そして「多くの学問に造詣が深く諸事万端に通じた者」、つまり、今なら「大知識人」と呼ばれるような人々である。メナージュ、ラ・モット・ル・ヴァイエといった、著作において博識かつ才能豊かだとの評判を得ている人々がこの項目に載せられている。さらに、コスタールはいくつかの名前を二度あげている。一度目は素晴らしい文章を書くことができるという資格においてであり、二度目は知識を有するという資格においてである。たとえば、アルノーは「フランス語の文章家」であり、「神学者」でもある。シャルパンチエは「詩人」であり、次いで法学者でもある。最後に、項目の順番そのものが意味深い。詩人と「文章家」が先頭に来ているのだ。

コスタールは全部で一三二人の名前をあげている。しかしこのうち一〇名は二度言及されているので、二重に記載された名前を「学問的」項目でのみ数えることにすると、六二名の文士に対し六〇名の学者という比率になる。メナージュとコスタールはこのように知識人と文士をほぼ同等に遇しているが、両者にまたがる著者についてはどちらに分類するか決めかねている。マザランのメセナは芸術および娯楽としての文学の著者よりも、学者および造形芸術と音楽の専門家を優遇した。コスタールとメナージュは社交界の作家だったが、制度を牛耳る新手の学者たちと張り合うために学識があることも誇示していた。このように、彼らのリストには、知識人と文士のイメージの間の競合が反映している。作家の定義は依然として明確ではなく、この名称に付随する価値は曖昧なままである。

しかし、メセーヌの栄光を歌うには、ほとんど読まれないにきまっている学者より、「文章家」の方が歓迎される。さらにこの時期、社交界の娯楽文学は流行の極みにあり、文学活動において新手の学者たちは碩学たちよりも優位に立ちつつあった。それゆえコスタールとメナージュは文士にわずかながらも有利な地位を与えているのだ。

「フランス語の文章家」の項目には、興味深い混淆がみられる。スキュデリー嬢、パトリュ、ペリソン、それにジョルジュ・ド・スキュデリーとその妻マルタンヴァア嬢のような流行作家の名がある一方、彼らと並んで、説教師（セグノ神父、スノー神父、デュボスにオジエ）、神学者（アルノー）、政論家（ション、ブリザック）の名もあがっているのである。また、詩人（シャルパンチエ）、批評家（キュロー・ド・ラ・シャンブル）、雄弁家（ル・メートル）、政治に関する著書を持つとともにサロン詩人であり修道者でもあった者（アルノー・ダンディイ）も記されている。こうした選択は、おそらく政治的計算からなされたものだろう。権力に近いところにいる著者（ション、ブリザック、シャルパンチエ、キュロー）や教会を代表する高位聖職者（スノー、セグノ）が、大多数の著者によって権威を認められた人物（パトリュ、あるいは「ポール・ロワイヤルのお歴々」という肩書で紹介されるアルノー、ル・メートル、アルノー・ダンディイ）、およびコスタールとメナージュの友人（スキュデリー兄妹、ペリソン）の傍らに座を占めているからだ。しかし、ここにあがっている雑多な著者の取り合わせは、つまるところ、専門やジャンルによる区分を超えた、文章術という一つの価値にきわめて高い地位を与えるものである。コスタールはさまざまな迷いを見せながらも、作家の明示的定義の基準として美的な質を強調するのだ。しかし、文章術に属する項目全体に記載される計七二名の著者をその態度と戦略にしたがって分類すると、「偶発的」および「アマチュア」の著者四一名に対し「プロ」の著者三一名となり、前者が後者を大きく上回っていることがわかる。プロの著者のうち二六名は出世の階梯を辿り、五名は大胆さと華々しい成功の戦略をとっている。[9]

このように、コスタールの『報告書』では、近代的な要素（文章術に高い地位が与えられる）と伝統的な見解（知識人がなお名をとどめ、偶発的著者にも場所が与えられる）とが補完しあっている。ここには両義性がある。近代的な意味での作家の概念はたしかにそこにあるのだが、文学を商号とする人間としての作家はまだ浮上していないのである。

シャプランの『目録』——作家の公認

第二の資料、すなわちコスタールの番付から数年後に作成された番付も、報奨金授与のためのものである。一六六二年十一月十八日、シャプランはコルベールに、報奨金対象者の新たなリストの準備に合意すると書き送っている。[10] 今回の企てには、しかし、前のものよりもはっきりした狙いがある。シャプランは計画を詳述し、歴史と詩、および銘が刻まれたメダルを評価の対象にするとの見通しを述べている。これはつまり、国威発揚とプロパガンダのためにそうしたジャンルを利用するということだ。この目的のため、彼はコルベールに「自分と知り合い」のすべての「優れた文筆家」を知らせることを請けあい、こうしてできあがるのが『幾人かの文学者の目録』[11]である。シャプランはコスタールの大掴みな題名を踏襲しているが、そこにはきわめて明確な意味の限定がある。彼のめざすところは、彼が立てている項目名が示すように、良き「作家」である著者を数えあげることなのだ（**表３**）。

コスタールとは異なり、彼は学者を記載しない。また、政治的配慮からある種の人々を排除することを強いられている。とりわけ、『プロヴァンシヤル』事件が起こる前の一六五五年にコスタールがリストに載せることのできた「ポール・ロワイヤルのお歴々」は、一六六二年には権力と断絶状態にあり、取りあげるわけにはいかない。その反面、ライバルであるメナージュの名が載っていることから察するに、シャプランの私的な感情は反映されていないようだ。ただしシャプランは、おのおのの著者の名に注記を付し、詳細なコメントを加えているが、そこでは彼自身の好悪の判断が表明されている。彼の判断の基準は主に、知識（しばしば「理論 doctrine」と呼ばれる）、そしてとりわけ、「良識」と言葉の上質さである。そこにときどき、その著者が従順な精神の持ち主か、それとも不従順な人物であるかという評価が付け加わる。したがって、シャプランのリストは、美的な質と体制への順応の度合に基づいて「作家」を数えあげる、純粋主義的かつ政治的なリストだった。注目に値するのが最後の項目である。「その他のフランス語の作家」とは、他ならぬ〈アカデミー〉会員のことなのだ。こうしてシャプランは、アカデミー会員という資格が、それだけで作家としての資格を保証するとみなしているわけだ。ただし、まったくの留保なしにというわけではない。シャンボン、コワラン、ペレフィクスに関して、シャプランは彼らの筆になる作品を「ほとんど目にしたことがない」と言い添えているのだから。

シャプランの計画は、コルベールのメセナ体制の開始とともに実行に移された。実際に報奨金を受けた者のリストを見ると、作家の傍らに学者が復活している。今度は〔コスタールのリストのときとは異なり〕、彼らははっきりと学者として載せられており、下賜金の名目には、技術、経済または外交の分野において、王政に益をもたらす研究を奨励することが目的であると明示されている(12)。

こうして文士と知識人の分離が確かなものとなり、一六六六年、科学アカデミーの創設によって公式に認定されることになる。コスタールのリストが作家という概念のまだ曖昧な状態を表していたのに対し、シャプランのリストは、この概念が専門化された近代的語義に向けて決定的に前進したことを証言している。コスタールは著者の評価にあたって文章術という基準は立てたが、「職業としての文学」という基準を立てはしなかった。シャプランはこの二つの基準を結び付ける。たとえばイエズス会士は、大して価値のない著作によってのみ評判を得ているとあっさり切り捨てられ、〈アカデミー〉入りしたアマチュア作家の貴族も同じ扱いを受けている。彼にとって真の作家とは職業作家のことなのである。

シャプランは九〇人の名前を引く。この中に、ラテン語詩人のための場所を割く必要があると彼は感じていた。王の治世を讃えるメダルに彫る銘はラテン語で書かれていなければいけなかったからである。

彼はまた、イエズス会とオラトリオ会の二つの修道会についてそれぞれ項目を設けている。これは体制と結びついた教会権力に敬意のしるしを与えるためである。これによって、本業の補足もしくはその延長としてのみ作家であるような人々にも場所が与えられることになる。同様に、アカデミー会員の中には、アマチュア作家にすぎない貴族もいる。しかし、文学への態度と戦略の型にしたがってシャプランの引く著者たちを数えてみれば、彼の立場は明白である。二〇名の偶発的もしくはアマチュアの著者に対して、一一五名〔五名の誤り？〕

の華々しい成功の戦略をとる者と、六五名の何らかの形で出世の階梯を辿る者がいる……　このように、シャプランの『目録』は、何よりもまず文学のプロ、自らの「良き筆」によって生計を立てる人々を、作家として認定するのである。

マロールの『一覧』――貴族の見解

第三の資料は、上の二つとは性格を異にする。シャプラン、コスタールと同じ世代に属するマロールは、同輩と公衆から不当な評価を受けていると感じ、『回想録』（一六五六年）の中で自分自身の弁護を試みた。この本の中で彼は、著者同士が互いにほめあう慣行にならい、自分に何らかの高い評価を与えてくれた人々を賞賛している。この延長として彼は、有名無名を問わず、自分を重んじてくれた人物の一覧を作成する。このテクストはしばしば『著者一覧』と呼ばれるが、正式な題名は『私に本を贈ってくれ、並々ならぬ敬意を表してくださった人々』[13]である。

この題名は中立的なものではない。じっさい、マロールは自分に著書を贈呈してくれた著者だけでなく、「敬意を表してくださった」国王、教皇、諸侯、大臣の名までをもあげている。著作家が自分に箔をつけるには申し分のない相手であり、文士の威厳が社会における最高の卓越化と肩を並べるものになろうとしていたことが窺える。

マロールはごく早い時期、一六二〇年代から文学のキャリアを開始していた。翻訳の専門家を自任して精力的に活動し、しかも有力な庇護者がいたにもかかわらず、歴然たる成功を収めることはなかった。駆け出しの頃、グールネー嬢のサークルに依る擬古主義者たちの側に与したため、出遅れたのである。純粋主義者たちは彼を軽んじた。コスタールは翻訳家の項目にジリー、デュ・リエ、〔ペロ・〕ダブランクールといったマロールのライバルたちの名を載せているが、マロールの名はあげていない。シャプランはこれほど露骨ではなく、彼の名を載せてはいるが、評価はかなり低い。マロールの『一覧』における著者の集め方は興味深い。彼はかならず、問題となっている作家の評価の根拠となる著作を提示するのだが、法律、科学、神学の著作は稀である。時にこれらの専門分野と美文学の両方に属する著者の名をあげることがあっても、その名を載せるのは後者に属する作品ゆえにである。

彼のリストは、国王、教皇、諸侯一六名、人文学の項目に九二名、芸術・娯楽文学の項目に三二二名を数える。このようにマロールは、コスタールとシャプランそれぞれの資料が示す見解の中間を行く見解を表している。文章術は、人文学からまだ完全に切り離されてはいないが、高く評価されている。マロールは芸術文学のうちのある分野に対しては、ほとんど場所を割かない。劇作家を八名しか載せていないのだ。しかもその八名はいずれも一六三〇年代の著者であり、まるでそれ以後（修道院長という身分からか？　個人的趣味からか？）演劇の現状から遠ざかったかのようだ。これに対し、翻訳家と詩人は優遇されている。だが何といっても優遇されているのは偶発的な著者とアマチュアである。[14]

彼もまた、メナージュとコスタール同様、第二世代の登場とともに新手の学者の陣営に遅れて加わった。フロンドの乱の後にようやく自分自身のサークルを結成している。この出遅れが、彼の文壇に対する認識と作家観に影を落としている。しかし同時に、貴族としての出自とヌヴェール公一家の食客集団でキャリアを積んだ経験ゆえに、彼は出世の階梯を辿るにもかかわらず、アマチュアの貴族的態度を好ましいものととらえる。以上の二つの事実の重なりが、彼の番付の特殊な方向性を説明する。

それにもかかわらず、作品の目的が自己弁明にある以上、彼は作家の獲得した威厳の強調へと向かう。作家の栄光に自分もその一人として与りたいがゆえに、彼は作家の栄光を讃えるのである。『回想録』の中で彼は、同輩の多くが、彼の方で相手を賞賛しているのにそのお返しに彼を賞賛してくれないと嘆きながら、二〇年前には文士の間で地位と名声を得るのはたやすかったのに、一六五〇年代にはそれが実に難事となってしまったと指摘している(15)。これは、作家という資格がより卓越性を帯びたものになり、したがってより厳しい選別をともなうものになったことの、またとなく確かな証言である。

以上の三つの目録は、程度の差こそあれ、文学場の生成と作家の公認の過程が進行中であったことを物語っている。三者はいずれも、作家によって構成される固有の集団の存在を認めている。しかし、それに対して与えている定義はまちまちだ。より正確にいえば、三者はそれぞれ異なるカテゴリーの軌跡を前面に押し出している。厳密な意味での文壇、つまり作家の社会が、たしかに形づくられつつあった。三つの資料をつらぬく基調がその基本的性格を示している。しかしこの社会は均質なものではなかった。資料間の相違は、この社会がうちにはらむさまざまな傾向、さまざまな見解の対立を示している。

作家の「狭い世界」

作家の社会の主な特徴はその集中性にある。二つの点がそのことを証拠立てる。〔上述の番付にみられる〕個人的に知り合いか否かという判断基準と、地理的分布である。最も幅広く著者を記載するリスト（マロール）と最も厳しく著者を選りすぐったリスト（シャプラン）の両者が、まさにその対照において、この社会がいかに顔見知りの関係からなっていたかを明らかにしている。

マロールは自己弁護のために、自著をわざわざ送ってくれるほど自分を高く評価してくれた人々の名前を長々と書きつらねる。この『一覧』は、同輩に出版物を送る慣習がすでに一般的になっていたことを教えてくれるほか、当時の文士が少なくとも書簡を通じて同輩の多くと個人的に関係を持つことができたことを示している。文学活動の一体性がそこに明確に現れている。

シャプランの方は、コルベールに「自分の知り合いのうちで」、最も優れた著者のリストを作成するつもりだと告げていた。彼もまた個人的関係という判断基準を介入させていることになる。ただし、マロールとは逆に、彼はその基準にかなう者をさらに厳しくふるいにかけるのだ。それればかりか、「それほど多くの人をあなたが見つけられるとは思いません。この時代は、価値のある文学者に関しては、まったく不毛になったのです」（上掲十一月十八日付書簡）とまで彼はコルベールに言いきっている。

二つのリストに共通する要素（個人的に知っているという基準）と相反する要素（シャプランの選別性とマロールの非選別性）とを重ね合わせると、重要な事実が導き出される。作家の世界は狭いということである。

作家はまた地理的分布においても、狭く集中した集団を形成している。パリの優位は誰の目にも明らかである。

マロールのリストによれば、全人口の四〇分の一を数えるにすぎないパリに全作家の五分の一がいる（**地図2**）。政治的・社会的エリートの集中は、文学のエリートの際立った集中を招いた。ジャコブ神父の書誌も、パリが全印刷物の三分の二を出版していたことを示しており、この特徴を裏づける。軌跡という点から見ると、集中はさらに明瞭なものとなる。そもそもパリ生れの作家が他のどの地域の出身者よりもずっと多いことに加え、キャリアが進むにつれ、作家たちは首都に集まってくるのである。コスタールとシャプランの番付がもたらすデータは、この点に関して一致している（**図9**）。しかしここでも、二人が立脚する基準の違いが、微妙な相違点を生み出している。作家の定義が厳密なものであればあるほど、パリへの集中度が高いのだ（シャプラン、**図9—b**）。定義がもっと緩やかで、知識人、偶発的な著者、アマチュアに多くの場所を割いている場合、パリという中心地がふるう吸引力はそれほどに極端なものではない（コスタール、**図9—a**、およびマロール参照）。

作家戦略は、宮廷、威信のあるアカデミー、高名なサロンに接触することができ、主要な出版者のいる首都においてのみ、功を奏することができる。メーナール、ペリソン、コルネイユ、サン＝タマンの軌跡が、パリという中心地の影響力を物語っている。シャプランの軌跡、またスカロン、コスタール、あるいはラシーヌの軌跡ですら、逆の形で、パリ出身であることにどれほど利点があり、首都を離れ地方に滞在するよう強いられることがどれほど不都合をもたらすかを示している。それだけではない。大胆な者たちは例外なく、地方出身者であるか、もしくは（モリエールやスカロンのように）長い地方暮しを強いられたパリ出身者である。華々しい成功の戦略は、家産の上でのハンディキャップを補うための危険な賭けであると同時に、地理的ハンディキャップの埋め合わせでもあるのだ。このように、十七世紀の政治的中央集権化は、文化面での集中化をともなっていた。パリのサロンの威信の拡大とアカデミーのネットワークの強化は、才能ある人々の首都への移動と不可分の現象なのである。

すべての地方が一様にパリへの集中化の影響を蒙ったわけでない（**地図2**）。人口が疎らで都市組織が脆弱な地方（ブルターニュ、ギュイエンヌ、ドーフィネ、オーヴェルニュ）は知的活動において見るべきものがないのに対して、ラングドック、プロヴァンス、リヨネ、トゥーレーヌ、そして特にノルマンディーは、もっと幅をきかせている。作家の分布とアカデミーの分布の間には密接な関係がある（**地図1**）。重要な文化遺産を有する都市があり、アカデミーが創設されている地方ほど、より多くの作家を輩出する。また、これらの地方は、作家をより長く引きとめる力があり、そうでない場合も、年老いてからカーンにもどったスグレやユエのように、パリで名をあげた作家を呼び戻すことができた。地方の中心地に文化的活力があれば、このように、作家がキャリアを方向づける上で影響を及ぼすことができたのである。もっとも、個々のケースによって微妙な相違はある。ペリソンのようにトゥールーズを去る者もいれば、ドゥージャのようにアカデミー・フランセーズに籍を置きつつトゥールーズの縁故と繋がりを保ちつづける者もいる。ドゥージャはオック語＝フランス語の辞書を著しているから、まさに自らの仕事を通して、出身地と首都を結ぶかすがいとなっている。彼らと同郷のゴドランが日陰者に終わったのは、彼がトゥールーズを一歩も出ることなしに文士のキャリアに必要な要素をすべて得られたのはいいが、それがあまりに小規模なものだったからである。

作家はこのようにグループをなし、同じアカデミー、サロン、書店、劇場、さらに大貴族や宮廷の控えの間に通うことで、互いに知り合い、一つの社会を形成することができた。今日、パリの数ヘクタール内に文化的権力が集中していることに関して、批判の声がかまびすしい。少なくとも確認しておかなくてはならないのは、古典主義期においてこれに劣らない集中化が確立されたのであり、今日の左岸は、当時の書店、大学、旧「コメディー〔＝フランセーズ〕」の街だったカルティエ・ラタンの継承者にすぎないということである。文壇はすでにできあがっていたのだ。

社会的軌跡――貴族指向

文壇は、そのメンバーの社会的帰属の一覧が示すように（表4・5・6）、基本的に世俗のものである。この点で著者全般の形づくる集団とは根本的に異なっており、知的活動を支配していたのは教会だが、芸術文学はすぐれて「俗世」に生きる人々の領分だった。作家たちの間での聖職者の立場の弱さは、学者の影響力がより小さいことと無縁ではない。作家の定義が厳密なものになればなるほど、それは文章術に限定されてゆき、ある種の聖職者は減少する。

なかでも、ベネディクト会修道士、ソルボンヌの神学者、プロテスタントの牧師と神学者は、コスタールとマロールのリストには記載されているが、シャプランのリストからは消えている。いっぽう、文学に没頭するだけの十分な余裕を与えてくれる聖職者身分である修道院長は、シャプランのリストにはむしろより多く登場している。三つのリストすべてにおいてその地位を保っているのは、イエズス会士とオラトリオ会士だけである。この二つの修道会は、活動の少なからぬ部分を上流階級の若者やオネットムのための教育に割いており、それゆえ修道士たちは美文学に関心を抱いていた。

非聖職者の側では、シャプランの厳密な定義の結果、医者、数学者、教授といった学者たちがリストから姿を消している。反対に、修史官や廷臣といった、出世の階梯を辿る者にふさわしい職の割合は高まっている。それ以外のカテゴリー、すなわち貴族（マロールは、弁明の論理にしたがって彼らをいくらか優遇しているが）、高等法院のメンバー、弁護士は、どのリストにも顔を出している。

ここでの貴族の占める割合は、著者全体における割合よりも著しく大きい。貴族に影響力があるのは、その絶対数や権力が大きいからというだけでなく、貴族という身分が文壇の構成員にとって魅力的だったからである。作家は貴族のために書き、貴族との接触を求め、時にはその一員となるのだ。

非聖職者のうち、マロールがあげている名前の四分の一以上が、そしてコスタールとシャプランにおいては三分の一が貴族である。そこに貴族出身の聖職者を加えると、合計は四〇パーセントに近づく。この時代に大挙して出版界に入りこんできた貴族は、明らかに作家の社会の主力となった。数字だけから見ても、貴族はブルジョワ階級に匹敵している。シャプランの『目録』では、貴族二八に対しブルジョワ三〇である。

シャプランの『目録』には、貴族に叙せられた著者が五人いる。二人のコルネイユ兄弟、ゴンベルヴィル、シヨン、サロモン・ド・ヴィルラードである。[16] 十七世紀には貴族は閉ざされた階級であったことを考えるならば、これは相当な比率といえる。貴族になるには、貴族の所有する土地を買い、貴族相応の生活様式を手に入れるほかなかった。唯一開かれた道は、特典として貴族の特権をもたらすような司法職もしくは行政職を購入することだった。これはアンリ四世の制定した売官制度によって可能になったことである。[17] しかしこうした職の多くは、その職についている当人しか貴族の特権の対象とならず、特権を子孫に譲り渡すためには子孫自身があらためてその職を買わねばならない。もう一つの道もありえなくはなかったが、これは例外的なものだった。すなわち王の裁量による貴族身分の授与であり、こうして獲得された身分は取り消されることはなかった。コルネイユ、ボワロベールの叙爵はこのタイプのものである。そしてシヨン、ヴィルラード、ラシーヌにもたらされた叙爵もこれに類するものだ。彼らは貴族の特権をともなう職を気前よく斡旋してもらい、それは事実上、貴族身分をただであてがわれたに等しかったのである。

「文学的ヒロイズム」は、コルネイユ個人の神話にとどまるものではなく、あらゆる作家にとっての目標たりうるものだった。そして、そこに到達するには華々しい成功と出世の階梯の戦略が有効だった。貴族身分を授与された者はシャプランの『目録』では五名だが、コスタールのリストでは三名しかおらず、マロールのリストには一人もいない。言いかえれば、プロの作家の場合ほど、貴族の吸引力は大きなものだった。

彼らが得ることのできる貴族身分は低い地位のもので、大きな尊敬を受けるものではなかった。マロール自身やコワランのように立派な爵位を持つ貴族とは、ましてやデストレのような上流貴族とは、比べるべくもない。

これらの作家の番付にあがっている貴族は、しばしばアルノー一家、ル・ラブルール、ペレフィクスのような新興の法服貴族である。しかし法服貴族と帯剣貴族の対立を必要以上に強調してはならない。多くの場合、両者の間の生活様式の違いはなくなっていた。タルマンがそのことを強調しているし、[18] 何人かの著者（デカルト、シラノ、ラ・カルプルネード）の経歴もそれを示している。歴史家の観察によれば、古くからの貴族はしばしば高等法院での職に興味を示し、その一方で新興貴族が軍職を指向したという。[19] 攪拌が行われ、両者は共通の理想を持つようになっていた。

それでもやはり、作家の世界では、貴族は見習うべき社会的な集団という役回りを演じていた。作家は貴族のイデオロギーにならい、貴族への同化を願う志願者、よくて新参者、新加入者であるからこそ、貴族の価値観に対していっそう熱意を示すことになる。ここからもう一つの両義性が生じる。貴族が文学に関心を寄せることによって文学は大きな威光を与えられたが、平民の作家が貴族の世界に達すると、アマチュアぶってみせるため、あるいはパトロンへの奉仕にいっそう精を出すために、プロの文士という自分の身分を放棄する羽目におちいりかねないのだ。この時、作家という職業は過渡的な価値しか持ちえない。たとえばラシーヌは、宮廷人となり、貴族となった時、もはや華々しい成功の論理にしたがわず、王が命ずる奉仕の論理にしたがうことになった。

このように貴族は文壇において主たる社会的勢力となり、一世紀の間そうありつづけることになる。[20]いくつもの軌跡が中小のブルジョワ階級から出発して貴族に向かって収束するさまは、植物が外部からの刺激に反応して一定の方向に曲がる性質――屈性 tropisme――にも似た、「貴族指向 tropisme nobiliaire」というイメージを想起させる。貴族の世界は、文学が貴族を魅了するのと同じくらい、抗いがたいまでに職業文士を魅了する。文章術に対する貴族の態度が幾通りもあるように、貴族の世界に対して作家にはさまざまなアプローチがありえた。ここにおいても、一つの社会がいくつもの異なる層に分裂しているさまを見ることができる。上流貴族はアマチュアを気取り、貴族を真似るブルジョワ階級もこれに倣った。新興の法服貴族は修史官などの文学職を厭うことなく、時に出世の階梯を辿った。十分にめぐまれたブルジョワも同様である。貧しい貴族、裕福でないブルジョワ階級は、貴族身分の獲得、もしくは再獲得にむけて、華々しい成功をめざした競争へと飛び込んで行った。さまざまな態度、戦略はこうして、貴族指向という一つの基本的な力線がさまざまに変化した結果なのである。

文学的血統とその価値

作家のキャリアが貴族を指向して流れてゆく一方、キャリアの上流には作家職に固有の源泉があった。いうまでもなく、教育という水源である。一般的にいって、コレージュを通過することが、文壇に入るための前提条件となっている。

オラトリオ会のコレージュは発展しつつあり、たとえばラ・フォンテーヌやモークロワがそこで学んでいる。プロテスタント系の学校も存続していたが、改革派の陣営は教育の領域でも衰退しつつあった。何といってもイエズス会が教育機関の半数を配下に収めていたので、彼らが広める教育モデルが事実上この領域を支配していた。じっさい、作家の半数はこの教育モデルに即した教育を受けている。このモデルには、練習問題、推薦図書、学校演劇の実践、優秀な生徒を対象とする「アカデミー」の開催といった、生徒たちに美文学の趣味を目覚めさせるためのプログラムが盛りこまれている。このモデルが文壇の教育基盤を形成しており、拡大した公衆の中にもイエズス会の学校に在籍した者は多い(21)。

この教育は、たいていの場合、大学教育へと延長される。大学では法律(約五〇パーセント)と神学(二五パーセント)を学ぶ者が他の学科と比べ圧倒的に多い。こうして形成された知識は、そこで学んだ人々に三つの基本的教養を授ける。ラテン語の翻訳と実践による語学的素養、雄弁術の修練(文彩と引用一式の習得)、そして聖史と古代史への精通である。加えて、そこにはつねに宗教が浸透している。

この基本的な道筋に、さまざまな要素が付け加わる。それはたとえば、上流貴族階級の作家なら家庭教師の演ずる役割であり、あるいは(サン=テヴルモン、シラノ、モリエールの場合のように)リベルタンの師の影響である。ポール・ロワイヤルの「小さな学校」の影響を受けた者もいる。こうした差異が、態度や戦略の違いを説明するうえで役立つ。これとは別に重要な要素がもう一つあり、それは若い頃に旅行して経験を積んだか否かということである。この点に関して、古典主義期の文学者は二つの世代にはっきりと分けられる。人文主義のヨーロッパ「大学巡り」の伝統を継承し、教養を身につけるため特にイタリア、オランダに旅行した第一世代。そして、この伝統を失ってしまった出不精な第二世代である。世代間の違いに加え、パリの人間と田舎の人間の間にも違いがみられる。後者は旅行を、それもたいがいはパリに向けてしなければならないが、前者はパリからあまり動こうとしない。中央集権化はここにも現れている。こうして、人文主義的「文芸共和国」が国中に分散し、かつ国際的なものであったのに対し、古典主義作家の社会は一国主義的なものとなり、次第にその中心はパリとなっていった。[22]

これらの教育の諸要素は、文化活動に参加する者たちの実質的統一に一役買いこそすれ、文化活動全体の中で作家をとりたてて区別させるものではない。だが、知的形成に関与する家庭環境となると話は別である。じっさい、家に伝わるまぎれもない文学的伝統の恩恵に浴している作家は少なくないのである。

特に法律家や公職に就く家系において、万巻を蔵する図書室に象徴される、書記文化の確固たる伝統が存在することはよくあった。この伝統は時に学問の領域を超えて文芸の実践に及んだ。こうして職業としての文学に適したハビトゥスが形成され、著作家の一族が生まれた。Ｒ・ズュベールは、ペロ・ダブランクールが、それ自体は二流の父親の詩作品によって、いかに文学への資質と繊細な文体の感覚を目覚めさせられたかを明らかにしている。彼はコレージュでギリシア語の実践という重要な切り札を得てはいるが、それでもコレージュの影響以上に父親の詩作品の影響の方がずっと深く、彼の文学への入門に決定的な役割を果たした。[23]そして、今度はペロ・ダブランクールがその甥フレモンに影響を与え、文学の手ほどきをするのである。

こうした状況は、資料、職務、仕事上の技術が相続される修史官という職業においては当り前のことだった。こうしてサント＝マルト家には四代にわたる歴史家、詩人がいたし、ゴドフロワ家、ヴァロワ家では二代にわたっている。また、おじから甥への継承を含めれば、シルモンやソレルの場合もそうである。

しかし芸術作家もまた、しばしば著者の息子である。時には有名な著者を父に持つこともある。ヴォークラン、ラ・モット・ル・ヴァイエ、コルテは、父親の方が息子より名高い。しかしより多くの場合、息子は父を凌駕する。たとえば、すでに触れたメーナールや、デュ・リエ——ただし彼らの父親も十分に評判の高い文士だったが——がそうだ。アンジェで検事をしていたメナージュ父は手稿を残している。ブールの代官だったヴォージュラ父は、地元では名の知られた人文主義者にして詩人だった……　こうした相続の一種として、父親自身は著作を持たないが、文芸の趣味があり、文学が役に立つものだという認識を持っているとき、息子に入念な教育を施す場合がある。ラ・フォンテーヌの父親がそうだった。ドジエの父はマルセイユの高名な弁護士だったが、息子に最高の学殖を与えるべくパリに移住した。ダスーシーは父親から個人教授を受け、ギリシア語とラテン語を学んだ。商家においても同じ現象がみられることがある。ペトー神父の場合がそうである。ル・フェーヴルの父は物質面で息子に十分な財産を残すことができないかわりに、息子に自ら音楽を教えたが、文学は十二歳になるまで教えなかった。次いで息子を聖職者のおじに預け、確固とした古典の教養を持つよう鍛え上げさせた。これは、百年以上も後に、『ラモーの甥』の「彼」が主張する説と、あまりに早く学問を始めることに反対してルソーが唱える考えとの奇妙な混淆である……　父が子の教育に情熱を注いだ例として、さらにコスタール、ゲ・ド・バルザック、パスカル兄妹とアルノーの名をあげることができる。

おじからの継承による影響もこれに劣らず大きいことがある。（フレモンに対する）ペロ・ダブランクール、ソレル、シルモンについてはすでにふれた。名声と学識のあるおじは、模範となるとともに入門指導者の役割を果たすのだ。コロンビー、デュ・ペリエ、ニコラ・ブルボンの場合もこれにあたる。そのように甥を導くおじとは、時間、収入、知識にめぐまれた聖職者であることが多い。ラシーヌは司教座聖堂参事会員スコナンが自分の教育にどれほど影響を及ぼしたかを語っている。ル・モワーヌ神父も司教座聖堂参事会員だった名付け親のおじの生徒であり継承者であった。パヴィヨン、あるいはまたフレシエも同様である。これらカトリック教徒にプロテスタントのソルビエールをつけ加えよう。彼を教育したのはサミュエル・プチで、彼を自分と同じく牧師にしようと試みたが、ソルビエールは信仰を持たなかった。彼は牧師になることに抵抗し続けたが、彼の知識の基礎が築かれたのはこの時期なのである。

もう一つ、これまで述べてきた〔父から子、あるいはおじから甥への〕影響関係をともなうにせよともなわないにせよ、兄弟や従兄弟同士の間で、年長者が影響を与えるケースが見られる。この型の例は数多くあり、すでによく知られてもいる。アルノー一家、ボワロー、エスプリ、エー（とショーモン）、カッサーニュ、アレー、アベール、ペロー、コルネイユ、ル・メテル〔ボワロベールとドゥーヴィルの兄弟を指す〕、スキュデリー（最後にあげた二例では、おじの影響が兄弟関係の影響に付け加わる）、さらにコンラール、ゴドーなどである。

古典主義作家は人文主義者の相続人であり、彼らの知識と文化を継承したと繰り返し言われてきた。もっと具体的に言うと、彼らはしばしば人文主義者の息子や甥なのである。このような血統はそれ自体は目新しいものではなく、古典主義時代以前にも同様の例（たとえばマロ）には事欠かない。しかし、このような血統がかつてない規模になっていた。ここで考察されている時代では、八〇件が確認されている。歴史上初めて子供というものが意識にのぼったこの時代、これらの人々は著者や知識人の「家系の子供[24]」だったのだ。

家系に固有の文化資本は作家の身分に基盤を与えた。およそ身分というものは、長い期間にわたるものであるほど承認されやすかったからだ。これらの遺産相続者たちが、文壇の中核を構成した。ここでもまた、作家の定義が厳密なものであるほど、相続の影響力は大きくなっている。コスタールのリストの二七件に対して、シャプランの『目録』では三五件にのぼるのである。(25) さらに、これらの血統は特に中流ブルジョワ階級の家庭、そしてそれよりは劣るが低い身分の貴族に見出される。文学的相続は、このように社会的地位の上昇に寄与している。文化資本は金銭的資本の格好の代替物となり、支配される側の家系は、この手段によって支配する側の一員となることが可能となった。

相続のさまざまな様態は、作家のさまざまな態度を決定し、その戦略と深く関わっている。直接相続する者は出世の階梯を辿る。彼らにとって文士としてキャリアを積むことは当たり前normalのことであり、彼らは規範normesにしたがう。反対に「大胆な者」には、そのような直接の遺産を受けとった者は誰もいない。何がしかそれにかわるものの恩恵を受けていることもあるが（ポール・ロワイヤル、次いでスコナンのもとでのラシーヌ、おじのもとのスキュデリー兄妹）、多くの場合、彼らは持たざる者である（キノー、サン＝タマン、ゴンベルヴィル……）。出発点において既成の秩序に組み込まれていない彼らは、その後も規範に従属することは少ない。文士としての職も伝統も受け継いでいないため、進むべき道がただちに敷かれることもない。その軌跡と作品において、彼らはより多く創出し、革新しなければならないのである。

一つの社会と複数の態度

古典主義期のあいだに、作家という資格が与えられるにあたって芸術上の判断基準が徐々に重みをもってゆき、作家の狭い世界が一つの社会を形成するようになる。この事実はそれ自体重要である。(26) 生まれつつある、しかしすでに堅固に構成された社会。この社会が階層化されていることを、数字は如実に物語っている。二千人以上の著者が均質とはほど遠い集団をなしている。その中には三百人あまりのアカデミー会員がおり、共同での実践という統一性の中で書く行為という共通項によってかろうじて保たれる統一性を示している。これらの著者のうち、文学という職業にプロの形態を与えているのは二百人以下である。そして、メセナによって保証される公認に辿りつくのは七〇人に満たない。厳しい競争だ……

この社会集団の特性が、文学的立場と軌跡の配置のすべての可能性を決定する。偶発的な著者を除けば、主要な振舞いには四種類がある。

――豊かな社会的遺産を持つ上流貴族は、アマチュアの態度を選択する。貴族と裕福なブルジョワは、彼らを真似る。典型＝ラ・ロシュフコー。

――ブルジョワと中流貴族は、特に文学的血統に属している場合、出世の階梯という標準モデルにしたがった軌跡に身を投じる傾向がある。典型＝シャプラン。

――金銭的遺産を持たないが、高い教育を受けている下層ブルジョワと小貴族は、危険を冒し、厳しい選別に身をさらす。これが、急速な社会的上昇の可能性の源である、華々しい成功の論理である。典型＝コルネイユ。

――物質的社会的遺産を欠くが、由緒ある貴族の名を継承する貴族の中には、ぐらついた立場の者がいる。彼らの態度にはルサンチマンが色濃く表れる。典型＝トリスタン。

これはモデルにすぎない。実際の軌跡はすべて、もっと入り組んだ、複雑なものである。しかし上のモデルは、文壇の統一性とその内部の緊張とを同時に表している。統一性は文学場が存在していることの表れであり、緊張は他律性のベクトル（ここでは「貴族指向」）と自律性のベクトル（文学的血統）のせめぎあいだ。このモデルは、作家という名称の価値は確立されつつあったが、遺産や軌跡によってさまざまな形をとりえたことを示している。作家という名が、過渡的な価値しかもたない身分のことなのか、それ自体価値をもった身分のことなのかは、まだ確定されるにいたらなかった。

第九章　作家という名称

文化の諸装置の再配分にともなう緊張は、その当事者および行為を指す語彙の中にも表れている。文学的なるものの自律化は、「文学」および「作家」という名称の意味や価値をめぐる対立を招かずにはおかなかった。軌跡の多様性や番付の間の相違は、こうした緊張が著しいものだったことを物語っている。われわれが知るべき対象を構築する最終段階として、この二つの名称の意義をそうした対立の争点として検討しなくてはならない。そうすることで唯名論の罠を回避することができるのだから。作家および文学という名称の意味論的、さらには社会的含意は、整合性をもった社会学的分析をとおして古典主義時代における文学を論じるわれわれが語りうる、そして語らねばならないものを指し示しているのだ。

「作家」の誕生

テクストを産出する者を指すためのさまざまな用語が競合するなか、ヒエラルキーにある地殻変動が生じ、文学者を表す他の呼称を差し置いて、作家《エクリヴァン》という名称に語彙の中での特権的な地位が与えられた。それは文化場において文学が覇権を獲得したことを象徴する何よりのしるしである。

「文芸のジャン」

「ジャン・ド・レットル gens de Lettres」あるいは「オム・ド・レットル homme de Lettres」〔文字通りにはそれぞれ「文芸の人々」、「文芸の人」の意。本訳書ではともに「文学者」と訳す〕という名称は広く用いられていた。しかし拡大した公衆の中のエリート層をなすオネットムの目には、文芸《レットル》〔狭義の（美）文学を含めた、人文的教養全般を指す概念〕の素養を持つのはよいことだが、それをあまりにひけらかすのは場違いなことと映った。文芸をなりわいとするぶんにはかまわなかったけれども、文芸を自己の存在と同一視することは許されず、笑いものになるのがおちだったのである。ある駄洒落が、このように両者の間に境界線が引かれ、知識人は排除の対象だったことを明らかにしている。人文学者は「文芸のジャン Jean-de-Lettres」と呼ばれたのだ。

「文学者《ジャン・ド・レットル》」という呼称が広く用いられたように、「お月さまのジャン《ジャン・ド・ラ・リュヌ》Jean de la Lune」〔夢見がちな男というほどの意。M・アシャールに同名の喜劇（一九二九年）がある〕や「でぶのジャン《グロ・ジャン》Gros-Jean」という言い回しも人口に膾炙していた。部分的な同音性は駄洒落を誘わずにはおかない。案の定タルマンが、『逸話集』のメナージュに言及した箇所でやっている。「この女〔ブレジ夫人〕は男の気を引くのに長けていて、メナージュのごとき文芸のジャン《ジャン・ド・レットル》を罠にかけるなどお手のものだった」（前掲版、第二巻、三二〇頁）。彼はこの駄洒落が気に入ったと見え、ルヴォーについても「礼儀をわきまえぬきわめつけの文芸のジャン《ジャン・ド・レットル》」（八五三頁）と言っている。さらにペラレードに対しては、この言い回しに説明を加えてくれている。「かなりいい家柄の出」のペラレードは「教師」業に身を落としたと述べたうえで、彼を「文芸のジャン《ジャン・ド・レットル》」、「ほかには何の能もない鈍物」（七三三頁）と形容するのだ。ペラレードは社会的に落ちぶれている。生まれはよかったにもかかわらず（「かなりいい家柄」）、家庭教師（「先生」）にならなければならなかった。こうして彼は本来の（生まれながらの）性質を失って境遇に見合った性向を身につけたわけだが、この性向こそ、タルマンが咎め立てするものである。タルマンにとって「文芸のジャン《ジャン・ド・レットル》」とは「鈍物」であり、偏狭な精神の主である。なぜなら「ほかには何の能もな」く、自分の読んでいる本の端より先は見えないからだ。批判者タルマンの立場と彼に批判される者たちの立場とは、ことごとく対照的である。タルマンは社交界に出入りし、純粋主義を支持し、パトリュのグループに近い。非常に裕福なブルジョワで、文学のアマチュアとして振舞っている。メナージュは社交界の人々に気に入られようと努めていたが、新手の学者の二つの世代の変わり目に位置し、社交界趣味を過剰に重んじる一方で、学識をも標榜する人々の一人だった。ペラレードとルヴォーも似たような境遇にある。彼らは貧しい貴族やブルジョワで、タルマンのような社交界の人間の目から見ると品位に欠けるのだ。ルヴォーにつけられた「礼儀をわきまえぬ」という形容語がそれを如実に物語っている。メナージュに対して用いられた「罠にか〔か〕る」という表現にも、同じ発想がある。このような文学者たちは、社交界の人々に軽蔑され、小馬鹿にされるのである。

社交界の人々による「知識人」否定は徹底している。新手の学者が少しでも学者になりすぎると、たちまち拒絶される。こうしてタルマンはメナージュを「文芸のジャン」と呼んで笑いものにするわけだが、そのメナージュは、コスタールに協力して「著名文学者」のリストを作成するさい、知識人に文士と並ぶ地位を与えていた。彼は文化的生産におけるさまざまな領域の間の区別を十分に把握しておらず、その代償を読者に支払わせられたのである。

他愛もない駄洒落に思えるかもしれないが、それでもこの洒落が示唆に富むことは確かだ。しかもタルマンは、語をきわめて正確に使い分けているからなおさらである。「文芸のジャン」たちに対する彼の容赦のない皮肉は、彼が美文学に携わる人々について語る時には影をひそめ、そのかわりに含みのあるユーモアが現れる。

タルマンはラ・フォンテーヌのことを「美文学に志し、詩を書いている若僧」として描き、「まだたいへんな夢想家だ」（三九一頁）と述べている。『逸話集』執筆の時期（一六五七―五九年）、ラ・フォンテーヌはようやく社交界のサークルの間で顔を知られはじめたところだった。彼は三十七歳だったので、タルマンのユーモアは「若僧」という言葉に表れている。ラ・フォンテーヌはマレルブ、『アストレ』、それに古典古代の詩人たちへの崇拝の念を隠していなかった。彼はたしかに「美文学に」携わっていたが、多少とも人に知られるような作品はまだ何も書いていないので、誰も彼を指して著者や作家と言うことはできず、ただ「詩を書く」と言えるだけだった。そしてたとえ彼はお月さまのジャン（「夢想家」）だとしても、学者たち、つまり「文芸のジャン」たちとは一緒にされてはいない。

拡大した公衆の目から見て人文学者は少しずつ威信を失いつつあったため、公衆に気に入られることを望む作家たちは、早くも一六二〇年代から、衒学者に対する諷刺を飽くことなく繰り出しつづけた。滑稽な衒学者の戯画は、貧窮詩人の戯画と並んで、当時の著者たちが最も恐れていた自己の表象そのものである。著者たちは、自分はこんな連中とは違うのだと示すことで、己の価値を認めさせようと骨を折ったのだ。

ソレルは『フランシヨン』の中で、衒学者のホルテンシウスを道化役として用いている。ラカンは『牧歌詩劇』の冒頭に「マレルブへの手紙」を配し、その中で「あらゆるラテン語の国の著者たち（初稿では彼は「あらゆる衒学者たち」と書いていた）のご高覧」を前もって拒否し、「賞賛のお言葉すらも耐えがたい」と述べている。バルザックは、彼自身が衒学的態度に流されていると非難されたが、ギリシャ語教師の「衒学者の中の衒学者」モンモールを攻撃することで名誉を挽回している。学者であることを隠さない人々に対するかくのごときあからさまな敵意は、シラノにおいては『だまされた衒学者』の中に、フュルチエールにおいては『寓意的な小説』と『町人物語』にみとめられる。そしてモリエールは、シラノやフュルチエール同様、都会人的礼節の行きすぎに対して手厳しいが（『才女気取り』）、知識をひけらかす学者に対しても容赦ない。『女学者』の中では、この目的からメナージュのカリカチュアを再び取り上げている。

今日文学者 gens de Lettres という名称には軽蔑的な意味合いが込められており、いかにも陳腐な悪ふざけから時に「gendelettres」〔物書き〕と綴ったりすることもある。その名称は、たとえば〈文学者協会〉のような、より伝統主義的だと認められている正式な名称の中でしか積極的な意味を保っていないように見える。今日言語の無意識の中に入りこんでいるものは、したがって、古典主義時代のさなかに進行した文章術と博識を切り離す過程、創意と形式の独創性に何よりも高い地位を与えるこの過程の中で始まったのだ。

使い古された言葉――「詩人」

語彙上最も直接的な区別は、「詩人 poète」という語との対立の中に見出されたことだろう。一方に知の専門家である知識人がおり、もう一方には表現形式をきわめる者がいる。何よりもまずテクストの受け手か、せいぜい再生産者であり、学識豊かな注釈者または「復習教師」である者と、韻文形式が芸術的特徴を示しているテクストを生み出す者とが、こうして対置されることになる。それればかりか、詩人という名称は芸術・娯楽文学のあらゆる分野に用いられていた。

詩人という名称は韻文と同様に散文作品の作者にも用いられ、実際には虚構文学の全領域をカバーしていた。たとえばジャコブ神父の書誌では、〔ピュジェ・ド・〕ラ・セールの散文悲劇『カルタゴの略奪』のような作品は「詩」の項目に分類されている。「劇詩」の理論家であるドービニャックは散文で戯曲を書いている。小説自体が長いあいだ詩の領域に入れられていたことを忘れてはならない。小説風の筋書きを持つ物語は最初は韻文で書かれたのであって、ロンサールが自作『フランシヤッド』を指して「小説 roman」と呼んでいるのは、この語の本来の意味、すなわち韻文／散文の区別ではなく用いられた言語に基づいた意味に従っているのである〔ロマンとはもともと「(ラテン語に対する) ロマンス語＝フランス語で書かれた作品」の意)。

他方、伝統的に詩と詩人の定義は、この二つの言葉に高い価値を与えていた。太古の概念によれば、詩人は神々から霊感を授かる者と考えられていた。時代が下ると、詩人は完璧な学者であると同時に完璧な芸術家でもあるという別の概念もあらわれた。これは詩の主要なジャンルである叙事詩が、美の記念碑であるとともに知の記念碑でなければならないからである。

この二つの概念のうち、前者をとりわけ代表するのはモンテーニュである。彼は次のように書いている。「多くの詩人は散文的にだらだらと引きずって書く。だが昔の最もすぐれた散文は (私はそれをここに詩と同じく無差別にまき散らしている)、いたるところ詩的な強靱さと大胆さに輝いて、詩的な興奮の色を現している。」この「興奮」こそがモンテーニュによれば「詩」すなわち「学者たちの言うところによると、昔の神学にして、最初の哲学」の特質なのだ (『エセー』、第三巻第九章〔モンテーニュ『エセー』全六冊、原二郎訳、岩波文庫、一九六五―六七年。文脈に沿って訳文を適宜改めた〕)。十七世紀に入っても、詩を神々が書き取らせた言葉と同一視する考え方は、詩を「神の技術」(『詩法』) と形容するボワローによって依然として擁護されている。そしてこの敷居の高い概念をもとに、彼はマイナーなジャンルしか手がけない二流詩人に対しては詩人の名を認めないのである。

「ちょっと小唄をひねったのが自慢で
たちまち詩人を気取る輩は多い
いまや夜な夜なソネを一篇作るご精勤ぶり」

（第一九七—一九九行〔第二歌〕）

フュルチエールも同様に『辞書』の中で、「詩人とは生まれながらのものだ。訓練すれば雄弁家になることはできる。詩人になるためには詩句を作るだけでは十分ではなく、独創を行い虚構を作り出さなければならない」と断じている。そして「詩」という名称に関しては、「ソネ、エピグラムあるいはシャンソンといった抒情的な詩句に詩という名を与えるのは非常に誤った用法である」と見なしている。

もう一方の概念はロンサールとともに現れた。ロンサールは詩人＝預言者という考えを過去の時代のものとしたうえで、詩とは「完全なる技巧をともなった知識」であると定義し、その技巧は散文から遠ざかることを求めるものだとする。[1] こうして彼は知識しか持たない人々、およびすべての「押韻した詩句」、そして技巧しか持たないすべての人々、「無知な作詩家」を断罪するのである。そこから虚構の称揚が導き出される。真の詩人とは「虚構を作り出し、歴史家からできるかぎり遠ざかる」[2] 者なのだ。

二つの概念のうち、前者はジャンルの違いを超越する。後者は反対に、そこに弁別的価値を認め、散文のテクストは「詩」という言葉の指す意味領域にはもはや入れなくなる。ところで伝統的な語彙において、詩人・歴史家・雄弁家という三つの用語で文学の広がりの全体を指すことができた。より専門的な詩人の概念が発達したために、この単純な三分割を維持することは難しくなっていた。

しかし十七世紀におけるこの二つの概念の表現は、いずれも詩人の占める地位がきわめて高いことを強調している。じつは、それらの表現は防衛手段としての意味を持っていた。それらを支持する著者はみな詩人という名が地に落ちたことを嘆き、その名により高い価値を取り戻させようとしている。

詩人が諷刺の対象になるのと比例して、詩人という言葉の価値は下落していた。十七世紀は、詩人という人物像に対する軽蔑のしるしに事欠かない。三文詩人の置かれた社会的状況が、サン＝タマンの『貧窮詩人』やボワロー（『風刺詩第一』）の諷刺の引き金となっている。そのうえ詩人という名称は、金で雇われて劇団のために作品を書き、給料も少なく評価も低い著者を指すために普通に使われる呼称だった（独立した劇作家は、これと同じような制約を受けていたわけではなかったが）。最後に、上流社会の人々は文士に対する蔑称としてこの言葉を用いていた。セヴィニェ夫人とビュッシー＝ラビュタンは、栄光の頂点にいるボワローとラシーヌを国王修史官の職にふさわしくないと考えるが、その理由は、彼らが「詩人」にすぎないからなのである(3)。

博識が威信を失っていたように、詩人という身分もまた威信を失いつつあった。しかし、詩人という言葉の持つ称賛的意味がなくなったわけではない。それどころか、軽蔑的な用法が一般化すればするほど、称賛的用法はますます称賛的になり、限定的に用いられるようになった。当時定着した二つの特殊な意味は今日ものこっているものだ。誰かのことを詩人だと言えば、それはモンテーニュが擁護した伝統の系譜を引いて、霊感や幻視の能力があるという意味になりうる。あるいはまた、ある種の文体形式を用いているという意味にもなる。この場合詩人は、小説家や劇作家、エッセーの書き手等との対比によって定義されることになる。だがどちらの場合でも、詩人という言葉は、われわれが相手にしている作家はどの種類の作家なのかをはっきりさせる手段として、副次的な形容としての意味を持っている。詩人という名称は、適用範囲を限定することによってしかその積極的意味を保持することはできなかった。十七世紀にはすでに、その名称だけでは文章術の専門家たちの総体を指すことはできなくなっていたのだ。その点に関する主要な革新は、この意味で「作家」という名称が用いられるようになったことである。

「著者」と「作家」——高位の序列

書く者を指すために当時最もよく使われ、最も広い意味を持った言葉は、今日と同様に「著者 auteur」だった。一般的な意味においては、それは誰であれ何かを生み出した者を指した。テクストを書いた者を指す狭い用法も頻繁に用いられたが、対象となるテクストの特徴を区別するものではなかった。少なくとも、二重の語源の効果によって、この言葉にはきわめて積極的な意味が与えられていた。

当時この単語はさまざまな書記法で綴られているが、実のところこれは競合する二つの語源を示すものである。ある人々は、回帰的かつ学問的な語源に依拠し、基本的な意味として「創造者」を意味するギリシャ語（autos）とこの単語を結びつけていた。とりわけフュルチエールがそうだ。しかし本当のつながりは、増やすという意味の augeo から派生した auctor というラテン語から来ている。この時、著者とは何かを新たにつけ加える者ということになるだろう。たとえばデュ・ベレーが『〔フランス語の〕擁護と顕揚』でこの語義を採用している。文芸の分野ではこの語はとりわけ、特に絶対用法では、古典古代の著作家に用いられた。このとき著者は権威（auctoritas）の概念と結びつけられることになる。

この二重の語源は、著者の権威が創造者としての資質に立脚するという意味の体系を形成する。こうして著者の生みおとした子供としての書物というイメージが、文学的創造のありふれた神話となる。厳密な意味での著者とは創造的な作品を作る人ということになるだろう。ソレルは、本を書くために何も「書き写したり盗んだり」していない人々こそが「本当の意味での著者である、われわれの最も偉大な作家たちについてそう言われたように、自分の作品の創造者なのだから」（『良書紹介』、前掲版、一七—一八頁）と明言している。こうして著者という名称は独創性という価値と結びつき、作家を形容しうる語の一つになるのだ。

「作家 écrivain」は原義として「書記、写字生」（ニコの辞書、一六〇六年）という意味を持っていた。じっさい代書人écrivains publicsの同業組合は特権を与えられた堅固な職業的社団を形作っていた。しかしこれとは別の意味が十六世紀に形成されはじめ、十七世紀には幅をきかせるようになった。作家を、美的なねらいを持った著作の創作者として指し示す意味がそれである。もともとは特別な威光を持たない言葉だったが、称賛的意味を獲得するようになる。こうした意味の変遷は純粋主義の伸張によって促進された。なぜなら、純粋主義は古くなった言葉だけでなく新しい造語をも斥け、新たな現実を指すためには、むしろすでに存在している言葉を分配し直すことで対処したからだ。

ロンサールは『フランシヤッド』の「はしがき」の中で、国王の称賛には「最良の作家」が必要だと考えている。そしてニコは〔「作家」の語義を述べて〕luculentus author〔光輝ある著者〕＝「立派な本を書いた優れた作家」という定義を示している。作家は最も称賛的な意味における著者の同義語となり、最上級の意味さえ帯びることができるのだ。

このようにして始まった意味の変遷は十七世紀にも続く。そこでは「作家」は芸術としての文学の創作者を指すための固有の言葉となる。たとえばトリスタンはテオフィルに、「詩作に耽りすぎたために髪が白くなってしまった人々が、もし皆あなたと同じくらい詩神の寵愛を得ていたなら、あなたのような偉大な作家はこれほど稀なものではないでしょうに」（『書簡集』、前掲版、一五八頁）と書き送っている。その数年後、サン＝テヴルモンは『アカデミストの喜劇』の中、たとえば第八〇〇行で同じ使い方をしている。さらに彼は「文学作品を創る」

という意味で、「書く écrire」という動詞を目的語なしに用いている。一世代時代が下ると、この用法は普通に行われるようになった。たとえばボワローは『風刺詩第二』の中で、この意味でしかこの動詞を用いていない

（第一行、第二行、第二六行など）。

数十年で、高位の序列において「作家」は「著者」に追いついた。国語の変化に対して誰よりも慎重な辞書編纂者たちでさえ、二つの語を少なくとも同義語として提示している。〈アカデミー〉の辞典がそうだ。実際には、威光を指す言葉として「作家」は「著者」をすぐに追い越す。言語と美学の規範を牛耳る人々にとって、作家とは、創造と形式に関わる技術とを結びつける著者だけに許される名称となるのだ。

シャプランは「賞賛に値する文章を綴る」という基準に基づいて番付を作り、こうして文学者の中から、彼自身の表現によれば「優れた文筆家」と名指される人々をことさら区別していた。ボワローは『詩法』の中で二つの語の間の序列を定めている。詩の冒頭では彼はもっぱら「著者」について語る。作家という名称が現れるのは、純粋主義の偉大な先駆者マレルブを指すためである。

「英邁なるこの詩人によって正されたフランス語は
もはや純化された耳に不快な響きをもたらすこともなくなった」

（第一四五―一四六行）〔第一歌。Poésie/Gallimard 版では v. 135-136〕

さらに何行か先では、一つの警句が高位の序列を確立する。

「要するに、フランス語が駄目ならば、どんなに神々しい著者も

何を作ろうがつねに、取るに足らぬ作家なのだ」
（第一七〇―一七一行）〔同、v. 161-162〕

「神々しい」という形容は、天から下る霊感としての文学的創造の概念を指している。作家は、創造者であるという点で、最も称賛的な意味における「著者」と肩を並べる。しかし作家はそれにとどまらず、美学を、すなわちここでフランス語を自在に操る能力として表されている表現形式を、きわめる者なのだ。よってすべての著者にこの肩書を授かる資格があるわけではない。

芸術性という判断基準は、序列決定の決め手となる。しかし、序列決定に際して考慮される基準はそれだけではない。印刷物による出版という、きわめて社会的な基準も関わってくるのだ。著者であるということは、そしてそれ以上に作家であるということは、読者との関係を作り出す行為なしには意味を持たない。この時期、作家という資格が高い地位に達するのと時を同じくして、書かれたものが主要な文化的価値の地位にのぼる。公衆の判断に身をゆだね、文学の市場に自分の名を賭けるという危険を冒した者だけが、作家として卓越化することができるのである。古典主義時代にはこの第二の基準は、議論の対象となることはあったにせよ、おおむね受け入れられていた。

フュルチエールの『辞書』は、「著者 auteur」の項で、「文学に関しては、本を公にしたすべての人々について言う。今日では本を印刷させた人々についてしか用いられない」との説明を加えている。「今日では」という表現は、その事実が新しいもので、習俗や言語の基層の中に入って間もないことを示している。われわれはここで「誕生」に立ち会っているのだ。しかしフュルチエールは「著者」という名称についてそう述べるにとどめている。彼の辞書は最も革新的な新手の学者たちによる近代的な純粋主義に反発するものであり、シャプラン、ソレル、ボワローが打ち立てつつあった〔「著者」と「作家」との〕区別からは距離を置くのだ。それとは逆に、『リシュレ』の近代派の人々はこの区別を採用し、それを印刷物による出版という基準と結びつけている。こうして作家の優越性がいっそうはっきりと現れることになる。彼らは「著者」を「何らかの出版された本を書いた人」と規定する一方、「作家」を「何らかの尊敬に値する本を出版した著者」（傍点引用者）と定義しているのだ。

古典主義時代に作家の名に値するためには、したがって、誰もが認める美的な質を備えた著作を出版していなければならない。作家という名称がそれ自体で一つの価値となり、一部の人々だけに与えられる栄誉となるのだ。こうした基準だけでもすでに厳しい選別を生みだしているが、この語の意味をさらに限定し、社会的地位の基礎となる社会的機能の名称とする人々もいる。たとえば『良書紹介』のソレルがそうだ。

彼はそこで、出版を通して「儲けるために働く」権利を主張する。(4) しかし彼はすべての著者がそうするわけではなく、多くの著者は個人的資産だけで十分なのでその必要がないことを認めている。そこで彼は単純明快な議論を展開する。いわく、地位は文学的な質とは何の関係もない。ある人々が純粋に文芸と栄誉への愛ゆえに書くとしても、それ以外に生活の術を持たない他の人々は報酬を受けとる権利がある。そして「どんな身分にも優れた作家はいる」、と。彼の議論全体は、作家は一つの「役目」を果たしている、それは良質の読書を提供することによって人々の精神と趣味を鍛え上げるという役目である、という考え方に基づいている。したがって、著作を検討してそれがどれだけの報酬に値するかを判断するには、彼が「作家の役目」（二〇頁）と呼ぶものを著者がまっとうしているかどうかを知りさえすればよい。それはちょうど、たとえば行政官や司祭のような他の社会的な役目がきちんと果たされているかどうか調べるのと同じことである。

作家は社会的に有用な存在なのかという問題はつねに議論の種であり、賛否両論が果てしなくたたかわされるという状況は、他の時代と同様に古典主義時代においても見られる(5)。重要なのは、作家であることが一つの役目になり得るということがこの時期に明確にされたことである。それは報酬の問題を解決する。この役目を果たす者が報酬を必要とする場合、その役割がまっとうされていれば支払いは正当なものであるからだ。だが、それは作家をどのような境遇に位置づけるかという問題は解決してくれない。ソレルは印税を擁護し、作家を自分の楽しみや教育のために本を買うオネットムとの直接的な関係の中に置く。それに対して、ドービニャックやボワローのような人々は、作家を国王によるメセナに依存させる。実際には、作家は印税であれ報奨金であれ、その一方だけで生計を立てることはできなかった。したがって二つの立場がいずれも作家の役目を認める点で一致しているのは重要である。しかし、この一点を離れれば、両者は決定的に乖離している。それらはたがいに異なる戦略を描き、したがって異なる作家のイメージを描き出すのである（ボワローは出世の階梯を辿り、ソレルは少なくとも一時期は華々しい成功の戦略にしたがった）。

二つの変動があり、それにともなう二つの対立があった。より一般的な第一の変動は文学場の出現に照応し、文学者の中で作家を最高の位につかせる。この語彙の変遷は歴史的に見るとその後優勢になるのだが、当時はまだ新しく、新手の学者や社交界の人々は作家の威光という考え方を支持するが、人文学者はそれには躊躇を、さらには敵意さえ示す。第二の対立はこの全体的傾向の内部で生じている。作家に新たに与えられる価値の、さまざまな意味づけのあいだの対立である。そしてこの第二の対立は文芸と文学の定義の中にも及び、そこでその意味をくまなく現すのである。

「文学」の出現

「文学」という言葉の近代的な意味は、〔「作家」の出現と〕同じ時期に同じ状況の中で現れた。しかしそれは、作家という名称にもまして、膨大な量の事実の下に見分けなければならない新たな萌芽として、つまり文化の見取図の変動のしるしとして、現れたのである。

論争からわかること

「文学」に関しては、十七世紀の三つの辞書は珍しく一致しているように見える。三つともその用語の基本的な意味として「知識、博識」を掲げているのだ。そこでは文学は、たくさん読み学んだ人の知識と定義されている。それはテクスト受容の結果であって、テクストを作り出す技術ではない。後者の意味素がこの語の語義の中心となるのは、後のことである、

しかしこの表面的な一致には、綻びがないどころか、その陰に根本的な不一致が隠れている。「文芸 Lettres」、「文学 Littérature」そして「美文学 Belles Lettres」が構成する語彙グループを調べてみると、「文学者」と「作家」という名称について観察された亀裂がここにも現れ、公然たる論争の観を呈する。論争の争点は活動の序列と席次の分配である。その結末は人文学者的な概念の凋落だ。

『リシュレ』を執筆する近代派の人々は、「文学」という言葉に対して序列順に「美文学の学問。中庸を得た知識。知識、博識（神学博士アルノー氏はたいへん文学がある人だ）。」という三つの同義表現を提示している。「博識」

と「中庸を得た知識」の間には少なくとも落差がある。「知識」を持つとは、今日ならば教養があるということであり、学識があり博学であるということではない。そして冒頭に掲げられている語義は、奇妙なことに「学問」と、それとは無関係に見える「美文学」とを結びつけている。しかしゲレが『著者たちの戦争』の中で、人文学者に対する文士の勝利を「雅な学問」の名において体系化し、この表現によって芸術文学を指していたことを想起しておこう。

ところで、「文芸」と「美文学」の定義を調べてみると、これらの奇妙な点が解明される。リシュレにとって、美文学とは「雄弁家、詩人および歴史家たちについての知識（フランスの美文学を知っている。彼は美文学者だ）」のことである。〈アカデミー〉（の辞典）は美文学を独立した項目に立てず、「文芸」の項目でその一種として美文学に言及するにとどめている。フュルチエールもそれを独立した用語としては区別せず、「詩人や雄弁家についての知識を人文学 Lettres Humaines と呼び、誤って美しき文芸 Belles Lettres と呼ぶ。しかるに本当の美しき文芸とは、物理学、幾何学その他の確実な学問のことである」と記している。つまり彼は『リシュレ』の文言を取り上げたうえで、それを否定しているのだ。フュルチエールにとって、そして当時の通念にとって、美文学は博識で学問的な知の次元に属する。一方近代派にとってそれは、詩人、雄弁家および歴史家の著作、言いかえれば、作家という名称が正当に指し示している人々の著作に限定される。それはまだ受容（『リシュレ』の言う「学問」、「知識」）の次元にとどまるが、それでも芸術作品や娯楽作品の受容なのである。こうして「文学」という名称は専門化して文学的創造作品を指すようになりはじめる。これが「美文学の学問」という定義の意味であり、この意味においてそれはオネットムの態度とまったく矛盾せず、「中庸を得た知識」の典型的な対象を表している。

整合性のある二つの体系が公認の語彙の定義において対立している。「著者」に対する作家の高位を認めようとしないフュルチエールは、学問と美文学を区別することも拒否する。リシュレは作家という名に卓越した価値を与え、美文学を自立した一分野とみなしたうえでそれを「作家」が生み出した著作の正当な呼称とする。「文学」の同義語となりうる語の中に「知識」や「博識」が含まれているということは、知識の次元と芸術の次元の区別がまだ完全ではないことを示している。しかし『リシュレ』の近代派の人々は、この二つの次元の結合を過去の名残として扱っている。意味論的弁別の只中で、われわれは文学的なるものが解き放たれつつある現場に立ち会っているのである。「文学」の意味場がその後、美的な次元にねらいを定めたテクスト自体やそれを生み出す行為を指す方へと拡大されて行くのは自然の勢いである。それが現在見られるような均衡状態に落ち着くのは一七五〇年頃のことだ。

ヴォルテールは『哲学辞典』の中で、彼の時代にもまだ「文学」という名称が「学術的著作」にも「趣味の著作」にも用いられていることを認めている。彼は前者の用法を古語法として槍玉にあげ、この言葉は今後美的な次元にねらいを定めたテクストだけに用いるよう求めている。このことから今日の一部の辞書編纂者は、ここでヴォルテールが新たな語義を初めて定めたのだと解し、文学の近代的な概念は啓蒙の世紀の半ばに始まったのだと結論づけた。このような唯名論は言葉と物を混同しているだけではなく、語の歴史を正確に伝えてさえいない。というのも、近代的な意味はすでに一六八〇年の『リシュレ』の中に現れているのだから(6)。

文学のこの新しい概念は、まだ端緒についたにすぎない。フュルチエールが擁護するような伝統的な意味が十七世紀には主流だった。しかし、言葉とそれが表す心的構造の本当の意味は、対峙している両陣営のどちらの占有物でもなく、両陣営の対立そのものの中にある。歴史的に見ると古典主義時代は、言葉においても実践においても、芸術的な文学が学問的な文芸から抜け出た時代なのである。

伝統的概念と新たな実践

しかし言葉と物が同時に変化すると考え、語彙の変遷と文化的実践とが対応していると信じるならば、やはり唯名論の中にとどまることになるだろう。古典主義期におけるフランス語の三つの辞書の構想期間は半世紀に及んだ。それらを対立させる相違は、特にテクストの収録および分類のやり方において、この期間の中頃にはすでに顕在化し、争いの原因となっていた。

それぞれ異なった心的構造を示す、三つの方針を確認することができる。第一の方針は学問的知識を高く評価して芸術・娯楽作品を低く見る伝統主義者たちのもので、その反映はフュルチエールの辞書にもまだいくらか見出される。そのカテゴリーは、人文主義的百科全書主義を構成する要素に基づいている。その支持者にとって文芸と文学のカバーする領域は、神学、法律、哲学、歴史、諸学問（文献学を含む）、倫理学そして政治学に及ぶ。これは一世紀前にラブレーがガルガンチュアからパンタグリュエルへの『信書』（『第二之書パンタグリュエル物語』第八章（渡辺一夫訳、岩波文庫、一九七三年））の中で、「良き文芸」を吟味する際に数え上げていた項目である。そこでは「趣味の」著作は、「文献学」（すなわち、当時の用語法によれば、文法、言語、修辞学の一部）の付録または実例として、付随的な位置しか占めていない。

この「知識人的な」態度は、ノーデが一六二七年に出版した『蔵書収集のための助言』によく表れている。このような著作が生れること自体、社会的・文化的地位の高さの象徴として裕福な家柄の人々が書籍収集に関心を寄せていたことを示すものだ。博学な図書館長だったノーデは、購入、分類そして保存についての指針を提示する。なかでも彼が推奨するのは歴史と政治に関わる著作である。これは、蔵書を所有する可能性のある人々、つまり公務に関わる貴族と上流ブルジョワにとっての何よりの関心事と、学者としての彼の習慣が結びついた結果だ。彼が古典古代の著作家、「人文学」に大いに興味を持つのは、文献学者としての彼の学殖からいって当然だが、それに対して近代の小説家、詩人そして劇作家は軽んじられている。フランス語の美文学を彼は否認するのだ。ノーデはまた、彼の蔵書の理想的な読者をも指し示している。彼はアウグストゥス時代の貴族たちを手本とするようううながすのだが、彼らは「これらの書庫を作り、こうしてそれをすべての文学者が利用できるように」（一一四頁）したのだった。ノーデはこのように、書物の所有者となることによって自らの権力を示す収集家たるメセーヌと、書物の使用と知識を任される専門家や知識人との役割分担を思い描いているのである。

このような概念は十七世紀の間ずっと変わらずにある。それはやはり図書館長だったバイエの『学者の見解』（一六八五年）の中にも見出すことができる。バイエは彼が管理している次席検事ラモワニョンの蔵書の総点検を行う。彼は「学者の世界に広がっている文学者たち」（第一巻のⅢ頁）の意見を気にかけている。彼の立てる項目はノーデのものと同じだが、最後に「批評、雄弁術、詩、文法」と「広範な文学（＝知識）ゆえに衆にぬきんでたすべての人々」（Ⅵ頁）という追加がある。同様のデータは、たとえば一七一八年のジラールの著作『フランス語の正確さ』にも見られる。この本で彼は同義語と類義語の分類を行うのだが、「文芸」と「文学」はアリストテレス的な知のカテゴリーとされるのだ。とはいえ、バイエが項目を付け加えている事実は、実際には新たな分類が必要になっていたことを示している。

これと反対の態度は、知の場が明確な専門分野に分割されていることを認めるもので、その帰結は『リシュレ』

が擁護する近代主義的な階層化である。こうした態度を具現するのは、社交界の公衆に向けて書き、彼らの思考習慣を共有したり取り入れている作家たちだ。それは、アカデミー界をつらぬき新手の学者の優位をもたらす深層の動きに照応している。知識人と文士の対立は、実際にはおのおのの活動分野の画定と定義の中に表れる。こうして作り出される分類は、「文学者」一般と「作家」の間の区別と正確に一致する。美と独創性あるいは「新しさ」という判断基準が、そこでの階層化の主要な原理となるのだ。

早くも一六三〇年に、カミュは『ナルシスとフィラルクとの間の〔文芸上の〕諍いに関するアカデミーの講話』（前掲）の中で、「最も洗練された人々」はうまく話しうまく書く技術を表す文芸、すなわち雄弁と（最も広い意味での）詩を「美文学という名で」称えると記している。〈アカデミー〉入会『演説』（一六四八年）の中でトリスタンは同様の見解を示し、この団体の専門的能力に何よりふさわしい対象として雄弁術と虚構文学をあげている。これらの「美文学」は彼によると主たる特徴として「新しさ」を持っているのだが、この新しさとは独創性という価値の言明であると同時に、彼の言うところの「新たな優美さ」[7]で美文学を豊かにしている同時代の創造的活動への称賛でもあると理解すべきである。マロールは『回想録』（一六五六年）の中で「あらゆる種類の職業の、文学〔＝知識〕のある博識な人々の群れ」に言及し、神学、「自然の諸原理」それに「幾何学の証明」と、「歴史の興味を引く話や詩と雄弁に属する文芸」（二二二頁）とを区別している。ドービニャックは『国王への建議』（前掲箇所）（二七三頁、第一章注（3）参照）で、アカデミーは「雄弁の優美さと詩の荘重さをよみがえらせるために、美文学に」専心しなければならないと考えている。

しかし伝統的な概念と新しい態度の間に断絶が生じたわけではなかった。それどころか古典主義時代には、「文芸」と「美文学」という名称に包含される活動を分類するうえで、異なったやり方、さらには矛盾したやり方さえ混在させているテクストや資料が数多く見られる。こうした混乱は、単に性急な著者が大雑把に分類した結果なのではけっしてなく、対立の本質が当時どこにあったのかを示すものだ。一方では学校教育が人文主義から継承した習慣を維持していた。他方、新たな実践は、古くからのカテゴリーを不十分な、さらには不適切なものにしつつあった。二つの次元の概念を並置する混成的態度は、ここでは折衷や妥協ではなく、起こりつつある急激な変化に対処するための、経験に即した方法なのである。

公証人見習には伝統的なカテゴリーが染みついているため、死後蔵書目録の作成にあたってはこうした伝統的カテゴリーが用いられている。彼らはリストの最後に、人文学 humaniores literae という何でも放り込める項目の中で美文学に言及するのだが、その項目には古典古代の詩人と近代の作家が一くくりにされている。そして一般に、最も多くの書名を記載するのはこの項目である[8]。書店のカタログにおいても事情は変わらない。書店主たちが顧客に向けて著作を序列化するさい、その基準となるのは、読者に求められる学識、もしくは商品価値である。前者の場合はギリシャ語とラテン語の本が先頭に来る。後者の場合には、高価な著作である二折判と四折判の本が最初にあげられ、一般にその内容は「学問的」である。しかし大半の書目は小型判だ。豪華さの点では劣るけれども、これらのタイトルは大多数の客の需要に応えるために欠かせない運転資金である。そしてこれらの書目はとりわけ「フランス美文学」[9]の分野を具現している。

総合的な目録や番付の作者たちにとって、分類の難しさは彼らの作品の信頼度そのものに関わる問題だった。彼らがこの困難を解決するやり方には三つの微妙な違いを見分けることができ、その違いは新たな実践を前にした文学者たちのさまざまな立場を反映している。知識人にとっては、この状況は狼狽の種である。この狼狽という言葉は厳密な意味に取ってもらわねばならない。学者は方向を見失っており、テクスト生産の現状を説明するための十分な概念装置を持ち合わせていないのである。出世の階梯を辿る人々の方は、文芸と美文学を区別している。しかし「新手の学者」である彼らは、まだいくらか人文学者的なカテゴリーにとらわれている。彼らにおいては、旧来のカテゴリーと新たな実践の衝突が、多かれ少なかれはっきり感じられる矛盾を引き起こす。そして最後に、華々しい成功の論理に最も身を投じた著者たちは、あれこれ試行錯誤しながらではあるが、テクストの生産と受容の現状と一致した目録を提示することに最も成功した人々なのである。

知識人書誌学者の狼狽は、ジャコブ神父の『パリの書誌』および『フランスの書誌』の細部に見てとることができる。神父はノーデの友人で、両作品は彼に献呈されているのだが、そのノーデと同じカテゴリーを用いている。目録がラテン語で書かれている点が、彼の学者という立場を示している。しかし年毎にフランスで生み出されたテクストの全容を報告するため、彼は項目をさらに細かく区分することを余儀なくされており、これらの下位区分は困難が解決されていないことを自ら認めるに等しいものとなっている。たとえば歴史という項目は最も多くの著作を収めるものの一つだが、教会史、世俗史、そして興味深いことに、混合史の三つに分けられている。ここでの混合とは聖と俗の間のことではない。じつはこれは、他には分類不可能なものをまとめるために設けられた、輪郭のはっきりしないカテゴリーなのだ。そこにはルノードの『ガゼット』があるかと思えば、ヴュルソン・ド・ラ・コロンビエールの『英雄学』(紋章学の論考)、アンリ・エチエンヌの『銘句の作り方』、イエズス会士とパリ大学との間の論争もあり、さらにデュ・バイユの『宮廷色恋事情』、デュ・ヴェルディイエの『ロザランドの失踪』、スキュデリー嬢の『グラン・シリュス』などが含まれている。このように混合史とは、定期刊行物、誹謗文書、小説等々何でも放り込める区分なのである。

新手の学者における矛盾を示す事例は、ペローの番付『高名なる人々』（一六九六年）の中に現れている。名誉をもたらすさまざまな活動分野を序列化しながら、彼はこう書く。「芸術において卓越し、その作品がフランスの地位を他の国々よりも上に引き上げたという点において、われわれの偉大な政治家たちの完璧なる英知や、われわれの文学者たちがあらゆる学問において成しとげた発見にいささかも劣らないすべての人々を忘れてはならないと考えた」（序文、Ⅱ頁）。次いで彼は、自分の採用した高位順による配列を読者に告げる。最初に来るのが聖職者、次に軍人、政治家、そして「四番目に、優れた文学者、すなわち哲学者、歴史家、雄弁家そして詩人」（Ⅳ頁）と続く。最初の引用文が文芸を学問と同一視しているのに対して、二つ目の引用文は文芸を哲学者と作家に限定している。哲学者が含まれているのはアルノーに対して割かれたスペースによって説明がつく。当時の著者たちは皆、アルノーを権威として認めていたのだ。しかしそれを除けば、ペローはその後は美文学しか視野に入れていない。

近代主義の文士たちは、より一貫した立場をとっている。ゲレがさまざまな次元の著作の間に明確な区別があることを認識していたことはすでに見たとおりである。ソレルは書誌学的著作『フランス書の本棚』と『良書紹介』の中で、その区別をさらに精細なものにしている。『フランス書の本棚』は、かなり教養はあるがラテン語が読めない、あるいは読むのに困難をおぼえる人々に向けて、オネットムのための文化の目録を提示している。序文の中でソレルは「今日良き文芸に関わるすべてのことに対して名誉が打ち立てられている」（一一頁）ことを慶賀している。人文主義者たちの言う良き文芸とは、ギリシャ・ラテンの古典と「聖なる文芸」（＝聖書）である。長い間それは学者たちだけのものとされ、社交界や宮廷の作家たちには知られてこなかったが、今や等しく共有される財産となったと彼は説く。そこから本題に入り、まず雄弁について、および宗教、諸学問そして文献学に関わる著作について、最小限の情報が与えられる。それに対し、道徳の著作には多くのページが割かれる（第Ⅴ章、この章は本の中で最も長く四一頁ある）。次いで彼は狭い意味での「美文学」を特別に優遇し、それに研究の半分以上を当てて（第Ⅶ—Ⅺ章）、書簡文学、旅行記、歴史、寓話、長編および短編小説、詩（劇詩も含む）そして翻訳を論じる。そして、この迂回の末に「良き文芸」に代えて「美文学」を置き、これを「オネットムたちの学問」（二〇二頁）と名づけるのである。ソレルは人文学者たちの領分に立脚しながら、その境界線を移動させ、その空間配置を区切り直しているのだ。この動きは『良書紹介』でいっそう明確になる。その中で彼は自らの立場をこう説明している。「私が神学、哲学およびその他の学問の書物にあまり触れないとしても驚くには当たらない。一方はそれらが扱う主題ゆえに神聖なものと見なさなければならないし、他方は該当学部の博士たちに検討をゆだねられている。私が主として語らなければならないのは、われわれの道徳、政治、歴史の書物について、および市民生活に関わりがあり、われわれの政体において十分有益な娯楽のための書物についてである」（三頁）。知の場の分離と美文学を優位におく序列が、根本的な断絶としてではなく再分配として、こうしてはっきりと言明されるのである。

言葉の不一致と再分配は、実践の中で生じた再分配の結果である。こうした緊張のうちに、文学者たちの中で作家が区別されるとともに、学問的な文芸の中で文学が出現しはじめる。作家も文学も誕生しつつあるのだ、文学場がそうであるように。この誕生の年代は特定することができる。正確に何年というのではなく、傾向の逆転が生じた期間という意味において。それは、標識となるジャコブ神父とソレルの著作が示している時期、すなわち一六四三—六四年である。この約二〇年の間に文学場の諸制度は増加し、語彙と思考のカテゴリーは変化している。

しかし、「文学」と「作家」の概念が新たな価値を持ちはじめるといっても、この変化はまだ始まったばかりにすぎない。古典主義時代の社会における文学的なるものに一つの意味を割り当てようとすれば、変動としてしか意味を持たないものに、それとは逆の硬直したイメージを与えてしまうことになるだろう。重要なのは、この変動の結果でもあり手段でもある衝突それ自体なのである。

対峙する定義をそれを述べる人々の立場や意向に関連づけるならば、この変動は競争をともなった分離として現れる。伝統的な概念は、書くことが何よりもまず知識人という自らの地位の延長であるような人々によって擁護される。彼らは「偶発的な著者」（ノーデ、バイエ）。受けた教育と実践によって彼らは「文芸共和国」に帰属している。いっぽう新たな部分を構成する（ジャコブ）であるか、もしくは「文学の出世の階梯」を辿る人々の中で最も学者的な概念を擁護するのは、出世の階梯を登りつめる純粋主義的潮流の指導者たち（シャプラン、ボワロー）や、たとえ挫折をともなうにせよ、華々しい成功の戦略をとる作家たち（トリスタン、ソレル）である。新たな概念はまた、アマチュアかつオネットムかつ才人である作家という態度の最も急進的な支持者であり、中庸の文体や近代主義的な純粋主義の信奉者であるような人々によっても支持されている。たとえばパトリュを中心とする『リシュレ』のグループがそうだ。そして最後に、両陣営の間には、その中間に位置するさまざまな人々がいて、知識人寄り（『辞書』におけるフュルチエール）の者もあれば、革新者寄り（ペロー）の者もいる。(10)

作家と文学的なるものについての新たな概念が立てる主要な判断基準、すなわち印刷物による出版と、とりわけ作品に美的な次元でのねらいがあるか否かという二点に基づき、最終的な確認事項として、この時期に正当に作家と形容しうる人々の一覧を作成することができる（**付録2**）。その数は著者の総数に比較すれば少なく、五五九名である。しかしこれはこれまで文学史が取り上げてきた作家の数よりもずっと多く、この時代の文学の景観をはるかに多様なものにする。

作家の新たな高位を支持する人々は技術や形式の重要性を等しく認めているが、全員がそれを同じように評価しているわけではない。出世の階梯を登りつめる新手の学者たちは、文学芸術をまだ外的な二つの因子に従属したものと見なしている。すなわち、規範についての論争における彼らの支配的地位を正当化すべく、知に対する譲歩が必要だということ、そして、文学活動の諸制度の中での彼ら自身の権力を正当化してくれる政治的・宗教的権力に対して、義務を負っているということである。とりわけシャプランとボワローが、たがいの反目にもかかわらず、ともにこのように意を定める。これとは逆に、華々しい成功の論理に身を投じる著者たちは、それ以上に独創性の価値と「作家の役目」によって正当化される自律性を強調する（トリスタン、ソレル）。全体の序列化は知識人よりも作家に有利に作用するとしても、このようにさまざまな態度が対立しあう中で、作家間の序列化の原理をめぐって第二の緊張が生まれている。注目すべきは、この点に関して「大胆な者」と「百戦錬磨のアマチュア」の間で客観的な同盟関係が生じていることだ。もともと持っているものが最も少なかったために最も多くを危険にさらさなければならなかった人々（華々しい成功の戦略）と、社会的に十分恵まれているのでほとんど危険を冒さない人々（アマチュア）が、両者の近代主義によって結びついている。キャリアの出発点においてそこそこの担保を得ている人々は、より慎重に、出世の階梯を歩むのである。自律性は全体として増大するが、従属の要素は維持され、そして両者の使用法はまちまちであり、対立さえしている。文学的なるものの両義的な地位は、作家という名称の持つ価値自体の中に現れている。作家という名称がこのように相反するイメージの対象となるのは、ほかでもなくこの名称がそれ自体で一つの価値になったからなのである。

結　論　公認の収奪と二枚舌

「偉大な世紀」と「古典主義的精神」。歴史および批評の分野でしばしば用いられるこの二つの言い回しは、自然発生的な神話に属する。それが語るのは、才能あふれる作家、並びなき為政者、そして選ばれた公衆という三者の幸福な出会い、という幻想である。この神話は、この時代に、完全さと調和の一時期ならではのアウラをまとわせ、断絶や緊張を覆い隠してしまう。たしかに優勢となった趣味というものはあった。だがこれも、その優位を強めてゆく一連の過程があったからこそなのである。そして、その文学上の代表者たちが学校教育のカリキュラムに入ることによってこの趣味が狭い意味での「古典」となったのも、ある一時期には少数派にすぎなかった革新者を次代の古典とするような、ある変動の末のことなのである。文学的なるものの社会における語用論にとって、十七世紀は決定的な一時期である。何らかの完成状態ゆえにではなく、そこでなされた文化的諸装置の再配分ゆえに。

変動の主要部分は、目印となる二つの日付のあいだに起こった。一六三五年、すなわち、〈アカデミー〉が創設され、文化場の自律化の始まりを画した年と、その最初の帰結を示す、一六八五年前後におけるいくつかの辞書の刊行とのあいだである。この間、一六五〇年ごろに、決定的な変化が生じる。

一六五〇年までに、新たな力と構造が配置を整える。一六五〇年と一六六五年のあいだに、これらの要素は「沈澱」し、それ自体一つの歴史的「事実」となるような、目をみはらせる一局面を呈する（しかし、一点に収斂する事実を求めると、近視眼的な実証主義に陥ってしまうことになる）。アカデミーは増加し専門化し、私的なメセナが衰える一方、国家メセナは体系化する。著者の諸権利をめぐる紛争は本格化し、パリの覇権は強まり、文学の新たな世代が活動を始める。とりわけ、不可逆的に確定する文化場の分割の中で、純粋主義の文士が知識人を制圧する。この時、文学場は固有の社会空間として分化し、作家という名称そのものが高い価値をおびた形容語として通用しはじめる。

以上の年代記述には、二つの注釈が必要である。第一に、歴史（とりわけ文学史）がこれまでほとんど考慮してこなかったフロンドの乱の役割が、ここに現れていること。長期間にわたる経済的・社会的危機の絶頂を示すこの激しい政変は、文学場の出現の原因とはいえないまでも、その「触媒」だった。

フロンドの乱の文学活動に対する直接の影響はたしかにあったが、限られたものだった。[1]これに対し間接的影響は、すぐには現れなかったとはいえ、きわめて重要である。それは当時活動するあらゆる著者の経歴に影響を及ぼした。ある者はここぞとばかりに機会に飛びつき、ある者は沈黙を余儀なくされ、またある者は、かつて自らのとった立場を忘れさせたり償ったりすることに追われるあまり、前進に歯止めがかかった。とりわけ、周囲の環境が変化した。パトロンやメセーヌは、死去、亡命ないし零落する（コンデ、レ、ロングヴィル）いっぽう、他の者は急速な出世に浴する（フーケ）。高等法院のメンバーは力を失う。貴族は、少しずつ都市、とりわけパリに定着し、以前よりもサロンやアカデミーに足を運ぶようになる。大食客集団と高等法院の衰退は、知識人たちから旧来の社会的基盤を奪う。逆に、貴族たちが大挙して社交生活に参入したことにより、新手の学者たる文士の支持層が強化された。二つの傾向のあいだの力関係が逆転したおもな原因の一つはここにある。

第二に注記すべき点は、最初の文学場の年代と、心性史が指摘する世界観・世界表象の激変の年代との一致である。集団的な思想の見取図は、『方法序説』の一六三六年と、ニュートン『プリンキピア』の一六八七年との間に、深いところで変化をとげた。[2]科学上の学説の全面的動揺、アリストテレス学説の再検討が、進行しつつあった知的領域の分化・専門化との密接な関連のうちに行われた。これによって、文学的なるもの、すなわち、美文学が、学者たちの〈文芸共和国〉に保持されていた百科全書的人文主義の後見から自立し、今度は自らが教育資本の基本的価値となることが可能になった(3)。

こうした変動の合間に、文学的なるものは社会的価値と威光を獲得した。そうはいっても、その自律性は、この時点ではどの領域においても完全なものではなかった。むしろ、最初の文学場の本質的両義性は、当時の文学および作家に与えられる矛盾した状況のうちに現れている。古典主義時代とは、文学および作家にとって、「収奪された公認」の時代だったのだ。

「作家職」が自律性を勝ちえようとする一つの社会的職務として成立したことは、文学場の形成によって可能となった、承認の指標と自立のための手段のうちに読みとることができる。印税の支払いは物質的指標を、アカデミーへの入会、番付への記載といった文化的権威からの承認は象徴的指標を、それぞれ構成する。メセナによる報奨金は、物質的指標と象徴的指標を兼ね、公認としての価値を持つ。そして何人かの著者は、あるいは修史官として（メズレーのように）、あるいは「貴族のように（他の職を持つことなく）」暮らすことによって（コルネイユ）、その職務に専念する可能性すらを獲得した。書くことに専念し、書くことを生活様式としうるということは、作家として公認されたという最高の指標であるといえる。

だが、文学的血統がこうした社会集団の凝集力と自律性を基礎づけているとはいえ、「貴族指向」がこの凝集力と自律性を損なっている。諸制度の中にあっては、本来文学外の権力であるメセナが、文学固有の権力であるアカデミーの上に立つ。文化の見取図においては、知的活動の分化が確立し、創作者・芸術家としての作家が知識人としての著者から分離するとはいえ、この過程は端緒についたにすぎず、逆向きの伝統はまだ強固である。最後に、作家たちの位置どりが、この状況の両義性を物語っている。

自律性の要求は何人かの作家において明確な形をとっている。それは、著者が諸権利を主張する場合や、『プロヴァンシャル』におけるパスカルのように、時の権力からの束縛に対抗して、諸形式の持つ力とオネットム層の賛同を味方につけるような場合である。そして、公認が推し進められた基盤には、それぞれが固有性を持ってはたらいたさまざまな力がある。作家の行動は、文化活動の開花、書籍流通の発展、読者数と著者数の増大、文学的なものが社交界の人々の間で得た威光、それらのすべてから資力を得るのである。しかし、有力な社会層が徐々に文学への関心を強め、承認の過程に寄与するのは事実だが、同時に、彼らは文学活動に彼らの形成する文学活動についてのイメージを持ちこみ、押しつける。彼らはアマチュアの態度を優遇するが、それは作家の経済的自立を妨げるものである。同様に、彼らはクリエンテリズモと体制順応主義を支持する。この二重の動きは、場の構造そのものと結びついており、政府の政策とあいまって、文士を従属状態にとどめるべく作用する。

為政者は文学的なるものの新しい力に気づかずにはいなかった。文学者が彼らの目に侮りがたい世論形成勢力と映っていたことを示す資料には事欠かない[4]。王国の政策は、ためらいながらも承認のしるしを授けた。公認アカデミーの設立、いくつかの法制度の萌芽、国家メセナの体系化がそれである。だが、その見返りに、国家は、アカデミーや報奨金を受ける著者たちに対し、金銭的な統制を課そうとする。そして、著者の諸権利の伸張の前では、検閲の強化と、著作権を定めた一六五九―六五年の法律の停止によって、その合法性を否定した。増大する自律性と、他律性を強いる諸力とのあいだのこの根本的緊張関係は、公認を単に不完全であるばかりでなく、収奪されたものにしている。ここに、古典主義時代における文学の地位の本質がある。

したがって、流布している歴史上のテーゼのいくつかはもはや受け入れることができない。とりわけ、古典主義文学の光輝は英明な権力者の行動に由来するとするテーゼがそうだ。リシュリューもルイ十四世も、文学を援助すると同じくらい、あるいはそれ以上に、文学を利用したのである。歴史分析は、〈偉大な世紀〉における作家と権力の幸福な関係というテーゼが神話にすぎないことを暴き出す。

だが、別の神話、罪のない文士に首枷を着せる邪悪な権力者、という神話にも、用心しなくてはならない。公認の収奪は、絶対主義の本質、すなわち、他のあらゆるものと同様に、出版、文学、芸術をも管理下におこうとする性質のみから説明することはできない。ここでもまた、すべては、「いかにして」という点にかかっている。最初の文学場の構造は、文士自身がこの収奪された公認の論理に取りこまれており、収奪された公認が、意識的であれ無意識的であれ、彼らの暗黙の、さらには積極的な同意なしには完遂しえないというものだった。文士は従属の身振りを示すことによって、公認に対する代価を支払ったのである。

ただ、その身振りは、文学者たちの態度と戦略に応じてさまざまだった。偶発的な作家たちは、文学外の権力への従属のうちに生きており、彼らに関してはそもそも問題など生じえない。出世の階梯を辿る人々は、その作品を権力への奉仕として位置づける。この時、従属と公認は同じ一つの論理から発している。最も大胆な、華々しい成功の戦略に沿った軌跡を進む人々は、より大きな自律性を要求する。だがどの人々の場合も、こうした選択はおのおのが抱懐する作家のイメージを通じてなされる。彼らはそのイメージを規範的なものとみなし、意識してにせよ無意識にせよ、これに自らの像を合致させようと努め、その一人となる。ところで、文学上の決定機関のあいだの序列と、市場の不均等な発達ゆえに、最も勢威ある地位にのぼるためには、公認のいくつかの形態を結びつけ、多重の契約のとりうる形態の一つを実現することが不可欠である。作家のイメージと、これに対応する態度と戦略は、最初の文学場の本質的両義性ゆえに不可避な妥協のさまざまなあらわれにほかならない。

公認の収奪という現象は、また、この時代の文学への貴族の影響力にも起因している。貴族たちが文学に引き寄せられたのは、まちがいなく、文学が科学や造形美術や音楽よりも彼らの嗜好と能力にかなっていたからである。

しかも貴族は大挙して文学に押しよせたのであるから、古典主義文学は均質で支配力をそなえつつある一階級として形成されたブルジョワジーの興隆を反映するのだとする、かつての理論は保持しえない。しかしここでもまた、一つの神話を別の神話で置きかえることは許されない。貴族にしても、均質で支配力を備えつつある一階級ではなかったのだから。文学の吸引力を蒙った貴族の数が多かったとはいっても、貴族がすべてそうだったわけではなく、また皆が同じやり方で蒙ったのでもなかった。それに加え、貴族たちがそこで行った投資の客観的な量は一様ではなかった。文学の圏域において最も活動的な貴族は、権力の圏域においても最も活動的な者たちだったのだ。

文学を社交生活の活性剤とする貴族たちは、偶発的な著者、もしくはせいぜいアマチュアの位置にとどまっている。文学活動の諸制度によりいっそう身を投じ、出世の階梯においてしかるべき地位を占めるまでにいたる貴族たちは、政治および宗教上の指導的組織の中でも活発である。高位聖職者（ペレフィクス、デストレ、フレシエ……）、政府の顕官（セギエ、コワラン一族）、あるいは宮廷の重臣（サン＝テニャン）という具合だ。出自は帯剣貴族であれ法服貴族であれ、彼らは貴族のうちでも絶対王政と親しく結んだ部分を体現している（そしてその正確な構成要員は、やがて歴史家が明らかにするだろう）。彼らは公認に一役買う。文学上の決定機関、とりわけアカデミーに籍を置き、文学的なるものの卓越した地位を保証する。しかし彼らはまた、こうした決定機関の内部で、政治的宗教的権力を代弁する。これは場の構造に内在する結果の一つだ。

収奪された公認という矛盾をはらんだ状況は、作品の形式と内容に、さまざまな形で、とりわけ「二枚舌」として反映している。文学史は、おそらく「古典主義的均整」の神話が支える幻想ゆえに、いまだこの問題に注意をはらっていない。しかしこれは、プリズム効果の一つとして、広く共有され、しばしば驚くべき結果を生み出している。

二枚舌の効果は文学に特有のものではないし、いつの時代にも存在している。古典主義時代の専有物であるわけではない。しかしこの現象は、古典主義時代の文学の語用論にとって、きわめて重要な問題系を構成している。二枚舌はたとえば、生きのびるためにあるパトロンから別のパトロンへ、ある陣営から別の陣営へと乗りかえることを余儀なくされる著者たちにおいては、ごく当たり前の現象である。それはまた、よくとりあげられる主題でもある。フュルチエールの『寓意的な小説』とボワローの『風刺詩第十二』は、出世の階梯を辿る者が二枚舌を激しく攻撃していることを示すが、これは二枚舌が演じていた役割の大きさを物語る。が、とりわけ、二枚舌は、じつにしばしばテクストの構造そのものを規定している。デュボス＝モンタンドレの『オヴァルの点』における両立しがたい内容の衝突、コルネイユの作劇法における「筋の二重性」、初めから終りまでダブルミーニングの効果の上に作られているシラノの『棘のある対話』の言葉遊びが示すように。さらに、多くの作品は、仮説ないし虚構の衣に包んで、当時許容されていた理論に照らすなら革命的といえる世界観を提示している。これはリベルタンたちがしばしばとった手法だが、デカルトもまた同様である。そして、異なった思想体系を奉じる人々のあいだに見られるこの手法の同一性は、少なくとも、差異を超えてこうした類似を引きおこしえたプリズムとはいかなるものなのか、問うことを求めている。

二枚舌とは、意味の二重性を、そして場合によっては欺瞞を含意する。それは婉曲語法の問題系に収斂する。あるテクストは、それが意味の過程に形を与えるやり方によって意味作用を行う。そして、二つの異なった意味が（同時に、継起的に、もしくは交互に）テクストに表れるとき、その意味作用は三重になる。すなわち、テクストは同時に、意味a、意味b、およびa、b両者の併存を意味するのだ。そしてこの第三の意味は、それがとる併存という形そのものからして、テクストと言表行為の外的状況とを根本的に結びつける紐帯をなす。ここで問題とする現象の多様性にもかかわらず、単に問題提起のための手段としてであれ、本書で一貫して「二枚舌」という総称を用いているのはそれゆえである。

最初の文学場において、打ち立てられたばかりの諸規範の比較的柔軟な性格は、二枚舌的行為に都合よくはたらく。これは、検閲を欺くやり方のうちによく見てとれる。だがとりわけ、さまざまな期待に応える必要が二枚舌を引き起こす。多重の契約の論理に入りこむために、テクストは二重三重の意味を帯びた言説として織りなされる。また、出世の階梯を登りつめた者たちが曖昧さや二枚舌を執拗にあげつらう一方で、彼ら自身の経歴においても彼らが陣営を変えるさいには二枚舌が現れ、その作品にまで姿をみせるのだ。メズレーがそれを示す例である。華々しい成功の戦略をとる作家たちは、彼らは彼らで、二枚舌をその美学に組み入れ、革新の源としている。

こうした構造は、集団的メンタリティのあり方と関わることなしには、これほど頻繁に見られるものではありえなかった。ポワローが『風刺詩第十二』、イエズス会士たちは曖昧さを思考における習慣としていると非難するとき、彼はこの問題がこの時代の人々の意識にのぼっていたことを証言している。とはいえ、この問題についての人々の意識は、十全なものでも明瞭なものでもなかった。二枚舌を告発する人々においてすら、その行動や作品において二枚舌があたり前のようにみられることが、それを示している。『エディップ』をめぐるコルネイユとドービニャックの論争における、筋の二重性の分析の限界は、この事実のもう一つの指標である。思考の見取図、思考の型に刻みこまれたハビトゥスのうちに、この種の振舞いの根拠を求めねばならない。だが、それに先だってまず作品のうちに、この振舞いの形と意味を観察せねばならない。

公認の収奪と二枚舌は、古典主義時代における文学空間の二大特徴である。両者は、双方が多様なやり方で固有性を獲得していく過程の精細な分析を求めている。場の諸効果をその多様性のうちに考慮しつつ、こうした探究を進めることによって、文学の社会学は、この時代の作品に対する問いかけを一新することができるだろう。ただし、かつて実証主義や印象主義的批評の隆盛を招いた、直接的な因果関係による「説明」という、あからさまに安楽な道には安住しない、という条件つきで——作品を読むとは、〈歴史〉に問いを投げかける手段であって、歴史のたんなる「反映」を探し求めることではないことに合意する、という条件つきで。

多重の契約の影響は、いっさいの安易な社会学的アプローチを禁じている。こうしたアプローチは、文学場の構造をも、おのおのの軌跡の論理、すなわち、美学上の選択が行われる枠組をも、考慮に入れることはない。数字と（剥き出しの）事実を並べあげることに終始するような文学の社会学は、審美的価値の問題そのものを覆い隠してしまう。たとえばロベール・エスカルピが提示したこうした手法は、せいぜい著者の社会的出自による決定しか視野に入れることがない。同様に、「反映理論」に基づく解釈も、論者によって洗練の度に差こそあれ、多重の契約の必要性がもたらすプリズム効果を考慮に入れることができない。たとえばリュシヤン・ゴルドマンは、ラシーヌを論じて[5]、作品と「世界観」とのあいだの構造的照応関係を主張するのだが、それは媒介物に固有の形態を軽視した結果である。部分的にはより洞察に富むとはいえ、ハンス＝ローベルト・ヤウスの提唱する「受容美学」による分析[6]もまた、ジャンルという概念をハビトゥスと軌跡から切り離すことにより、この概念から発見をもたらす契機を奪ってしまっている。古典主義時代においては、諸ジャンルに多重の契約を可能にする柔軟性があるという点が決定的に重要なのだ。

発生の時点に立ち戻ることが、どのような文化にとっても不可欠である。文化は、自らについての批評的意識を、自らがどのようにして今あるようになったのか探究することなしには持ちえないからだ。断定的な解釈に抗う古典主義時代の文学は、この知見の探究において、人を謙虚さへと向かわせる。その矛盾をはらんだ状況と数々のプリズム効果によって、古典主義時代の文学は、さまざまな媒介物の複合的性格を明るみに出す。これこそが、文学の語用論が向かうべき対象にほかならない。

原注

序論

（1）P. Bourdieu, « Champ intellectuel et projet créateur », *Les temps modernes*, n° 246, 1966, pp. 866-875 ; « Le marché des biens symboliques », *L'Année sociologique*, n° 22, 1971, pp. 49-126 ; *L'Economie des biens symboliques.* (à paraître, 1985, Paris, Ed. de Minuit)〔「刊行予定 à paraître」とあるこの書物は、実際には *Les Règles de l'art* の表題で刊行された。邦訳『芸術の規則Ⅰ・Ⅱ』、石井洋二郎訳、東京、藤原書店、一九九五―九六年〕

（2）作家の地位の問題と結びついた、自律性の問題。この点で、文学場は他のすべてと区別される。美術や音楽の学校は存在するが、「文学学校」はない。文学という職能は職業をともなわない職能なのだ。Ch. Charle, « Situation du champ littéraire », *Littérature*, n° 44, 1981, p. 8 を見よ。文学場を基礎づけている価値観それ自体が、まさに美学上の対立の争点となっている。

（3）J. -P. Sartre, « Qu'est-ce que la littérature? », *Situation II*, Paris, Gallimard, 1948, pp. 55-330.〔邦訳『文学とは何か』、加藤周一・白井健三郎・海老坂武訳、京都、人文書院、一九九八年〕

（4）P. Bénichou, *Le Sacre de l'écrivain*, Paris, Corti, 1973 は、「聖別 sacre」が早くも一八三〇年には完了したと考えている。J. Dubois, *L'Institution de la littérature*, Paris-Bruxelles, Nathan-Labor, 1978 は、その時期を一八五〇年とする。

（5）たとえば、R. Picard, *La carrière de Racine*, Paris, Gallimard, 1961, p. 78.

（6）ここで念頭においているのは、出版についてはH・Jマルタンの、雄弁についてはM・フュマロリの、教育についてはF・ド・ダンヴィルの、翻訳についてはR・ズュベールの、各業績である。これらについては、それぞれに対応する分析に際してより詳細に注記する。

（7）Ch・シャルルの卓抜な表現によれば、「ある時代に誰が作家であるかを定義するとは、つまるところ、文学の定義に関して文学者たち自身を対立させた紛争を一刀両断することである」（art. cit., p. 10）。

（8）この問題については、A. Viala, *La Naissance des institutions de la vie littéraire*（thèse, 1983, à paraître, Atelier des thèses, Lille）を見

よ〔本書の母体となったこの浩瀚な博士論文は、本書出版後に刊行された。ただし一般に流通する書籍ではなく、原本を複写したマイクロフィッシュをオンデマンドで複製し頒布するという形態である〕。

（9）P・ブルデュー、R・ポントン、A・ベック、R・ダーントン、Ch・シャルル、C・ラファルジュの業績。

（10）R・エスカルピの実証主義（たとえば *Sociologie de la littérature*, Paris, P. U. F., 1958〔邦訳『文学の社会学』、大塚幸男訳、東京、白水社、文庫クセジュ、一九五九年〕）、あるいはL・ゴルドマンにおける「反映理論」（*Le Dieu caché*, Paris, Gallimard, 1956〔邦訳『隠れたる神』、山形頼洋・名田丈夫訳、東京、社会思想社、一九七二—七三年〕）がそれである。

第一章

（1）初期の文学史家はまずアカデミーをそのように考えた。たとえばA・デュ・ヴェルディエは、十四世紀にジョフロワ・デュ・リュックのもとに集った詩人たちのグループを「アカデミー」とみなし分析を加えている(La Bibliothèque, Lyon, 1585, pp. 444-445)。

（2）E. Frémy, *Origines de l'Académie française, l'académie des derniers Valois*, Paris, 1887 ; F. Yates, *The French Academies of the XVIth Century*, London, Courtault, 1947.〔邦訳F・A・イエイツ『十六世紀フランスのアカデミー』、高田勇訳、東京、平凡社、一九九六年〕

（3）D'Aubignac, *Discours au Roy sur l'establissement d'une seconde académie*, section X, Paris, 1664.（一六六三年に、ドービニャックが自らの団体を〔アカデミー・フランセーズに次いで〕公認させようと試みた際に執筆されたもの）

（4）D'Aubignac, *Dissertations sur le poème dramatique*, « Quatrième dissertation », Paris, 1664.

（5）Furetière, *Le Roman bourgeois*, in *Romanciers du XVIIe siècle*, éd. A. Adam, Pléiade, p. 969. アルルのアカデミーに関しては、A. Rancé, *L'académie d'Arles au XVIIe siècle*, Paris, 1886, pp. 164-182.

（6）Renaudot, *Première Centurie des questions traitées ès Conférences du Bureau d'adresses*, Paris, 1634, préface.

（7）A. Fabre, *Chapelain et nos deux premières académies*, Paris, 1850 ; Rancé, ouvr. cit. ; Mary E. Storer, « Informations furnished by the *Mercure galant* on the French provincial academies in the XVIth Century », *P. M. L. A.*, L, 1935, pp. 444-468.

（8）D. Roche, *Le siècle des Lumières en province, Académies et académiciens provinciaux, 1680-1789*, Paris-La Haye, Mouton, 1978, p. 19.

（9）R. Pintard, *Le Libertinage érudit en France dans la première moitié du XVIIe siècle*, Paris, Boivin, 1943.

（10）Camus, *Discours académique sur le Différend des Belles Lettres de Narcisse et de Phyllarque*, Paris, 1630, p. 11 sqq.

（11）Chapelain, Lettre à J. Bouchard (1639), *Lettres*, éd. Tamizey de Larroque, Paris, 1880-1883, t. 1, p. 358.

（12）H. Busson, *La Pensée religieuse française, de Charron à Pascal*, Paris, 1933, p. 297 は、この時期に一二の「学術集会」を数えあげて

いる。参加者はどれも重なっているので、その時々にこの細分化の動きの中心であった集会だけをとりあげた。

(13) Saint-Evremond, *La Comédie des académistes* et *Les Académiciens*, éd. P. Carille, Paris-Milan, Nizet-Goliardica, 1976.

(14) マイエは「貧窮詩人 poète crotté」を揶揄する〔同名の〕諷刺詩（サン＝タマン作）のモデルだった。

(15) コーパスの一覧に関しては、*La Naissance des institutions*, pp. 486-488 を見よ。このコーパスは何にもまして、修辞学、詩学、言語学に関する理論および批評的作品からなっている。

(16) 辞典の構想の変遷については、以下を見よ。Pellisson, *Histoire de l'Académie* (1654, éd. Livet, Paris, 1858) ; P. Mesnard, *Histoire de l'Académie française*, Paris, 1857 ; C. Beaulieux, « Histoire de la gestation de la première édition du dictionnaire de l'Académie », in éd. de Mézeray, *Observations sur l'orthographe de la langue française*, Paris, Champion, 1951 ; A. Viala, « Une nouvelle institution littéraire : les dictionnaires du français vivant », in *De la mort de Colbert à la Révocation de l'édit de Nantes : un monde nouveau ?* Marseille, C. M. R. 17, 1985（actes du coll. 1984).

(17) Furetière, *Factums*, éd. Assenlineau, Paris, 1859 を見よ。

(18) リシュスルスは自著〔次注参照〕の一六六一年の巻をフーケに、一六六四年の巻をコルベールに献呈し、自らのアカデミーのために時の権力者の庇護を得ようと努めている。

(19) これらの報告と「解決」は、一六六一年から一六六五年まで出版された数巻の『アカデミーでの講演会』となる（一六六五年に改版、全三部。序文にアカデミーの活動の詳細が述べられている）。

(20) 討論の詳細については、*Naissance des institutions...*, pp. 496-502 を見よ。

(21) Camus, *Discours académiques...*, *loc. cit.*

(22) Tallemant des Réaux, *Historiettes*, éd. Adam, Pléiade, t. 2, p. 323.

(23) A. Adam, *Histoire de la littérature française aux XVIIe siècle*, Paris, Domat, 1948-1953, t. 3 における彼らの物語を見よ。

(24) これと同じような次元の争いが一六三九年、〈アカデミー〉でも起こっていた。マレルブの弟子のコロンビーとロジエが、詩人の弟子である自分たちこそがマレルブの正当な継承者であるのに、新手の学者たちがマレルブの遺産を独占していると考えて、アカデミー脱退を決めるのである。

(25) Ch. Drouhet, *Le Poète F. Mainard*, Paris, Champion, 1909 ; および *Mainard et son temps*, Presses de l'Université de Toulouse, 1976.

(26) Tallemant, ouvr. cit., t. 1, p. 397.

(27) D. Roche, ouvr. cit. を見よ。

第二章

（1）R. Lévy の往年の博士論文 *Le Mécénat et l'organisation du crédit intellectuel*（Paris, P. U. F., 1924）は、的確な歴史的概説を行うものの、脱線していく。〔この制度の〕ローマにおける形態の研究としてはJ. -M. André, *Mécène*, Paris, Les Belles-Lettres, 1967 を参照。十七世紀に関しては、*Le Mécénat en France avant Colbert*（Colloque C. N. R. S., 1983）に有益な情報が求められる（ただし報告のいくつかは混乱をきたしている）。

（2）Y. Durand（sous la dir. de）, *Hommage à R. Mousnier. Clientèles et fidélité en Europe à l'époque moderne*, Paris, P. U. F., 1981.

（3）*Ibid*., p. 251.

（4）Sorel, *Francion*（1623-1635）, in *Romanciers du XVIIe siècle*, éd. cit.〔邦訳『フランシヨン滑稽物語』、渡辺明正訳、東京、国書刊行会、二〇〇二年〕

（5）じっさいシャプランは、アンシウス宛の一六六三年六月八日付の手紙（Lettres, éd. cit., p. 409）の中で、次のように書いている。「受給者がそれを活かすことができれば、報奨金は継続されるでしょう。」また G. Couton, « Effort publicitaire et organisation de la recherche : les gratifications aux gens de lettres de Louis XIV », *Le XVIIe siècle et la recherche*, C. M. R. 17-C. N. R. S., Marseille, 1976, pp. 41-55 も見よ。

（6）*Francion*, éd. cit., p. 251.

（7）彼の主だった伝記的情報は、*Nouvelle biographie générale*, Didot, 1862 に見える。

（8）この事件の経緯の分析に関しては、B. Porchnev, *Les soulèvements populaires en France au XVIIe siècle*, Paris, S. E. V. P. E. N., 1963（section finale）et *XVIIe siècle*, n° 145, 1984.

（9）*La Balance d'Estat, tragi-comédie allégorique*, s. l., 1652. この作品は言うまでもなく「肘掛椅子の劇〔第一章三六頁訳注参照〕」である。

（10）Guez de Balzac, *Mecenas*,（ランブイエ夫人に献呈されている）*Œuvres diverses*, 1644. バルザックは、マエケナスは著者たちに対して何かを強いることはけっしてなかったと断言しているが、J. -M. André（ouvr. cit., pp. 140-143）は逆に、マエケナスが行ったメセナ活動は政治的な打算から行われていたことを明らかにしている。

（11）W. Leiner, *Der Widsmungbrief in der französischen Literatur*（*1580-1715*）, Heidelberg, Carl-Winter, 1965.

（12）Ed. cit., p. 1092.

(13) これに加え、モントロン、エルヴァールといった金融家が、身の「垢を落とす」ためにメセナのイメージを利用しようとした。
(14) Ed. cit., p. 1093.
(15) Leiner, ouvr. cit., pp. 200-209.
(16) A. Aubery, *Histoire du cardinal de Richelieu*, Paris, 1660, p. 611.
(17) Ph. Tomlinson, « J. Mairet et Gaston d'Orléans », *XVIIe siècle*, n° 130, 1981, pp. 25-35.
(18) Tallement, ouvr. cit., p. 230-233 du t. 2 et Furetière, *Roman bourgeois*, p. 1086. 同じ逸話が繰り返しとりあげられているところをみると、これが当時としては例外的な出来事だったことがわかる。
(19) 典拠は P. Clément, *Colbert, Lettres, mémoires et documents*, Paris, 1861-1881. t. 5.
(20) Pellisson, *Histoire...*, éd. cit., p. 299.
(21) 〔パリ国立図書館蔵の資料〕le Mss. Fr. B. N. n° 23045, fol. 144 に、パリ市の歳入から充当された「費用で雇われた」修史官の一覧がある。そうではない修史官の名は、コルベールによる体制の前までは、さまざまな欄に見出される。
(22) M. -F. Christout, *Le Ballet de cour de Louis XIV*, Paris, Picard, 1967. バレーというジャンルはこの当時非常に高い評価を受けていた。
(23) J. Caldicott, « Gaston d'Orléans, mécène et esprit curieux », et, Y. Nexon, « Le mécénat du chancelier Séguier », in *Le mécénat en France avant Colbert*. フーケに関しては、U. V. Chatelain, *Le surintendant Fouquet, protecteur des lettres et des arts*, Paris, 1905.
(24) M. Laurain-Portemer, « Un mécénat ministériel, l'exemple de Mazarin », in *Le Mécénat* ...
(25) 奨金受給候補者の選抜方法に関しては、前掲 Chapelain, *Lettres* と、本書第八章第二節を見よ。
(26) Aubery, *loc. cit.*, et Deloche, *La Maison du cardinal de Richelieu*, Paris, 1912, pp. 176-180. 宰相の家計はル・マルル神父が管理していたが、報奨金に当てられた金額は把握する必要がなかった。
(27) Leiner, ouvr. cit., pp. 187 et 207-209.

第三章

(1) 特に次の研究。M. -C. Dock, *Etude sur le droit d'auteur*, Paris, Lib. Gale de droit, 1963, H. Desbois, *Le Droit d'auteur en France*, Paris, Dalloz, 1966, P. Recht, *Le Droit d'auteur*, Gembloux, Duculot, 1969. 以下の文献にも関連した記述――時には議論の余地のあるも

のもある——が散見される。D. T. Pottinger, *The French Book Trade in the Ancien Régime*, Cambridge (Mass.), 1952 および M. Vessillier-Ressi, *Le Métier d'auteur*, Paris, Dunod, 1981.

（2）特に Mss B. N. F. Fr., 16753-54（国璽記録簿、印刷許可）, 22071（允許と認可）, 22110（書籍商関連書類）, 22172（出版に関する判決）および次の資料集による。Guiffrey et Laboulaye, *La Propriété littéraire*, Paris, 1859.

（3）くわしくは D. Richet, *La France moderne, l'esprit des institutions*, Paris, Flammarion, 1973 を見よ。

（4）さまざまな権利のもたらす個別の結果に関する問題や、精神的権利と物質的権利を「統一的」に理解するか、あるいは「二元論的」に捉えるかについての法学者間の論争については、ここでは詳細に論じることはしない。

（5）特に Dock, ouvr. cit., pp. 110-111.

（6）Leschassier, *Œuvres*, Paris, 1652, p. 380.

（7）*Id.*, p. 223.

（8）J. Montéuuis, *Le Plagiat littéraire* (thèse Droit), Paris, 1911.

（9）E. Welslau, *Imitation und Plagiat in der französischen Literatur von der Renaissance bis zur Revolution*, Rheinfelden, Schläube, 1976 ; *Echo et Narcisse. Etudes sur la réécriture au XVIIe siècle*, sous la dir. de J. Morel et A. Viala, Presses de l'Université de Paris III (à paraître).

（10）Ch. Nisart, *Etat précaire de la propriété littéraire au XVIe siècle*, Paris, 1884.（実際は盗作について論じている）

（11）Tallemant, t. 2, p. 325.

（12）J. Lagny, « Un plagiaire au XVIIe siècle », *XVIIe siècle*, 1953, n° 17-18, pp. 33-36.

（13）J. Thomas, *De Plagio literario*, Leipzig, 1673, および Th. Jansen Almeloveen, *Plagiorum Syllabus*, Amsterdam, 1686. これらの著者の立場は曖昧である。彼らは盗作の歴史に先鞭をつけたのであって、盗作を正当化しているわけではないが、正当化したい者にそのための論拠を提供している。

（14）Richesource, *Le Masque des orateurs, ou manière de déguiser toute sorte de compositions*, Paris, 1667.

（15）Maurevert, *Le Livre des plagiats*, Paris, Fayard, s. d., p. 24 による引用。

（16）Sorel, *Francion*, éd. cit., p. 431.

（17）Maurevert, ouvr. cit., p. 15.

（18）A. Baillet, *Les Autheurs déguisez*, Paris, 1690, p. 31.

（19）J. Salier, *Cacocephalus, sive de Plagiis opusculum*, Paris, 1693.

(20) この結びつきの理論化については Recht, ouvr. cit., p. 235 を見よ。
(21) Dock, ouvr. cit. および Flourens, *Origine et développement de la propriété littéraire*, Paris, 1872, p. 5-14 を見よ。しかしながらこれらの歴史家は、実際にはつねにはっきり区別されていた「特権」と「印刷許可」を混同する傾向がある。
(22) B. N., Mss. F. Fr. 21944-21945.
(23) In Guiffrey-Laboulaye, ouvr. cit., p. VII-VIII.
(24) B. N., Mss. F. Fr. 22071, f. 28-29.
(25) H. -J. Martin, *Livre, pouvoirs et société à Paris au XVIIe siècle*, Droz, 1969, p. 426.
(26) Archives nationales, Minutier central, contrat du 16-7-1658.
(27) B. N., Mss. F. Fr. 22110, f. 36.
(28) B. N., Mss. F. Fr. 22071, f. 90.
(29) Vitré, *S'il est advantageux pour le public d'accorder aux libraires des continuations de privilèges*, Paris, s. d. (1650).
(30) H. -J. Martin, *Livre...*, p. 433.
(31) Dock, ouvr. cit., pp. 84-87.
(32) Sorel, *De la connaissance des bons livres*, Paris, 1671, pp. 36-37.
(33) これらの数字と以下にあげる数字については、*La Naissance des institutions*, pp. 327-350 を見よ。主な出所は国立古文書館公証人証書保管所 Minutier central des Archives nationales および演劇に関しては *Registre de La Grange*『ラ・グランジュの記録簿』(Reprint Minkoff, Paris, 1972) である。
(34) R. Picard, ouvr. cit., p. 22-35.
(35) スカロンは『滑稽物語』の中で、この歩合制による報酬制度は十七世紀前半からすでに行われており、しかもそれは演劇だけに限ったことではないと断言している。じっさい、著者が書籍印刷販売業者と契約を交わし、報酬の見込みとして利益が上がった場合その一部を受け取ることを承諾するということが行われていた。R. Zuber, *Les Belles Infidèles*, Paris, Colin, 1968, p. 35 を見よ。
(36) *Mémoire sur la contestation entre les libraires de Paris et ceux de Lyon*, Paris, 1696.
(37) くわしい経緯については *Naissance des institutions*, pp. 359-372.
(38) こうしたやり方がうまく機能しなかったことを示す示唆的な例もある。ベールは『歴史批評辞典』出版のために書籍印刷販売業者のアニソンとレエルと協力し、担当検閲官がレエルの友人のルノード神父になるようにしてもらった。それにもかかわらずルノードは不利な報告書を提出せざるを得ず、出版許可は認められなかった。それでもベールはこうして当局が警戒する中、オランダで出版に取りかかった。

いったん下りた許可が、その後宗教当局からの訴えによって取り消されるということも起きた。印刷されたテクストが検閲官の要求した訂正をきちんと行っていない時、宗教当局が介入したのである（Naissance..., pp. 374-375 を見よ）。

(39) B. N., Mss. F. Fr. 22071, f. 148-152.

(40) *Naissance*..., pp. 386-395 を見よ。これらの死刑のうち五件は書籍印刷販売商に関わり、残りが著者であるが（シティ兄弟、E・デュラン、ヴァニーニ、フォンタニエ、ル・プチ、モラン、ミヨー）、全員が異端または無信仰のかどで刑を宣告されている。

(41) A. Sauvy, *Livres saisis à Paris entre 1678 et 1701*, Nijhoff, La Haye, 1972.

第四章

(1) F. Lachèvre, *Bibliographie des recueils collectifs de poésie, 1597-1700*, Paris, 1901, 3 vol. et *Les Recueils collectifs de poésie libre et satirique, 1600-1626*, Paris, 1907.

(2) R. Zuber, ouvr. cit., pp. 45-54.

(3) そこにはシヨンも載っている。シヨンは純粋主義者ではなかったが、リシュリューへの絶対的な忠誠心を表明している。彼の存在は、枢機卿と緊迫した関係にあったバルザックの存在を相殺する。

(4) 定期刊行物の淵源はイタリアにあるが、十七世紀のフランスにおける始まりには、先例も前身にあたるものもない。

(5) 新聞の前史については、C. Bellanger, J. Godochet et al., *Histoire générale de la presse française*, Paris, P. U. F., 1969, t. I, pp. 27 sqq. を見よ。

(6) ルノードは当初新聞を押収されたが、一六三一年十月二十七日の判決は彼の正しさを認めた。何度か衝突を繰り返した後、決定的な特許状が一六三五年彼の勝利を確実とした。国務諮問会議は、彼の出版特権を冒す者に六千リーヴルの罰金を課した（B. N., Mss. F. Fr. 22172, f. 11）。

(7) M. -N. Grand-Mesnil, *Mazarin, la Fronde et la presse*, Paris, Colin, 1967.

(8) P. Carile, éd. cit. de *La Comédie des académistes*, p. 97.

（9） 一六五〇年以降、もはやそこでは限られたいくつかの会合しか開かれない。常連たちの多くは新しいサロンに散らばる（E. Magne, *Voiture et l'Hôtel de Rambouillet*, Paris, 1911 を見よ）。

（10） これは私的なアカデミーの活動が衰えることと関係がある。ルイ十四世の国威発揚政策はこの時期に実るのである。

（11） H. -J. Martin, ouvr. cit., pp. 651 sqq.

（12） D'Aubignac, *Quatrième dissertation*, loc. cit. ; Marolles, *Mémoires*, Paris, 1656, p. 220.

（13） C. C. Lougee, *Le Paradis des Femmes. Women, Salons and Social Stratification in the XVIIth C. in France*, Princeton Univ. Press, 1976.

（14） C. Rouben, « Un jeu de société au Grand Siècle : les Questions et Maximes d'amour. Inventaire chronologique », *XVIIe Siècle*, n° 95, 1972, pp. 85-104.

（15） P. Picard, *Les Salons littéraires et la société française*, New York, Brentano's, 1943.

（16） A. Viala, « Naissance de l'écrivain. Littérature instituée et littérature enseignée （XVIIe- XVIIIe siècle） », *P. F. S. C. L*, vol. XI, n° 21, 1984.

（17） 彼があげている「エクスプリカシオン」の見本は、今日フランス語教授採用試験に必要とされる練習と同じ特徴を有している。だから「読者の修辞学」の学校教育的見本が、「古典主義作家」の総体と同時期に成り立ったことになる。

（18） Le Blanc, *L'Etude des Belles Lettres*, Paris, 1712. 彼はこの考えと「ルイ大王の世紀」は古代の偉大な時代を凌駕しているという主張とを結びつけている （pp. 59-60）。

（19） Batteux, *Cours de belles lettres*, Paris, 1747, t. 1, pp. 8-9.

（20） Sorel, *De la connaissance des bons livres*, éd. cit., p. 13.

（21） H. -J. Martin, ouvr. cit., 特に pp. 1063-1065.

（22） R. Mandrou, *De la culture populaire en France aux XVIIe et XVIIIe siècles*, Paris, Stock, 1975 （1re éd. 1964） 〔邦訳 R・マンドルー『民衆本の世界——十七・十八世紀フランスの民衆文化』、二宮宏之・長谷川輝夫訳、京都、人文書院、一九八八年〕; G. Bollème, *La Bibliothèque bleue*, Paris, Julliard, 1971, et *Les Almanachs populaires en France du XVIe au XVIIIe siècles*, Paris-La Haye, Mouton, 1971.

（23） M. Fumaroli, *L'Age de l'éloquence*, Genève, Droz, 1980.

（24） Sorel, *De la connaissance...*, *loc. cit.*

（25） F. de Dainville, « Collèges et fréquentation scolaire en France au XVIIe siècle », *Population*, n° 1, 1957, et *Les Jésuites et l'éducation de la société française*, Paris, 1940. P. Delattre, *Les Etablissements jésuites dans l'ancienne France*, Enghien （Belgique）, 1949. G. Snyders, *La pédagogie en France aux XVIIe siècle et XVIIIe siècle*, Paris, P. U. F., 1964.

（26）J. Lough, *Paris Theater Audience in the XVIIth and XVIIIth Centuries*, Oxford Univ. Press, 1957. ラ・グランジュの『記録簿』によって調べることのできる数字も、およそこれぐらいである。

（27）P. Bourdieu, « Le marché des biens symboliques », art. cit. を見よ。

（28）Méré, *De la vraie honnêteté*, 1675. さらに以下も見よ。M. Magendie, *La Politesse mondaine et les théories de l'honnêteté*, Paris, 1925, rééd. Slatkine, 1970, et P. Bourdieu, *La Distinction*, Paris, Ed. de Minuit, 1979, pp. 75-77.〔邦訳P・ブルデュー『ディスタンクシオンI・II』、石井洋二郎訳、東京、藤原書店、一九九〇年〕

（29）Bouhours, *Entretiens d'Ariste et d'Eugène*, Paris, 1671, « Entretien IV », pp. 232-284 ; p. 233.

（30）*Ibid.*, p. 245. こうしてブーウールは才人を本質的に文学の問題であるとする。

（31）新旧論争はこの研究の枠組みを外れ、それ自体に関する詳細な研究を必要とする。しかし私は二つの点を強調しておく。a）「論争」は一六七〇年代にすでに準備されている。b）純粋主義の特質の解明を出発点とすることによって、論争は理解される。近代派が持ち上げる著者たちは、古代派陣営に与する人々にほかならない。新手の学者たちの態度がもたらす帰結として、ラシーヌ、ボワロー、ラ・ブリュイエールのような人々は、まず近代派として振舞うが、ひとたび自分たちの名声が確立されれば、ほかならぬ彼らの敵によって古代人に匹敵する、と持ち上げられつつも、その古代人の擁護者を自任する方が得なのである。

（32）J. -P. Collinet, « Un triumvirat critique : Rapin, Bouhours, Bussy », *Critique et création littéraire au XVIIe siècle*, Paris, C. N. R. S., 1977, pp. 261-266.

第五章

（1）Furetière, *Nouvelle allégorique ou Histoire des derniers troubles arrivés au Royaume d'Eloquence*, Paris, 1658. 分量的には（一六八頁）小説だが、内容からは通俗的批評の書である。

（2）G. Guéret, *Le Parnasse réformé*, Paris, 1667.「夢」という仕掛けは、物語の最後に初めて明かされる。

（3）G. Guéret, *La Guerre des Autheurs anciens et modernes*, Paris, 1671.『パルナッソス山』は一三三頁の本だったが、『戦争』は二二五頁に達している。『パルナッソス山』は一六六九年に再版されているから、ゲレは第一作の成功に乗じたわけである。二作品のつながりは明白だ。どちらもニカンドルという名の相手（実在の人物の仮名と思われるが、特定は困難である）に捧げられており、二作目は「もう一つの夢」とされている。題名を取りちがえてはならない。登場するのは古代派と近代派それぞれの信奉者たちではなく、死者——古典古代の著作家——と生者——古典古代の著作家を翻訳ないし模倣する同時代の人々——である。しかしながら、この二作品は新旧論争の先駆けとなっている。

(4) 次々に登場する著者たちには死者も生者も含まれ、文学史の目録となっている。なお、いくつかの評価は改められたり変化している。『パルナッソス山』では好意的に扱われたコルネイユが、第二のリストからは消えている。スカロンは第一のリストでは酷評されているが、第二のリストでは評価が上がっている。

(5) 共同の作品集においてのみ出版している著者たちへの言及。彼らはサロンの常連で、時おり詩作し、プレシオジテの傾向がある。ゲレはプレシューたちに敵対するドービニャックのグループに属している。

(6) ペリソンとともに「雅な作品集」を編纂した人物。洗練された純粋主義の一形態である雅さは承認されるのである。

(7) ゲレは批評の中に陽気さを求めており、それを作家に求められる主な資格の一つとしている。われわれが現代の用語で「ユーモアのセンス」と呼ぶものを、彼は作家に要求しているのだ。彼自身、異化効果を導入している。たとえば、彼の三人の「裁判官」はマロを断罪するが、その時語り手が顔を出し、そのような判断は正当なものだとは思えないと言うのである。

(8) 学者の世界に適用されていた「文芸共和国」という通例の呼び名に対して、「美しい belles」という形容詞が付加されることで、意味はまったく変わってしまう。

(9) 決定機関の階層序列は、その後変化した。広い流通と狭い流通という二つの圏域への分化が進行したことが、場の構造、そして階層化の過程を変化させた。特に十七世紀における本の市場は、まだ比較的限られたものであるため、あるジャンルの成功と、制度におけるそのジャンルの地位の間の関係は、後のそれに比べてより直接的なものになっている。

(10) R・バルトが *Le Degré zéro de l'écriture*, Paris, Seuil, 1964, p. 14〔邦訳『エクリチュールの零度』、森本和夫・林好雄訳、東京、筑摩書房、ちくま学芸文庫、一九九九年〕で用いているのと同じ意味において。

(11) 最も有益な研究は、すでに引いた R. Zuber, *Les Belles infidèles*, M. Fumaroli, *L'Age de l'éloquence* のほか、R. Lathuillière, *La Préciosité*, Genève, Droz, 1964 ; P. Butler, *Baroque et classicisme dans l'œuvre de Racine*, Paris, Nizet, 1959 ; M. Cuénin, *Mme de Villedieu, Roman et société* (Lille-Paris, Centre des thèses, Champion, 1979) ; C. -G. Dubois, *Le Maniérisme*, Paris, P. U. F., 1979 ; J. -M. Pelous, *Amour précieux, amour galant*, Paris, Klincksieck, 1980, et (coll) *Critique et création littéraire* (éd. cit.) である。R. Bray, *La Formation de la doctrine classique en France* (Paris, Nizet, 1951) は豊かな内容を含むが、これらの問題を「理論体系 doctrine」の問題として捉えようとしすぎている。ところが問題となっているのは趣味の問題なのだ（そのことに著者自身気づいてはいるが、そこから

十分な結論を引き出しえていない)。

(12) M. Fumaroli, ouvr. cit., IIIe partie.

(13) ほかならぬスカロンを含めて。F. Bar, *Le Genre burlesque en France au XVIIe siècle*, Paris, d'Artrey, 1950 を見よ。

(14) Cuénin et Pelous, ouvr. cités.

(15) 彼は「いくたりかの雅な短編の著者」を批判(一九二頁)しているが、「雅な学問」を優れたモデルとして提示してもいる……

(16) Pellisson, *Lettres*, éd. Dentu, Paris, 1807. A. Niderst, *Madeleine de Scudéry, Paul Pellisson et leur monde*, Paris, P. U. F., 1976.

(17) タルマンがそのことを伝えている(ouvr. cit., t. 2, pp. 351-357)。

(18) Rapin, *Les Réflexions sur la Poétique*〔『〈詩学〉に関する考察』〕(1670) éd. E. T. Dubois, Droz-Minard, T. L. F., 1970, pp. 103-104 et p 54. ラパンは受けた教育から学識豊かな理論家となったが、社交界の人々と新手の学者たちに与する。彼は第二版の書名を変更し、アリストテレスの注解ではなく、『当代の詩学と近代の著者の作品に関する考察 *Réflexions sur la Poétique de ce temps et sur les ouvrages des auteurs modernes*』としている。

(19) A. Viala « La genèse des formes épistolaires en français, essai de chronologie distinctive », *R. L. C.*, -1980, n° 2, pp. 168-183 を見よ。

(20) この同盟は実際に『プロヴァンシャル』の普及と、それが収めた大成功によって実現したが、一枚岩をなすものではなかった。社交界の人々の多くはジャンセニストを容認しなかったのである。

第二部　序論

(1) 一六三六年に書かれたリシュリューを誹謗するあるパンフレットは彼の作とされる。「アマチュア」の態度がもつ吸引力の別の例は、マリニーである。フロンドの乱の期間パンフレット作者として諸公に仕えた彼は、その後、『ヴェルサイユ余興見聞記』(一六六四年)において、社交界的なアマチュア作家に変身する。この作品においてマリニーは、偶発的な著者と「売文業者」とを、ともども揶揄している。これはアマチュアによくみられるプロに対する侮蔑の表れだ。同時に、〔著者の〕カテゴリーのあいだの境界が、けっして遮断されたものではなく、自分自身を規定するための移行の場、策略の場であることの表れでもある。

(2) ゴンベルヴィルについては、Tallement, t. 2, p. 544 を見よ。スキュデリーについては『アラリック』序文を参照。ラ・ブリュイエールについては、『カラクテール』の印税を受けとることを拒んだ経緯がよく知られている。

(3) 最初期の文学場の本質的両義性ゆえに、十九世紀後半以降成立し、P・ブルデューが分析している(*L'Economie des biens*

symboliques, chap. 2) ような、（広い公衆を介した）他律的な階層化原理と、（狭い圏域の中での）自律的な階層化原理との間の対立関係は、いまだそのような形では形成されていない。ここで問題にしている二つの論理のおのおのは、自律化の要素と他律化の要素とを、異なった分量ずつあわせ持っているのである。

第六章

（1）G. Collas, *J. Chapelain, un poète protecteur des Lettres*, Paris, 1911, et Chapelain, *Lettres*, éd. cit. 本章および次章において検討されるさまざまな経歴については、*Naissance des institutions...*, pp. 845-884 を見よ。

（2）こうした現象は Jacques Morel, « Le poème héroïque au XVIIe siècle », *Actes du Xe congrès de l'Association G. Budé*, Paris, Les Belles Lettres, 1980 において分析されている。

（3）D'Aubignac, *Quatrième dissertation*, 1664, *loc. cit*.

（4）この時代に関していえば、R・エスカルピやD・T・ポティンジャーの前掲書がそうである。世代の問題は、H. Peyre, *Les générations littéraires*, Paris, Boivin, 1948 がより一貫性をもって取り上げたが、あまりにも総括的にすぎる。著者は本節で区分しているものとほぼ対応する二つの世代を弁別しているが、十七世紀中葉においてそれらが「衝突」したことの効果に気づいていない (pp. 116-117)。

（5）パトリュの位置はこの文脈において明らかになる。彼のグループが一六五〇年以降中心的になるのは、彼自身がすでに一六五〇年以前に制度に入りこんでいるからだ。こうして、第一世代の人々に認められるとともに若い人たち（リシュレ、ボワロー……）にも取り巻かれることで、パトリュは二倍に強化された権威を身に帯びるのである。

（6）R. Mousnier et al., « La mobilité sociale au XVIIe siècle », *XVIIe siècle*, 1979, n° 122.

（7）F. Sutcliffe, *Guez de Balzac et son temps*, Paris, Nizet, 1959.

（8）ヴォージュラは副奉公の息子であり、この官職は貴族の特権を授けられるものの、その特権は世襲ではない。弁護士の息子だったギシュノンの場合も同様である。これらの著者については、Papillon, *Bibliographie des auteurs de Bourgogne*, Dijon, 1809.

（9）バルザックとパトリュの役割については、R. Zuber, ouvr. cit を見よ。シャプランの役割については、特にJ. Morel, *La Tragédie*, Paris, Colin, 1965 を見よ。

（10）J. Bodin, *Methodus ad facilem cognitionem historiarum* (1564), éd. Mesnard, Paris, P. U. F., 1951, 特にpp. 293-313.

（11）彼の経歴におけるこの部分については、W. Evans, *L'historien Mézeray*, Paris, 1930.

（12）とりわけペトー神父によって。この批判は次いでヴォルテール（*Catalogue des écrivains du siècle de Louis XIV*, 1751）が繰り返し、その後現代の歴史家にも受け継がれている。

（13）この手法は時として馬鹿正直なまでに守られている。たとえばJ. Erhard et G. Palmade, *L'Histoire*, Paris, Colin, 1965, p. 25. ファラモン王の肖像画はないのだが、それでも空白のままになったスペースの下に四行詩が置かれている。

（14）一六六八年版『概要』の巻頭に転載された允許状の文面。メズレーの出版取引にはぬかりがなかった。特権は彼の名義で交付されており、文末には書籍印刷出版業者ジョリーおよびビレーヌとその旨の契約を交わし済みであることが明記されている。

（15）E. P. I. の方法と図の作成については、A. Viala, *La Naissance des institutions*, p. 651-657 et 827-843 を見よ。

第七章

（1）A. Viala, « Racine, *Lettres d'Uzès* : topique d'un Parisien », *La Découverte de la France au XVIIe siècle*, C. N. R. S., 1981, pp. 87-94. ラシーヌの『書簡』はR・ピカール校訂の*Œuvres*（Pléiade, 1952）第二巻に収録されている。

（2）Picard, ouvr. cit. et « Racine et son étrange carrière », *Revue de Paris*, 1956, pp. 107-119.

（3）Guéret, *Guerre des Autheurs*, éd. cit., p. 177.

（4）貴族の姓は卓越化の社会関係資本であると同時に、金銭的利益（課税の免除）でもある。

（5）M. Fumaroli, « Corneille », *Histoire littéraire de la France*, Paris, Ed. Sociales, 1976, t. 3, p. 376 に見られる表現。

（6）D'Aubignac, *Troisième dissertation sur le poème dramatique*, 1663.

（7）*Ibid.*, p. 49.

（8）*Ibid.*, p. 67.

（9）A. Rathé, « Saint-Amant poète du caprice », *XVIIe siècle*, 1978, n° 121, pp. 229-244, et « La Notion de caprice dans la poésie de Saint-Amant », *P. F. S. C. L.*, 1981, VIII, n° 14-2, pp. 151-162. サン=タマン自身の彼の理論に関する基本的テクストは『ジブラルタル海峡横断』の序文である。

（10）Tallement, t. 2, p. 466.

（11）*Lettres Meslées*（1642）, éd. C. Grisé, Genève, Droz, T. L. F., 1972, p. 177.

（12）*Ibid.*, p. 188.

第八章

(1) Louis Jacob, *Bibliographia parisiana* et *Bibliographia galliae*, 1643-1653, éd. cit; *Registre* du Syndic des libraires, B. N, Mss. Fr. 21944-21945. この記録簿は一六五三年以前から存在したが、断片的にしか残っていない。この年以降は継続的につけられるようになるが、系統立っておらず、一六五九年に政府の検査が入った時に改善を通告されている。一六六一年以降もっと整理されたものになるが、一六六五年からは「特権継続」(第三章〔一二八―一二九頁〕参照)の問題によって起こった混乱の余波を受ける。

(2) A. Baillet, *Les Autheurs déguisés*, Paris, 1690. この本は巻末に解読結果の一覧を載せているが、(けっして少なくない)普通名詞による署名を取りあげていない。

(3) 出版物のカテゴリーの詳細についてはH.-J. Martin (*loc. cit.*) の作成したグラフを見よ〔第四章、注21〕。宗教的著作が群を抜いて多い点に著者の属する社会階級の影響力が最も明瞭にあらわれている。

(4) H. Bremond, *Histoire littéraire du sentiment religieux*, Paris, A. Colin, 1967 (1re éd. 1916-1936). 十七世紀に当てられた部分は「神秘的失地回復運動 Reconquête mystique」を強調している(第五巻)。

(5) S. Mours, *Le protestantisme en France au XVIIe siècle*, Paris, Librairie protestante, 1967, pp. 43-59.

(6) R. Pintard, *Le Libertinage érudit*, éd. cit., p. 78.

(7) A. Cioranescu, *Bibliographie de la littérature française du XVIe siècle*, Paris, C. N. R. S., 1959 ; *idem* pour le XVIIe siècle, 3 vol., 1966 et pour le XVIIIe siècle, 3 vol., 1969. (十八世紀編は、学問的著作と定期刊行物の著者全員を記載してはいない)。R. Darnton, « Policing Writers in Paris Circa 1750 », *Représentations*, 4, 1984. ダーントンは警察機関によって集計された著者の社会的帰属の表(p. 4)と、その著者の出身地の地図(p. 6)を与えてくれるが、これは筆者が十七世紀に対して行い、ここで示してきた調査結果を裏づけるものである。またダーントンが調査対象の「文学者」総数五〇一名から、厳密な意味で「作家」である者たち(四三四名)をわざわざ区別し、本章第二節で扱った差異の問題と次章で論じる呼称の問題に触れていることに注意したい。学校の生徒数については、第四章〔注25〕を見よ。発行部数に関しては『フランション』とノーデの『マスキュラ』にも同じ数字を見ることができる。また G. Delassault, *Le Maître de Sacy et son temps*, Paris, Nizet, 1957, p. 254 sqq. も見よ。

(8) B. N., Mss. Fr. 23045, f. 114-127.

(9) ここでの数字は、学問的項目にも載っているものを含めた、「文章術」の項目に載っているすべての名前の数である。いくつかの名前が二つの項目にまたがって再出する事実は、コスタールがそうした著者について〔「作家」と「学者」のいずれに分類すべきか〕境界を定めがたかったことを示しており、したがって、軌跡の型を分類する際にはすべての「作家」を数に入れねばならない。

（10）Chapelain, *Lettres*, éd. cit., p. 272.

（11）B. N., Mss. Fr. 23045, f. 103-114.

（12）この件に関しては、G. Couton, art. cit., pp. 41-45 を見よ〔第二章注5〕。

（13）このテクストはオウィディウスの『悲しみの歌』の翻訳に付して一六七八年に出版されている。

（14）二七二名。ここには彼の「貴族的」観点が、彼のおかれた社会的状況から生じる効果によって強められた形で、直接作用している。彼はヴィルロワンの修道院長として関係をもった著者、つまり地方の知識人で偶発的に著者となった人々を数多く記載しているのだ。**地図2**の読みとり方についても同じことが言える。トゥーレーヌ地方で特に著者の密度が高くなっているのは、第一にはこの地方の文化遺産ゆえだが、同時に少なからず、マロールがその地の教会禄を得たことによりトゥーレーヌ地方で多くの人々と接触を持ったためでもある。

（15）*Mémoires*, éd. cit., p. 222.

（16）サロモン・ド・ヴィルラードは、法律家の家の出で、ボルドーでアカデミーを創設し、注目を得るために、タルマンによればほとんど盗作である著作を出版した。〈アカデミー〉に迎えられ、国家参事官となり、この職のおかげで貴族身分を得た。シヨンに関しては、どんな家柄の出身であるかは分かっていない。J. Kerviler, *J. de Silhon*, Paris, 1876 を参照。ここであげている貴族に叙せられた五人のうち、三人は「大胆な者」であり、二人は「出世の階梯を辿る者」である。

（17）この問題に関しては、すでに引いた〔第六章注6〕『十七世紀 *XVIIe siècle*』誌の「社会移動 La Mobilité sociale」特集号のほか、次のすぐれた総論がある。P. Goubert, *L'Ancien Régime : la société*, Paris, A. Colin, 1974, pp. 127-134 ; et R. Mousnier, *La Vénalité des offices sous Henri IV et Louis XIII*, Paris, P. U. F., 1971 (1re éd., 1945) et (en collab.) *Problèmes de stratification sociale. Deux cahiers de la noblesse pour les Etats généraux de 1649-1651*, Paris, P. U. F., 1965.

（18）Tallemant, 特に t. 2, pp. 64, 402, 403, etc.

（19）R. Mousnier, *Vénalité...*, p. 586 ; J. Meyer, *La Noblesse bretonne au XVIIIe siècle*, Paris, S. E. V. P. E. N., 1966.（とりわけ十七世紀の状況を示した冒頭の表、および pp. 929-930）。法律家層と貴族の婚姻関係については、たとえば J. Mesnard, *Pascal et les Roannez*, Paris, Desclée de Brouwers, 1965, pp. 28-86 を見よ。

（20）R. Darnton（art. cit.）によれば、一七五〇年においても貴族が作家総数の四分の一以上を占めている。この年代における新しい事実として、十七世紀にはまだ存在していなかったいくつかのカテゴリーが活動を開始したことがある。すなわち、ジャーナリスト、印刷所の校正者、出版者が、著者全体の中で目立ちはじめるのである。

(21) F. de Dainville, *Les Jésuites...*, éd. cit. et F. Brunot, *Histoire de la langue française*, t. 5 を見よ。

(22) コスタールの『外国著名文学者報告書』には四〇名しかあがっていないことに注意したい。ルイ十四世は外国人にも報奨金を与えたが、シャプランは彼らを調査対象としていない。ヨーロッパ「文芸共和国」とフランス「文壇」との分離がここにも観察される。

(23) R. Zuber, ouvr. cit., pp. 175-187.

(24) Ph. Ariès, *L'Enfant et la vie familiale sous l'Ancien Régime*, Paris, Seuil, 1960, p. 38 (« enfants d'une lignée »). 〔邦訳 Ph・アリエス『〈子供〉の誕生』杉山光信・杉山恵美子訳、東京、みすず書房、一九八〇年〕

(25) さらに、イエズス会は優秀な生徒が教育を施した者の後継者になることを期待し、彼らに特別な配慮を傾けたので、これらのケースも家系 filiation に数えることができる。このように継承される文化資本は、家族内の相続と同じ価値を持つからである。イエズス会士を数に入れると、シャプランの『目録』の遺産相続者である作家は、四四名、つまり二人に一人となる。

(26) R. Escarpit (*Sociologie de la littérature*, éd. cit., pp. 41-51) や D. T. Pottinger, ouvr. cit., *passim*. の断定とは反対に。

第九章

(1) Ronsard, *Abrégé de l'art poétique français* in *Œuvres*, éd. Cohen, Paris, Pléiade, t. 2, p. 1004.

(2) *Id.*, p. 1009.

(3) この点は R. Picard, ouvr. cit., p. 16 によってくわしく研究された。詩人に対する蔑視については、J. Lough, *Writers and Public in France*, Oxford, Clarendon, 1978, pp. 121-125 も見よ。

(4) 第三章「神話と意識」を見よ。

(5) 十七世紀に関しては、この議論を解明するための手がかりを以下に見出すことができる。Rampalle, *Discours académiques*, « De l'utilité des gens de lettres », Paris, 1647, et F. La Mothe le Vayer, *Doubte sceptique si l'étude des belles lettres est préférable à toute autre occupation*, Paris, 1672. これはまた、リシュスルスの〈雄弁家〉アカデミーの「講演会」で論じられたテーマでもある。

(6) こうした唯名論は R. Escarpit, « La Définition du terme "littérature" », in *Le Littéraire et le social*, Paris, Flammarion, 1970, pp. 259-272 に見られるものである。

(7) Tristan, *Discours de réception à l'Académie*, 1648. 彼は「壮麗で華やかな技法とまったく新たな優美さをそなえた、美文学と呼ばれるものすべて」の名を高めている当時の「偉大な天才たち」を褒めそやしている。

（8）B. N., Imprimés, série Q. 9451.

（9）*Id.*, Q. 9444 à 9450.

（10）すでに見たように、フュルチエールは人文学者の陣営には属さないが、『辞書』においては、論争の影響によって、最も近代主義的な人々に反対する立場を強調している。アカデミー会員たちは、語の定義という点ではかなり伝統主義的である。これは彼らが自分たちの定義を詳細に述べていないためだ。多くの語は最初の下書きの状態のままにとどまり、その結果、字句は簡略で保守的なものとなっている。

結論

（1）フロンドの乱研究については、*XVII*e *siècle*, n° 145, 1984 に最近の動向が見られる。とりわけ文学上の影響については、所収論文 H. Carrier, « Esquisse d'un bilan », pp. 363-375.

（2）D. Richet, *La France moderne*, éd. cit., p. 12.（R・マンドルー、P・ショーニュおよびD・リシェ自身の分析の総括）

（3）学校の練習問題に生じた変化を詳細に分析し、それが「読者の修辞学」をどのように規定しているのか明らかにすることは今後の課題である。すなわち、美的な次元にねらいを定めるという指標が、この時期に確立するハビトゥスのうちに、どのようにして実質と有効性をもった中継点を見い出しているかを明るみに出さねばならない（とりわけ、エクスプリカシオン・ド・テクストのモデルの起源を通して）。

（4）この種の言及は当時無数にある。タルマンの『逸話集』にその具体例をいくつも見出すことができる。とりわけタルマンはリシュリューに関して（t. I, p. 240sqq）、彼が著者たちの繰り出す攻撃にどれほど怯えていたか明らかにしている。

（5）ゴルドマンがルカーチの一連の業績に負っている「反映理論」は、ラシーヌの作品にあって多重の契約に由来するものをことごとく見落とし、なかでも、一人の著者が自らの華々しい成功を更新する必要から行う刷新をジャンセニスト的世界観の変動と見誤る、という結果を生んでいる。

（6）H. -R. Jauss, *Pour une esthétique de la réception*, Paris, Gallimard, 1978, et « L'esthétique de la réception », *Œuvres et critiques*, II, 2, 1977-1978. たしかに「ジャンル概念」は一つの媒介物としてとらえられてはいるが、ある時点での文学活動の可能性の場における各ジャンルの客観的位置を、さまざまな媒介とプリズム効果における決定的な要因として考察することなく終わっている。

訳者あとがき

本書は、Alain Viala, *Naissance de l'écrivain. Sociologie de la littérature à l'âge classique*, Les Editions de Minuit, 1985 (collection «Le Sens commun») の全訳である。原題には、「古典主義時代の文学の社会学」という副題が添えられているが、一つには簡潔を重んじて、もう一つには、原書の考察対象は副題の示すとおりではあるが、その意味と射程は、フランスの古典主義文学に限定されないことを考慮して、邦訳タイトルは、『作家の誕生』とした。

著者アラン・ヴィアラは、一九四七年生まれ。現在、パリ第三大学およびオクスフォード大学でフランス文学の教授を務め、精力的に研究・教育活動を行っている。主たる専門領域は十七世紀フランス演劇、特にラシーヌであるが、とりわけP・ブルデューの決定的な影響のもとに、文学という歴史的事象そのものの成立基盤についての真に科学的な認識を打ち立てること、ただしそのさいに個々の文学テクストじたいのありようをあくまで拠り所とすること——その試みを彼はある場所で「ソシオポエティック sociopoétique」と呼んでいる——を自らの課題として、何冊もの刺激的な書物を世に送り出している。目下の最新作は『演劇の歴史 Histoire du théâtre』(二〇〇五年)で、これはかの«Que sais-je?»叢書(日本版は文庫クセジュ)の一冊であるから、こちらも近い将来邦訳の刊行が期待できるのではあるまいか。

本書はそのようなヴィアラの探究の出発点に位置し、十七世紀=古典主義時代の文学というフランス文化の聖域に切り込んで、ほぼ三百年間揺らぐことのなかったこの時代の文学の地図を書きかえた画期的な著作である。明快をきわめるその所論について、ここでことさら解説を加える必要はあるまい。国家博士論文が土台となっているだけに、膨大なコーパスの調査（「付録2」を一瞥するだけでその徹底ぶりが知られよう）に裏づけられているが、その中から選びぬいた少数の事例を繰り返し提示して説得的かつ印象的に論を織りあげてゆく手際は鮮やかというほかはない。翻訳との関連で読者の注意をうながす点があるとすれば、本書で用いられているさまざまな術語の中に、日本語の通常の語感からは誤解を招きかねない訳語を当てざるをえなかったもの（「文士」「文学者」「純粋主義」等）があるということだろうか。しかしいずれの場合も、論の展開にしたがってしかるべき段階で説明が与えられるしくみになっているので、読みながら仮に疑問をおぼえたとしても、章立てに沿って読みすすむうちにその疑問は氷解するはずである。

もう一点、訳者として期待するのは、本書が十七世紀フランス文学への一種の手引書として活用されることである。伝統的な文学史の転倒を企てる書物を介して文学史に近づくとはいかにも逆説的だが、シャプラン、メズレーといった、フランスで読まれなくなって久しい作家たちも、「パンテオンに祀られ」学校の教科書で誰もが読まされるコルネイユ、モリエールやラシーヌも、ほとんど読まれていないという点ではさして変わらない日本の読者は、本書で類型を提示するためのサンプルとして引かれている個々の作家や作品のデータを、白紙の状態で、著者が望むとおり「あらかじめ価値の序列をつけることなく」、遠い国、遠い時代にかつて興亡した作家たちの、生々しいディテールに彩られたコンパクトな評伝として楽しむことができるはずだ。原著の索引を増補し、また「付録2」の作家名に不完全ながら日本語表記を併記したのは、そのような意図から、読者が本書で言及された作家や作品の名前によりいっそう親しむ一助にと願ってのことである。

なお、本文中にしばしば現れる、二字下げのパラグラフは、原書ではやはりインデント（行頭の字下がり）を施され、ポイントを下げた活字で組まれている。ヴィアラ氏が、監訳者に寄せたメールによれば、これは、総ページ数が限られている本叢書（collection « Le Sens commun »）において字数を稼ぐための手立てであるが、同時に、一般的な説明の流れの中で、特定の論点を浮き彫りにするための工夫であるという。この点を念頭に置けば、本書の理解は一層容易になろう。

翻訳について。

・文学作品の引用のいくつかについて既訳を利用させていただいた。
・作家・作品名の日本語表記は原則として『集英社世界文学大事典』の表記にしたがった。
・翻訳の分担は次のとおり。序論・第二部序論・結論＝辻部大介、第一章・第六章＝久保田剛史、第二章＝辻部亮子、第三章・第九章＝小西英則、第四章・第七章＝千川哲生、第五章・第八章＝永井典克。付録1は久保田、付録2は永井、索引は永井・辻部（大）がそれぞれ担当した。以上の訳稿をもとに、辻部（大）が訳語および文体の統一をはかった。校正は辻部（亮）が担当した。
・著者ヴィアラ氏には、パリ在住の千川が面談のうえ不明の箇所につきご教示いただいた。

本書の翻訳は、畏友宮下志朗氏の慫慂に端を発する。公刊に漕ぎつけるまで細やかな心遣いを示された宮下氏、企画を推進された藤原書店の藤原良雄氏、編集作業に心を砕かれた西泰志氏に心からお礼申し上げます。

二〇〇五年六月

塩川　徹也
辻部　大介

作家名	1	2	3	4	5	6	7	8	9	10
Sirmond（シルモン）	+		+				x	c		
Somaize（ソメーズ）	+	+			+	+	x	c		
Sorbière（ソルビエール）	+		+				L	c	+	
Sorel（ソレル）		+	+	+	+		x	s?		+
Tallemant F.（タルマン、フランソワ）	+	+	+	+			tr	c	+	
Tallemant G.（タルマン・デ・レオー）		+ +					x	a		
Tallemant P.	+	+	+			+	x	c		
Tavernier						+	x	a		
Testu	+	+	+			+	x	c		
Thirel			+				p	a		
Tristan（トリスタン・レルミット）	+	+	+	+	+	+	x	s?	+	+
Valdavid							p	a		
Valès							p	a		
Vallée							t	a		
Valois A.（ヴァロワ、アドリアン・ド）	+		+	+			H	c	+	
Valois H.（ヴァロワ、アンリ・ド）	+		+				L	c		
Varillas（ヴァリヤス）	+		+	+			H	c	+	
Vattier	+		+	+			tr	c	+	
Vaugelas（ヴォージュラ）	+	+	+ +				tr	c	+	
Vaumorière	+	+	+		+	+	x	c		
Vavasseur	+						L	o	+	
Videl	+						r	a		
Villedieu（ヴィルデュー夫人）	+	+			+	+	x	s?		
Villennes（ヴィレンヌ）	+	+	+			+	x	c		
Vion	+	+	+			+	x	c		
Voiture（ヴォワチュール）	+	+ +	+	+			x	a	+	+
Vulson（ヴュルソン・ド・ラ・コロンビエール）	+	+			+	+	x	c		
Yvrande	+						p	a		
Zacharie	+						x	o		
Zerbin						+	p	a		
合計	396	162	131	69	118	227			121	44

作家名	1	2	3	4	5	6	7	8	9	10
Rifflé		+				+	p	a		
Rivière	+					+	p	a		
Rocquigny	+						p	o		
Robinet	+						x	o		
Rohan							p	a		
Roquement	+					+	p	a		
Rosidor							t	o		
Rotrou （ロトルー）	+			+	+		t	s?	+	+
Roux	+					+	p	a		
Saint-Amant （サン=タマン）	+		+	+	+	+	p	s	+	+
Saint-André							p	a		
Saint-Balmont	+						p	a		
Sainte-Garde							p	a		
Saint-Evremond （サン=テヴルモン）	+	+	–	–			cr	a		+
Saint-Germain A.	+						e	o		
Saint-Germain M.							p	a		
Saint-Gery	+						x	a		
Saint-Julien	+						e	o		
Saint-Laurens	+						p	a		
Sainte-Marthe （サント=マルト）	+		+				H	c	+	
Saint-Maurice							x	a		
Saintot		+				+	p	a		
Saint-Pavin	+					+	p	a		
Sallart							x	a		
Sallebray	+	+			+	+	x	c		
Salles	+						e	a		
Salomon Vir. （サロモン・ド・ヴィルラード）	+		+				e	c	+	
Sarasin （サラザン）	+	+	+			+	x	c	+	●
Savary							L	a		
Scarron （スカロン）	+	+		+	+ +		x	s	+ –	+
Scudéry G. （スキュデリー、ジョルジュ・ド）	+	+	+	+	+	+	x	c		
Scudéry M. （スキュデリー、マドレーヌ・ド）	+	+	+ +	+ +	+	+	r	s	+	+
Segrais （スグレ）	+		+		+	+	x	c	+	
Seguenot （セグノ）	+						e	o	+	
Senault （スノー）	+		+		+		e	c	+	
Serizay （セリゼー）	+		+			+	p	c		
Servien （セルヴィアン）	+						x	o		
Silhon （シヨン）	+		+		+		x	c	+	

作家名	1	2	3	4	5	6	7	8	9	10
Pibrac	+						p	a	+	
Picard							tr	a		
Picou	+						p	a		
Piedevant	+						p	o		
Pinchesne（パンシェーヌ）	+	+	+			+	e	o		
Pinson	+						e	o		
Piqué							r	a		
Poisson	+						t	o		
Pons							p	a		
Porchères	+		+	+		+	p	c		
Porcier			+			+	p	a		
Prade							x	a		
Pradon	+	+		+	+	+	t	c		
Préfontaine	+						x	o		
Priezac D.（プリザック、ダニエル・ド）	+		+	+			x	c		
Priezac S.							x	a		
Puech	+						p	o		
Puiset（デュ・ピュイゼ）							x	a		
Pure（ピュール）	+	+			+	+	x	c	+	
Quillet（キエ）	+		+				x	a		
Quinault（キノー）	+	+		+	++	+	t	s	+	●
Questier	+						e	o		
Racan（ラカン）	+	+	+	+	+	+	p	c	+	●
Racine（ラシーヌ）	+	+	+	++	++		t	s	++	++
Raincy	+	+				+	p	a		
Rainsant	+						x	o		
Rambouillet（ランブイエ夫人）							p	a		
Rampalle	+	+			+	+	x	c		
Ranchin	+						p	a		
Rangouze	+			+			e	c?		
Rapin（ラパン）	+	+	+				cr	c		
Rayssiguier	+	+					t	a		
Razilly							p	a		
Renaudot E.	+		+	+			x	c		
Renaudot T.（ルノード）	+		+	+		+	x	c		●
Riancourt							x	o		
Retz（レ枢機卿）	+	+					x	a		+
Richer							p	a		

作家名	1	2	3	4	5	6	7	8	9	10
Nicole P.　(ニコル、ピエール)	+		+				x	a		+
Noguères							t	a		
Nouguier							p	a		
Ogier F.　(オジエ、フランソワ)	+		+		+		e	c		
Ogier S.							p	a		
Olive							L	o		
Olivier	+						t	o		
Oudin A.	+						L	o		
Oudin C.							p	a		
Outrelaize						+	p	a		
Ouville	+			+	+	+	x	s?		
Pader	+		+		+	+	t	c?		
Palerne							p	a		
Pascal B.　(パスカル、ブレーズ)	+	+	+	—			e	a		
Pascal J.　(パスカル、ジャクリーヌ)	+	+				+	p	a	+	
Pastis							L	o		
Patin							e	a		
Patrix	+		+			+	p	c		
Payen	+					+	p	a		
Pech							p	a		
Pellisseri	+	+			+	+	x	c		
Pellisson　(ペリソン)	+	+	+ +			+	x	c	+	
Pellenc	+						p	a		
Pérard B.	+						p	o		
Pérard J.	+						p	o		
Percheron	+						e	o		
Perrault Cl.　(ペロー、クロード)	+		+			+	p	c		
Perrault Ch.　(ペロー、シャルル)	+	+	+ +	+	+	+	x	c	+	+
Perret							p	a		
Périgny	+	+				+	p	a		
Perrin	+	+	+		+	+	x	c		
Perry	+						H	o		
Pétau　(ペトー)	+						x	c		
Petit L.	+	+				+	p	a		
Petit M.		+				+	p	a		
Peyrarède　(ペラレード)	+				+	+	x	c	+	
Peyrère	+			—			x	c		
Philippe							x	a		

作家名	1	2	3	4	5	6	7	8	9	10
Millet	+						x	a		
Millot （ミヨー）				−			p	−		
Millotet	+						t	o		
Miron	+	+				+	p	a		
Modène	+	+	+			+	p	c		
Moisant （モワザン・ド・ブリュー）	+	+	+				x	c		
Molière （モリエール）	+	+		＋＋	＋＋	+	t	s	＋＋	＋＋
Mongelet	+						p	o		
Monléon	+						t	a		
Montauban	+	+					t	a		
Montausier	+	+				+	p	a		
Montbel	+						p	a		
Montfleury							t	s?		
Montigny	+	+				+	p	a		
Montpensier （モンパンシエ嬢）		+				+	x	a		
Montpipeau	+						p	a		
Montplaisir	+	+				+	p	a		
Montreuil J.	+	+	+			+	p	c	+	
Montreuil M.	+	+				+	p	a		
Moreau							r	a		
Morel							t	a		
Moréri	+	+				+	h	c		
Morgues （モルグ）	+		−				e	o		
Morillon	+						p	a		
Mothe							p	a		
Monchemberg							r	a		
Mouffle	+						t	a		
Mounin							t	a		
Murât							p	a		
Muret	+		+				p	a		
Nanteuil							p	a		
Naudé （ノーデ）	+		+	+			L	c		+
Nervèze	+						x	o	−	
Neufgermain	+	+		+		+	p	c		
Nicolas J.							p	a		
Nicolas M.							p	a		
Nicole C.							x	a		
Nicole J.	+						p	a		

作家名	1	2	3	4	5	6	7	8	9	10
Mairet （メーレ）	+	+	+	+	+	+	t	s?		+
Mainard （メーナール）	+	+	+ +	+ +		+	p	c	+	+
Malingre （マラングル）	+					+	H	c	+	
Malo							p	a		
Maloisel							p	a		
Malteste	+						x	a		
Maimbourg	+						p	o		
Manissier	+						tr	a		
Marbeuf	+						p	o		
Marcassus	+				+		x	c		
Marcé							r	a		
Mareschal	+		+		+		x	c	+	
Mareuil	+	+				+	p	a		
Marmet							p	a		
Marigny （マリニー）	+	+				+	e	a		
Marolles （マロール）	+	+	+ +		+	+	x	c	+	
Martel F.	+						p	a		
Martel H.	+						p	a		
Martel J.							p	a		
Martel T.	+						L	o		
Martial de B.	+						p	o		
Martin J.							L	o		
Martin L.							p	a		
Martin S.	+						L	o		
Massy R.	+						e	o		
Massy R.							p	a		
Maucroix （モークロワ）	+	+	+			+	p	c		
Maugiron	+						p	a		
Maulévrier	+	+				+	p	a		
Maury	+						p	o	+	
Ménage （メナージュ）	+	+	+	+	+	+	x	c	+	●
Mercier	+						x	o		
Méré （メレ）	+	+					e	a		
Mereaud	+					+	p	a		
Métivier	+						p	a		
Mezeray （メズレー）	+		+	+ +	+		H	c	+	
Mezière							p	a		
Michaille			+			+	t	a		

作家名	1	2	3	4	5	6	7	8	9	10
La Noue	+						x	o		
La Mothe le Vayer 1（ラ・モット・ル・ヴァイエ）	+		+ +	+			L	c	+	●
La Mothe le Vayer 2	+	+	+		+		x	c		
La Rochefoucauld（ラ・ロシュフコー）		+					e	a		+
La Sablière	+					+	p	a		
La Serre（ピュジェ・ド・ラ・セール）	+	+			+ +	+	x	c	—	
La Suze（ラ・シューズ夫人）						+	p	a		
Latour							p	a		
Laugier (Porchères)	+		+	+			p	a	+	
Lavergne							p	a		
Leberton	+						H	a		
Le Cadet							t	a		
Le Clerc	+				+		t	c		
Lecomte	+						L	o		
Le Cordier	+						p	a		
Le Faucheur	+						L	o		
Le Hayer	+						p	a		
Le Laboureur（ル・ラブルール）	+		+	+			H	c	+	
Le Maître（ル・メートル）	+	+	+				e	a	+	
Le Maître de S.（サシ）			+		+		e	a		
Le Moyne（ル・モワーヌ）	+		+		+		p	c	+	
Lentin							L	a		
Le Pailleur	+	+				+	L	c	+	
Le Pays	+						p	a		
Le Petit（ル・プチ）				—			p	—		
Le Royer	+						x	a		
Lesage							p	a		
Lescale	+						x	o		
Lesfargues	+				+		tr	c		
Le Vayer B.	+						e	o		
Le Vert							t	a		
L'Hermite J.（レルミット・ド・ソリエ）	+				+		t	?		
Lignières（リニエール）	+		+			+	p	c		
Loret（ロレ）	+						x	c		
Lorme	+						t	a		
Loubayssin							r	a		
Magnin	+		+				p	c		
Magnon	+				+		t	c		

作家名	1	2	3	4	5	6	7	8	9	10
Hermier	+						p	a		
Herpinière							p	a		
Hobier	+		+				e	a		
Hozier（ドジエ）	+				+		H	c	+	
Huet（ユエ）	+		+ +	+	+		x	c	+	
Humbert							r	a		
Isarn（イザルン）	+	+	+			+	p	c	+	
Jacquelin	+						r	a		
Jacques	+						e	o		
Jacquet	+						e	o		
Jamet							e	o		
Jamin	+						e	o		
Jarbet							p	o		
Javerzac	+						p	a		
Jaulnay	+						e	o		
Jobert							t	a		
Jonzac		+				+	p	a		
Jourdan	+						e	o		
Juguenay							p	a		
Jussy	+	+				+	p	a		
Juvenel	+				+	+	x	c		
La Barre	+						t	o		
La Bastide	+						e	o		
Lacger（ラクジェ）	+		+			+	p	c		
La Calprenède（ラ・カルプルネード）	+	+			+	+	r	s	+	
La Coste							tr	o		
La Fayette（ラ・ファイエット夫人）		+					r	a		+
La Forge							p	a		
La Fontaine（ラ・フォンテーヌ）	+	+	+	+ +	+	+	p	c	+	+ +
La Geneste							tr?			
La Gravette	+	+			+	+	x	c		
La Groudière							p	o		
Laigne	+						p	o		
Lalane	+						p	a		
La Mare	+						x	o		
Lambert							t	a		
La Menardière (ラ・メナルディエール)	+	+	+	+	+		x	c	+	
La Mure	+						H	c		

作家名	1	2	3	4	5	6	7	8	9	10
Godefroy T.（ゴドフロワ、テオドール）	+		+	+	+		L	c	+	
Godolin（ゴドラン）	+		+	+		+	p	c?		
Godran	+						x	a		
Gody	+						x	o		
Gomberville（ゴンベルヴィル）	+	+	+		+		r	s?	+	
Gonfrey	+		+				L	o		
Gougenot	+				+		x	c?		
Gramond	+						L	o		
Grandpré	+						p	o		
Gournay（グールネー）	+		+		+	+	cr	c	—	
Granier	+		+		+		e	c	●	
Grenaille（グルナイユ）	+	+		+	+	+	x	c		
Graverol	+		+				L	c		
Gravettes							p	o		
Griguette	+						x	c		
Grimaud							p	a		
Grisel	+		+				p	a		
Grouchy	+						p	a		
Guérin	+				+	+	t	c		
Guichenon（ギシュノン）	+		+		+		H	c		
Guillaume							r	a		
Guilleragues	+					+	r	a		+
Guillot							p	a		
Guttin							r	a		
Guiet	+		+				L	c		
Habert M.（アベール・ド・モンモール）	+		+				L	c	+	
Habert G.（アベール、ジェルマン）	+	+	+	+		+	p	c	+	
Habert P.	+	+	+			+	p	c		
Habert de P.	+						P	a		
Hacqueville	+						H	o		
Hallé	+		+	+		+	L	c	+	
Halley（アレー）	+		+				L	c		
Hamon	+		+				L	a		
Harbet	+						L	o		
Hardy	+						tr	a		
Harlay	+		+				e	o	+	
Hay D.（エー・デュ・シャトレ、ダニエル）	+	+	+			+	x	c	+	
Hay P.	+	+					e	o		

作家名	1	2	3	4	5	6	7	8	9	10
Ferry	+						x	o		
Fezedé	+						p	o		
Fiesque		+				+	p	a		
Fieubet （フィウベ）	+					+	p	a		
Fitelieu							e	o		
Flechier （フレシエ）	+	+	+ +			+	x	c	+	
Fleury					+		p	c		
Floridor	+						t	s?		
Floriot	+						p	a		
Forget	+						p	o		
Fourcroy	+						p	a		
Fortin	+	+				+	x	e	+	
Francheville	+	+				+	p	o		
Frémont（フレモン・ダブランクール）	+						p	o		
Frenicle	+		+		+	+	p	c	+	
Frison	+						L	c	+	
Frontenac	+					+	p	a		
Froussard	+					+	p	o		
Furetière （フュルチエール）	+		+ +	+	+	+	x	c	+	+
Gaberot	+						p	o		
Gai	+						e	o		
Gaffarel	+				+		x	c	+	
Gaillard	+				+	+	x	c		
Galland	+	+				+	p	a		
Garaby	+					+	p	a		
Garbet							p	o		
Gassendi （ガッサンディ）	+		+				L	c	+	+
Gaultier							e	o		
Gervaise						+	p	o		
Gerzan	+	+				+	r	a		
Gilbert	+	+			+	+	x	c		
Gillet	+					+	t	c		
Girard C.	+	+				+	x	c		
Girard G.	+						e	o		
Giry （ジリー）	+	+	+	+	+	+	tr	c	+	
Godeau （ゴドー）	+	+	+	+	+	+	x	c	+	●
Godefroy D. （ゴドフロワ、ドニ）	+						H	c		
Godefroy D.	+						H	c		

作家名	1	2	3	4	5	6	7	8	9	10
Du Lorens	+	+			+	+	p	c	+	
Dulot	+	+				+	p	c		
Dumay	+		+			+	L	c		
Du Moulin	+					+	p	o		
Du Pelletier	+					+	x	c		
Du Perier （デュ・ペリエ）	+		+			+	x	c	+	
Du Perret	+				+	+	x	c		
Du Peyrat	+					+	x	c		
Du Pin	+					+	p	o		
Du Plaisir （デュ・プレジール）	+		+			+	cr	c		
Dupleix	+		+		+		L	c	+	
Duplessis	+				+		L	c		
Du Puy J. （デュピュイ、ジャック）	+		+				L	c	+	
Du Puy P. （デュピュイ、ピエール）	+		+	+	+		L	c	+	
Durand	+						p	o		
Du Rocher					+		r	?		
Du Ronsier	+	+			+		r	?		
Durval	+				+	+	t	c		
Du Ryer （デュ・リエ）	+	+	+	+	+ +	+	tr	s	+	●
Du Teil	+					+	p	o		
Duval	+					+	p	o		
Du Verdier （デュ・ヴェルディエ）	+	+			+	+	x	c		
Etelan （エトラン）	+						p	a		
Ennetières	+	+			+	+	x	c		
Espine (L')	+						t	a	+	
Estrées （デストレ）	+	+		+			e	a	●	
Esprit J. （エスプリ、ジャック）	+	+				+	x	c	+	
Esprit T.	+					+	p	o		
Etcheverri	+						p	o		
Esternod	+	+				+	p	c		
Eschaux	+						e	o		
Faret （ファレ）	+	+	+	+	+	+	x	c	+	
Faure	+				+	+	x	c		
Favereau	+					+	p	o		
Felibien	+	+	+		+		x	c	+	
Félicien	+						t	o		
Ferran					+	+	p	c		
Ferrier	+						t	a		

作家名	1	2	3	4	5	6	7	8	9	10
Crosilles（クロジーユ）	+	+			+	+	p	c	+	
Croÿ	+						p	o		
Cureau（キュロー・ド・ラ・シャンブル）	+		+			+	cr	c	+	
Cusset		+					t	o		
Cyrano（シラノ・ド・ベルジュラック）	+			+	+		x	s	+	+
Dauzat							p	o		
Davesne	+						p	o		
Dehenault	+	+			+	+	p	c		
De Henaut							e	o		
Delorme						+	p	o		
Delpuech	+					+	p	o		
Dent	+		+			+	x	c		
Desali							t	a		
Des Barreaux（デ・バロー）	+					+	p	a		
Desfontaines		+			+	+	x	c		
Des Hayes	+	+					x	c	●	
Des Mares	+						p	o		
Desnos	+						p	o		
Desmarets（デマレ・ド・サン・ソルラン）	+	+	+	+	+	+	x	c	●	
Discret							t	a		
Donneau（ドノー・ド・ヴィゼ）	+	+			+	+	r	c		
Donnet	+						t	o		
Dorimond	+				+		t	o		
Dollet	+						e	o		
Douet	+						p	o		
Du Bail（デュ・バイユ）	+	+			+		r	c		
Du Bois	+						p	o		
Du Bois	+						L	o	●	
Du Bois Hus	+				+	+	p	c		
Dubosc-Montandré（デュボス=モンタンドレ）	+						e	c		
Du Boscq（デュ・ボス）	+	+	+		+		x	c		
Du Broquart	+	+			+		r	c		
Du Buisson	+	+				+	p	o		
Du Cange	+			+	+		L	c	+	
Ducros	+						x	o		
Du Fayot							x	o		
Du Four	+						p	o		
Du Jour							p	a		

作家名	1	2	3	4	5	6	7	8	9	10
Chappuzeau （シャピュゾー）	+				+	+	x	c		
Charenton	+					+	x	c		
Charleval		+				+	p	a		
Charpentier （シャルパンチエ）	+		+ +	+			x	c	+	
Chasteauneuf					+		t	o		
Chaudebonne	+	+				+	p	o		
Chaulieu	+		+			+	p	o		
Chaumer	+						L	o		
Chaulne	+	+				+	p	a		
Chauvin	+					+	p	a		
Chevalier					+		t	c?		
Chevalier C.							p	a		
Chevalier P.	+						H	o		
Chevillard							p	o		
Chevreau （シュヴロー）	+	+	+		+	+	x	c	+	
Chillac	+						t	a		
Chotard							p	o		
Claveret	+				+	+	t	c		
Clément	+					+	p	a		
Clerville	+					+	x	c		
Codoni	+					+	p	o		
Colletet F. （コルテ、フランソワ）	+				+	+	p	c		
Colletet G. （コルテ、ギヨーム）	+		+ +	+	+	+	p	c	+	●
Colletet C.	+	+				+	p	o		
Colomby （コロンビー）	+	+	+	+	+	+	x	c	+	
Conrart （コンラール）	+	+	+ +	+			cr	c	+	
Coras	+	+				+	p	c		
Corbin	+						r	a		
Corneille A.	+	+				+	p	c		
Corneille P. （コルネイユ、ピエール）	+	+	+	+ +	+ +	+	t	s	+ +	+ +
Corneille T. （コルネイユ、トマ）	+	+	+	+	+ +	+	t	s	+	●
Cornu	+					+	p	o		
Cosnard	+				+	+	p	c		
Costar （コスタール）	+	+	+	+	+	+	e	c	+	
Coste	+						p	o		
Cotin （コタン）	+	+	+	+	+	+	x	c	+	●
Courtois			+			+	p	a		
Coutel	+						p	o		

作家名	1	2	3	4	5	6	7	8	9	10
Bouillon	+	+	+			+	p	c		
Bourbon （ブルボン）	+		+ +	+			L	c	+	
Boursault	+	+			+	+	t	c		
Bourzeix （ブルゼイス）	+		+	+			x	c	+	
Bouvot	+						t	a		
Brébeuf （ブレブフ）	+	+		+	+	+	p	s	+	●
Brécourt					+		t	c		
Bretonvilliers	+	+					x	a		
Bridon							r	a		
Brienne	+	+				+	p	a		
Brosse	+				+		t	s?		
Busens	+	+	+				p	a		
Cabotin		+	+			+	p	a		
Cadet	+						x	o		
Cailly	+	+				+	p	a		
Camus （カミュ）	+		+	+	+		r	c	+	+
Calages		+	+				p	a		
Campion （カンピオン）	+						e	o		
Cantenac	+	+					p	a		
Cardin	+						t	o		
Carheil	+						e	o		
Carigny	+						e	o		
Carlincas	+	+				+	p	a		
Carré	+		+			+	p	c		
Carel	+		+			+	p	c		
Cassagnes （カッサーニュ）	+		+ +	+	+	+	x	c	+	
Cassandre （カッサンドル）			+ +		+	+	x	c		
Catherinot	+	+					x	c		
Catier	+		+			+	p	c		
Cerisante	+					+	p	o		
Certain						+	p	a		
Chabrol					+		t	c		
Chambray	+					+	p	a		
Chanut	+		+				tr	o		
Chapelain （シャプラン）	+	+	+ +	+ +	+	+	x	c	+	+
Chapelle （シャペル）	+	+				+	p	a		
Chapoton	+				+		t	c		
Chappuis	+					+	p	a		

作家名	1	2	3	4	5	6	7	8	9	10
Audiguier	+						x	c		
Alexandre	+						p	o		
Angot	+	+				+	p	o		
A. Arnauld（アルノー）	+		+				e	a	++	+
Arnauld d'A.（アルノー・ダンディイ）	+	+	+				x	a		
Arnauld C.	+	+				+	p	o		
Assoucy（ダスーシー）	+	+				+	p	c	—	●
Astros（ダストロ）	+						p	o		
Aubignac（ドービニャック）	+	—	++				x	c	●	+
Audin	+						x	o		
Auffray	+						p	o		
Auber	+						t	o		
Auger							t	o		
Banchereau	+						t	o		
Baro	+		+	+	+	+	x	c	+	+
Barquebois							t	a		
Barrin	+						p	o		
Barry		+	+		+	+	e	c	+	
Baudoin（ボードワン）	+	+	+		+	+	p	c	+	
Beaulieu						+	p	p		
Beaumont	+					+	p	o		
Beauregard	+						p	o		
Bedout（ブドゥ）			+				p	a		
Benesin							t	a		
Benserade（バンスラード）	+	+		++	+	+	p	c	+	
Bernard	+					+	p	a		
Bertaut（ベルトー）	+	+				+	e	o		
Besançon	+					+	p	o		
Beys（ベイ）	+				+	+	p	a		
Billault（ビヨー）	+	+		+	+	+	p	s		+
Boileau G.（ボワロー、ジル）	+	+	++	+	+	+	p	c	+	●
Boileau N.（ボワロー、ニコラ）	+	+	++	++	+	+	p	c	++	++
Boisrobert（ボワロベール）	+	+	++	++	+	+	x	c	+	●
Bonnet	+					+	p	a		
Bordier	+	+		+			p	c		
Bossuet（ボシュエ）	+	+	+				e	c	+	++
Boucher							t	a		
Bouhours（ブーウール）	+	+	+				cr	c	+	

付録2
559人の作家の文学上の位置

1643-1665

（この期間に生存し出版を行った者）

■凡　例

・縦　欄

1=クリエンテリズモ
2= サロン
3=アカデミー
4=メセナ
5=著者の権利の自覚
6=共同の作品集での出版
7=主な実践分野
8=態度もしくは戦略
9= 当時の番付への記載
10=現行の文学史便覧（ボルダス Bordas）への記載

・記　号

+ = 参加もしくは記載がある
++ = 同上、より高い程度において
● = 同上、ただし単なる言及にとどまる
− = 敵対もしくは好意的でない評価

・分　野

t = 演劇 théâtre
r = 小説 roman
p = 詩 poésie
cr = 批評 critique
e = エッセー、雄弁、書簡 essai, éloquence, lettres
tr = 翻訳 traduction
H = 歴史 Histoire
L = 人文学 Lettres savantes
x = ポリグラフィー polygraphie

・態　度

c = 出世の階梯 cursus
a = アマチュア amateur
o = 偶発的 occasionnel
s = 華々しい成功の戦略 strat. du succès

■解　説

・この表は本文の中で導き出された分類の指標に基づいている。したがって仮説の検証としての価値を持つ。
・態度と戦略の型の分類に関しては、第六、七、八章を参照。
・敵対するケースが希少であることに注意せよ。当時開かれつつあった文学場においては、参加が原則だった。
・また、300名のアカデミー会員のうち、他の専門領域を差し置いて、131名が作家であったことにも注意してほしい。文化場の中で文学が獲得した支配的立場がここに表れている。
・同じ名前が連続しているのは、たいていの場合、作家の家系の指標である。

最後に、次の二点を指摘しておく。
・ここにあげているのは第九章で画定した意味における「作家」だけである。
・一般に作家の番付は、文学活動の諸決定機関に大いに参加している作家しかとりあげていない。この表は作家の資格が基本的に社会的な事柄であることを露骨なまでに表している。

〔訳注・本文中で言及されている作家に限り、（　）内に日本語表記を付した。〕

サークル名（日本語）	サークル名（原語）	活動年
マルグリット・ド・ヴァロワ	Marguerite de Valois	1605-*1615*
マリオン	Marion	1610
マロール	Marolles	1655
メナージュ	Ménage	1652
メルセンヌ	Mersenne	1635
モントロン	Montholon	1645
音　楽	MUSIQUE	1672
ニーム	NIMES	(1662)　1682
オルレアン（ド・エール）	Orléan　(De Heere)	1615
パスカル	Pascal	1634
パトリュ	Patru	1655
絵　画	PEINTURE	1648
ピア・モコール	Piat Maucors	1620
ポンポンヌ・ド・ベリエーヴル	Pomponne de Bell.	1652-*1656*
ポール・ロワイヤル	Port-Royal	1650
パンシェーヌ	Pinchesne	1650
レニエ（の弟子たちのサークル）	Régnier　(cercle des disciples de)	1615-1630
ランス（ナントゥイユ・アカデミー）	Reims　(Ac.　Nanteuil)	1677
ルノドー	Renaudot	1631
リシュスルス	Richesource	1660
リオン	Riom	1680
ロオー	Rohaut	1660
ルーアン（の祭典）	Rouen　(Puy de)	* *1650*
サン=リュック	Saint-Luc	1648-*1651*
科　学	SCIENCES	1666
スキュデリー	Scudéry	1653
スノー	Senault	1650
ソワッソン	SOISSONS	1674
スルディ	Sourdis	1660
トゥーロン	Toulon	1668
トゥールーズ（文芸協会）	TOULOUSE (Soc. des Belles Lettres)	1694
トゥールーズ（文芸の祭典）	Toulouse　(Jeux floraux)	* *1694*
トゥールーズ（角灯会）	Toulouse　(Les Lanternistes)	1643 (1662) *1694*
トゥルニエ	Tournier	1660
ヴェルノン	Vernon	1680
ヴィルフランシュ・アン・ボジョレー	VILLEFRANCHE EN B.	(1677)　1699
ヴィルヌーヴ	Villeneuve	1680

サークル名（日本語）	サークル名（原語）	活動年
アンジェ	ANGERS	1685
建　築	ARCHITECTURE	1671
アルル	ARLES	(1622, 1660) 1668
アラス（の祭典）	Arras (Puy d')	*
ドービニャック	Aubignac	(1655) 1663
ドーシー	Aulchy	(1630) 1638
アヴィニョン（切磋琢磨アカデミー）	AVIGNON (Acad. des Emulateurs)	(1658) 1678
バリー	Barry	1659
ボルドー	Bordeaux	1644
ブルボン	Bourbon	1637-*1644*
ブルドロ	Bourdelot	1640
ブロッシュ	Broche	1660
ブラン（、アントワーヌのサークル）	Brun (cercle d'A.)	1620
カーン	CAEN	(1652) 1676
カーン（科学）	Caen (Science)	1662-*1676*
カーン（の祭典）	Caen (Puy de)	*
カストル	Castres	1648-*1670*
コルテ	Colletet	1625
クータンス	Coutances	1680
ディエップ（の聖母讃歌）	Dieppe (Palinods de)	* *1640*
ディジョン	Dijon	* - 1630 (1693)
デュ・シャン	Du Champ	1660
デュピュイ	Du Puy	1620-*1650*
フロリモンターヌ	Florimontane	1606
フランセーズ	FRANÇAISE	(1629) 1635
グールネー	Gournay	1620-*1640*
アベール・ド・モンモール	Habert de Montmort	(1636) *1657*
碑文・文芸（当初「小アカデミー」と称す）	INSCRIPTIONS ET BELLES LETTRES (dite d'abord 《Petite Académie》)	1663
リヨン	LYON	(1676) 1700
ルフェーヴル	Le Febvre	1656
ル・パイユール（別称「パリ科学アカデミー」）	Le Pailleur (dite 《académie parisienne des sciences》)	1642-*1654*
ラモワニョン	Lamoignon	1659
ロネー	Launay	1658
マレルブ	Malherbe	(1607) 1628 *1633*

付録1
十七世紀のアカデミー・サークル

以下のリストは限定的なものである。アカデミーという名称が実際には教育の企て以上のものを指していない場合はここから除いてある。たとえばドービニャックの言及しているレクラッシュのアカデミーや、ローマのフランス・アカデミーがそうだ。また、グラニエ・ド・モレオンの複数のサークル（ペリソンの『アカデミー・フランセーズの歴史』に名があがっている）、「アルビのラ・ヴィギエール夫人」のサークル（『メルキュール・ガラン』に言及がある）、H・ビュッソンが数えているいくつかの学術団体（第一章、注12を参照）、および、リール、ドゥエー、ヴァランシエンヌの〈聖母讃歌の祭典〉〔という名の諸団体〕も除いた。これらの団体については詳しいことがまったくわからないからだ。

掲げてある年代は創設の年もしくは活動が確認されている時点を示す。これに加え、場合によって、活動の先触れが見られる年（丸括弧でくくって示す）および消滅の年（イタリックで示す）をあげた。〔原語の〕大文字は公認された団体である。アステリスクはその団体が古くから存続していることを示す。

カーンのアカデミーを公認団体に含めたが、これはF・ブイイエの分析（*L'Institut et les academies de province,* Paris, 1879, pp. 10-11）にしたがった。またリスト全体の中に、A・アダン（Histoire..., éd. cit., t. 1, p. 74）にしたがいデポルトの弟子たちのサークル〔リストの「マルグリット・ド・ヴァロワ」のこと〕を、さらにジャンセニストのサークル〔同じく「ポール・ロワイヤル」のこと〕（R. Taveneaux, *La vie quotidienne des jansenistes,* Paris, Hachette, 1973, pp. 80-96）、それに、その構造と演じた役割にかんがみて、パトリュのグループを含めた。

〔訳注・本書第一章をすでに読まれた読者には蛇足であるが、以下のリストで著者がアカデミーの名称としている固有名には、地名（都市名）と人名（ほとんどは主宰者の名）が入り混じっていることを注意しておく。地図1（27ページ）に掲げられているもの（およびアラス）が地名、それ以外は人名である。〕

『本物のプレシューズ』(ソメーズ) *Véritables Précieuses* 114

マ 行

『マエケナス』(ゲ・ド・バルザック) *Mecenas* 85,90
『曲がり柄錐』(ビヨー) *Le Vilebrequin* 292
『マスキュラ』(ノーデ) *Mascurat* 386
『マリヤンヌ』(トリスタン) *Mariamne* 293
『マンリウス・トルクヮトゥス』(フォール) *Manlius Torquatus* 135

『雅な作品集』(＊) *Recueils de pièce galantes* 161,210

『昔の小説の読書についての対話』(シャプラン) *Dialogue de la lecture des vieux romans* 242

『銘句の作り方』(エチエンヌ) *L'Art de faire des devises* 355
『メナージュリ』(コタン) *Ménagerie* 50
『メリット』(コルネイユ) *Mélite* 278,280
『メルキュール・ガラン』*Mercure galant* 164-166
『メルキュール・フランセ』*Le Mercure françoys* 163,165

『目録』 →『幾人かの文学者の目録』

ヤ 行

『雄弁家の仮面』(リシュスルス) *Le Masque des orateurs* 115

ラ 行

『ラ・グランジュの記録簿』*Registre de La Grange* 378,381
『ラ・ジェネルーズ』(サン=タマン) *La Généreuse* 141
『ラ・テバイッド』(ラシーヌ) *La Thébaïde* 137, 270
『ラ・ピュセル』(シャプラン) *La Pucelle* 68, 137-139,232-233,239
『ラモーの甥』(ディドロ) *Le Neveu de Rameau* 328

『リシュリュー枢機卿に捧げるオード』(シャプラン) *Ode au cardinal de Richelieu* 89,232,247
『リシュリュー枢機卿への詩神たちの供物』(＊) *Sacrifice des Muses au Cardinal de Richelieu* 162
『リシュレ』 →『辞書』(リシュレ)
『良書紹介』(ソレル) *De la connaissance des bons livres* 135,174,177,198,291,342,346,356-357

『ルイ十四世の世紀』(ヴォルテール) *Le Siècle de Louis XIV* 18
『ル・シッド』(コルネイユ) *Le Cid* 42,117,208, 214,271,273-274,278-280
『〈ル・シッド〉に関するアカデミーの見解』(シャプラン) *Les Sentiments de l'Académie sur le Cid* 42,232,271

『歴史の詩神』*Muses historique* 164
『歴史批評辞典』(ベール) *Dictionnaire [historique et critique]* 378
『練習による文芸講座』(バトゥー) *Cours de belles-lettres distribué par exercices* 176

『ロザランドの失踪』(G・S・デュ・ヴェルディエ) *La Fuite de Rosalinde* 355

ワ 行

『若きアポロンの竪琴』(ボーシャトー) *La Lyre du jeune Apollon* 162
『わが詩へ』(マイエ) *A mes vers* 92

『ファラモン』(ラ・カルプルネード) *Pharamon* 196
『風刺詩集』(ボワロー) *Satires* 193,341,344,368-369
『舞台は夢』(コルネイユ) *L'Illusion [comique]* 279
『プトレマイオスの百話』(ヴィレンヌ) *Le Centilogue de Ptolémée* 238
『普遍的歴史的文庫』*Bibliothèque universelle et historique* 164
『フランシヤッド』(ロンサール) *La Franciade* 338,343
『フランシヨン』(ソレル) *Francion* 64-65,70,95,116,290,337,386
『フランス演劇』(シャピュゾー) *Théâtre français* 115,174
『フランス語修辞学』(ラミ) *La Rhétorique française* 175
『フランス語注意書き』(ヴォージュラ) *Remarques sur la langue française* 50,177,200
『フランス語の起源』(メナージュ) *Origines de la langue française* 49
『フランス語の正確さ』(ジラール) *La justesse de la langue française* 352
『フランス語の正書法に関する意見書』(メズレー) *Observations sur l'orthographe de la langue française* 261
『フランス語の擁護と顕揚』(デュ・ベレー) *La Deffense et Illustration [de la langue française]* 342
『フランス史』(メズレー) *Histoire de France depuis Faramond jusqu'à maintenant* 254-256,259-260
『フランス史概要』(メズレー) *Abrégé [chronologique de l'Histoire de France]* 259-261,385
『フランス詩人選』(ラ・クロワ) *Recueils des Poètes français* 115
『フランス詩人伝』(コルテ) *Vie des poètes français* 174
『フランス詩の愉楽』(*) *Délices de la poésie française* 53
『フランス書の本棚』(ソレル) *Bibliothèque française* 174,198,291,356
『フランス著名文学者報告書』(コスタール) *Mémoire des gens de Lettres célèbres en France* 311,313
『フランス通信』*Courrier français* 164
『フランスの書誌』(ジャコブ) *Bibliographia Galliae* 174,355
『フランスの病』(レシャシエ) *Maladie de la France* 112
『フランス文学史』(サン=モール修道会) *Histoire littéraire de la France* 174
『フランス雄弁会の開催日になされた国語改革に関する発表の目録』(ソレル) *Roole des présentations faites aux Grands Jours de l'Eloquence française sur la réformation de notre langue* 49
『ブラン殿を悼む詩神たち』(*) *Les Muses en deuil du Sieur Brun* 162
『プリンキピア』(ニュートン) *Principia* 363
『プレシューズ』(ピュール) *La Prétieuse* 171
『プレシューズ辞典』(ソメーズ) *Dictionnaire des Précieuses* 168,238
『プロヴァンシヤル』(パスカル) *Les Provinciales* 152,214-215,224,314,365,383
『フロンド派に反対する手紙』(シラノ・ド・ベルジュラック) *Lettre contre les Frondeurs* 73
『文芸共和国便り』*Nouvelle de la République des Lettres* 164-166
『文芸と歴史に関するアカデミー会員としての感想』(デュ・プレジール) *Sentiments académiques sur les Lettres et sur l'Histoire* 43
『文芸の学習』(ル・ブラン) *L'Etude des belles-lettres* 176

『ペルタリット』(コルネイユ) *Pertharite* 279
『ベレニス』(ラシーヌ) *Bérénice* 268,286-287
『変装したウェルギリウス』(スカロン) *Le Virgile travesty* 138,143
『変装したルカヌス』(ブレブフ) *Lucain travesty* 290
『弁論術教程』(クゥインティリアヌス) *Institutiones oratoriae* 176

『報告書』 →『フランス著名文学者報告書』
『方法序説』(デカルト) *Discours de la méthode* 153,180,363
『ポエマータ』(ブルボン) *Poemata* 237
『ポスティラエ』(ルター) *Postillae* 121
『牧歌詩劇』(ラカン) *Les Bergeries* 337
『ポリュークト』(コルネイユ) *Polyeucte* 125
『ポルトガル文』(ギユラーグ) *Lettres portugaises* 172
『ポルトレ』(モンパンシエ嬢) *Portraits* 115
『ポレクサンドル』(ゴンベルヴィル) *Polexandre* 196
『ポンペ』(『ポンペの死』) (コルネイユ) *Pompée* 125

『選文集』(＊) *Recueil [de pièce en prose les plus agréables de ce temps]* 159

『蔵書収集のための助言』(ノーデ) *Advis pour dresser une bibliothèque* 351
『続ヴォワチュール擁護』(コスタール) *Suite de la Défense de Voiture* 248

タ 行

『対話』(ゲ・ド・バルザック) *Entretiens* 213
『多国語聖書』(シオニタ) *Bible Polyglotte* 135
『だまされた衒学者』(シラノ・ド・ベルジュラック) *Le Pédant joué* 337
『タルチュフ』(モリエール) *Le Tartuffe* 100, 152-153
『ダンケルク包囲戦誌』(サラザン) *Histoire du siège de Dunkerque* 211

『痴愚神礼賛』(エラスムス) *Eloge de la folie* 116
『チットとベレニス』(コルネイユ) *Tite et Bérénice* 137
『注意書き』 →『フランス語注意書き』
『町人物語』(フュルチエール) *Le Roman bougeois* 20,41,49,70,94-95,100,183,337
『寵を失った小姓』(トリスタン) *Le Page disgracié* 64,292
『著作集』(ガッサンディ) *Œuvres* 137,140
『著者一覧』(マロール) *Dénombrement des auteurs* 316-317,319
『著者たちの戦争』 →『古代と近代の著者たちの戦争』

『追悼演説集』(オジエ) *Oraisons funèbres* 138
『通信』*Courrier* 164

『ディオクレティアヌスとマクシミアヌス』(デュボス=モンタンドレ) *Dioclétian et Maximian* 74
『手紙』(アルノー) *Lettres* 215
『手紙』(シャプラン) *Lettre à Godeau* 242
『手紙』(シラノ・ド・ベルジュラック) *Lettres [contre un pilleur de pensée]* 116
『手紙』(フェヌロン) →『アカデミーへの手紙』
『テゼ』(キノー) *Thésée* 137
『哲学辞典』(ヴォルテール) *Dictionnaire philosophique* 350
『デポルト評注』(マレルブ) *Commentaires [de Desportes]* 193

『当代で最も有名な著者たちの新詩集』(＊) *Nouveau Recueil des poésies des plus célèbres Autheurs de ce temps* 159
『当代の最も優れた詩人たちのパルナッソス山』(＊) *Parnasse des plus excellents poètes de ce temps* 53
『道徳論』(ニコル) *Essais de morale* 152
『棘のある対話』(シラノ・ド・ベルジュラック) *Entretiens pointus* 368
『トナクサール』(ボワイエ) *Tonnaxare* 137
『度外れな牧人』(ソレル) *Le Berger extravagant* 290-291
『トルコ人の歴史』(メズレー) *Histoire des Turcs* 256
『ドン・ジュアン』(モリエール) *Dom Juan* 152-153

ナ 行

『名高い詩神たち』(＊) *Les Muses illustres* 158
『ナルシスとフィラルクとの間の文芸上の諍いに関するアカデミーの講話』(カミュ) *Discours académique sur le Différend des Belles-Lettres de Narcisse et de Phyllarque* 41,49,353

『ニコメード』(コルネイユ) *Nicomède* 77
『女房学校』(モリエール) *L'Ecole des femmes* 154

ハ 行

『花咲く枝』(ゴドラン) *Ramelet Mondi (Le Rameau fleuri)* 290
『パリの書誌』(ジャコブ) *Bibliographia parisiana* 174,355
『パルサリア』(ルカヌス／ブレブフ訳) *La Pharsale* 289
『パルナッソス山の改革』(ゲレ) *Le Parnasse réformé* 174,178,195,197-201,381-382
『パンタグリュエル』(ラブレー) *Pantagruel* 351

『ビュルレスクな詩』(スカロン) *Vers burlesques* 143
『評注』 →『デポルト評注』
『貧窮詩人』(サン=タマン) *Le Poète crotté* 341, 374

『ゴール情史』(ビュッシー=ラビュタン) *Histoire amoureuse [des Gaules]* 152
『コキュ・イマジネール』(『スガナレル』) (モリエール) *[Sganarelle ou] Le Cocu imaginaire* 137
『国王の御平癒に関する讃歌』(ラシーヌ) *Ode sur la convalescence du Roi* 270
『国王への建議』(ドービニャック) *Discours au roi [sur l'establissement d'une seconde académie]* 353
『古代と近代の著者たちの戦争』(ゲレ) *La Guerre des Autheurs anciens et modernes* 174,198, 200,210,272,349,381
『国家の天秤』(デュボス=モンタンドレ) *La Balance d'Estat* 75,79,81,84
『滑稽物語』(スカロン) *Le Roman comique* 137, 143,378
『孤独の対話』(ブレブフ) *Entretiens solitaires* 292
『コント』(ラ・フォンテーヌ) *Contes* 152

サ 行

『才女気取り』(モリエール) *Les Précieuses ridicules* 137,337
『作品集』(コルネイユ) *Œuvres* 279
『作品集』(メーナール) *Œuvres* 54
『作品集』(サン=タマン) *Œuvres* 113,120
『作品集』(サラザン) *Œuvres* 211,248
『サチュロスの小部屋』(＊) *Le Cabinet satirique* 53,159,161
『サチュロス風パルナッソス山』(＊) *Le Parnasse satirique* 53,161
『雑多な書簡集』(トリスタン・レルミット) *Lettres meslées* 293-294,343
『サラザン作品論』(ペリソン) *Le Discours sur les Œuvres de M. Sarasin* 42,210-211,213
『賛歌』(サシ訳) *Hymnes* 140
『サンドリクールの影』(メズレー) *L'Ombre de Sandricourt* 255

『詩学』(アリストテレス) *Poétique* 277
『詩学』(ラ・メナルディエール) *Poétique* 242
『〈詩学〉に関する考察』(ラパン) *Réflexions sur la Poétique* 42,383
『詩集』(＊) *Recueil* 162
『辞書』(フュルチエール) *Dictionnaire* 46,94, 119,122,146,340,345,358,389
『辞書』(リシュレ) *Dictionnaire* 19,46,239,346, 348-350,352,358
『侍女』(コルネイユ) *La Suivante* 269,278
『詩神たちの庭園』(＊) *Le Jardin des Muses* 159
『詩神のための栄光』(ラシーヌ) *La Renommée aux Muses* 270
『失脚宰相』(シラノ・ド・ベルジュラック) *Le Ministre d'Etat, flambé* 73
『辞典趣意書』(メナージュ) *Requête des dictionnaires* 49,243
『詩の愉楽』(＊) *Délices de la Poésie* 159-161
『ジブラルタル海峡横断』(サン=タマン) *Le Passage de Gibraltar* 385
『詩法』(ボワロー) *L'Art poétique* 130-131,135, 174,198,339,344
『ジュルナル・デ・サヴァン』*Journal des savants* 164-167,231
『書簡』(ラシーヌ) *Lettres* 385
『書簡、演説、説教の新選集』(＊) *Nouveau Recueil de lettres, harangues et discours* 162
『書簡集』(ヴォワチュール) *Lettres* 248
『書簡集』(カンピオン) *Lettres* 135
『書簡集』(コスタール) *Lettres* 248
『書簡集』(トリスタン・レルミット) →『雑多な書簡集』
『書簡集』(ブルボン) *Epistolae* 240
『書簡集』(＊) *Lettres* 162
『書簡選集』(ゲ・ド・バルザック) *Epistolae selectae* 248
『書誌』(A・デュ・ヴェルディエ) *La Bibliothèque* 174
『箴言』(ラ・ロシュフコー) *Maximes* 172
『新詩集』(メーナール) *Pièces nouvelles* 54
『シンナ』(コルネイユ) *Cinna* 125
『シンナ、その他について、王に』(コルネイユ) *Au Roi, sur Cinna [, Pompée, Horace, Sertorius, Œdipe, Rodogune, qu'il a fait représenter de suite devant lui à Versailles, en octobre 1676]* 93
『真のオネットゥテについて』(メレ) *De la vraie honnêteté* 184

『崇高論』(伝ロンギノス／ボワロー訳) *Traité du Sublime* 42
『救われしモーセ』(サン=タマン) *Moïse sauvé* 51
『スタンス』(ゴドラン) *Stances* 290
『スペイン旅行記』(ベルトー) *Journal du voyage d'Espagne* 222

『請願書』(レシャシエ) *Requête* 111-112
『ゼノビー』(ドービニャック) *Zénobie* 235

『エディップ』(コルネイユ) *Œdipe* 278-282, 284-285,287,369
『エリード姫』(モリエール) *La princesse d'Elide* 67
『選り抜きのニュース』*Nouvelles choisies* 164
『演劇作法』(ドービニャック) *La Pratique du théâtre* 235,242,282
『演劇に関する〔三つの〕論考』(コルネイユ) *Discours sur le théâtre* 174,282,284
『演説』(ドービニャック) *Harangue* 235
『演説』(トリスタン・レルミット) *Discours [de réception à l'Académie française]* 353
『演説』(ラ・ブリュイエール) *Discours [de réception à l'Académie française]* 134

『オイディプス王』(ソポクレス) *Œdipe* 280
『オエディプス』(セネカ) *Œdipe* 280
『オヴァルの点』(デュボス=モンタンドレ) *Le Point de l'Ovalle* 72,79,84-85
『オウィディウスの哀歌』(ヴィレンヌ訳) *Elégies d'Ovide* 238
『王のパルナッソス山』(＊) *Parnasse royal* 162
『王妃に捧げるセーヌ川の水精』(ラシーヌ) *La Nymphe de la Seine à la Reine* 270
『王母様の摂政時代の栄華について』(マレルブ) *Sur les heureux succès de sa Régence* 86
『オネットム、または宮廷で人を喜ばせる技術』(ファレ) *L'Honnête Homme, ou l'art de plaire à la cour* 184
『オラース』(コルネイユ) *Horace* 278-279,284
『女学者』(モリエール) *Les Femmes savantes* 20, 116,183,337

カ 行

『外国著名文学者報告書』(コスタール) *Mémoire des gens de Lettres célèbre dans les pays étrangers* 311,388
『回想録』(マロール) *Mémoires* 316,318,353
『概要』 →『フランス史概要』
『学者の見解』(バイエ) *Jugements des savants [sur les principaux ouvrages des auteurs]* 352
『各地の定期便』*Nouvelles ordinaires de divers endroits* 163
『賭け』(ブレブフ) *Gageure* 289
『カコケファルス』(サリエ) *Cacocephalus* 117
『ガゼット』*La Gazette* 163-166,231,355
『ガゼット・ド・レード』*Gazette de Leyde* 164
『悲しみの歌』(オウィディウス／マロール訳) *Tristes* 387
『仮面をかぶった著者たち』(バイエ) *Autheurs déguisés* 174,299
『カラクテール』(ラ・ブリュイエール) *Les Caractères* 131,383
『カルタゴの略奪』(ピュジェ・ド・ラ・セール) *Le Sac de Carthage* 338

『木釘』(ビヨー) *Chevilles* 162,291
『キケロの八つの演説』(＊) *Huit oraisons de Cicéron* 162
『宮廷色恋事情』(デュ・バイユ) *Les Galanteries de la Cour* 355
『宮廷の詩神』*Muses de la cour* 164
『協働司教のやり口詳説』(デュボス=モンタンドレ) *Anatomie de la politique du Coadjuteur* 74
『キリスト教の真理』(グロティウス／メズレー訳) *La Vérité de la religion chrétienne* 255
『キリストのまねび』(トーマス・ア・ケンピス／コルネイユ訳) *L'Imitation de Jésus-Christ* 279
『記録簿』(書店組合幹事) *Registre* 299
『記録簿』 →『ラ・グランジュの記録簿』

『寓意的な小説』(フュルチエール) *Nouvelle allégorique des derniers troubles arrivés au royaume d'Eloquence* 174,191-194,201,203,213,243, 337,368
『グズマン・デ・アルファラチェ』(アレマン／シャプラン訳) *Guzmán d'Alfarache* 232
『グラン・シリュス』(M・ド・スキュデリー) *Le Grand Cyrus* 100,285,355
『クリスチーヌ』(メナージュ) *Christine* 50
『クレーヴの奥方』(ラ・ファイエット夫人) *La princesse de Clèves* 172
『クレオパートル』(ラ・カルプルネード) *Cléopâtre* 137-138
『クレリー』(M・ド・スキュデリー) *La Clélie* 100,172,196

『劇詩に関する論文』(ドービニャック) *Dissertations sur le poème dramatique,* 131,175, 193,282
『賢者の学校』(ホール) *L'Ecole du sage* 137

『恋敵同士』(キノー) *Les Rivales* 141
『口頭弁論集』(パトリュ) *Plaidoyers* 148
『高名なる人々』(ペロー) *Hommes illustres* 356

書名索引

＊本文および原注において題名を訳出した著作・作品のリスト。原題を著者の表記に従って掲げ、訳者による補足は［ ］内に示す。（ ）内は著者名、＊印は共同の作品集。

ア 行

『アウグスティヌス』(ヤンセン) *Augustinus* 110
『アエネイス第七歌』(ブレブフ) *Enéide, chant VII* 289
『アカデミー会員たち』(サン=テヴルモン) *Les Académiciens* 35
『アカデミーでの講演会』(リシュスルス) *Conférences académiques* 374
『アカデミーへの手紙』(フェヌロン) *Lettre [à l'Académie]* 42
『アカデミストの喜劇』(サン=エヴルモン、エトラン) *La Comédie des académistes* 34-35,37, 39-40,43,48-50,192,200,223,271,343
『アカデミー・フランセーズの歴史』(ペリソン) *L'Histoire de l'Académie française* 28,33,49,174, 211
『アストレ』(デュルフェ) *L'Astrée* 137,172, 336
『アッチラ』(コルネイユ) *Attila* 137
『アッティクス伝』(ネポス／サラザン訳) *Vie d'Atticus* 211
『アドーネ』(マリーノ) *Adone* 232
『アドニス』(ラ・フォンテーヌ) *Adonis* 206
『アムステルダムの定期便』*Gazette ordinaire d'Amsterdam* 164
『アラリック』(G・ド・スキュデリー) *Alaric* 383
『アリストとウージェーヌの対話』(ブーウール) *Entretiens d'Ariste et Eugène* 185,198
『アリストへの弁明』(コルネイユ) *Excuse à Ariste* 273
『アルケスティス』(エウリピデス) *Alceste* 110
『アレクサンドル大王』(ラシーヌ) *Alexandre le Grand* 100,125,270
『アンドロマック』(ラシーヌ) *Andromaque* 88
『アンリ大王の他界に寄せたさまざまな詩の撰集』(＊) *Recueil de diverses poésies sur le trépas d'Henri le Grand* 162

『幾人かの文学者の目録』(シャプラン) *Liste de quelques gens de Lettres* 313-314,316,323-324, 330,388
『イジス』(キノー) *Isis* 137,140
『異端』(ヴァリヤス) *L'Hérésie* 136
『一覧』 →『著者一覧』
『逸話集』(タルマン) *Historiettes* 69,335-336, 389
『イフィジェニー』(ラシーヌ) *Iphigénie* 110
『イマジネール』(『想像上の異端についての手紙』) (ニコル) *Les Imaginaires[, ou Lettres sur l'hérésie imaginaire]* 152

『ヴァレンシュタインの陰謀』(サラザン) *Conspiration de Valstein* 211
『ヴェルサイユ余興見聞記』(マリニー) *Relation du Divertissement de Versailles* 383
『ヴォワチュール氏とコスタール氏の対話』(コスタール) *Entretiens de M. Voiture et M. Costar* 248
『ヴォワチュールの葬儀』(サラザン) *Pompe funèbre de Voiture* 212
『ヴォワチュール擁護』(コスタール) *Défense de Voiture* 248
『海のオード』(トリスタン・レルミット) *Ode de la mer* 88
『ウラニア』(プトレマイオス／ヴィレンヌ訳) *L'Uranie* 238
『うるさがた』(モリエール) *Les Fâcheux* 67, 100

『英雄学』(ヴュルソン・ド・ラ・コロンビエール) *La Science héroïque* 355
『エセー』(モンテーニュ) *Les Essais* 339

ラ・フォンテーヌ、ジャン・ド La Fontaine, Jean de (1621-1695)　57,72,152,179,185,206,243,326,328,336
ラ・ブリュイエール、ジャン・ド La Bruyère, Jean de (1646 -1696)　57,69,131,134,226,381
ラブレー　178,351
ラミ Lamy　175
ラ・メナルディエール、イポリット・ジュール・ピレ・ド La Ménardière, Hippolyte Jules Pilet de (1610-1663)　234,241-242,252
ラ・モット・ル・ヴァイエ、フランソワ・ド La Motte Le Vayer, François de (1588-1672)　30,116,236,239,250,311,328
ラモワニョン、ギヨーム・ド Lamoignon, Guillaume de　22,25,32,42,69,185,243
ラモワニョン、フランソワ=クレチアン・ド Lamoignon, François-Chrétien de　352
ラ・ロシュフコー、フランソワ・ド La Rochefoucauld, François de (1613-1680)　131,172,223,225,298,331
ラングーズ Rangouze (??-1670?)　96
ランブイエ夫人 Rambouillet, Catherine de Vivonne, marquise de (1588-1665)　47,168-171,192-194,206,212,375

リシェ Richer　163
リシェ Richet　389
リシュスルス、ジャン・ド Richesource, Jean de la Sourdière, sieur de (??-??)　33,47,72,115,124,175,374,388
リシュリュー　31,37,40,51,54,64-65,70-71,89-90,93,96-98,102-105,134,162,165,188,222,231-232,235,237,243,245,247,255,365,379,383,389
リシュレ、セザール=ピエール Richelet, César-Pierre (1631-1698)　21,41,45,85,117,150,185,384
リニエール、フランソワ・パイヨ・ド Lignières, François Payot de (1626-1704)　117,159
リュイーヌ公 le duc de Luynes　270
リヨンヌ殿 M. de Lyonne　232

ルイ九世(聖王)　256
ルイ十三世　102,162,255
ルイ十四世　42,67-68,81,90,93,96,99-101,105,129,134,233,260,273,365,380,388
ルイ六世(肥満王)　256
ルヴォー Reveau　335-336
ルカーチ　389
ル・クレール Le Clerc　164
ルソー　328
ルター　121
ルノード、ウゼーブ Renaudot, Eusèbe　149,379
ルノード、テオフラスト Renaudot, Théophraste (1586-1653)　21,47,163-166,175,243,252,355
ル・フェーヴル Le Fevre　328
ル・プチ、クロード Le Petit, Claude (1638-1662)　151,291,379
ル・ブラン Le Blanc　176-177
ル・マルル神父 l'abbé Le Marle　376
ル・メートル、アントワーヌ Le Maître, Antoine (1608-1658)　312-313
ル・メートル・ド・サシ　→サシ
ル・モワーヌ、ピエール Le Moyne, Pierre (1602-1671)　241,329
ル・ラブルール、ジャン Le Laboureur, Jean (1623-1675)　324

レエル Leers　379
レクラッシュ L'Esclache (d'Esclache),　16,19,175
レシャシエ Leschassier　110-111
レ枢機卿 Retz, Paul de Gondi, cardinal de (1613-1679)　64,70,74-76,102,131,225,232,235,363
レトワール、クロード・ド L'Estoile, Claude de (1597-1652)　149,161
レニエ Régnier　52-53,159,272
レニエ=デマレ Régnier-Desmarais　45,57
レルミット・ド・ソリエ、ジャン=バチスト L'Hermite de Solier, Jean-Baptiste (1610-1667)　294

ロオー Rohaut ,　19
ロジエ・ド・ポルシェール Laugier de Porchères, 52,374
ロッシュ Roche　60
ロトルー、ジャン・ド Rotrou, Jean de (1609-1650)　277
ロネー Launay,　19
ロレ、ジャン Loret, Jean (??-1665)　164,166
ロングヴィル　68,75,102,105,232,243,363
ロンサール　159,232,338,340,343

マリニー、ジャック・シャルパンティエ・ド Marigny, Jacques Charpentier de（1615-1673） 383
マルグリット・ド・ヴァロワ 29,52,65
マルタン Martin 372
マルタンヴァ嬢 Mlle de Martinvas 312
マルティアリス 117
マレルブ、フランソワ・ド Malherbe, François de（1555-1628） 29-31,36-37,44-45,53-54,86,91-92,159-162,170-171,178-179,193,196,199,232,248,272,336,344,374
マロ 159,178,329,382
マロール、ミシェル・ド Marolles, Michel de（1600-1681） 49-50,55,70,162,170,247,316-320,322-324,353
マンドルー Mandrou 389

ミュレ Muret 196,122-123
ミヨー、ミシェル Millot, Michel (??-??) 291,379

メズレー、フランソワ・ウード・ド Mézeray, François Eudes de（1610-1683） 45,97,100,165-167,231,233,241,243,252,254,256-261,272,364,369
メナージュ、ジル Ménage, Gilles（1613-1692） 20,28,33,49-51,55,70,102,171,172,210-211,231-233,235,240,243,247-248,290,311-314,317,328,335-337
メーナール、フランソワ Mainard, François（1583-1646） 28,52-54,64-65,91,93,159-160,235-236,246,252-253,272,320,328
メルセンヌ神父 le P. Mersenne 32
メレ、アントワーヌ・ゴンボー・ド Méré, Antoine Gombaud, chevalier de（1604-1686） 184-186
メーレ、ジャン Mairet, Jean（1604-1686） 96

モークロワ、フランソワ・ド Maucroix, François de（1619-1709） 45,185,235,239,326
モデーヌ、エスプリ・ド Modène, Esprit de Rémond de Mormoiron, comte de（1608-1672） 104
モラン Morin 151,379
モーリ Maury 124,135
モリエール Molière（1622-1673） 20,30,67-68,90,103-104,114,116,125,139,143-144,153,178-179,200,270,277,285,288-289,326,337
モリエール・デセルティーヌ Molière d'Essertines 162
モルグ、マチュー・ド Morgues, Mathieu de（1582-1670） 71,150,222,255
モワザン・ド・ブリュー Moisant de Brieux（1614-1674） 28,238
モンテーニュ 178,339,341
モントロン Montauron 376
モンパンシエ嬢 Monpensier, Anne-Marie-Louise d'Orléan, duchesse de , dite «Grande Mademoiselle»（1627-1693） 115,131
モンモール Montmaur 49,337
モンモール Montmort 20
モンモランシー 54,64,102,290

ヤ　行

ヤウス Jauss 372
ヤンセン Jansenius 110

ユエ、ピエール・ダニエル Huet, Pierre Daniel（1630-1721） 28,321
ユクセル Uxelles 70

ラ　行

ライナー Leiner 95
ラ・カルプルネード、ゴーチエ・ド・コスト・ド La Calprenède, Gautier de Costes de（1610-1663） 289
ラカン、オノラ・ド Racan, Honorat de（1598-1670） 36-37,53,159-160,179,272,337
ラクジェ、エルキュール・ド Lacger, Hercule de（1600-1670） 24
ラ・クロワ La Croix 115
ラシーヌ、ジャン Racine, Jean（1639-1699） 57,64,71,88,98-99,103,110,125,137,139,143-144,172,176,178-179,185,200,247,268-270,272-276,286-288,298,320,323,325,329-330,341,370,381
ラ・シューズ夫人 La Suze, Henriette de Coligny, comtesse de（1618-1673） 161,200,210,225
ラ・トゥルース La Trousse 64,232
ラパン、ルネ Rapin, René（1621-1687） 42,45,185,187,213
ラ・ファイエット夫人 La Fayette, Marie-Madeleine Pioche de La Vergne, comtesse de（1634-1693） 225
ラファルジュ Laffarge 373
ラ・フォン La Font 164

フュマロリ Fumaroli　372
フュルチエール、アントワーヌ Furetière, Antoine (1619-1688)　20,28,41,46,49,66,70-71,85, 94-95,100,117,119,122,142,146,150,174,185, 191-195,197,200-201,203-204,213,235,243,249, 337,340,342,345,349-351,358,368,389
ブラン Belin　104
フランソワ一世　93,149
プリザック、ダニエル・ド Priezac, Daniel de (1590-1662)　54,63,312
ブリュノー Brunot　175
ブルゼイス、アマーブル Bourzeix, Amable (1606-1672)　166-167
プルタルコス　198
ブルデュー Bourdieu　10,373,383
ブルドロ Bourdelot　19,32,51,55
ブルボン、ニコラ Bourbon, Nicolas, dit l'Ancien 237
ブルボン、ニコラ Bourbon, Nicolas, dit le Jeune (1564-1644)　237,240,329
フレシエ、ヴァランタン=エスプリ Fléchier, Valentin-Esprit (1632-1710)　28,59,329,367
ブレジ夫人 Mme de Brégy　335
ブレーズ Blaise　149
ブレブフ、ジョルジュ・ド Brébeuf, Georges de (1618-1661)　159,172,176,272,289,291-293
フレモン・ダブランクール、ジャン・ジャコベ・ド Frémont d'Ablancourt, Jean Jacobé de (1621-1696)　327-328
フロワサール　178

ベイ Beys　122-123
ベイ、シャルル Beys, Charles (1610-1659) 151,291
ベック Becq　373
ペトー、ドニ Pétau, Denys (1583-1652)　328,385
ペトリ Pétri　114
ペラレード、ジャン・ド Peyrarède, Jean de (??-1660)　335-336
ベリエーヴル Bellièvre　111
ペリソン、ポール Pellisson, Paul (1624-1693) 22,24,26,28,33,42,50,52,55,64,71-72,99-100,149, 161,171-172,174,185,210-213,231,234,239,241, 243,245-246,248-249,286,312-313,320-321,382
ベール　46,150,164,378
ベルトー、フランソワ Bertaut, François (1621-1702)　52-53,70-71,221-222
ペレフィクス Péréfixe　314,324,367
ペロー、クロード Perrault, Claude (1613-1688) 329
ペロー、シャルル Perrault, Charles (1628-1703) 45,55,103,178,181,235,261,329,356,358
ペロ・ダブランクール、ニコラ Perrot d'Ablancourt, Nicolas (1606-1664)　99,143,162,316, 327-328

ボーシャトー Beauchasteau　162
ボシュエ、ジャック=ベニーニュ Bossuet, Jacques-Bénigne (1627-1704)　176,179
ボダン　254
ボッシュ Boche　238
ポティンジャー Pottinger　384
ボードワン、ジャン Baudoin, Jean (1564-1650) 39,136,149,193,258
ボーフォール　76
ボーマルシェ　125
ポムレ Pommeray　120
ホラティウス　94,117,134
ホール Hall　137
ボレル Borel　24
ボワイエ Boyer　137,241
ボワロー、ジル Boileau, Gilles (1631-1669) 28,50-51,235,249,329
ボワロー、ニコラ Boileau, Nicolas (1636-1711) 28,42,55,57,99,101,117,131-132,134,142,174, 178-179,185,193,198,200,243,329,339,341,344, 346-347,358-359,368-369,381,384
ボワロベール、フランソワ・ル・メテル・ド Boisrobert, François Le Metel de (1592-1662) 38,51,54,64-65,93,162,231,234,245,252,323,329
ポントン Ponton　373

マ　行

マイエ Maillet　40,92,374
マエケナス　66,85-86,90,94,375
マキアヴェッリ　74,78,82
マザラン　69,71,73,75-76,78-82,93,101-102,207, 231,248,255,270,290,311-312
マラシ Malassis　129
マラペール Malapeire,　22,26,238,251
マラングル、クロード Malingre, Claude (1580?-1653?)　137-138
マリオン Marion　122
マリー・ド・ヌヴェール(ポーランド王妃) 97,274
マリー・ド・メディシス　71,86

ドービニェ　178
ドービニャック、フランソワ・エドラン Aubignac, François Hédelin abbé d' (1604-1676)　19, 21,33,131,134,170,175,193,198,234-235,238-239, 241-244,247,282-284,338,347,353,369,382
トマ Thomat　115
ド・メーム De Mesme　69
トリスタン・レルミット Tristan , François L'Hermite , dit (1601-1655)　36-37,39-40, 57,64,88,98,137,141,160-161,179,272,292-294, 331,343,353,358-359
ド・リュイーヌ De Luyne　158
トルシュ Torches, abbé de　200

ナ　行

ナルニ Narni　136

ニヴェル Nivelle　122
ニコ Nicot　343
ニコル、ピエール Nicole, Pierre (1625-1695) 152

ヌヴェール　102,291,317

ネルヴェーズ Nervèze　196

ノーデ、ガブリエル Naudé, Gabriel (1600-1653) 30,69,236,250,351-352,358,386

ハ　行

バイエ、アドリアン Baillet, Adrien (1649-1706) 69,116,174,299,352,358
バイフ Baïf　18
パヴィヨン Pavillon　329
パウロ　119
パーキエ　159
バシイ Bacilly, Bégnine de　158
パスカル Pascal, Etienne　32
パスカル、ジャクリーヌ Pascal, Jacqueline (1625-1661)　159,328
パスカル、ブレーズ Pascal, Blaise (1623-1662) 215-216,224-225,328,365
パスラ Passerat, Jean　237
バソンピエール　53-54,64
バトゥー Batteux　176,177
パトリクス、ピエール Patrix, Pierre (1583-1671) 53
パトリュ、オリヴィエ Patru, Olivier (1604-1681) 26,28,42,45-46,148,162,185,237,239-240,243, 312-313,335,358,384
バルザック　→ゲ・ド・バルザック
バルト Barthes　382
パレ Paré, Ambroise　234
パンシェーヌ、エチエンヌ・マルタン・ド Pinchesne, Etienne Martin de (1616-1703)　211,248
バンスラード、イザーク・ド Benserade, Isaac de (1612-1691)　199
パンタール Pintard　153,304

ピア・モコール Piat Maucors　24,30
ピアール Piard　53
ピカール Picard, Raymond　139,270,385
ピブラック Pibrac　111
ピュジェ・ド・ラ・セール、ジャン Puget de la Serre, Jean (1600-1665)　196,338
ビュッシー=ラビュタン Bussy-Rabutin　152, 187,200,341
ピュール、ミシェル・ド Pure, Michel de (1620-1680)　171
ビヨー、アダン Billault, Adam (1602-1662) 162,291-292
ビレーヌ Bilaine　385
ビロン Biron　112

ブーウール、ドミニク Bouhours, Dominique (1628-1702)　45,185,187,198,241
ファラモン王　385
ファレ、ニコラ Faret, Nicolas (1596-1646) 53,160,162,184,235
フィウベ、ガスパール・ド Fieubet, Gaspard de (1626-1694)　148
フィリップ二世(尊厳王)　256
フィリップ四世(美男王)　256,258-259
フェヌロン　42
フェルナンド(スペイン親王)　71
フェルマ　32
フォール Faure　135
フォール=フォンダマント Faure-Fondamente 104
フォンタニエ Fontanier　151,379
フーケ　47,50-51,64,67-68,71-72,100-102,206, 210-211,231-232,234,243,279-280,290,363,374, 376
プチ Petit, Samuel　329
ブドゥ、ジェラール Bedout, Gérard (1617-1691) 225

セヴィニェ夫人　179,341
セギエ　35,40,51,54,59,64,101-102,255,367
セグノ、クロード Séguenot, Claude (??-??) 312-313
セリゼー、ジャック・ド Serizay, Jacques de (v.1590-1654)　38
セルヴィアン、アベル Servien, Abel (1593-1659) 75
セルシー Sercy　158-159
セネカ　280

ソヴァル Sauval　235
ソポクレス　280
ソマヴィル Sommaville　141
ソメーズ、アントワーヌ・ボドー・ド Somaize, Antoine Baudeau , sieur de (1630?-16?)　114, 168,238
ソルビエール、サミュエル Sorbière, Samuel (1615-1670) 28,329
ソレル、シャルル Sorel, Charles (1602-1674) 36,49,64,70,95,101,116,135,142,174,177,179, 289-291,328,337,346-347,356-359
ソワッソン　70

タ 行

ダスーシー、シャルル Assoucy, Charles Coipeau, sieur d' (1605-1677)　151,328
ダストロ、ジャン Astros, Jean d' (v.1594-1648) 221
タルマン、フランソワ Tallemant, François (1620-1693)　71
タルマン・デ・レオー、ジェデオン Tallemant des Réaux, Gédéon (1619-1692)　50,54,69,185, 324,335-336,383,387,389
ダンヴィル Dainville　372
ダーントン Darnton　300,373

テオフィル　→ヴィヨー
デカルト、ルネ Descartes, René (1596-1650) 153,199,324,368
デストレ枢機卿 Estrées, César, cardinal d' (1628-1714)　51,59,238,298,324,367
デ・ゼキュトー Des Escuteaux　196
デ・バロー、ジャック・ド Des Barreaux, Jacques de Vallée, seigneur de (1599-1673)　224
デ・ブルネー Des Bournais　103
デポルト Desportes　31,52-53,159,161-162,178, 193,272
デマレ・ド・サン=ソルラン、ジャン Desmarets de Saint-Sorlin, Jean (1595-1676)　241
デュ・ヴェルディエ、アントワーヌ Du Verdier, Antoine　174,373
デュ・ヴェルディエ、ジルベール・ソーニエ Du Verdier, Gilbert Saulnier (1598-1686) 355
デュ・シャン Du Champ,　19
デュ・バイユ Du Bail, Louis Moreau, sieur (??-??) 355
デュピュイ兄弟 Du Puy, Pierre (1582-1651), Jacques (1591-1656)　30-32,44,49,55,69, 122-123,236,240
デュ・ピュイゼ男爵 Puiset , Antoine Picot, le baron du (??-??)　135
デュ・ブレー Du Bray　159
デュ・プレジール Du Plaisir , le sieur de (??-??) 42
デュ・ペリエ、シピオン Du Périer, Scipion (1588-1667)　329
デュ・ベレー　342
デュ・ペロン Du Perron　237
デュボス、ピエール・トミーヌ Dubosc, Pierre Thomine　312
デュ・ボス、ジャック Du Bos (c) q, Jacques (160?-1664?)　36,136,184
デュボス=モンタンドレ、クロード Dubosc-Montandré,Claude (??-1690) 73-76,78-82,84-85,368
デュムスチエ Dumoustier　53
デュラン Durand, Etienne　379
デュ・リエ、ピエール Du Ryer, Pierre (1605-1608) 99,143,162,316,328
デュルフェ Urfé, d'　137

トゥー　178
ドゥーヴィル、アントワーヌ・ル・メテル Ouville, Antoine Le Métel, sieur d' (1589?-1655) 252,329
ドゥージャ Doujat　321
ドーシー Aulchy, d',　19,168,170-171
ドジエ、ピエール Hozier, Pierre d' (1592-1660) 328
ド・トゥー De Thou　64,69
ドノー・ド・ヴィゼ、ジャン Donnau de Visé, Jean (1638-1710)　166
ドーノワ夫人 Aulnoy, Mme d'　181

ゴンボー、ジャン・オジェ・ド Gombauld, Jean Oger de (1590-1666) 70,92,97,195,272,292-293
コンラール、ヴァランタン Conrart, Valentin (1603-1675) 22,26,30,50,149,192-193,195,231,233,245,329

サ 行

サシ、ル・メートル・ド Le Maître de Sacy, Louis-Isaac (1613-1684) 136,140
サラザン、ジャン=フランソワ Sarasin, Jean-François (1614-1654) 64,151,172,199-200,211-213,246,248
サリエ神父 le P. Salier 117
サルトル Sartre 10
サロ Sallo 166
サロモン・ド・ヴィルラード、アンリ・フランソワ Salomon de Virelade, Henri François (1620-1670) 114,323,387
サン=グラン Saint-Glain 164
サン=タマン、アントワーヌ・ジラール・ド Saint-Amant, Antoine Girard , sieur de (1594-1661) 35-37,39,51,53,97-98,101,113,118,120,124,141,160,269,271,273-276,285,290,320,330,341,374
サン=テヴルモン、シャルル Saint-Evremond, Charles (1613-1703) 30,35-36,40,142,192,200,223-225,326,343
サン=テニャン Saint-Aignan 51,58,104,200,238,367
サントゥイユ Santeul 178
サント=マルト Sainte-Marthe 236,328
サン=マルタン Saint-Martin 169
サン=レアル Saint-Réal 200

ジェドワン Gédoyn 176
シオニタ Sionita 135
シティ Siti 151,379
ジャコブ、シャルル Jacob, Charles,dit Louis (1608-1670) 176,299,338,358
シャピュゾー、サミュエル Chappuzeau, Samuel (1625-1701) 115,174
シャプラン、ジャン Chapelain, Jean (1595-1674) 22,26,28,30-31,38-39,43-45,49-52,55,64,68-69,89,97,99,102-103,105,137-139,159,166-167,171-172,231,233-235,239,241-243,245,247-248,252,269-270,272,313-320,322-324,330-331,344,346,358-359,375,384,388
シャペル Chapelle, Claude Emmanuel Lhuillier, dit (1626-1686) 30,224
シャムードリー Chamhoudry 158-159
シャルパンチエ、フランソワ Charpentier, François (1620-1702) 45,103,235,311-313
シャルル Charles 372-373
シャルルマーニュ 257-258
シャルル四世(美男王) 259
シャンボン Chambon 314
シュヴロー、ユルバン Chevreau, Urbain (1613-1701) 137,159
ジュリュー Jurieu 150
ジョス Josse 129
ショーニュ Chaunu 389
ジョフロワ・デュ・リュック Geoffroy du Luc 373
ショーモン Chaumont 329
ジョリー Jolly 385
シヨン、ジャン・ド Silhon, Jean de (1596-1667) 37-38,65,188,312,323,379,387
シラノ・ド・ベルジュラック、サヴィニヤン・ド Cyrano de Bergerac, Savinien de (1619-1655) 30,73,116,179,276,324,326,337,368
ジラール Girard 352
ジリー、ルイ Giry, Louis (1596-1666) 22,162,316
ジルー Girou 151
シルモン、ジャン Sirmond, Jean (1589-1649) 328
シルリ Sillery 111

スカリジェール Scaliger 114
スカロン、ポール Scarron, Paul (1610-1660) 73,98,137-138,143,179,196,272,276-277,289,320,378,382-383
スキュデリー、ジョルジュ・ド Scudéry, Georges de (1601-1667) 70,117,226,312,329
スキュデリー、マドレーヌ・ド Scudéry, Madeleine de (1607-1701) 20,24,28,33,50-51,72,100,170-172,210,232,285,289,312,329,355
スグレ、ジャン・ルニョー・ド Segrais, Jean Regnault de (1624-1701) 28,321
スコナン Sconin 329-330
スノー、ジャン=フランソワ Senault, Le P. Jean-François (1599-1672) 114,240,312-313
ズュベール Zuber 327,372
スラヤ Celaya 120
スルデアック Sourdéac 104

エルヴァール Hervart　376

オジエ、フランソワ Ogier, François (1597-1670)　138,240,312
オビジュー Aubijoux　104
オルレアン　64

カ 行

ガストン・ドルレアン　75-76,78,88,98,101-102,238,294
カッサーニュ、ジャック Cassagnes, Jacques (1636-1679)　28,329
ガッサンディ、ピエール Gassendi, Pierre (1592-1655)　30,137,140,199
カッサンドル、フランソワ Cassandre, François (??-1695)　45,185
ガッシュ Gâches　24
カミュ、ジャン=ピエール Camus, Jean-Pierre (1584-1652)　30,41,49,353
ガラス Garasse　53
カルココンデュレス　256
ガロワ神父 l'abbé Gallois　166
カンピオン、アレクサンドル・ド Campion, Alexandre de (1610-1670?)　135

キエ、クロード Quillet, Claude (1602-1661)　224
キケロ　119,209
ギシュノン、サミュエル Guichenon, Samuel (1607-1664)　252-253,384
ギーズ　64,294
キネ Quinet　120
キノー、フィリップ Quinault, Philippe (1635-1688)　125,137,140-141,143,200,276-277,330
キュジャス　178
キュロー・ド・ラ・シャンブル、マラン Cureau de la Chambre, Marin (1596-1669)　312-313
協働司教　→レ枢機卿

クラマーユ Cramail　53,290
クリスティーナ(スウェーデン女王)　74,255
グリーユ・デストゥブロン Grille d'Estoublon　28,238-239,251
グルナイユ、フランソワ・ド Grenaille, François de (1616-1680)　184
グールネー、マリ・ル・ジャール・ド Gournay, Marie Le Jars de (1566-1645)　26,30-31,37-38,49,53,253,316

クロジーユ、ジャン=バチスト Crosilles, Jean-Baptiste (??-1650)　70

ゲ・ド・バルザック、ジャン=ルイ Guez de Balzac, Jean-Louis (1597-1654)　44,54,85-86,90,114,117,162,171-172,178,192-193,199-200,204,211,213,240,248,251,272,328,337,375,379,384
ゲレ、ガブリエル Guéret, Gabriel (1641-1688)　174,178,195-201,204,210,272,349,356

コスタール、ピエール Costar, Pierre, (1603-1660)　102,211,231,234,241,246-248,311-317,320,322-324,328,330,336,388
コタン、シャルル Cotin, Charles (1604-1681)　50-51,97-98,117,240
ゴドー、アントワーヌ Godeau, Antoine (1605-1672)　22,30,37-39,70-71,242,329
ゴドフロワ親子 Godefroy, Théodore (1580-1649), Denis (1615-1681)　236,240,328
ゴドラン、ピエール Godolin, Pierre (1580-1649)　225,289-291,321
コナール Conard　158
コペルニクス　153
コルテ、ギヨーム Colletet, Guillaume (1598-1659)　26,30,37,39,53,96,149,174,176,193,328
コルテ、フランソワ Colletet, François (1628-1680)　120,158
ゴルドマン Goldmann　370,373
コルネイユ、トマ Corneille, Thomas (1625-1709)　143,166,277,323,329
コルネイユ、ピエール Corneille, Pierre (1606-1684)　52,57,77,93,97-98,101,104,117,124,125,131,137,143,144,172,174,176,178-179,206,235,269,271-276,278-279,280-284,286-288,298,320,323-324,329,331,364,368-369,382
コルベール　26,45,47,50-51,64,71,97-98,100,102-105,207,231-232,255,260-261,313-314,319,374,376
コロンビー、フランソワ・ド Colomby, François de Chauvigny, sieur de (1588-1648?)　53,162,235,329,374
コワラン Coislin　59,314,324,367
コンデ　32,51,64,70,74-75,77,78,80-82,84-85,100-102,104,363
コンティ　64,75
ゴンベルヴィル、マラン・ル・ロワ・ド Gomberville, Marin Le Roy de (1600-1674)　166-167,226,276,323,330

人名索引

＊本文および原注において日本語表記によって訳出した人名のリスト。原書の索引と付録２に名前のあがっている「作家」については、日仏両語表記でフルネームを掲げ、生没年を付す。それ以外の人名については、歴史上の著名人を除き、原綴を示す。

ア　行

アウグストゥス　134,186,352
アニソン Anisson　379
アバディ Abadie　298
アベ・ド・ピュール　→ピュール
アベ・バトゥー　→バトゥー
アベール、ジェルマン Habert, Germain (1615-1654)　329
アベール、フィリップ Habert, Philippe (1605-1637)　329
アベール・ド・モンモール、アンリ＝ルイ Habert de Montmor, Henri-Louis (1600-1679) 329
アミヨ　178
アリストテレス　241,277,280
アルノー、アントワーヌ Arnauld, Antoine (1612-1694)　110,148,150,215,311-313,324, 328-329,356
アルノー・ダンディイ、ロベール Arnauld d'Andilly, Robert (1589-1674)　224,312-313,324,329
アルメロフェーン Almeloveen　115
アルマンド Armande　139
アレー、アントワーヌ Halley, Antoine (1593-1676) 329
アンシウス Heinsius　375
アンドレ神父 le P. André　117
アンドレ夫人 Mme André　169
アンヌ・ドートリシュ　75-76
アンリエット・ダングルテール　88,104
アンリ三世　111
アンリ・ド・ブルボン　293
アンリ四世　245,290,293,323

イザルン、サミュエル Ysarn (Isarn), Samuel (1637-1673)　24

ヴァニーニ Vanini　151,379
ヴァリヤス、アントワーヌ Varillas, Antoine (1620-1696)　136
ヴァロワ、アンリ・ド Valois, Henri de (1603-1676)　236,328
ヴァロワ、アドリアン・ド Valois, Adrien de (1607-1692)　97,236,328
ヴィトレ Vitré　129
ヴィヨー、テオフィル・ド Viau, Théophile de 36,39,53,151,161,179,272,343
ヴィヨン　178
ヴィルデュー夫人 Villedieu, Marie-Catherine Desjardin, dite Mme de (1640?-1683)　185
ヴィレンヌ、ニコラ・ド Vilennes, Nicolas Bourdin, marquis de (1583-1676)　238,239,251
ウェルギリウス　94
ヴォークラン・デ・ジヴトー Vauquelin des Yveteaux　161,255,328
ヴォージュラ、クロード・ファーヴル・ド Vaugelas, Claude Favre de (1585-1650)　44-45,49-51, 98,176,178-179,199-200,253,256,272,328,384
ヴォルテール　18,350,385
ヴォワチュール、ヴァンサン Voiture, Vincent (1597-1648)　57,166,171,179,186,188,196, 200,206,211-213,226,246,248,255,272
ウービガン Houbigant　176
ヴュルソン・ド・ラ・コロンビエール、マルク・ド Vulson, Marc de, sieur de la Colombière (??-1665?)　355

エー・デュ・シャトレ、ダニエル Hay du Chastelet, Daniel (1596-1671)　329
エスカルピ Escarpit　370,373,384
エスプリ、ジャック Esprit, Jacques (1611-1678) 329
エチエンヌ Estienne　355
エトラン Etelan, Louis d'Espinay, comte d' (1604-1644)　35,40
エラスムス　116

図表一覧

訳者紹介

辻部大介（つじべ・だいすけ）

1963年東京都生。福岡大学人文学部助教授。訳書にアルチュセール『愛と文体』（共訳,藤原書店）など。

久保田剛史（くぼた・たけし）

1974年北海道生。東京大学大学院人文社会系研究科博士課程単位取得退学。16世紀フランス文学。

小西英則（こにし・ひでのり）

1968年京都府生。共立女子大学非常勤講師、東京女子大学非常勤講師。フランス古典主義文学。

千川哲生（ちかわ・てつお）

1975年兵庫県生。東京大学大学院人文社会系研究科博士課程在籍中。17世紀フランス文学・演劇。

辻部亮子（つじべ・りょうこ）

1972年島根県生。福岡大学非常勤講師、九州大学非常勤講師。フランス中世文学。

永井典克（ながい・のりかつ）

1966年東京都生。成城大学法学部助教授。フランス文学。

著者紹介

アラン・ヴィアラ (Alain Viala)

1947年生。パリ第3大学、オクスフォード大学教授。17世紀フランス文学、とりわけ作家の社会的地位、作品の出版と受容の在り方を研究。著書に『17世紀フランスにおける文学の諸制度』『ラシーヌ——カメレオンの戦略』『演劇』など。

監訳者紹介

塩川徹也 (しおかわ・てつや)

1945年福岡県生。東京大学大学院人文社会系研究科教授。フランス文学・思想専攻。著書に『パスカル考』(日本学士院賞・和辻哲郎文化賞受賞)『虹と秘蹟——パスカル〈見えないもの〉の認識』『パスカル——奇蹟と表徴』(岩波書店) など。

作家《さっか》の誕生《たんじょう》

2005年7月30日　初版第1刷発行©

監訳者　塩川徹也
発行者　藤原良雄
発行所　株式会社 藤原書店
〒162-0041　東京都新宿区早稲田鶴巻町523
電話　03 (5272) 0301
FAX　03 (5272) 0450
振替　00160-4-17013

印刷・製本　中央精版印刷

ISBN4-89434-461-0

初の本格的文学・芸術論

芸術の規則 I・II

P・ブルデュー
石井洋二郎訳

作家・批評家・出版者・読者が織りなす象徴空間としての〈文学場〉の生成と構造を活写する、文芸批評をのりこえる「作品科学」の誕生宣言。好敵手デリダらとの共闘作業、「国際作家会議」への、著者の学的決意の迸る名品。

A5上製 I三一二頁 II三二〇頁 **各四一〇〇円**
（I一九九五年二月刊 II一九九六年一月刊）
I◇4-89434-009-7 II◇4-89434-030-5

LES RÈGLES DE L'ART Pierre BOURDIEU

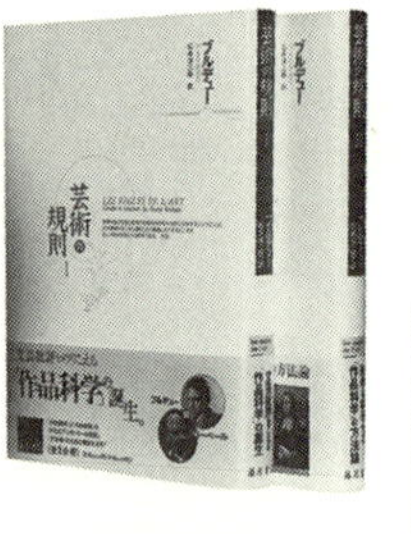

趣味と階級の関係を精緻に分析

ディスタンクシオン 〈社会的判断力批判〉I・II

P・ブルデュー 石井洋二郎訳

ブルデューの主著。絵画、音楽、映画、読書、料理、部屋、服装、スポーツ、友人、しぐさ、意見、結婚……。毎日の暮らしの「好み」の中にある階級化のメカニズムを、独自の概念で実証。

第8回渋沢クローデル賞受賞

A5上製 I五一二頁 II五〇〇頁 **各五九〇〇円**（一九九〇年四月刊）
I◇4-938661-05-5 II◇4-938661-06-3

LA DISTINCTION Pierre BOURDIEU

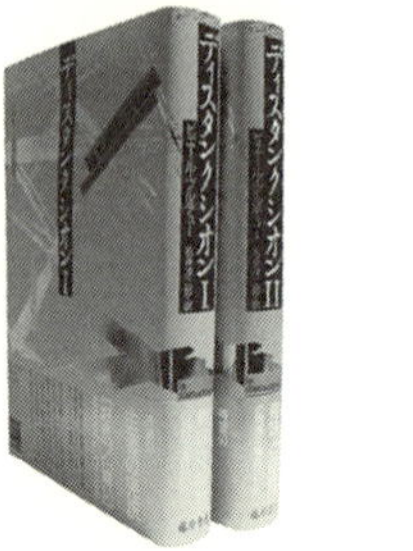

知と芸術は自由たりうるか

自由―交換 〈制度批判としての文化生産〉

P・ブルデュー、H・ハーケ
コリン・コバヤシ訳

ブルデューと、大企業による美術界支配に対して作品をもって批判=挑発し続けてきた最前衛の美術家ハーケが、現代消費社会の商業主義に抗して「表現」の自律性を勝ち取る戦略を具体的に呈示。ハーケの作品写真も収録。

A5上製 二〇〇頁 **二八〇〇円**（一九九六年五月刊）
◇4-89434-039-9

LIBRE-ÉCHANGE Pierre BOURDIEU et Hans HAACKE

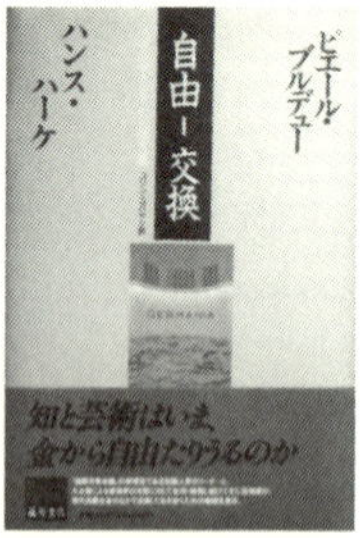

「象徴暴力」とは何か

再生産 〈教育・社会・文化〉

P・ブルデュー、J-C・パスロン
宮島喬訳

『遺産相続者たち』にはじまる教育社会学研究を理論的に総合する、文化的再生産論の最重要文献。象徴暴力の諸作用とそれを蔽い隠す社会的条件についての一般理論を構築。「プラチック」論の出発点であり、ブルデュー理論の主軸。

A5上製 三〇四頁 **三七〇〇円**（一九九一年四月刊）
◇4-938661-24-1

LA REPRODUCTION Pierre BOURDIEU et Jean-Claude PASSERON